古代小说戏曲研究论稿

庆振轩 著

甘肃文化出版社
甘肃·兰州

图书在版编目（CIP）数据

古代小说戏曲研究论稿 / 庆振轩著. -- 兰州 : 甘肃文化出版社, 2025. 1. -- ISBN 978-7-5490-2893-1

Ⅰ. I207.41; I207.37

中国国家版本馆CIP数据核字第2025CF0700号

古代小说戏曲研究论稿

庆振轩 | 著

责任编辑 | 李浩强

封面设计 | 石 璞

出版发行 | 甘肃文化出版社

网 址 | http://www.gswenhua.cn

投稿邮箱 | gswenhuapress@163.com

地 址 | 兰州市城关区曹家巷1号 | 730030(邮编)

营销中心 | 贾 莉 王 俊

电 话 | 0931-2131306

印 刷 | 西安国彩印刷有限公司

开 本 | 787毫米×1092毫米 1/16

字 数 | 314千

印 张 | 20.75

版 次 | 2025年1月第1版

印 次 | 2025年1月第1次

书 号 | ISBN 978-7-5490-2893-1

定 价 | 98.00元

版权所有 违者必究（举报电话：0931-2131306）

（图书如出现印装质量问题，请与我们联系）

前　言

这本集子收录了笔者多年来断断续续撰写的二十几篇文章。

对于古代小说、戏曲的研讨,基于我童年生活影响下逐步形成的个人喜好。由于幼年我们举家由孟津迁移到所谓“无卧牛之地”的偃师邙岭,在这个有着深厚文化底蕴的故乡,我度过了我的青少年时期。说家乡文化底蕴深厚,是因为那是个充满历史传说和神异故事的地方。

在我所居村庄方圆数十里的地域里有深藏着夏商王朝信息的二里头遗址,有八百诸侯会孟津的孟津古城,有传说伯夷、叔齐扣马谏武王的扣马镇和采薇隐居的首阳山。洛阳以九朝古都著称;偃师因周武王筑城息偃戎师而名;黄河南岸有汉光武陵,乡亲们称“刘秀坟”;首阳山南,“魏文帝陵在焉”;据史载,赵匡胤生在洛阳夹马营。邙山高处有祖师庙,洛阳东有白马寺,登封有著名的少林寺,伊阙有号称四大石窟之一的龙门石窟……

童年时期,由于父亲亡故,我少年失怙,对于世态人情有了过早的体悟,读书成了生活中最大的乐趣。时至今日,我仍记得手捧连环画的愉悦。水浒故事、西游故事、杨家将故事我都是断断续续地从连环画阅看中获得的。伙伴中如果谁有一整套连环画,他就是大家歆慕的对象。随着年龄的增长,和连环画阅读“配套”的还有乡村说书、乡村戏台的影响,直到和朋友们交换阅看现在所谓的名著。

那个时候,读书并无明确的功利性的目的,只是感到书中别有洞天,它可以让我暂时忘却苦痛饥寒,憧憬遥不可及的未来。

因机缘巧合,初中毕业后我有幸成为一名乡村代课教师,在那个“读书无用论”喧嚣的时期,学校每天上午三个课时下午两个课时的教学安排,使得我有了更多的阅读时间。因为作了教师,虽然依旧看不到未来,但已感觉知识积累的可贵。因为当时允许公开阅读的书籍不多,能借到的可传阅的书籍,多是限时交换,所以用“如饥似渴”形容当时的阅读状态毫不为过。记得当时我读过明清小说六大名著和一系列英雄传奇小说,通读过《鲁迅全集》,在阅读《毛泽东选集》时甚至连注释中的历史事件、文学典故都认真释读——这一切都为恢复高考后我以同等学力参加高考奠定了基础。读书是我们认知世界、走向广阔人生世界的一把钥匙。

一九七八年秋入兰大中文系求学,当我较为系统地阅读历史典籍和文学经典时,恍然觉得三千年来,夏、商易代,周室东迁,春秋五霸,战国七雄,秦皇汉武,唐宗宋祖,金戈铁马,逐鹿中原,一场场改朝换代的历史传说、故事人物,好像就发生在昨日的故乡。

于是,在师长们的教诲引导之下,在同学们的讨论激发中,我青少年时期对于小说戏曲、对于民间传说故事的喜好,一直在内心潜流涌动。

一九八二年毕业留校后从事古代文学、传统文化、地域文化与文学的教学研究工作,古代文学史分四段讲授,我主讲“宋元文学史”,后来招收唐宋文学方向的硕士生、博士生,长期的教学研究工作不断地强化着我的认知——我喜爱研究的对象大多是“有故事的人”,唐代的韩柳、李杜、元白,宋代的欧王苏黄、陆游辛弃疾,等等。史传载记了他们的人生故事,笔记野史载记了他们的故事人生;他们撰写志怪、传奇、寓言、诨话从特殊角度传写对于现实人生的解读,而后世的戏曲、小说又以特有的手段再现了他们的多彩人生。天地大戏场,戏场小天地。古人的小说、戏曲创作,小说戏剧创作中的古人,合而观之,让我们从一个独特的视角去对我们曾习惯于从诗文角度解读的作家加深认知。

我对于苏轼的小说创作较为系统的研讨,就从一个长久以来人们较易忽略的领域,加深了对于苏轼全才作家的认知。

一般情况下,关注东坡的论者和读者,大多激赏其在诗词文赋书画方面的创获建树，对其在小说史上的影响，论者多引《东坡志林》卷一《涂巷小儿听说三国语》以证北宋讲史之盛以及“尊刘抑曹”的民间心理；论者也援引其《书拉杂变》论北宋时亦有“变文”讲说和东坡对当时“变文”讲说的批评。

多年来，我在全面搜集研味东坡与“说参请”“说诨话”以及志怪、传奇小说创作的相关资料的前提下，撰写了《暂借诗文消永夜　每逢佳处辄参禅——东坡与“说参请”散论》《传统戏曲中东坡形象探论——以元代有关苏轼贬谪剧为中心》《苏轼“说诨话”的传播创作及文化意义》《推变怪之理，参见闻之异——东坡传奇小说创作论略》等系列文章之后，对于东坡在小说史上的地位与影响这个问题有了较为清晰的认识。相关文章受到了学界的关注。

“说诨话”即讲说幽默诙谐笑话。相关资料显示，苏轼创作的“诨话”，既有诸多单篇留存，也有“专著”传世。其所关涉“诨话”形式多样，涉及“说诨”“唱诨”“花判”等，苏轼不仅作为“诨话”的创作者，亦成为时人笔下戏谑笑谈故事中的主人公。通俗文学尚谈笑戏谑的时代风尚，滋养苏轼成长的巴蜀文化，其自身幽默风趣的个性特质，是解析苏轼与“说诨话”关联的锁钥。苏轼“说诨话”具有深刻的文化内涵，苏轼不仅将其视为人生困境谪居时的助益，亦重视其自娱娱人之功用，在与亲友僚属的幽默诙谐言谈之中，彰显出友情与温情。一系列戏谑谈笑背后，蕴涵着东坡对人生意义的深层思考，亦体现了其超然物外、超然于荣辱生死的人格特质。系统探研苏轼与“说诨话”，对于全面认识和研究苏轼颇有助益，其“戏谑笑谈”不仅成为苏轼诗文创作的“养料”，亦能作为研讨宋代通俗文学之窗口。

苏轼一生充满传奇色彩，这位千古奇才也创作了一定数量的传奇作品。苏轼的传奇之作既具突出的个性特色，又回应融汇推进了宋代小说发展的新的趋势。要言之，“在宋人心目中，史传与小说是可以互相阑入的”，苏轼“假史传为小说”，以史传人事为触机，演绎创发，使文本再生；应和时代以史传入小说之趋势，撰写人物传记，为之传奇写照；“宋代传奇与志怪志人小说并无明确的区别界限”。苏轼“推变怪之理，参见闻之异”，借鬼神指喻世情，假果报警戒众生；苏轼的部分传奇之作，记载作者的亲见亲历故事。其所撰写有关紫姑神诸篇，非仙非人，娱人娱己；其关涉亲人友朋诸作，亦仙亦人，寄予了深厚的亲旧之情。苏轼还有部分记人载事的“小小说”，或实录当朝人物百态，褒贬自见；或笑谈人生亲历况味，滋味杂陈。嬉笑怒骂，皆成文章，为后人称扬仿效。全面深入研讨苏轼的小说创作，对于完整把握其创作体系、知识体系，进而探讨其思想体系，上溯时代思潮，均有助益。即就研讨其传奇小说而言，也为我们更加全面地认识了解苏轼的内心世界打开了一扇窗户。由于我幼时对于传说、传奇故事的喜好，相关探讨中，对于涵育苏轼成长的巴蜀文化、童蒙教育也时时予以关注。

正由于苏轼在小说领域的创获，他在小说史上曾受到推崇，产生了一定的影响，仅撷数例如下。

清人王韬《遁窟谰言自叙》自称其述作：“披书砚北，校干宝之《搜神》”“点笔窗南，效苏髯之说鬼。”并在《淞隐续录自序》中申述前人说鬼谈狐，搜神述仙，皆因幻由心造，皆奇特之作：“自来说鬼之东坡，谈狐之南董，搜神之令升(干宝)，述仙之曼倩，非必有是地、有是事，悉幻焉而已矣。幻由心造，则人心为最奇也。”特别要指出的是，《阅微草堂笔记》与《聊斋志异》被誉为清代笔记小说中的“双璧”，其作者均称曾有意学习效仿东坡。蒲松龄自谓：“才非干宝，雅爱搜神；情类黄州，喜人谈鬼。”(《聊斋志异自序》)纪晓岚《观弈道人自题》亦谓：“半生心力坐销磨，纸上烟云过眼多。拟筑书仓今老矣，只应说鬼似东坡。”

我也正是在从不同角度对不同文体所关涉的“说参请”进行研味之后，对于“说参请”才有了明晰的认知。相关系列文章有《“说参请”考释——“说参请”源流系列研究之一》《元杂剧中“说参请”的源流与影响——“说参请”源流系列研究之二》《明清小说中所见“说参请”影响零拾——“说参请”源流系列研究之三》《由学术而政治 由政治而戏曲——“三教论衡”散论》《暂借诗文消永夜 每逢佳处辄参禅——苏轼与“说参请”散论》，与之相关的还有《图文并茂 借图述事——河西宝卷与敦煌变文渊源》《河西宝卷源流探论》。

相关文献资料告诉我们，当普度众生的佛教伴随着表现僧众参悟禅机的“说参请”等不同的表现形式由僧寺进入朝堂、瓦舍勾栏的时候，一定会为赢得观众而使之通俗化、故事化、艺术化的，会为迎合听众增加“诨”的成分，于笑谈谐谑之中禅理寓焉。但无论如何，不会“诨”到不涉禅理的地步，因为一越过了这个界限，它就不属于“说参请”“说诨经”，而属于宋代的另一种“说诨话”了。因此，《问答录》载记有“说参请”和“说诨经”的内容，但就其整体而论，它不属于单纯的“说参请”话本，也不属于单纯的“说诨经”之列。

我们的结论是，依据佛门讲经到勾栏瓦舍僧尼艺人“说经”的轨迹，核以佛门讲经僧众问答的实际，参以通俗文学中艺术再现的佛门“说经”“说参请”故事，如元杂剧《龙济山野猿听经》和《水浒传》中《五台山宋江参禅》等等，其参悟故事与佛堂讲经密切相融，也和不同阶层民众的生活不可分割；再看苏轼所留存的相关“说经”“说参请”“说诨经”的文字，我们认为，在宋时的勾栏瓦舍中，“说经”“说参请”“说诨经”是三位一体的，本为一家。而演说者可以依据自己特长和观众喜好，讲说时有所侧重或有意突出某一方面。由是之故，时人以其讲说特色内容，录记为“说经者某某”“说诨经者某某”“说参请者某某”，可以印证我们推论的是，《梦粱录》《武林旧事》《繁胜录》所记僧尼艺人大多是既“说经”也“说参请”，二者兼擅的。而《问答录》即说话人的一个底本，其内容侧重于东坡、佛印之参问，间以笑谈解颐释难开悟，即“诨经”的成分。其内容包罗者众，讲说者因特定人物加入了“说诨话”“商谜”以及苏小妹传说故事，言其“说经”者可，言其“说参请”亦可，客观上反映了宋代“说经”的情况。

以上两个系列的研讨，虽难说深入，但相对比较系统，而相对有着比较系统计划的“中国古典小说系列人物研究”，则由于其他任务的干扰，仅完成了《中国古典小说中巾帼英雄形象源流及其演变》《中国古典小说中草莽英雄形象探论》，原计划中的“圣君”“贤相”两篇至今阙如。

提及“中国古典小说系列人物研究”和学术论文的选题撰写方面，我一直感念车安宁老师，我们年齿相近，同毕业于兰大中文系，有一段时间又居住在同一栋家属楼，对于侠义小说、英雄传奇、历史演义有共同的爱好，谈论交流，言及《三国演义》《水浒传》《杨家府演义》《说岳全传》《隋唐演义》《飞龙全传》诸书，时有感发，于是有了系列论文的设想。不唯如此，因其长期主持学术期刊的编撰工作，见多识广，思路开阔，我有多篇学术论文的撰写得其指点，颇有助益。

在高校学习任教四十余年，师长的指点，同事间的切磋，和本科生、硕士生、博士生之间的交流讨论，一直是我教学科研的助力。兰大是一所研究型大学，教学上要求“以本为本”，突出研究型教学的特色，要求教学科研相结合，以科研促教学。教师的课堂教学是培养学生们“问题意识”“研究意识”的最好媒介。本人长期从事课堂教学工作，对于“课比天大”自有体味，会自觉地吸收学界最新研究成果，会有意识地将个人最新思考见解融入课堂教学，而同学们的讨论反馈会进一步促进完善学术上的思考。所以，回想数十年来的教学科研，我们编辑出版了第一本《甘肃省古代文学教学研讨会论文集》，撰写出版了《古代文学教学热点难点疑点述论》，而“突出特色，介入主流”的整体思路，对于古代文学研究热点难点的关注介入，也促使我个人的学术研究拓宽了视野。

承继段平先生收集整理研究之余绪，我们对于“变文”的嫡系“宝卷”进行了较为全面的观照与探索，结集出版了《河西宝卷与敦煌文学研究》，我们对于地方特色文化的探索受到学界关注与认可，冯锦文先生在其主编的《中国宝卷生态化保护与传承交流研讨会论文集》(河海大学出版社2014版)的序言中写道：

> 近年来，宝卷研究方兴未艾，《山西介休宝卷说唱文学调查研究报告》(李豫、刘娟、尚丽新、李雪梅、刘佳等著)、《靖江宝卷研究》(陆永峰、车锡伦著)、《河西宝卷与敦煌文学研究》(庆振轩主编)、《吴方言区宝卷研究》(陆永峰、车锡伦著)等学术新著的问世，标志着一个“宝卷学者群体”正在崛起。而且，研究领域呈拓展延伸之势，远远超越了田野调查、文本及活态研究，各种更为前沿、专业的研究愈益丰富、精深。

本书所收《图文并茂 借图述事——河西宝卷与敦煌变文渊源》《河西宝卷源流探论》《永靖傩舞戏的明代文化特色论》即是我们对于地方文化研讨收获的部分篇目。《永靖傩舞戏的明代文化特色论》曾获“第五届中国秦腔艺术节西北地区戏曲论坛”论文一等奖。

二十世纪八十年代后期，由赵建新学兄首倡，组织了四人小组对兰州大学科研项目“宗教文学”进行了探索，我先后撰写了一系列文章，本书所收为与戏曲小说相关的篇目，《由学术而政治 由政治而戏曲——“三教论衡”散论》《元代释、道剧探论》《“说参请”考释——“说参请”源流系列研究之一》即是。

由于长期为本科生、研究生开设主干基础课、选修课，所以我从职业的角度体味了“买书不如借书，借书不如抄书，抄书不如讲书”的内涵。书是一定要买的，但我们没有李清照、赵明诚夫妇的财力，每次读《金石录后序》，都会为易安居士“性偶强记”一目十行过目不忘的博闻强记震撼；探研宋人的童蒙教育，更会为欧阳公幼年因家贫而借书抄书，往往“抄书未毕，而已能诵其书”之智能折服。从学生到教师，自己也不断地买书、借书、抄录，古人的研习经验，自是一种内在的激励。而登上讲台，有时面对的是一百多名本科生；研究生授课，课堂上则数十人、数人不等。品衡作家作品，研讨风格源流，欣赏诗情意境，研究体制手法，裁述本事佚闻，备课之时，即就是讲述多遍的课程，依然要阅看原作，分析相关资料，关注学界最新研究动向和最新成果，力求把自己的思考融进课堂教学。这本集子所收《宋金“影戏”考》《宋杂剧散论》《两宋杂剧与两宋党争》《元代商贾剧散论》《〈风光好〉新探》诸篇，都是围绕相关教学的思考。回想总结自己的科研与教学的密切关联，不同届别的同学们在我开设的“两宋党争与文学”“苏轼研究”课堂上研讨辩论，课堂下的追问探索，时时让我感动回味。甚或让我后来在阅看文献典籍时，对于相近的可资印证的文献时时留心。

即以撰写《〈风光好〉新探》而言，乃是有感于元杂剧《陶学士醉写〈风光好〉》剧作“大团圆”剧情与“本事”之悖离而作。

元杂剧《陶学士醉写〈风光好〉》写宋初翰林学士陶谷出使南唐，意图游说，被羁留馆驿。南唐大臣韩熙载等设定计谋，以金陵名妓秦弱兰装扮为驿吏的寡妻引诱陶谷，陶谷失慎独之戒，书写《风光好》词作赠与秦氏。剧中写到因真相揭穿，陶无颜回宋，只好投奔吴越。后与秦弱兰团聚，则是出于虚构。

该剧“本事”见于《玉壶清话》《清波杂志》《宋人轶事汇编》等书，记载陶在后周出使南唐故事，颇具戏剧性。陶谷其人因人品问题，多为世人诟病，是个有“故事”的人，宋人笔记多所记载。探寻其后世入小说进戏场之因，是不同阶层对于

士大夫风流韵事的流播喜好,《清波杂志》卷八在简要记载陶谷情事之后,即录载在文彦博相类故事加以比较:

> 文潞公帅成都,有蜚语至朝廷,遣御史何剡因谒告俾伺察之。潞公亦为之动,遍询幕客,孰与御史密者。得张俞字少愚者,使迎于汉州,且携营妓王宫花者往,伪作家妓,舞以佐酒。御史醉中取其领巾,题诗云:"按彻《梁州》更《六幺》,西台御史惜妖娆。从今改作王宫柳,舞尽春风万万条。"至成都,此妓出迎,遂不复措手而归。二事切相类。

但陶谷出使故事也好,文彦博蜚语故事也罢,内中"歌人秦若兰""营妓王宫花"都只是官场斗争的工具,相关记载完全忽略了对女性的细致描写,特别是心灵刻画,但到了罗大经《鹤林玉露》乙编卷六《韩璜廉按》篇,则王铁之妾俨然全篇主宰,人物鲜活,呼之欲出:

> 绍兴中,王铁帅番禺,有狼藉声。朝廷除司谏韩璜为广东提刑,令往廉按。宪治在韶阳,韩才建台,即行部诣番禺。王忧甚,寝食几废。有妾故钱塘娼也,问:"主公何忧?"王告之故。妾曰:"不足忧也。璜即韩九,字叔夏,旧游妾家,最好欢。须其来,强邀之饮,妾当有以败其守。"已而韩至,王郊迎,不见,入城乃见,岸然不交一谈。次日报谒,王宿治具于别馆,茶罢,邀游郡圃,不许,固请,乃可。至别馆,水陆毕陈,伎乐大作,韩踧踖不安。王麾去伎乐,阴命诸娼淡妆,诈作姬侍,迎入后堂剧饮。酒半,妾于帘内歌韩昔日所赠之词,韩闻之心动,狂不自制,曰:"汝乃在此耶!"即欲见之,妾隔帘故邀其满引,至再至三,终不肯出,韩心益急。妾曰:"司谏曩在妾家,最善舞,今日能为妾舞一曲,即当出也。"韩醉甚,不知所以,即索舞衫,涂抹粉墨,踉跄而起。忽跌于地,王亟命索轿,诸娼扶掖而登,归船昏然酣寝。五更酒醒,觉衣衫拘绊,索烛览镜,羞愧无以自容。即解舟还台,不敢复有所问。此声流播,旋遭弹劾,王迄善罢。夫子曰:"枨也欲,焉得刚?"韩璜之谓矣。

要之，在陶谷出使南唐败于“美人计”，有辱使命的“本事”基础上，最终演化为杂剧的戴善甫多方借鉴的《陶学士醉写〈风光好〉》，因其内容的丰富蕴涵，不同阶层的观众观看时各取所需，为官从政者引为鉴戒，普通百姓则愉悦性情以资笑谈。

教学与科研结合，使我对文学史发展规律加深了认知，对于具体作家作品、文学理念有了新的理解，于是在学校教务处和兰大出版社的资助支持下，我先后出版了《中国文学史发展纲要》《中国古代文学研究论稿》《中国古代文论研究论稿》，出版了选修课教材《两宋党争与文学》《唐宋词研究与欣赏》《苏轼研究论稿》等。回想与过往的硕士生、博士生坐而论道，了解他们的兴趣爱好，在学位论文的选题上，尽量尊重他们的兴趣爱好，而后加以引导，更多的是根据他们的知识储备，提出几个我们共同感兴趣的论题，供其选择，有时把自己考虑相对系统成熟的论题让他们作为选题，所谓“命题作文”。而自己也在与一届又一届同学们的学习成长过程中，促使自己对于相关领域进一步加深了解，以便于随时顾问。这中间会不时催生出新的想法，发现新的问题，诚所谓“教学相长”。机缘契合的是，2022年当《乐山师范学院学报》载文称兰大文学院多年来形成了一个苏学团队时，我的《苏轼研究论稿》在中国社会科学出版社出版。

当我在为《古代小说戏曲研究论稿》撰写前言时，回想过往，记忆的五色线交织为一篇篇尚存缺憾的文字。在书稿即将付梓之际，特向在长期教研生涯中对于我个人的教学科研给予持续支持资助的兰大社科处、教务处、文学院表示由衷的感谢！向甘肃文化出版社郧军涛、周乾隆两位社长和李浩强编辑表示诚挚的谢意！

目 录

"说参请"考释
——"说参请"源流系列研究之一 ……………………………………1
元代杂剧中"说参请"的源流与影响
——"说参请"源流系列研究之二……………………………………10
明清小说中所见"说参请"影响零拾
——"说参请"源流系列研究之三……………………………………22
宋金"影戏"考……………………………………………………32
宋杂剧散论…………………………………………………………40
两宋杂剧与两宋党争………………………………………………62
传统戏曲中东坡形象探论
——以元代有关苏轼贬谪剧为中心……………………………77
苏轼"说诨话"的传播创作及文化意义……………………………87
推变怪之理,参见闻之异
——东坡传奇小说创作论略 ………………………………………108
非常之人,行非常之事,建非常之功
——《鹤林玉露》对于苏轼的认知与接受 ………………………142
由学术而政治 由政治而戏曲
——"三教论衡"散论 ………………………………………………185

中国古典小说中巾帼英雄形象源流及其演变 ……194
中国古典小说中草莽英雄形象探论 ……205
由戏曲到小说　由主角到配角
——李逵形象散论 ……220
元代商贾剧散论 ……240
元代商贾剧再探 ……253
《风光好》新探 ……262
元代释、道剧探论……268
图文并茂　借图述事
——河西宝卷与敦煌变文渊源 ……280
河西宝卷源流探论 ……290
永靖傩舞戏的明代文化特色论 ……301

参考文献 ……309

"说参请"考释

——"说参请"源流系列研究之一

多数论者根据宋人有关记载将宋代"说话"解释为四家,"说经""说参请""说诨经"为其中一家。除了皮述民先生在《宋人"说话"分类的商榷》[①]一文中提出异议外,几可成为定论。但"说参请"内容究竟何指,它是否可以在当日勾栏瓦舍中单独演出,是否有"说参请"话本传世,以及"说参请"与"说诨经"区别何在,历来研究者多疑似之词。回顾在小说史的研究中人们对"说参请"的认识,也有助于我们对"说参请"研究现状的了解。王国维先生认为"说参请"在宋代"说话"四家中,应独立为一家:"《都城纪胜》,谓:说话有四种:一小说,一说经,一说参请,一说史书。"[②]大多数论者主张将"说参请"附于"说经"[③]。皮述民先生则认为"说参请"属于"小型技艺","非正统说话"。[④]这是较具代表性的三种意见。之所以出现这种莫衷一是、众说纷纭的看法,是由于人们据以立论的资料不同。王国维先生是依据《都城纪胜》的记载立论的——"灌园耐得翁《都城纪胜》原意该是以小说、说经、说参请以及讲史为四家"[⑤]。而后两种观点则是由于没有发现"说参请"话本,据《问答录》立论的,从而认为"说参请"形式短小,"要在瓦舍中作长时间的

① 皮述民:《宋人"说话"分类的商榷》,《北方论丛》1987年第1期。
② 王国维著:《宋元戏曲史》,天津:百花文艺出版社,2002年,第29页。
③ 胡士莹著:《话本小说概论》,北京:中华书局,1980年,第116页。
④ 皮述民著:《宋人"说话"分类的商榷》,《北方论丛》1987年第1期。
⑤ 赵景深著:《南宋说话人四家》,《宇宙风》(乙刊),1940年第29期。

表演是难以想象的"[①]，"只是穿插在说话节目中的调剂性表演"[②]。这样，就把一个新的问题摆在我们面前：《问答录》是不是"说参请"话本？据以立论是否正确？

我们先由宋人关于"说参请"的记载，探求"说参请"的性质。宋代有关记载如下：

（一）灌园耐得翁《都城纪胜·瓦舍众伎》："说话有四家……说经，谓演说佛书。说参请，谓宾主参禅悟道等事。"[③]

（二）吴自牧《梦粱录》卷二十《小说讲经史》："说话者谓之舌辩，虽有四家数，各有门庭。……谈经者谓演说佛书，说参请者，谓宾主参禅悟道等事，有宝庵、管庵、喜然和尚等。又有说诨经者戴忻庵。"[④]

（三）周密《武林旧事·诸色伎艺人》："说经诨经：长啸和尚、彭道、陆妙慧、余信庵、周太辩、陆妙静、达理、啸庵、隐秀、混俗、许安然、有缘、借庵、保庵、戴悦庵、息庵、戴忻庵。"[⑤]

（四）西湖老人《繁胜录·瓦市》："说经，长啸和尚、彭道安、陆妙慧、陆妙净。"[⑥]

由以上摘引的宋人有关记载，我们可以总结出以下几点：首先，宋代"说经""说参请"艺人全是空门中人。以上四处记载，无一例外。其次，"说参请"的内容、方式与"说经"有明显的区别：说经，谓演说佛书；说参请，谓宾主参禅悟道等事。孙楷第先生说，"宋人'说话'之'话'，当故事解"[⑦]。据此而论，作为宋代说话其中的一家，"说经"即讲说佛家经典故事；"说参请"，则讲说的是佛门参禅悟道的故事。"说参请"故事中的人物当是一"宾"一"主"，"主"为佛门高僧，"宾"为大

① 胡士莹著：《话本小说概论》，北京：中华书局，1980年，第116页。

② 皮述民：《宋人"说话"分类的商榷》，《北方论丛》1987年第1期。

③ [宋]耐得翁著：《都城纪胜》，朱易安、傅璇琮等主编《全宋笔记》（第八编第五册），郑州：大象出版社，2017年，第15页。

④ [宋]吴自牧著：《梦粱录》，朱易安、傅璇琮等主编《全宋笔记》（第八编第五册），郑州：大象出版社，2017年，第307页。

⑤ [宋]周密著：《武林旧事》，朱易安、傅璇琮等主编《全宋笔记》（第八编第二册），郑州：大象出版社，2017年，第89页。

⑥ [宋]西湖老人著：《繁胜录》，朱易安、傅璇琮等主编《全宋笔记》（第八编第五册），郑州：大象出版社，2017年，第327页。

⑦ 孙楷第：《中国短篇白话小说的发展与艺术上的特点》，《文艺报》1953年第3期。

千世界各色人等。最后，我们据宋代“说参请”艺人的特定身份和有关记载可以推断，宋代“说参请”所讲“则纯粹出世问题”，是“带有宗教性”的“特种说书”，是宋代说书僧尼借讲说佛门高僧参禅悟道的故事，以娱悦听众、弘扬佛法的。

基于我们对宋人有关“说参请”资料的分析理解，我们认为北宋刘斧《青琐高议》别集卷六收录的五篇小说最类“说参请”话本[①]。篇目如下：

《顿悟师》遇异僧顿悟生死

《成明师》因渡船悟道坐化

《大眼师》用秘法师悟异类

《自在师》与邑尉敷陈妙法

《用城记》记像圆清坐化诗

为了分析认识“说参请”话本的特性，兹录《顿悟师》[②]一篇：

法师名顿悟，姓蔡，赵州人也。师二十丧妻，日号泣。有老僧诣门求斋，师曰：“吾方有丧，日夜号泣，几不可活，子何故求斋也?”僧曰：“生者死之恨，死者生之恨，生死存亡，徒先后耳。余知之矣，不复悲矣。”师曰：“夫妇之私，死生共处，义均一体，乌不得悲?”僧曰：“平生有耳目手足相为用而成一体，汝一旦寸息不续，则分散在地，不相为用，况他人乎?”师乃豁然顿悟，曰：“名利得丧，足以伐吾之真宰；爱恶嗜欲，足以乱吾之真性。其生如寄，其死如归。”乃作礼愿役左右。僧乃为师立法名曰顿悟，为师剃度。后因南去往江州东林。

一日，知郡王郎中谓师曰：“修行子要往天去如何?”师云：“会得东来意，即是西归意。”太守云：“何人会得?”师云：“好日法会得。”太守曰：“云之门坦然明白，师之门不密主人。”师云：“吾家门户无关闭，入得门时恰似至。”太守知师异人，待以殊礼。师遂辞寺众，入广山结庵而坐。不久，师坐而化，乃留诗于壁。诗云：

---

① [宋]刘斧撰辑：《青琐高议》，上海：上海古籍出版社，1983年，第200页。

② [宋]刘斧撰辑：《青琐高议》，上海：上海古籍出版社，1983年，第239—240页。

精神若还天，肉骨又还土。上下都还了，此身元是主。
惟有一点云，不散还不聚。纵然却还来，未脱寻常母。
若更善修日，西方是吾祖。

篇末有刘斧简短的评语。令人感兴趣的是，通过这些“说参请”故事，我们可以窥见宋代“说参请”的独特艺术魅力。

宋代勾栏瓦舍中的“说参请”源于佛门参禅悟道，但又与之有明显不同。“说参请”僧尼艺人偏重于讲说高僧、尼僧劝化世人的参悟故事，把禅门“同道方知”的参悟禅机寓于讲说奇异故事之中，用匪夷所思的故事吸引听众。顿悟师遇异僧，言语之间，悟彻死生之理；以一寻常僧人受到太守礼遇。大眼师能令进士石坚“知终身举世休咎”，用异术使其知六道轮回。自在师能令凶悍的县尉敬信礼拜。法师圆清能预知死期，且知道兄长见访，死而复生，临坐化前讲说佛经，使平素憎恶自己的僧人钦服，等等。僧尼艺人的主要目的是要通过这异人异事，故事中的宾主参悟，宣扬佛门教旨，使人悟彻名利得丧、爱恶嗜欲、荣华富贵，皈依佛门。其劝教世人、弘扬佛法的特色是十分明显的。

这些“说参请”故事有一个不容忽视的特点，它们均合于宋人关于“说参请者，谓宾主参禅悟道等事”的记载。五篇全部讲的是宾主参禅问道的故事，并且宾方无论是太守、进士，还是情钟世味的丧偶者，最终通过宾主言语参问，必然敬信佛门，也切合宋代“说参请”艺人皆空门中人的特点。

刘斧所录五篇“说参请”故事长短不一，短小者如《成明师》不过百字，稍长者如《大眼师》只有千字。我们是否可以由此认为，“说参请”故事短小，“要在瓦舍中作长时间的表演是难以想象”[①]的呢？回答是否定的。因为我们从刘斧辑录的“说参请”故事中可以看到，这些“说参请”故事可长可短，伸缩性极大。《自在师》一篇在写到县尉敬信之后曰：“师复为尉敷演百种妙法。”[②]《用城记》也记法师圆

① 胡士莹著：《话本小说概论》，北京：中华书局，1980年，第116页。
② [宋]刘斧撰辑：《青琐高议》，上海：上海古籍出版社，1983年，第243页。

清“大开说百千至妙之道，无上至理之门”[①]。由此推想那“百种妙法”“百千至妙之道”在僧尼艺人吸收了说书艺人的舌辩之才后，“只凭三寸舌，褒贬是非；略咽万余言，讲论古今。说收拾寻常有百万套，谈话头动辄是数千回”[②]。于有声有色的讲述之下，应是相当吸引人的。因此，我们认为“说参请”在宋时是可以单独开讲的，而不仅仅是作为说经的入话或插入部分。

为了进一步阐明这个问题，我们有必要了解一下刘斧生活的时代以及《青琐高议》是一部什么性质的书。

关于刘斧生活的年代，我们据《青琐高议》中有关作者生活经历的片言只语可以知道，刘斧早年时代当在宋仁宗年间(该书前集卷二《巨鱼记》“嘉祐年余侍亲通州狱吏”)。他在后集中称司马光为温公(后集卷二《司马温公》)。司马光于1086年病逝，赠太师、温国公。据此，他后期生活至少当在哲宗时代，甚至更后。刘斧生活的时代，宋王朝“太平日久，人物繁阜，垂髫之童，但习歌舞；斑白之老，不识干戈。时节相次，各有观赏”[③]。京城汴梁瓦舍勾栏之中，百戏杂陈，不避“风雨寒暑”。据理推之，尽管至今尚未发现有关北宋僧尼“说参请”的记载，但北宋时汴梁有“说参请”“说经”的存在恐怕是确切无疑的。不然，我们很难解释从唐代寺院俗讲到南宋临安的“说经”“说参请”发展过程中在北宋会出现一大段空白。

可以作为我们这种推论佐证的是，宋人吴曾在其《能改斋漫录》中记有一则苏东坡与歌妓琴操戏为参请的故事：

东坡在西湖，戏琴曰：“我作长老，尔试来问。”琴云：“何谓湖中景？”东坡答云：“秋水共长天一色，落霞与孤鹜齐飞。”琴又云：“何谓景中人？”东坡云：“裙拖六幅潇湘水，鬓亸巫山一段云。”又云：“何谓人中意？”东坡云：“惜他杨学士，憋杀鲍参军。”琴又云：“如此究竟如何？”东坡云：“门前冷落车马稀，老

① [宋]刘斧撰辑：《青琐高议》，上海：上海古籍出版社，1983年，第245页。

② [宋]罗烨撰：《醉翁谈录》，见孟昭连、宁宗一著《中国小说艺术史》，杭州：浙江古籍出版社，2003年，第173页。

③ [宋]孟元老撰：《东京梦华录》，见孟昭连、宁宗一著《中国小说艺术史》，杭州：浙江古籍出版社，2003年，第165页。

大嫁作商人妇。"琴大悟,即削发为尼。[①]

吴曾是北宋末南宋初人,与刘斧生活的时代相邻,所记又是苏东坡与歌妓琴操的故事。据此而论,则北宋不仅有"说参请"艺人活动,而且影响颇大,以致影响到人们的日常生活。

正由于刘斧生活的时代有僧尼"说参请"的存在,他才有可能录存"说参请"故事。我们为什么说《青琐高议》别集卷六的五篇故事是"说参请"话本呢? 是由该书的性质推断的。

《青琐高议》内容庞杂,但集中记述多有依据,乃编辑前人作品而成书。该书所记传奇有作者姓名的有十余篇,其记述前代及当时人物轶闻的,也多见于前人著述;未有作者署名的作品,也并非全出于刘斧手笔,只是经过他文字上的改编。因此,我们推想,该书别集卷六所录五篇"说参请"故事,除《用城记》明确署名为汉川杜默外,其他四篇"说参请"故事可能是他记录当时流传的,甚至可能是他直接在书场上听到的僧尼讲的"说参请"故事,只不过在文字上稍为润饰而已。也许正是有鉴于刘斧收集前人小说、摹拟宋人说书形式辑成该书,鲁迅先生在《中国小说史略》中将其归入《宋元之拟话本》一节讲述,并认为该书"文题之下,已各系以七言","皆一题一解,甚类元人剧本结末之'题目'与'正名'。因疑汴京说话标题、体裁或亦如是。习俗浸润,乃及文章"[②]。赵景深先生在《〈青琐高议〉的重要》一文中也指出:"更重要的,此书……可说是故事的宝库。"[③]所以我们说,这个故事的宝库向我们提供了五篇"说参请"话本。该书比较严格的分类编撰体例也说明了这个问题。《青琐高议》"集中记述,实际多依类编辑,例如后集卷一记医、卜、相、画;卷二记名公大臣;卷三卷四多记异物和冤报;卷五传奇;卷八记科第荣耀;卷九记龙鹿鱼蛇等等"[④]。书别集所收篇目较少,其分类显得更为条理清晰一些:卷一至卷四为传奇,卷五为灵怪,卷六为"说参请"故事,卷七为梦

① 颜中其编注:《苏东坡轶事汇编》,长沙:岳麓书社,1984年,第180页。
② 鲁迅著:《中国小说史略》,沈阳:春风文艺出版社,2020年,第72页。
③ 赵景深著:《中国小说丛考》,济南:齐鲁书社,1980年,第93页。
④ [宋]刘斧著:《青琐高议》,上海:上海古籍出版社,1983年,出版说明第2页。

兆。《青琐高议》一书尚有神仙佛道故事多篇，因其均不合“参禅悟道”之旨，与别集卷六几篇小说不侔，均不属“说参请”故事之列。也许刘斧编撰时，正是有鉴于此，才将这五篇“说参请”故事特归为一卷的。

由于我们确认刘斧《青琐高议》别集卷六的五篇小说是宋代的“说参请”话本，并据以探求“说参请”的特性，所以有必要辨明一般论者所称引的《问答录》是否是“说参请”话本。

陈继儒《宝颜堂秘笈》收有《问答录》一卷，题“宋东坡苏轼撰”。此书日本内阁文库有抄本，题名为《东坡居士佛印禅师语录问答》，孙楷第先生曾著录在《日本东京所见中国小说书目提要》里。张政烺先生在《〈问答录〉与“说参请”》一文中最早提出《问答录》是“说参请”话本：“此书托东坡居士、佛印禅师为宾主，以参禅悟道之体述诙谐谑浪之言。其事皆荒唐无稽，其辞多俚猥亵。虽以‘语录问答’为名，纯属小话舌辩之流，故知是说参请人之话本也。说参请者以说话为主，触景生情可增可减，其话本仅提供记忆，不必背诵元文，故可字句枯窘如此。”[①]胡士莹先生《话本小说概论》和陈汝衡先生《说书史话》《宋代说书史》皆沿用了张先生的说法。

但我们根据《问答录》的内容及宋代“说参请”的特性判断，该书不是“说参请”话本。《问答录》一卷记事二十七则，除“联佛印松诗”条及袭改“孝宗幸天竺及灵隐”与辉僧问答一则稍涉禅理外，余皆与参禅悟道无关。在宋代，僧尼到勾栏瓦舍“说经”“说参请”，目的在于弘扬佛法，劝俗化愚，所以所讲宾主参悟故事总是以佛门高僧为主，宾最终都是要敬信主的。而该书大多数片断，多显东坡滑稽之智、口舌之能，“喧宾为主”。有时甚至是对僧众的嘲笑，如《纳佛印令》：“东坡与佛印同饮，佛印曰：‘敢出一令，望纳之：不悭不富，不富不悭，转悭转富，转富转悭，悭则富，富则悭。’东坡见有讥刺，即答曰：‘不毒不秃，不秃不毒，转毒转秃，转秃转毒，毒则秃，秃则毒。’”[②]再如《为佛印真赞题答》：“东坡一日会为佛印禅师题真赞云：‘佛相佛相，把来倒挂，只好擂酱’。别一日，佛印禅师却与东坡居士题

① 张政烺：《〈问答录〉与“说参请”》，《国立中央研究院历史语言研究所集刊》，1948年，第十七辑。

② 胡士莹著：《话本小说概论》，北京：中华书局，1980年，第116页。

云:‘苏胡苏胡,比上不足,比下有余。’盖子瞻多髯也。”[①]据理推之,本意为弘扬佛法的“说参请”,僧尼艺人是不会把这些有辱佛门的片断当众演说,去自骂自身的。该书实在是“伪书中至劣者也”。书中所记苏小妹与秦观的往来歌诗数则,更远离了参悟之道。

正由于《问答录》与宋代“说参请”的参禅悟道之旨不类,明人赵开美在该书题辞中写道:“东坡以世法游戏佛法,佛印以佛法游戏世法。二人心本无法,故不为法缚,而诙谐谑浪,不以顺逆为利钝,直是滑稽之雄也。彼优髡视之,失所据矣。”[②]赵氏在这里所说的优髡当指说书的僧尼。在说书的僧尼看来,这《问答录》是难以为据的,怎么能说是“说参请”话本呢?

面对《问答录》不涉参问禅理的事实,张政烺先生也认为:东坡、佛印往还事迹“流传既久,展转傅会更不考察事实,兼为迎合听众之低级趣味,益杂市井嘲骂之语,于是禅机少而恶谑多,遂成此书之形式,去参请之义远矣”[③]。胡士莹先生也说,该书“所记东坡佛印问答,都是彼此嘲戏之辞,与参禅悟道等事不类”[④]。

正因为《问答录》在内容上远离宋代“说参请”的“宾主参禅悟道”之旨,只是袭用了宾主问答的形式,所以它不能算是“说参请”话本,而把它视为“商谜行令”“俳调之辞”更为合适。

那么,是否如胡士莹先生所说,“较早的《都城纪胜》里,只有‘说参请’的记载而无‘诨经’,这是否说明那时的‘说参请’,还规规矩矩地说些‘参禅悟道’之事,没有到‘诨’的地步。稍晚的《梦粱录》于‘说参请’之外,增出了‘诨经’一项,两者并列,亦可想见‘说参请’或‘说经’的一支已经逐渐变‘诨’,但正规的‘说参请’仍保留着。最晚的《武林旧事》,已只有‘诨经’而无‘说参请’了。这是否意味着‘说参请’已逐渐为‘诨经’所取代”[⑤]了呢?我们进一步推而论之,《问答录》是不是“说诨经”的话本呢?

① 胡士莹著:《话本小说概论》,北京:中华书局,1980年,第116页。
② [宋]苏洵等著,曾枣庄、舒大刚主编:《三苏全书》第19册,北京:语文出版社,2001年,第645页。
③ 张政烺:《〈问答录〉与“说参请”》,《国立中央研究院历史语言研究所集刊》,1948年,第十七辑。
④ 胡士莹著:《话本小说概论》,北京:中华书局,1980年,第116页。
⑤ 胡士莹著:《话本小说概论》,北京:中华书局,1980年,第117页。

我们的看法是，说参请、说诨经"是从释家禅堂说法问答发展而来的，有它的历史渊源"。但即以其源头而论，"禅门古德，问答机缘，有正说，有反说，有庄说，有谐说，有横说，有竖说，有显说，有密说"[①]。僧徒问答的反说、谐说即后来"说诨经"的源头。我们推测，在佛门说书的僧尼看来，也许并无"说诨经""说参请"之分，其名目之不同，只是著录者的看法。人们把表现参请故事的"庄说""正说"当成了"说参请"，而把"谐说""反说"当成了"说诨经"。由于后者在瓦舍之中更吸引人、更受欢迎，到后来说书的僧尼讲说时多"谐说""反说"，宋人著录的就只有"说诨经"而无"说参请"了。

我们可以想象，当表现僧众参悟禅机的"说参请"由僧寺进入瓦舍勾栏的时候，一定会为赢得观众而通俗化、故事化、艺术化的，会为迎合听众增加"诨"的成分，于笑谈谐谑之中禅理寓焉。但无论如何，不会"诨"到不涉禅理的地步，因为一越过了这个界限，它就不属于"说参请""说诨经"，而属于宋代说话的另一种"说诨话"了。因此，《问答录》非但不属于"说参请"话本，也不属"说诨经"之列。

我们的结论是，依据佛门讲经到勾栏瓦舍僧尼艺人"说经"的轨迹，核以佛门讲经僧众问答的实际，参以通俗文学中艺术再现的佛门"说经""说参请"故事，如元杂剧《龙济山野猿听经》和《水浒传》中《五台山宋江参禅》，其参悟故事与佛堂讲经密切相融，不可分割；再看苏轼所留存相关"说经""说参请""说诨经"的文字，我们认为，在宋时的勾栏瓦舍中，"说经""说参请""说诨经"是三位一体的，本为一家。而演说者可以依据自己特长和观众喜好，讲说时有所侧重或有意突出某一方面。由是之故，时人以其讲说特色内容，录记为"说经者某某""说诨经者某某""说参请者某某"，可以印证我们推论的是，如前所引文献，《梦粱录》《武林旧事》《繁胜录》所记僧尼艺人大多是既"说经"又"说参请"，二者兼擅的。而《问答录》即说经人的一个底本，其内容侧重于东坡、佛印之参问，间以笑谈解颐释难开悟，即"诨经"的成分。其内容包罗者众，讲说者因特定人物加入了"说诨话""商谜"以及苏小妹传说故事，言其"说经"者可，言其"说参请"亦可，客观上反映了宋代"说经"的情况。

---

① [宋]普济著，苏渊雷点校：《五灯会元》，北京：中华书局，1984年，第1400页。

元代杂剧中“说参请”的源流与影响

——“说参请”源流系列研究之二

一

《“说参请”考释》曾依据有关史料，认为宋代“说话”中的“说参请”，讲说的是佛门参禅悟道的故事，“所讲‘则纯粹出世问题’，是‘带有宗教性’的特种说书(陈汝衡《说书小史》)，是宋代说书僧尼借讲说佛门高僧参禅悟道的故事，以娱悦听众，弘扬佛法的”，并进一步推断北宋刘斧《青琐高议》别集卷六五篇小说为“说参请”话本。但由于其过于简略，所以长时期以来未引起人们重视。令笔者极感兴趣的是，在中国文学艺术传统中，“如果用以抒情性为本质特征的诗歌作为参照系的话，戏曲、小说、说唱文学三者是同源异流的”[①]，“文体的个性特征常常在文学的共性特征中和平共处，甚至相互依存，相互渗透”[②]。这种渗透的结果，我们可以在相关文体中看到一种特定文体的影响，甚至后起的文体包容或保存了已消亡的文体的“化石”。在现存元代杂剧的几个“佛教剧”中，我们看到了“说参请”对相关剧作的影响。这些剧作是《庞居士误放来生债》《月明和尚度柳翠》《布袋和尚忍字记》(郑廷玉)、《花间四友东坡梦》(吴昌龄)、《西游记》(杨景贤)、《龙济山野猿听经》。这些剧作或整本戏与“说参请”渊源密切，如《花间四友东坡梦》题目正名为：云门一派老婆禅，花间四友东坡梦；《西游记》第六本题目正名为：胡

①② 郭英德：《叙事性：古代小说与戏曲的双向渗透》，《文学遗产》1995年第4期。

麻婆问心字，孙行者答空禅；《龙济山野猿听经》题目正名为：大惠堂修公设讲，龙济山野猿听经。而《来生债》与《忍字记》剧本中则时时可见“一闻其言，心下朗然省悟”[①]，“你参空禅仔细追求”[②]，“得悟时拈起放下”[③]“我佛将五派分开，参禅处讨个明白”[④]等字面，亦可见“说参请”的影子。

二

首先我们要说明的是，源自佛门的宾主“参禅悟道”的“说参请”之所以影响渗透到后世的戏剧、小说，其原因之一就是佛门的参禅悟道本身即具有“戏剧性”，有关文字传说具有故事性。在中国的佛教宣传中，很注意利用文学形式，从宗教文学发展史上看，由讲经发展出变文，已形成了独特的叙事文学样式。变文直接影响到宋人说话。宋代说话四家中的“说经”“说参请”均从佛教徒的讲经宣传中演变而来。“所以从佛典到中国僧侣宣传佛教的讲经、转变等等，给中国小说提供了不少故事、情节，也提供了许多表现技巧。”[⑤]具体到佛门参请对小说的影响，《国立中央研究院历史语言研究所集刊》第十七辑载张政烺先生《〈问答录〉与“说参请”》一文，认为：

> 按“参请”，禅林之语，即参堂请话之谓。说参请者乃讲此类故事以娱听众之耳。参禅之道有类游戏，机锋四出，应变无穷，有舌辩犀利之词，有愚騃可笑之事，与宋代杂剧中之打诨颇相似。说话人故借用为题目，加以渲染，以作糊口之道。[⑥]

其说大致可信，但在佛门参堂请话影响下的“说参请”绝对不仅仅是“以禅林

---

① [明]臧晋叔编：《元曲选》第一册，北京：中华书局，1958年，第310页。
② [明]臧晋叔编：《元曲选》第一册，北京：中华书局，1958年，第311页。
③ [明]臧晋叔编：《元曲选》第一册，北京：中华书局，1958年，第311页。
④ [明]臧晋叔编：《元曲选》第三册，北京：中华书局，1958年，第1076页。
⑤ 孙昌武著：《佛教与中国文学》，上海：上海人民出版社，1988年，第260页。
⑥ 张政烺：《〈问答录〉与“说参请”》，《国立中央研究院历史语言研究所集刊》，1948年，第十七辑。

故事为题材的游戏文章”[①]，是由于佛门参悟有许多流传极广引人入胜的故事，譬如《坛经》所载六祖惠能以直指本心顿悟成佛的二首偈语，成为弘忍衣钵继承人的经过。它告诉人们“自心若正，起般若观照，一刹那间，妄念俱灭。若识自性，一悟即至佛地”[②]“菩提本无树，明镜亦无台。佛性常清静，何处有尘埃”[③]。这种不立文字、直指心性、顿悟成佛的路径受到了各阶层特别是士大夫阶层的欢迎，因为那机锋四出的参问充满哲理情趣。《古尊宿语录》卷一载有惠能的弟子怀让与道一的一段著名对话：

> （怀让）一日将砖于庵前磨，马祖亦不顾。时既久，乃问曰：“作什么？”师云：“磨作镜。”马祖云：“磨砖岂能成镜？”师曰：“磨砖既不成镜，坐禅岂能成佛？”[④]

禅林的身心闲适，禅僧的机锋警语，禅理的深奥玄妙，禅家自我心理平衡的敏“悟”，对士大夫阶层充满了诱惑力。究其原委，《刘梦得文集》卷十九《澈上人文集纪》中说：“（灵澈）以文章接才子，以禅理说高人，风仪甚雅，谈笑多味。”[⑤]于是“参学之流，远迩辐辏……（禅师）以诗礼接儒俗，……羁旅书生咸成事业”[⑥]。“诗人多……寄兴于江湖僧寺”[⑦]。

无论是研究佛教还是宗教文学的学者都已注意到了，佛教发展到唐五代，由于“士大夫与禅宗的互相携手”[⑧]，禅宗“越来越远离了印度禅学中那无穷无尽的有关本体的讨论，烦琐细密的逻辑推论，厌世出世的生活观念和苦行瞑坐的禅定方式，一变而为中国式的禅宗，它是直接地探索人的本性的伦理学，是应对机智、

① 孙昌武著：《佛教与中国文学》，上海：上海人民出版社，1988年，第267页。
② 杨曾文校：《新版敦煌新本六祖坛经》，北京：宗教文化出版社，2001年，第101页。
③ 杨曾文校：《新版敦煌新本六祖坛经》，北京：宗教文化出版社，2001年，第14页。
④ [宋]赜藏主编，萧萐父、吕有祥点校：《古尊宿语录》，北京：中华书局1994年，第2页。
⑤ [唐]刘禹锡著：《刘梦得文集》，上海：上海人民出版社，1975年，第173页。
⑥ [清]董诰编：《全唐文》卷八六九，北京：中华书局，1983年，第9100—9101页。
⑦ [宋]欧阳修等撰：《新唐书》卷三十五，北京：中华书局，1975年，第921页。
⑧ 葛兆光著：《禅宗与中国文化》，上海：上海人民出版社，1986年，第37页。

游戏三昧、表现悟性的对话艺术，是自然清静、行卧自由的生活方式与人生情趣的结合"①。下面二则禅门参问颇具代表性：

有源律师来问："和尚修道，还用功否？"师曰："用功。"曰："如何用功？"师曰："饥来吃饭，困来即眠。"师曰："一切人总如是，同师用功否？"师曰："不同。"曰："何故不同？"师曰："他吃饭时不肯吃饭，百种须索；睡时不肯睡，千般计较，所以不同也。"②

（德山宣鉴云）……这里无祖无佛，达磨是个老臊胡，释迦老子是乾屎橛，文殊普贤是担屎汉。等觉、妙觉是破执凡夫，菩提、涅槃是系驴橛，十二分教是鬼神簿、拭疮疣纸。四果、三贤、初心、十地是守古冢鬼，自救不了。③

葛兆光先生在《禅宗与中国文化》中引述以上语录后，认为在这里可以看到：

第一，早期佛教恪守清规戒律、苦苦自守的生活方式已经让位给自然适意的生活方式，"饥来吃饭，困来即眠"正是这种随遇而安、顺应自然、恬淡安逸的生活情趣的标志，它使僧侣和士大夫得到了满足。

第二，早期佛教对经、律、论的研读和对偶像的崇拜，已经让位给直观体验、直觉把握、简截明快的顿悟和自心觉察式自我解脱，这使禅僧与士大夫获得了轻松的感觉。

第三，早期佛教经院式学究的谈论已经让位给了随机应变、妙语连珠的应答艺术，这种艺术化的对话完全脱去了过去那种令人昏睡的枯燥和使人眼花缭乱的推理，对士大夫尤其是富于艺术修养的文人很有诱惑力。④

---

① 葛兆光著：《禅宗与中国文化》，上海：上海人民出版社，1986年，第37页。
② ［宋］释道元著，顾宏义译注：《景德传灯录译注》一，上海：上海书店出版社，2010年，第387页。
③ ［宋］释普济集编，毛寔校订：《五灯会元》上，北京：华龄出版社，2022年，第329页。
④ 葛兆光著：《禅宗与中国文化》，上海：上海人民出版社，1986年，第38页。

但我们要特别指出，当佛门参问本身已成为“妙语连珠的应答艺术”，给特定的社会群体以身心的满足和愉悦的时候，那些在特定场合对特定的听众“说经”“说参请”的僧侣艺人使之变为“特种说书”以吸引听众，宣扬佛理是自然而然的事情。

于是在文人士大夫集团颇有影响的人物即成为这特定的“宗教文学”中的特定的角色。以苏轼为例，他固然曾深研佛理，广交僧友，友朋相聚，谈笑风生，举座皆欢。但在一般老百姓心目中，他还是一个正直、智慧、才情四溢、风趣幽默的士大夫。所以在与佛门无涉的《东坡佛印问答录》机趣横生的问答中，总是东坡占上风。而在有关佛教典籍中东坡却总输禅师一着。《续传灯录》卷二十《东林照觉常聪禅师法嗣》载：

> （苏轼）抵荆南，闻玉泉皓禅师机锋不可触，公拟抑之，即微服求见。泉问：“尊官高姓？”公曰：“姓秤，乃秤天下长老底秤。”泉喝道：“且道这一喝重多少？”公无对，于是尊礼之。①

《五灯会元》卷十六亦载苏轼与释了印斗机锋：

> 师曰：“此间无坐榻，居士来此作什么？”士曰：“暂借佛印四大为坐榻。”师曰：“山僧有一问，居士若道得，即请坐；道不得，即输腰下玉带子。”士欣然曰：“便请。”师曰：“居士适来道，暂借山僧四大为坐榻。只如山僧四大本空，五阴非有，居士向什么处坐？”士不能答，遂留玉带。②

宋人笔记也记载了一些苏轼与名僧交往，于参请问答之际对人生的省悟。《罗湖野录》卷三记苏轼晚年被贬岭南，经过金陵时见慧泉禅师：

① 转引自葛兆光著：《禅宗与中国文化》，上海：上海人民出版社，1986年，第46页。
② ［宋］释普济集编，毛寔校订：《五灯会元》下，北京：华龄出版社，2022年，第319页。

东坡遂问曰：“如何是智海之灯？”泉遽对以偈曰：“指出明明是什么，举头鹞子穿云过。从来这碗最希奇，解问灯人能几个。”东坡于是欣然。[①]

东坡本人在其《东坡志林》卷二《诵经帖》中亦自记：

东坡食肉诵经，或云：“不可诵。”坡取水漱口。或云：“一碗水如何漱得！”坡云：“惭愧，阇黎会得。”[②]

可以想见，那能使才情学问俱属一流的苏轼“尊礼”“无语”“惭愧”“欣然”的佛教奥旨语言艺术对一般读书人当更具吸引力。

当然，翻阅有关典籍资料，我们也看到一些佛门参问犹似法眼文益《宗门十规论》所指斥的“狂禅”——“以歌颂为等闲，将制作为末事。任情直吐，多类于野谈；率意便成，绝肖于俗语”[③]。但换一个角度看，佛家参问用一种特殊的语言艺术，把深奥的佛理从庄严的佛家殿堂、繁多的佛家典籍中解放了出来，对于慕尚佛理的士大夫来讲，“得意者越于浮言，悟理者越于文字”，达成了自身的自行参悟与直觉理解。那通俗得近于粗俗的文字，不仅在“僧俗”之间架起了沟通的桥梁，更使士大夫们由端冕俨然的世俗禁锢中解脱出来，在言语与身心的纵情适意中感受了情感的愉悦。并且这种绝肖于俗语的参问，贴近了世俗大众，对于他们而言是宗教的诱惑，更是一种艺术的吸引。于是当唐宋之际，说唱文学兴起，市民文学兴起，说唱文学有意识地寻求雅俗共赏的途径时，禅宗的高僧们也发现了这一途径。于是宗教与文学艺术，深微的玄机与通俗的语言艺术在说唱文学中找到了结合的契机，从此在说唱中绵延不断地延续下来。元杂剧中也就自然出现了适合特定场合演出、适应特定观众口味的“佛教剧”。

① [宋]释晓莹撰：《罗湖野录》，上海：商务印书馆，1936年，第29页。

② [宋]苏轼著，王松龄点校：《东坡志林》，北京：中华书局，1981年，第34页。

③ 陈探宇著：《法眼宗要略》，北京：宗教文化出版社，2021年，第152页。

三

在元代相关的剧目中,《西游记》尚有争议,或认为该剧乃明初作品,但其第六本“胡麻婆问心字,孙行者答空禅”脱化“说参请”之迹是明显的。限于篇幅,也因其存疑,我们在此略而不论。

收在《元曲选》第三册中的《布袋和尚忍字记》宣扬的是佛家退让第一、忍受第一、克制第一的教义。在唐末,著名诗僧寒山与拾得曾对此教义有过绝妙的解释。《坚瓠二集》卷一《寒拾问答》中,寒山问曰:有人打我、骂我、辱我、欺我、吓我、骗我、凌虐我,以极不堪忍受的方法对待我,我该怎么办?拾得回答:应该躲避他、忍耐他、尊敬他、害怕他、让他、一味随便他、不理他,且看他怎么办。而《忍字记》一剧则通过戏剧手法阐释此理,并告诉人们通过克制、忍让可以修成正果。内容本不足取,但从剧中第三折“我揣着个羞脸儿还乡,从今后参什么禅宗听什么讲”①“(偈云)我佛将五派分开,参禅处讨个明白。若待的功成行满,同共见我佛如来”②,可见其受佛门参问或小说中“说参请”影响之迹。

《来生债》与《度柳翠》皆是在有关传说故事基础上创作的“佛教剧”。《古今小说》中有与《月明和尚度柳翠》同名的小说。两剧中皆有“参禅问道”的表演。

《来生债》第四折写灵兆自父亲从海上沉宝回来,与父母居住在鹿门山,每日靠卖笊篱为生。这一日又遇见了丹霞禅师……

> [禅师云]小娘子,这笊篱敢又是卖不了的么?[灵兆云]师父,是卖不了的。[禅师云]我有心要买笊篱,争奈身边无钱。你肯跟的我方丈中去么?[灵兆云]师父,你是个出家儿人,怕做甚么。我跟你去。[跟至方丈科][禅师云]我着两句言语嘲拨他,看他晓的么。[做念云]老和尚合掌当胸,小娘子自去分解。[灵兆背云]这和尚无礼,着言语嘲拨我。他如今不言语便罢,再言语呵,我答他两句……[灵兆云]你听我道两件事,依的,妾身便和你共同欢

① [明]臧晋叔编:《元曲选》第三册,北京:中华书局,1958年,第1076页。
② [明]臧晋叔编:《元曲选》第三册,北京:中华书局,1958年,第1076页。

爱。[禅师云]休道两件事，便十件贫僧也依。出家人亦无挂碍。[灵兆云]你着那经为枕比丘取乐，佛铺地袈裟蒙盖。[禅师云]南无阿弥陀佛！坏教门遗臭人间，堕阿鼻老僧罪大。[灵兆云]你参空禅仔细追求，怎生见真佛昂然不拜。[禅师云]得悟时拈起放下，拜佛也有何耽待。[合掌做拜灵兆打禅师头科云]掌拍处六根清静，这笊篱打捞苦海。[禅师云]方信道色即是空，果然的空即是色。[灵兆下][禅师云]南无阿弥陀佛！若不是吾师点化，贫僧怎了也……①

通观剧作，这一个穿插在一个吸引人的佛教度脱剧中的参问片断，起着重要的作用。由此可以看出佛门参悟的语言艺术已和有关佛教故事结合在一起，经过了宋代说参请的说唱之后，开始在戏剧舞台上与戏曲艺术融合在一起。

《来生债》中的这一片断，似已泯灭了参问之迹，佛门参请问难已和戏剧舞台上的佛教剧故事融合在一起，那机锋相摩的语言艺术，也已与戏曲语言艺术融汇。有关参问只是全剧的一个组成部分。那么，这是否可以印证学术界认为“说参请”形式短小，“要在瓦舍中作长时间的表演是难以想象的”②，皮述民在《宋人“说话”分类的商榷》中指出的“只是说话节目中的调剂性表演”的说法呢？

我们的看法是，正如宋代的说话艺术中“入话”和“正话”可以由特定的需要调换位置一样。“说参请”可以作“调剂性表演”，如上述剧作，但也可长时间演出，因为元杂剧中《东坡梦》《猿听经》《度柳翠》提供了较为典型的范式。三剧皆以参问悟道作为全剧的高潮和结局，围绕着这一高潮设置的故事情节则成为辅助的手段。换句话说，就三个剧作的内容推断剧作者的创作意图，剧作的高潮——参问悟道，是作者尽力展现的全剧最精彩的部分。

《猿听经》写的是龙济山中一个玄猿，因常闻经听法，推悟玄宗，最后舍妄求真，修因累行，返本归真的故事。剧作第一折写玄猿化为一个名叫余舜夫的樵夫，在龙济山修公禅师的陪同下，赏玩山景，流连忘返；第二折写玄猿趁僧堂无

① [明]臧晋叔编：《元曲选》第三册，北京：中华书局，1958年，第311页。

② 胡士莹著：《话本小说概论》，北京：中华书局，1980年，第116页。

人，进禅房打坐，散心游戏，被山神吓退；第三折写玄猿化为秀才袁逊，特来龙济山要求听讲，“寻山望水，谢扰扰于名场；问道参禅，谈空空于释部”[①]；第四折写玄猿在经堂参问之中，“言下大悟真机”[②]，化修成正果。剧中借玄猿之口总结全剧情节道：“（袁逊）实非人类，乃此山中得道老猿，未经圣僧罗汉点化，不得超升，初则变化儒樵，蒙师教诲，已识禅真半面；次则真形入师禅堂，授我经典；衣我袈裟，蒙师待以不死。今日座下，又蒙真诠数语，点化兽心，其实的参透得净也。”[③]因此《猿听经》可以说是一个地道的与“说参请”故事一脉相承的“参请剧”。

四

元杂剧保存的“说参请”片断，或在戏剧舞台演出的“参请剧”为我们提供了以下信息。

首先，由元代“参请剧”我们可以推测：宋元时的“说参请”根据需要，既可作“说话节目中的调剂性表演”，如《来生债》戏曲剧本所示，又可作长篇演说，如《猿听经》《东坡梦》《度柳翠》所示。在禅宗那里，“光明藏中，孰非游戏”；在宋元人心目中“若心常清静，离诸取著，于有差别境中能入无差别定，则酒肆淫房，遍历道场，鼓乐音声，皆谈般若”（《居士传》卷三十一载张镃语）。在《度柳翠》一剧中，月明和尚为度脱柳翠，随处可以谈禅，指物即可参问。月明和尚在经堂，在街巷，在茶房，在行院，无论是谈梦境，或是见围棋，玩双陆，踢气球，随时通过参问开悟柳翠，最终在显孝寺升堂说法的参悟中，使歌妓柳翠悟道坐化。“光明藏中，孰非游戏”“鼓乐声中皆谈般若”，可知在宋元书会才人笔下，在宋代说唱艺人那里，“说参请”故事的伸缩性是很大的。

令我们感兴趣的是，《东坡梦》《猿听经》《度柳翠》三剧中，还保留了由佛堂参问向说唱艺术演化之迹，在这里我们可以看到艺术化的参禅问道。请看《猿听经》第四折：

---

① 隋树森编：《元曲选外编》第三册，北京：中华书局，1959年，第955页。

② 隋树森编：《元曲选外编》第三册，北京：中华书局，1959年，第959页。

③ 隋树森编：《元曲选外编》第三册，北京：中华书局，1959年，第958—959页。

[外扮守座、净扮小僧、杂扮众僧、丑扮行者、同正末上外云]三宝巍巍道可尊,四生六道尽依凭。出言善解人天福,见性能传佛祖灯。贫僧乃龙济山大慈寺内守座是也。贫僧幼岁出家,舍俗为僧。坚修三际,精通五教。悟无生之大法,究微妙之心宗。贫僧常只是朝阳补衲,对月闻经,久居此寺,修习多年。贫僧为修公禅师座下第一个徒弟。众僧秀士,却来听讲。昨日有我师傅分付道,今日乃升堂说法。贫僧领着众僧,安排下香灯花果,禅床净几,等师父出来升座,大众动着法乐者。[禅师上升座云]如来法座此间安,般若惟心一语传。今日山僧重进步,三途踏破死生关。[执拄杖云]策杖攒担震地来,升平四海显胸怀。遂把邪魔推出去,咸令大众正宗开。梵刹住尾合西东,妙理亲传般若通。惟露亲机无准的,那时一任出其踪。[拈香云]此香不从千圣得,岂向万机求。虚空观不尽,大地莫能收。动之则竖穿横遍,静之则今古无俦。透十方之法界,动四大之神州,热香炉中,祝皇王之万岁,愿太子之千秋。[垂钓云]今日移舟到海津,丝竿常在手中伸,烟霞侧畔潜身坐,获得成功一巨鳞。大众若有那门居士、禅苑高僧,参学未明,法有疑碍,今日少伸问答。有么?[小僧云]有有有。敢问我师,如何是春?[禅师云]门前杨柳如烟绿,槛外桃花向日红。[小僧云]如何是夏?[禅师云]流水带花穿巷陌,夕阳将树入帘栊。[小僧云]如何是秋?[禅师云]秋色入林红黯淡,水光穿竹碧玲珑。[小僧云]如何是冬?[禅师云]云里高山头白早,海中仙果子生迟;[小僧云]多谢我师,今日且归林下,来日问禅。[禅师云]大众还有精进的佛子,俊秀禅和,未悟宗机,再来问答,有也是无?[众僧云]有有有。敢问我师,如何是西来意?[禅师云]九年空冷坐,千古意分明。[众僧云]如何是法身?[禅师云]野塘秋水漫,花坞夕阳迟。[众僧云]如何是祖意?[禅师云]三世诸法不能全,六代祖师提不起。[众僧云]多谢我师,且归林下,来日问禅。[禅师云]大众中有知音的居士,达道的善人,悟真机未能解,敢出来问答,有也是无?[守座云]有有有。敢启我师,贫僧特来问禅。[禅师云]问将来。[守座云]如何是曹洞宗?[禅师云]不萌草解藏香象,无底篮能提活龙。[守座云]如何是

> 临济宗?[禅师云]机如闪电,活似轰雷。[守座云]如何是云门宗?[禅师云]三句可辨,一镞辽空。[守座云]如何是法眼宗?[禅师云]言中有响,句里藏锋。[守座云]如何是□□仰宗?[禅师云]明暗交加,语默不露。[守座云]如何是不二法门?[禅师云]无法可说。[守座云]多谢我师,且归林下,来日问禅。[禅师垂钓云]一柄纶竿在手头,碧溪安在甚攸攸,清风明月襟怀阔,钓得金鳞出水游,众中还有四方善友,明达檀那,未开宗旨,请来问答。却是有也无?[正末云]有有有。小生袁逊,忝于我师座下,特来问禅。[禅师云]问将来。[正末云]敢问我师。如何是妙法?[禅师云]合着口。[正末云]如何是如来法?……[①]

《大日经义释》卷六指出,在佛曲中有"一一歌咏,皆是真言;一一舞戏,无非密印"[②]。传统的戏曲理论也认为如此,明人冶城老人《同开记》序说"宗教剧""思借人间之戏剧,以寓省悟之微机"。[③]佛门高僧借助说唱艺术,宣传佛门教义,有部分佛典本身即具有文学性、艺术性,当佛门子弟有意识地借助说唱艺术宣传佛旨时,说经、说参请、宝卷、佛教剧的问世就是必然的,并且追源溯流,它们一脉相承,且相互影响、渗透。因此,我们将上引《猿听经》中这一段艺术化的"说参请"与前所引证的《高僧传》《景德传灯录》《续传灯录》《五灯会元》中有关经堂参问的片断加以比较,可知说唱文学中的参禅问道确已将佛门参问的语言艺术丰富发展成为一种艺术语言。并且由此与宋代刘斧《青琐高议》中的"说参请"相较,我们认为,刘斧所录只是宋代"说参请"话本的一个梗概,宋代"说参请"之情况大致与此仿佛。所不同者,宋代说书人用的是叙述讲说语气,戏剧则是代言体。宋代"说参请"重在舌辩,而元代有关剧作,则借助于戏曲表演艺术。

在有关典籍中,我们可以知道,在唐代有关高僧说经参问就已极为吸引人。《宋高僧传》三集卷十二《唐朗州德山宣鉴传》四载,在德山宣鉴门下,无论炎天伏

---

① 隋树森编:《元曲选外编》第三册,北京:中华书局,1959年,第957—958页。

② 转引自王志敏、方珊著:《佛教与美学》,沈阳:辽宁人民出版社,1989年,第257页。

③ 刘崇德等主编,孙光军等副主编,李晓芹疏证:《曲品疏证》,南昌:江西教育出版社,2015年,第201页。

暑，还是寒冬腊月，听其讲说者常有千人。而卷十《唐荆州天皇悟道传》中天皇悟道的讲说更具魅力，经常盛况空前；信佛向德听讲参问者熙熙攘攘，讲堂里挤不下的，甚至爬到窗台上去。那么，宋代的“说参请”和元代的“参请剧”可拥有相当听众和观众应是无可怀疑的。

正因为此，“参禅”成为说唱艺人必习的技艺。元杂剧《蓝采和》第一折，身为艺人的蓝采和在［点绛唇］一曲中唱道：“俺将这古本相传，路歧体面，习行院，打诨通禅。穷薄艺知深浅。”[①]陈宗枢所著《佛教与戏剧艺术》一书引用上文时，把“通禅”写作“参禅”，当另有所本。陈著说：“‘打诨插科’是戏曲术语，打诨是用言语来逗笑，插科是用动作来逗笑。这段唱词却把‘参禅’和‘打诨’归为一路。可见当时民间已经把‘参禅’看成笑料了。”[②]“通禅”应该包括“参禅”。从现有戏曲资料看，“参禅”在戏曲舞台上有作为笑料、“插科打诨”的因素。《东坡梦》第四折禅师吩咐行者：“行者，你去两廊下僧院经阁钟楼叫者，但有那铜头铁额，钉嘴木舌，不能了达者，都来法座上问禅。”[③]剧中行者及牡丹的参问，谑谐处近于秽亵。但这源于佛门谐谑笑骂佛理寓焉的参问，近于戏剧舞台上的插科打诨，因为说经之中即有“说诨经”的，其与舞台艺术的插科打诨结合成为目前的形式。

元代杂剧为我们保存了有关“说参请”的宝贵资料。由《猿听经》《东坡梦》《度柳翠》相关剧作的片断可以推知“说参请”的广远影响。“说参请”作为说唱艺术的大致表演情况，三个剧作如果改变了“代言体”的形式，把剧中唱段变为“说话”，那么将会极接近宋代“说参请”之原形态。当然，推知不是推断，接近也不是等同。

---

① 隋树森编：《元曲选外编》第三册，北京：中华书局，1959年，第971页。

② 陈宗枢著：《佛教与戏剧艺术》，天津：天津人民出版社，1992年，第37页。

③ 隋树森编：《元曲选》，北京：中华书局，1958年，第1247页。

明清小说中所见“说参请”影响零拾

——“说参请”源流系列研究之三

自宋代说话有“说参请”一家，其影响至为久长。由宋代刘斧的《青琐高议》、宋代笔记中保留的零星资料，我们约略可见“说参请”的基本状况；由宋元话本、明代拟话本小说及元杂剧、明清传奇中有关“参请剧”，我们对“说参请”的认识更为明晰。令人感兴趣的是，由于受“说参请”的影响，明清一些著名的章回小说中保留了一些珍贵的“说参请”资料，我们在此略加整理分析。

《红楼梦》：听曲文宝玉悟禅机

《红楼梦》第二十二回《听曲文宝玉悟禅机，制灯谜贾政悲谶语》的前半部分写了宝玉因听曲文而悟禅机、写偈语，后又与黛玉参禅，在玩笑中认为自己的“觉悟”只是自寻烦恼的故事。略谓：二十一日是薛宝钗十五岁生日，当日在贾母院中搭了家常小巧戏台，定了一班新出的小戏。饭后，一班晚辈轮流点戏。宝钗点了一出《鲁智深醉闹五台山》，宝玉道：“只好点这些戏。”[①]宝钗道：“你白听了这几年的戏，那里知道这出戏的好处，排场又好，词藻更妙。”[②]宝玉道：“我从来怕这些热闹。”[③]宝钗笑道：“要说这一出热闹，你还算不知戏呢。你过来，我告诉你，这一出热闹戏，是一套北《点绛唇》，铿锵顿挫，韵律不用说是好的了；只那词藻中有一

① [清]曹雪芹、高鹗著：《红楼梦》，长沙：岳麓书社，1987年，第156页。
② [清]曹雪芹、高鹗著：《红楼梦》，长沙：岳麓书社，1987年，第156页。
③ [清]曹雪芹、高鹗著：《红楼梦》，长沙：岳麓书社，1987年，第156页。

支《寄生草》填的极妙,你何曾知道。”[①]宝玉见说得这般好,便凑近来央告:“好姐姐,念与我听听。”[②]宝钗便念道:“温揾英雄泪,相离处士家。谢慈悲,剃度在莲台下。没缘法,转眼分离乍。赤条条,来去无牵挂。那里讨,烟蓑雨笠卷单行?一任俺,芒鞋破钵随缘化!”[③]宝玉听了,喜得拍膝画圈,称赏不已,又赞宝钗无书不知。后宝玉因担心湘云、黛玉二人生嫌隙,从中调和,不曾想自己两头受气,于是想及前日阅《南华经》上,有“巧者劳而知者忧,无能者无所求。饱食而敖游,泛若不系之舟”[④]“山木自寇,源泉自盗”[⑤]之语,甚觉无趣,回至房中,与袭人谈及“赤条条来去无牵挂”[⑥],觉泪下。再细想这句趣味,不禁大哭起来。于是翻身起来至案提笔立占一偈:“你证我证,心证意证。是无个证,斯可云证。无可云证,是立足境。”[⑦]宝玉虽然解悟,又恐别人不解,又在偈语后写了一首《寄生草》,然后自觉无挂碍,心中自得,便上床睡了。当晚黛玉看了偈语和曲子,知是宝玉一时感忿而作,不觉可笑可叹。第二天,宝钗看了《寄生草》词:“无我原非你,从他不解伊。肆行无碍凭来去。茫茫着甚悲愁喜,纷纷说甚亲疏密。从前碌碌却因何?到如今,回头试想真无趣!”[⑧]又看了看偈语,笑道:“这个人悟了。都是我的不是,都是我昨儿一支曲子惹出来的。这些道书禅机最能移性。明儿认真说起这些疯话来,存了这个意思,都是从我这一只(支)曲子上来,我成了个罪魁了。”[⑨]黛玉笑着说她可以让宝玉收了这个痴心邪语。

于是黛玉、宝钗、湘云一起到宝玉房中。黛玉笑道:“宝玉,我问你:至贵者是‘宝’,至坚者是‘玉’。尔有何贵?尔有何坚?”[⑩]宝玉竟不能答。三人拍手笑道:

---

① [清]曹雪芹、高鹗著:《红楼梦》,长沙:岳麓书社,1987年,第156页。

② [清]曹雪芹、高鹗著:《红楼梦》,长沙:岳麓书社,1987年,第156页。

③ [清]曹雪芹、高鹗著:《红楼梦》,长沙:岳麓书社,1987年,第156—157页。

④ [春秋战国]老子、庄子等著:《诸子集成》第三册,上海:上海书店出版社,1986年,第210页。

⑤ [春秋战国]老子、庄子等著:《诸子集成》第三册,上海:上海书店出版社,1986年,第30页。

⑥ [清]曹雪芹、高鹗著:《红楼梦》,长沙:岳麓书社,1987年,第158页。

⑦ [清]曹雪芹、高鹗著:《红楼梦》,长沙:岳麓书社,1987年,第158页。

⑧ [清]曹雪芹、高鹗著:《红楼梦》,长沙:岳麓书社,1987年,第159页。

⑨ [清]曹雪芹、高鹗著:《红楼梦》,长沙:岳麓书社,1987年,第159页。

⑩ [清]曹雪芹、高鹗著:《红楼梦》,长沙:岳麓书社,1987年,第159页。

“这样钝愚,还参禅呢。”[①]黛玉又道:“你那偈末云,‘无可云证,是立足境’,固然好了,只是据我看,还未尽善。我再续两句在后。”[②]因念云:“无立足境,是方干净。”[③]宝钗道:“实在这方悟彻。当日南宗六祖惠能,初寻师至韶州,闻五祖弘忍在黄梅,他便充役火头僧。五祖欲求法嗣,令徒弟诸僧各出一偈。上座神秀说道:‘身是菩提树,心如明镜台,时时勤拂拭,莫使有尘埃。’彼时惠能在厨房碓米,听了这偈,说道:‘美则美矣,了则未了。’因自念一偈云:‘菩提本非树,明镜亦非台,本来无一物,何处染尘埃?’五祖便将衣钵传他。今儿这偈语,亦同此意了。只是方才这句机锋,尚未完全了结,这便丢开手不成?”[④]黛玉笑道:“彼时不能答,就算输了,这会子答上了也不为出奇。只是以后再不许谈禅了。连我们两个所知所能的,你还不知不能呢,还去参禅呢。”[⑤]宝玉自己以为觉悟,不想忽被黛玉一问,便不能答;宝钗又比出“语录”来,此皆素不见他们能者。自己想了一想:“原来他们比我的知觉在先,尚未解悟,我如今何必自寻苦恼。”[⑥]想毕,便笑道:“谁又参禅,不过一时顽话罢了。”[⑦]说着,四个仍复如旧。

《红楼梦》中妙写“参请”的情节尚有第九十一回“布疑阵宝玉妄参禅”,文繁不再叙录。我们之所以极为重视“听曲文宝玉悟禅机”的情节,是因为它向我们展示了佛门的参请问道对《红楼梦》全书,对书中男女主人公产生了极大影响。端庄宁静的宝钗对于六祖惠能的一段语录倒背如流,聪颖明慧的黛玉亦能仿参问的话头。如果说佛教典籍中见于《坛经》的有关六祖惠能的故事,如同佛典中拈花微笑、折苇渡江、面壁九年、只履西归一样,人们耳熟能详,对于读书识礼的宝玉、黛玉、宝钗辈不足为奇的话,那么黛玉仿佛门参问问倒宝玉,使宝玉“竟不能答”[⑧],需对佛门参问极为熟悉。在钗、黛辈不可能常与禅僧交往的情况下,相

---

① [清]曹雪芹、高鹗著:《红楼梦》,长沙:岳麓书社,1987年,第159页。
② [清]曹雪芹、高鹗著:《红楼梦》,长沙:岳麓书社,1987年,第159页。
③ [清]曹雪芹、高鹗著:《红楼梦》,长沙:岳麓书社,1987年,第159页。
④ [清]曹雪芹、高鹗著:《红楼梦》,长沙:岳麓书社,1987年,第159页。
⑤ [清]曹雪芹、高鹗著:《红楼梦》,长沙:岳麓书社,1987年,第159页。
⑥ [清]曹雪芹、高鹗著:《红楼梦》,长沙:岳麓书社,1987年,第159—160页。
⑦ [清]曹雪芹、高鹗著:《红楼梦》,长沙:岳麓书社,1987年,第160页。
⑧ [清]曹雪芹、高鹗著:《红楼梦》,长沙:岳麓书社,1987年,第159页。

关的知识极有可能是通过观看有关戏剧、说书(或相关书籍)得来。正由于有些佛门典籍颇具文学性、艺术性,后世的说唱艺术小说中的说参请、戏剧的参请剧又将其进一步艺术化,所以其影响波及人们的日常生活之中。

禅僧们、艺人们和那些有一定创作倾向的作家们把佛门说经、参请问道艺术化,向世俗生活渗透的结果,正如马克思《黑格尔法哲学批判》导言所说:“他(马丁·路德)破除了对权威的信仰,是因为他恢复了信仰的权威。他把僧侣变成了世俗人,是因为他把世俗人变成了僧侣。他把人从外在宗教笃诚解放出来,是因为他把宗教笃诚变成了人的内在世界。他把肉体从锁链中解放出来,是因为他给人的心灵套上了锁链。”[①]对于宝玉的一生,这听曲悟禅机的情节的影响,正如宝钗所说的:这个人悟了。都是我的不是,都是我昨儿一支曲子惹出来的。这些道书禅机最能移性。明儿认真说起这些疯话来,存了这个意思,都是从我这一只(支)曲子上来……待宝玉经历金玉良缘这尘俗的夫妻情爱,还了那木石前盟前生的情债,又偿还了父母望子成龙光宗耀祖的夙愿后,脱离了富贵荣华地、脂粉温柔乡,找到了人生的归宿——遁入空门,面临白茫茫一片大地,他才真正达到了“赤条条来去无牵挂”[②]的境界。

再就《红楼梦》的整体结构而言,宝玉听曲文悟禅机的情节也至为重要。该书第九十一回作者再次借用参问形式刻画男女主人公的性格特征,推动了故事情节的发展,与宝玉听曲文悟禅机的情节前后呼应。作者写宝玉因探问宝钗遭到冷遇,满腹狐疑,被黛玉一番开解后,“宝玉豁然开朗,笑道:‘很是,很是。你的性灵比我竟强远了,怨不得前年我生气的时候,你和我说过几句禅语,我实在对不上来。我虽丈六金身,还借你一茎所化。’黛玉乘此机会说道:‘我便问你一句话,你如何回答?宝玉盘着腿,合着手,闭着眼,嘘着嘴道:‘讲来。’黛玉道:‘宝姐姐和你好你怎么样?宝姐姐不和你好你怎么样?宝姐姐前儿和你好,如今不和你好你怎么样?今儿和你好,后来不和你好你怎么样?你和他好他偏不和你好

① 中共中央马克思恩格斯列宁斯大林著作编译局编译:《马克思恩格斯选集》第一卷,北京:人民出版社,2012年,第10页。

② [清]曹雪芹、高鹗著:《红楼梦》,长沙:岳麓书社,1987年,第159页。

你怎么样？你不和他好他偏要和你好你怎么样？'宝玉呆了半晌，忽然大笑道：'任凭弱水三千，我只取一瓢饮。'黛玉道：'瓢之漂水奈何？'宝玉道：'非瓢漂水，水自流，瓢自漂耳！'黛玉道：'水止珠沉，奈何？'宝玉道：'禅心已作沾泥絮，莫向春风舞鹧鸪。'黛玉道：'禅门第一戒是不打诳语的，'宝玉道：'有如三宝。'黛玉低头不语"[①]。这里依然用的是参问的形式，但已全然不是青春少年模仿戏闹的打趣逗笑。"任凭弱水三千，我只取一瓢饮""禅心已作沾泥絮，莫向春风舞鹧鸪"，极为含蓄也极为明确地表达了宝玉的感情归属。"禅门不打诳语"，当弱水三千瓢饮不得，金玉良缘竟替代了木石前盟，黛玉心灰意冷"水止珠沉"之际，也是宝玉"禅心已作沾泥絮"之时。他最后跳脱红尘，遁入空门成了必然。学术界有论者认为《红楼梦》是爱情小说，从爱情这一角度讲，宝黛参问的情节在小说中的作用是极为耐人寻味的。也有论者认为《红楼梦》乃"家政小说"，是通过一个大家族的盛衰，反映家庭伦理道德的。从这一角度讲，宝玉的佛缘仙根也是值得注意的。《红楼梦》第一百二十回《甄士隐详说太虚情，贾雨村归结红楼梦》写贾政在毗陵驿见到了微微雪影里"光着头，赤着脚，身上披着一领大红猩猩毡的斗篷"[②]的宝玉与一僧一道飘然而去，追赶之下，"只见白茫茫一片旷野，并无一人"[③]。回到船中，对众人叹道："你们不知道，这是我亲眼见的，并非鬼怪。况听得歌声大有玄妙。那宝玉生下时衔了玉来，便也古怪，我早知不祥之兆，为的是老太太疼爱，所以养育到今……岂知宝玉是下凡历劫的，竟哄了老太太十九年！如今叫我才明白。"[④]而作为父亲的贾政，竟始终不知儿子在扰攘尘世中时涉禅学道书，时听仙音佛曲，时悟禅机，最终"禅心已作沾泥絮"的心路历程，乃是这位封建家长家政之失误。

自宋"说参请"风行一时，元明清以降，其影响已及戏曲及章回小说，仅就研究《红楼梦》而言，无论是探求贾宝玉在特定环境中追求"赤条条来去无牵挂"的心路历程，还是探究其"任凭弱水三千，我只取一瓢饮"的爱情追求，上述情节是应给以特别重视的。

---

① [清]曹雪芹、高鹗著：《红楼梦》，长沙：岳麓书社，1987年，第742页。
② [清]曹雪芹、高鹗著：《红楼梦》，长沙：岳麓书社，1987年，第957页。
③ [清]曹雪芹、高鹗著：《红楼梦》，长沙：岳麓书社，1987年，第957页。
④ [清]曹雪芹、高鹗著：《红楼梦》，长沙：岳麓书社，1987年，第957—958页。

《水游传》:五台山宋江参禅

鲁迅先生在其《古小说钩沉序》和《中国小说史略》中曾把佛门“幽验冥征”故事看作中国小说早期萌芽之一种,并指出六朝之鬼神志怪书、唐传奇、宋话本、明代神魔小说、人情小说、《红楼梦》均与佛教有千丝万缕之联系。纵观一部中国古代小说发展史,人们完全可以这样说:“佛教思想广泛深入地浸入中国小说的内容,佛家的观念与思维方式更深刻影响到中国小说素材的选择、人物的塑造、情节构思与安排。在各种文学样式中,小说的发展与佛教的关系显得特殊密切。”[①]学者们认为,在水浒流变史上,金圣叹曾“腰斩”水浒——斩去第七十回以后的全部文字,另加一个“梁山泊好汉惊噩梦”作为结尾。这个七十一回本水浒风行全国,历三百余年而不衰。对此,论者或认为,“腰斩”之后,没有了“受招安”之类情节,宋江的形象“高大”了,《水浒》的地位“更高”了。但鲁迅在《谈金圣叹》中认为,“腰斩”《水浒》,使得一部《水浒传》成了断尾巴蜻蜓。我们的看法是,作为一部完整的忠义《水浒传》,“腰斩”之后,没有了“伐辽”建功的章节,其“忠”不能得到突出表现。鲁迅的说法是有道理的。我们可以推测,《水浒传》的原作者有明确的创作意图,即水浒英雄是忠义双全的英雄,但“全忠全义”之后,结局是悲剧,且这悲剧的结局又是必然的,因为除客观社会原因之外,水浒英雄的个性,特别是宋江的个性决定了这一点。简言之,在作者看来,建立了伐辽大功之后的宋江,已经实现了自己忠义报国的愿望,功成身退是最好的结局。然而宋江“六根束缚多年,四大牵缠已久”[②],恋君恩退未能,最后率众弟兄走向了悲剧的结局。所以,从全书的结构看,梁山英雄征辽之后,“水浒英雄志已酬”[③],太尉颁恩降诏,去向的抉择,决定了他们的归宿和命运。

因此,《水浒传》第九十回“五台山宋江参禅”的情节就特别值得重视。《水浒传》作者的创作意图显然是把征辽功成之后梁山英雄的去向选择作为全书结构

---

① 孙昌武著:《佛教与中国文学》,上海:上海人民出版社,1988年,第260页。

② [明]施耐庵、罗贯中著:《水浒传》,北京:人民文学出版社,1975年,第1227页。

③ [明]施耐庵、罗贯中著:《水浒传》,北京:人民文学出版社,1975年,第1218页。

上的转折，也是作为梁山泊事业的根本转折来写的。

该书第八十九回写辽国乞降之后，“有诗为证”曰：“水浒英雄志已酬”。写宋江命随军石匠采石为碑，令萧让作文，以记其事后，又在诗中写道“勒石镌铭表功绩，颉颃铜柱及燕然”[①]，认为水泊梁山的英雄事业至此已至顶峰，其伐辽功业可与历史上勒石燕然、大败匈奴的窦宪相媲美。宋江们忠义报国的志愿已酬，其后的命运是“战罢辽兵不自由”[②]。

于是作者在征辽与征方腊这两次战场厮杀之间，特意安排了宋江五台山参禅的情节，对轰轰烈烈的梁山事业作一收束，启开了梁山英雄悲剧结局的帷幕。

《水浒传》第八十九回末写宋江传令全军克日起行回京之际，得知鲁智深要往五台山参礼智真长老，于是动了参禅念头。书中写道：“暂弃金戈甲马，来游方外丛林。雨花台畔，来访道德高僧；善法堂前，要见燃灯古佛。直教一语打开名利路，片言踢透生死关。”[③]“打开名利路”“踢透生死关”，作者在这里明示读者宋江一行五台山参禅的重要作用。

《水浒传》第九十回“五台山宋江参禅”的情节，向我们提供了几个方面的信息。首先是宗教与政治、宗教与现实的关系在讲法参禅中的表现——法堂上鸣钟击鼓，会集众僧之后，“智真长老到法座上，先拈信香，祝赞道：‘此一炷香，伏愿今上天子万岁万万岁，皇后齐肩，太子千秋，金枝茂盛，玉叶光辉，文武官僚同增禄位，天下太平，万民乐业！’再拈信香一炷，‘愿今斋主身心安乐，寿算延长，日转千阶，名垂万载！’再拈信香一炷，‘愿今国安民泰，岁稔年和，五谷丰登，三教兴隆，四方宁静，诸事祯祥，万事如意！’”[④]其次，小说以其特有的艺术形式展现了宋江与长老参问的全过程：“宋江向前拈香礼拜毕，合掌近前参禅道：‘某有一语，敢问吾师。’智真长老道：‘有何法语要问老僧？’宋江向前道：‘请问吾师：浮世光阴有限，苦海无边，人身至微，生死最大。特来请问于禅师。’智真长老便答偈曰：‘六根束缚多年，四大牵缠已久。堪叹石火光中，翻了几个筋斗。咦！阎浮世界

① [明]施耐庵、罗贯中著：《水浒传》，北京：人民文学出版社，1975年，第1228页。
② [明]施耐庵、罗贯中著：《水浒传》，北京：人民文学出版社，1975年，第1218页。
③ [明]施耐庵、罗贯中著：《水浒传》，北京：人民文学出版社，1975年，第1223—1224页。
④ [明]施耐庵、罗贯中著：《水浒传》，北京：人民文学出版社，1975年，第1227页。

诸众生，泥沙堆里频哮吼’”[①]。

细看这一段文字，读者都会认识到，宋江参问生死，智真长老意在“启发宋江，不要长久为人欲束缚，企求名利；如同石火似的短暂人生，应当六根清静，修身养性”[②]。但“潜伏爪牙忍受”[③]多年的宋江，征辽方遂“凌云志”[④]，此对于智真长老的点化“实不省悟”[⑤]——既不愿省悟，也难以省悟。于是在参问生死之后，又于晚间闲话之时参问“众弟兄此去前程如何”[⑥]，长老“明彰点化”[⑦]，智真长老为之写下四句偈语：“当风雁影翻，东阙不团圆。只眼功劳足，双林福寿全。”[⑧]并且明示“此是将军一生之事”[⑨]。然而对此“禅机隐语”[⑩]，宋江看了，“不晓其意”[⑪]。智真长老又为鲁智深写了四句偈语，寓寄其前程归宿：“逢夏而擒，遇腊而执。听潮而圆，见信而寂。”[⑫]就小说的情节发展、人物命运而言，智真长老为鲁智深写的偈语，完全隐括了他此后的命运——《水浒传》第一百一十九回写梁山大军征方腊之后，鲁智深与武松在六和寺歇息，于八月十五日听得浙江潮信，“忽然大悟，拍掌笑道：‘俺师父智真长老，曾嘱付与洒家四句偈言，道是：“逢夏而擒”，俺在万松林里厮杀，活捉了个夏侯成；“遇腊而执”，俺生擒方腊；今日正应了：“听潮而圆，见信而寂。”俺想既逢潮信，合当圆寂。’”[⑬]于是，鲁智深“浙江坐化”。如果回照鲁智深初离五台山时智真长老送他的另四句偈语：“遇林而起，遇山而富，遇水而兴，遇江而止。”[⑭]已隐括了他与林冲的交往、逼上二龙山、与众英雄相聚水泊梁

---

① [明]施耐庵、罗贯中著：《水浒传》，北京：人民文学出版社，1975年，第1227页。
② 马成生著：《水浒通论》，杭州：浙江古籍出版社，1994年，第205页。
③ [明]施耐庵、罗贯中著：《水浒传》，北京：人民文学出版社，1975年，第494页。
④ [明]施耐庵、罗贯中著：《水浒传》，北京：人民文学出版社，1975年，第495页。
⑤ [明]施耐庵、罗贯中著：《水浒传》，北京：人民文学出版社，1975年，第1227页。
⑥ [明]施耐庵、罗贯中著：《水浒传》，北京：人民文学出版社，1975年，第1227页。
⑦ [明]施耐庵、罗贯中著：《水浒传》，北京：人民文学出版社，1975年，第1227—1228页。
⑧ [明]施耐庵、罗贯中著：《水浒传》，北京：人民文学出版社，1975年，第1228页。
⑨ [明]施耐庵、罗贯中著：《水浒传》，北京：人民文学出版社，1975年，第1228页。
⑩ [明]施耐庵、罗贯中著：《水浒传》，北京：人民文学出版社，1975年，第1228页。
⑪ [明]施耐庵、罗贯中著：《水浒传》，北京：人民文学出版社，1975年，第1228页。
⑫ [明]施耐庵、罗贯中著：《水浒传》，北京：人民文学出版社，1975年，第1228页。
⑬ [明]施耐庵、罗贯中著：《水浒传》，北京：人民文学出版社，1975年，第1368页。
⑭ [明]施耐庵、罗贯中著：《水浒传》，北京：人民文学出版社，1975年，第65页。

山、圆寂浙江六和寺的人生经历。那么,合起来讲,先后八句偈语已概括了鲁智深的一生。由此已约略可见“五台山宋江参禅”情节之重要。但就全书而言,有关鲁智深的偈语,所关系的仅止鲁智深个人的命运。而由于宋江的特定地位,相关的四句偈语,则不仅关其一人命运,且关系梁山事业。“当风雁影翻”,古人把“雁行”“雁序”引申为兄弟、兄弟排行,此句明指当风雁阵,暗喻梁山弟兄;“东阙不团圆”,亦一语双关。“东阙”指朝廷。近指征辽回朝后,“京师留下四员将佐:金大坚、皇甫端、萧让、乐和,辞别归山一员将佐:公孙胜”[①],指征方腊之后,梁山英雄“十损其八”[②]。“只眼功劳足,双林福寿全”二句则昭示宋江辈如仅从功名事业着眼的话(只眼,有二解,一为喻见识,如独具只眼;二为围棋术语,围棋以眼为要着,只眼即一眼,葛立方《韵语阳秋》引王无功围棋长篇云:双关防易断,只眼畏难全)要待到魂归寥儿洼后方能得到“福寿双全”的荣耀。智真长老在预示宋江和鲁智深的最后归宿时,均用了特有字面,言鲁智深“听潮而圆,见信而寂”,即言鲁听到浙江潮信之时“圆寂”。“佛门中圆寂便是死”[③],是一般人都知道的。而写给宋江的偈语“双林福寿全”,则因用了佛祖释迦牟尼涅槃于拘尸那国阿利罗跋提河边婆罗双树间(亦称双林)之典,又因小说同一回中“双林渡燕青射雁”[④]之情节,易使人产生误解。了解了典之所出,那么“双林”暗寓“涅槃”即是死。智真长老的偈语已暗示了宋江生命之旅的终局——饮鸩酒魂归寥儿洼。之后,宋徽宗“梦经水浒见豪英”[⑤],“亲书圣旨,敕封宋江为忠烈义济灵应侯”[⑥],“于梁山泊起盖庙宇,大建祠堂,妆塑宋江等殁于王事诸多将佐神像。敕赐殿宇牌额,御笔亲书‘靖忠之庙’”[⑦]。从此,“万年香火享无穷”[⑧],“万年青史播英雄”[⑨],是之为“福寿

① [明]施耐庵、罗贯中著:《水浒传》,北京:人民文学出版社,1975年,第1241页。
② [明]施耐庵、罗贯中著:《水浒传》,北京:人民文学出版社,1975年,第1373页。
③ [明]施耐庵、罗贯中著:《水浒传》,北京:人民文学出版社,1975年,第1368页。
④ [明]施耐庵、罗贯中著:《水浒传》,北京:人民文学出版社,1975年,第1225页。
⑤ [明]施耐庵、罗贯中著:《水浒传》,北京:人民文学出版社,1975年,第1394页。
⑥ [明]施耐庵、罗贯中著:《水浒传》,北京:人民文学出版社,1975年,第1396页。
⑦ [明]施耐庵、罗贯中著:《水浒传》,北京:人民文学出版社,1975年,第1396页。
⑧ [明]施耐庵、罗贯中著:《水浒传》,北京:人民文学出版社,1975年,第1396页。
⑨ [明]施耐庵、罗贯中著:《水浒传》,北京:人民文学出版社,1975年,第1396页。

全”。梁山英雄在说唱文学领域留下了一段佳话，也留下一出令人深思的悲剧。

总之，“五台山宋江参禅”在《水浒传》全书的整体结构上挽结了梁山英雄的壮举伟业。八方英雄汇聚梁山，生死相依，愿“同生同死，世世相逢”[①]，是为义；惩治凶暴，替天行道，出兵伐辽，保家卫国，是为忠。水浒英雄的心志，在征辽之后，作者用一句话概括“水浒英雄志已酬”。但因宋江们既难以参悟死生，又难以把握前程，从此“战罢辽兵不自由”。宋江们在心情抑郁中征讨方腊，在无可奈何中死伤离散，走向了悲剧的结局。因此，宋江五台山参禅的情节在全书的结构安排上具有重要的作用，它昭示了宋江、鲁智深的命运，形成悬念，“禅机隐语”，最后一一印证。虽借佛门说参请之形式，实为小说情节发展、人物命运埋下了伏笔，所谓“草蛇灰线”[②]，“伏脉千里”[③]，我们研究《水浒传》所必须注意。

还要特别指出的是，《水浒传》中这一绝类“说参请”的回目、其在全书中的作用、其参问的形式和内容及篇幅的长短，都明确无误地告诉人们，“说参请”在昔日的瓦肆勾栏中是可以做长时间的演说的。循此思路，如果仔细搜讨研究相关说部中有关情节，可以对宋代极有影响的“说参请”的源流演变有一个较为清晰的认识。

---

① [明]施耐庵、罗贯中著：《水浒传》，北京：人民文学出版社，1975年，第1227页。

② [清]曹雪芹著，脂砚斋评：《脂砚斋重评石头记甲戌校本》，北京：作家出版社，2000年，第82页。

③ [清]曹雪芹著，脂砚斋评：《脂砚斋重评石头记甲戌校本》，北京：作家出版社，2000年，第334页。

宋金“影戏”考

我国传统“影戏”，可谓源远流长，溯其源，人谓：“影戏，或谓昉汉武时李夫人事，吾州长安镇多此戏。”[①]然历代治戏曲史者，面对漫长历史，不无困惑，因为“影戏一端，在唐五代现有之资料中，尚无所发现”[②]。于是均把搜检资料之目光转向宋金时代。即令如此，也由于千百年来战乱频仍，加之戏曲资料历来不大为文人所重，现存文字资料零星散乱，以致人们对宋金“影戏”难以描摹出一个较为完整的印象。20世纪初至40年代，学术界曾先后出现了一批有关“影戏”的论著，计有孙楷第先生《近世戏曲的唱演形式出自傀儡戏影戏考》《傀儡戏考原》、佟晶心《中国影戏考》、顾颉刚《滦州影戏考》、吴晓铃《杂论影戏——兼答佟晶心先生》、李脱尘《影戏小史》等。这是一批研究传统“影戏”的发轫之作，对我们无疑是有很大启发的。但由于各方面的原因，这些文章多“设论”之作，存在诸多不足之处。如任半塘先生认为“孙（楷第）文甚冗长，但证之事实并不多，似满是揣测之辞”。吴晓铃先生认为佟晶心、顾颉刚二先生的文章“都有‘古代’材料太少的感觉”，而“近代资料又都根据李脱尘君《影戏小史》”。而李氏认为影戏源于明，创始在滦州。偏颇之处，非常明显。综观当时之论著，很少论及宋金影戏，偶一提及，并无圆满之论。王国维先生素称博深，然论及影戏，亦不过曰“影戏之为物，

① [清]炅謇著：《拜经堂诗话》卷三，无锡丁氏校刊本。

② 任半塘著：《唐戏弄》，上海：上海古籍出版社，2006年，第462页。

专以演故事为主，与傀儡同。此亦有助于戏剧之进步者也”①。近年一些戏曲史论著，论及宋金影戏，也往往提到即止。《中国大百科全书·戏曲曲艺》卷末列“影戏”条目，仅在叙述戏曲源起时引孙楷第《傀儡戏考原》，认为戏曲起源于傀儡戏、影戏。有鉴于此，本文拟对宋金影戏从皮影制作、艺人状况、表演形式、演出内容诸方面略加探讨，以就正于方家。

一

就残存的现有关于宋代的影戏资料看，宋代皮影的制作大致经历了先由“素纸雕镞”后用彩色装皮为之，之后日益工巧，“以羊皮雕形，用以彩色妆饰”的过程。据《都城纪胜》载：

> 凡影戏乃京师人初以素纸雕镞，后用彩色装皮为之。其话本与讲史书者颇同，大抵真假相半，公忠者雕以正貌，奸邪者与之丑貌，盖亦寓褒贬于世俗之眼戏也。②

由此可见，当时的皮影制作已达相当高之水准，用“正貌”“丑貌”区分“公忠者”和“奸邪者”，已有脸谱化倾向。另据《梦粱录·百戏技艺》条载：

> 更有弄影戏者，元汴京初以素纸雕簇，自后人巧工精，以羊皮雕形，用以彩色妆饰，不致损坏。杭城有贾四郎、王昇、王闰卿等，熟于摆布，立讲无差。其话本与讲史书者颇同。③

吴自牧的这条记载有两点值得注意。首先，影戏是从宋初由简而精发展而来。其次，宋时影戏之演出遍及南北。为了适应这种遍及南北的影戏表演的需

① 王国维著：《宋元戏曲史》，天津：百花文艺出版社，2002年，第31页。
② [宋]耐得翁著：《都城纪胜》，《全宋笔记》第八编第五册，郑州：大象出版社，2017年，第15页。
③ [宋]吴自牧著：《梦粱录》，见王云五《丛书集成初编》，北京：商务印书馆，1983年，第193页。

要，据周密《武林旧事·社会》条载：宋时已有了专门制作皮影的专业社团——“绘革社”。“绘革社”这种皮影制作组织无疑极大推动了皮影制作的完善，有利于皮影戏的表演。也与同时期傀儡、大傩、元夕灯饰的制作互为影响。据宋人记载，政和间一次举行“大傩”，下桂府进面具竟达八百枚之多，且“老少妍陋无一相似者”[①]。宋代傀儡戏的表演已达到“如真无二”，令人“百怜百悼”之境界。这些无疑对皮影之制作均起促进作用。与之同时，专业制作社团制作技艺的日益精妙，也会影响其他类似的技艺，宋代元夕灯会中的“羊皮灯”镞镂精巧，五色妆染，“如影戏之法”[②]。

在影戏演出日益发展，越来越受欢迎的情况下，出现了一批名扬一时的影戏表演家。周密《武林旧事·诸色伎艺人》于影戏一项录载著名艺人达二十余人之多。从有关记载我们不仅可以看到宋代影戏著名艺人非常之多，有女艺人演出，而且可以知道影戏表演具有多种形式。周密在李二娘名下特别注明“队戏”，显然李二娘是以表演“队戏”擅长的。然而“队戏”究竟云何，由于手头历史资料的缺乏，只好暂付阙如，以待来哲了。宋代影戏表演除上述“队戏”难以具解外，就我们所知，尚有以下几种表演形式。

1. 人们所熟知的普通影戏演出。

2.“大影戏”。“或戏于小楼，以人为大影戏。”[③]傀儡戏与影戏原本具有共同之特色——以物为戏，以物象人，与传统戏曲的以人为戏，以人象人有明显的不同。但傀儡戏与影戏发展到了“肉傀儡”“大影戏”时，均由真人扮演，“以小儿辈后生辈为之”，则更接近戏剧，这是研讨中国戏曲的人们所不能不注意的。

3.“手影戏”。由于在许多戏曲史著作中很少涉及影戏，“手影戏”何谓，迄不可寻。孟瑶先生《中国戏曲史》中提到“手影戏”，但曰《都城纪胜·杂手艺》中又有手影戏。手影戏或系以手势为之的小影戏。至于详细情况则不得而知。查宋人洪迈《夷坚志》辛卷三“普照明颠”条载有一颂涉及“手影戏”，其文曰：

---

① [宋]陆游著，杨立英校注：《老学庵笔记》，西安：三秦出版社，2003年，第14页。

② [宋]周密著：《武林旧事·灯品》，《全宋笔记》第八编第二册，郑州：大象出版社，2017年，第34页。

③ [宋]周密著：《武林旧事·元夕》，《全宋笔记》第八编第二册，郑州：大象出版社，2017年，第32页。

尝遇手影戏者，人请之占颂，即把笔书云：三尺生绡作戏台，全凭十指逞诙谐。有时明月灯窗下，一笑还从掌握来。①

由此可以推知，所谓"手影戏"者大概是指影戏艺人以十指变幻造型表演的诙谐滑稽、以资笑乐的技艺，戏台为三尺生绡做成，幻影则借助月光、灯光为之。

4."乔影戏"。《东京梦华录·京瓦伎艺》条在"影戏丁仪"后又有"瘦吉等弄乔影戏"的记载。"乔"字有多种释意，联系到宋代百戏有"乔相扑""乔骆驼儿"等称谓，那么这里的"乔"应指的是借影戏表演，滑稽逗乐，表演时"做张做势，乔模乔样"②以资娱悦观众。

除上述四种表演形式之外，在《五灯会元》卷十八我们还看到一首释居慧涉及影戏的偈语：

百尺竿头弄影戏，不唯瞒你又瞒天。自笑平生歧路上，投老归来没一钱。③

据此偈语所写，证之以宋代相应记载，我们可以初步推断，居慧所咏不属戏曲表演范畴之影戏。《东京梦华录·元宵》条载：

自灯山至宣德门楼横大街，约百余丈。用棘刺围绕，谓之棘盆。内设两长竿，高数十丈，以缯綵结束，纸糊百戏人物，悬于竿上，风动宛若飞仙。④

那悬于竿上的纸糊百戏人物与居慧所咏是相合的。

① [宋]洪迈著：《夷坚志》，《全宋笔记》第九编第六册，郑州：大象出版社，2018年，第317页。

② [宋]洪楩著：《清平山堂话本·刎颈鸳鸯会》，北京：华文出版社，2018年，第112页。

③ [宋]释曾济集编，毛寔校订：《五灯会元》下，北京：华龄出版社，2022年，第471页。

④ [宋]孟元老著：《东京梦华录》，见王云五《丛书集成初编》，上海：商务印书馆，1936年，第110—111页。

二

在弄清了影戏的制作、影戏艺人及演出种类之后，我们有必要进一步探讨影戏表演场所问题。就现代戏剧理论来讲，演员、剧本、剧场、观众乃戏剧形成之四要素，所以研究宋金影戏，演出场所是一个绝对不容忽略的问题。

1.宫廷演出。统治者的喜好是影戏发展的因素之一。据有关资料记载，影戏在宋代已成为最高统治阶层愉悦身心的一种重要文艺形式。

> 钱塘为宋行都。……孝宗奉太皇寿，一时御前应制多士流。棋为沈姑姑，"演史"为宋氏强氏，"说经"为陆妙静、陆妙慧，"小说"为史亚美，"队戏"为李端娘，"影戏"为王闰卿。（陈继儒《太平清话》）

这里又出现了"队戏"，但不知此处"队戏"与《武林旧事》所载是否同为影戏之一种，若是，影戏在宫廷中之受欢迎可以想见。

2.勾栏瓦舍。据《西湖老人繁胜录》载：

> 深冬冷月无社火看，却于瓦市消遣……专说史书，乔万卷……弟子散乐，作场相扑，王侥大……勾栏合生，双秀才……装神鬼，谢兴歌……影戏，尚宝义、贯雄……①

由此可知，在宋时，影戏与说史书、合生诸色伎艺一样，在固定的勾栏瓦舍中长期演出，拥有相当多的观众。

3.节日都市坊巷。据《夷坚志·郭伦观灯》条载，宋时上元夜，城内每一坊巷口都设立儿童最爱看的小影戏棚，用以引聚小儿，以防走失。"或戏于小楼，以人

---

①［宋］孟元老等著：《东京梦华录 都城纪胜 西湖老人繁胜录 梦粱录 武林旧事》，北京：中国商业出版社，1982年，第16页。

为大影戏,儿童喧呼,终夕不绝。”①

4. 乡村。关于这一点,我们尚无确切资料可以证实,但从与影戏在演出形式、内容及制作方面均有相近之处的傀儡戏的演出上,可以想见。南宋吴潜《秋夜雨·依韵戏赋傀儡》词曰:“腰棚傀儡曾悬索,粗瞒凭一层幕。施呈精妙处,解幻出、蛟龙头角……歧路难准托。田稻熟,只宜村落。”②在那有庙皆有戏,戏曲与宗教有着不解之缘的乡村土地上,傀儡戏、影戏一定都以各自独特的表演形式和作用受到欢迎。

影戏的受欢迎,不仅在其外在形式,尤在于其表演内容。关于影戏表演的具体内容,宋耐得翁《都城纪胜·瓦舍众伎》条与吴自牧《梦粱录》卷二十均有记载:“其话本与讲史书者颇同,大抵真假参半。”这句话极易引起后人纷争——是影戏话本与讲史书话本均为表演历史故事的呢?还是指影戏话本仅像讲史艺人话本一样三分史实、七分虚构,“真假参半”?吴晓铃先生在《杂论影戏》一文中说:“我总疑心,影戏‘话本与讲史书者颇同’之语,是指的内容之‘大抵真假参半’,而不是与讲史书的话本同为‘讲演叙述前朝故事’。”③依据有限的史实记载,我们发现吴先生的意见大可商榷。因为下面引述的两条记载均是有关影戏表演历史故事的:

宋朝仁宗时,市人能谈三国事者,或采其说加缘饰,作影人,始为魏吴蜀三分战争之像。④

京师有富家子,少孤专财。群无赖百方诱导之,而此子甚好看弄影戏。每弄至斩关羽,辄为之泣下,嘱弄者且缓之。一日,弄者曰:“云长猛将,今斩之,其鬼或能祟,既斩而祭之。”此子闻,甚喜。弄者乃求酒肉之费。此子出银器数十。至日,斩罢,大陈饮食如祭者,群无赖聚享之,乃白此子,请遂散此器。此子不敢逆,于是共分焉。旧闻此事不信,近见事,有类其事,聊记之

① [宋]周密著:《武林旧事·元夕》,《全宋笔记》(第八编第二册),郑州:大象出版社,2017年,第32页。
② 黄勇主编:《唐诗宋词全集》八,北京:北京燕山出版社,2007年,第3606页。
③ 吴晓铃著:《吴晓铃集》第三卷,石家庄:河北教育出版社,2006年,第244页。
④ [宋]高承著:《事物纪原》,见王云五《丛书集成初编》,上海:商务印书馆,1936年,第352页。

以发异日之笑。①

因此,可以认为,宋人所谓影戏话本"真假参半",是指影戏表演的丰富内容均"多虚少实,如巨灵神姬大仙等也"②。但历史故事则是其最为重要的表演内容,叶德钧先生甚至认为:"现代影词大部分是以讲史为题材,便是沿袭宋人之旧。"

由于宋人在提到影戏时均曰"其话本与讲史书者颇同",于是就涉及了一个问题——影戏究竟是叙述体还是代言体。宋代的讲史是叙述体,已有定论。那么影戏话本是叙述体还是代言体呢?孙楷第先生认为影戏"其事既多与元杂剧相合,则与戏文亦必有许多相似之处"。吴晓铃先生认为:"影戏着重在表演,其文辞是代言体。"但均未举及宋金影戏的实例。叶德均先生《宋元明讲唱文学》一书提到影戏时曰:"影戏唱词是用六言或七言的诗赞词:《张协状元》南戏中有保存影戏词原来句式的'大影戏'的牌子,就是用六、七言的诗赞;张戒《岁寒堂诗话》卷上说《中兴碑诗》为'弄影戏语',是兼指措辞和七言句式。"③

查南戏《张协状元》,在第十六出有"大影戏"曲牌,全曲如下:

[大影戏]今日设个几案,(喏)些儿事要相干。(净白)相干,莫是空口来问我?(末)且听下文:(唱)靠歇子有个猪头至。(净笑指末白)饿老鸦喜欢!(唱)斟些酒食须教满。(末)怕张协贫女讨校杯。是他夫妻,是他姻缘,千万宛转。④

从上文可以看出,[大影戏]一曲乃六六八七句式,句法是灵活的。再查张戒《岁寒堂诗话》卷上关于《中兴碑》诗的评价,原文为:

①[宋]张耒著:《明道杂志》,《全宋笔记》第二编第七册,郑州:大象出版社,2017年,第20页。
②[宋]吴自牧著:《梦粱录》,《全宋笔记》第八编第五册,郑州:大象出版社,2017年,第306页。
③叶德均著:《宋元明讲唱文学》,上海:古典文学出版社,1957年,第29页。
④[宋]九山书会编撰,胡雪冈校释:《张协状元校释》,上海:上海社会科学院出版社,2006年,第78页。

往在柏台,郑亨仲方公美诵张文潜《中兴碑》诗,戒曰:“此弄影戏语耳。”二公骇笑,问其故,戒曰:“‘郭公凛凛英雄才,金戈铁马从西来。举旗为风偃为雨,洒扫九庙无尘埃。’岂非弄影戏语乎?‘水部胸中星斗文,太师笔下蛟龙字’,亦小儿语耳。如鲁直诗,始可言诗也。”二公以为然。①

细味上文,张戒将“弄影戏语”与“小儿语”对举,是指张耒之诗浅白通俗,小儿可懂,似未涉及影戏句式问题。

据有关资料推断,宋时影戏可能多为“代言体”,且影戏说唱语言通俗易懂,接近口语。我们说宋时影戏多为“代言体”,就是说,我们不排除宋时影戏亦有“叙述体”。此亦由与之最接近的傀儡戏演出情况推断。宋代傀儡戏“敷演烟粉、灵怪故事、铁骑公案之类,其话本如杂剧,或如崖词”②。这里介绍了傀儡戏的表演形式:叙述体——“或讲史”;代言体——“或作杂剧”;以唱为主的,“或如崖词”。宋代的影戏深受傀儡戏的影响,那么在演出形式上叙述体与代言体并存是极有可能的。

以上我们所讲均为宋人统治区影戏的情况,金人统治区影戏的情况如何呢?我们认为大致情况与宋人差不多,其根据在于,靖康二年(1127)正月二十五日,“金人来索御前祗侯,方脉医人,教坊乐人,内侍官四十五人”,又要“杂剧、说经、弄影戏、小说嘌唱、弄傀儡、打筋斗、弹琵琶、吹笙等艺人,一百五十余家,令开封府押至军前”。《靖康要录》卷十六亦载:“金人索取……影戏、傀儡、小唱等,并其家属什物。”由此可知,金人是极喜欢影戏表演的,这一伎艺被保存流传了下来。另外,宋室南渡之后,北方地区一定留有为数不少的弄影戏艺人,还有喜欢观看影戏的众多观众。据此推之,在金人统治区,即便影戏无大发展,也断不至于绝迹,但由于资料方面的原因,只有暂付阙如了。

① [宋]张戒著:《岁寒堂诗话》卷上,丁福保辑《历代诗话续编》,北京:中华书局,1983年,第463页。
② [宋]耐得翁著:《都城纪胜》,《全宋笔记》第八编第五册,郑州:大象出版社,2017年,第14—15页。

宋杂剧散论

唐宋时代,特别是宋代各种表演伎艺的兴盛,犹如百川汇海,从各个不同的方面给中国戏曲注入了多种艺术因素,形成中国戏曲广泛的综合性,把中国戏曲推向了一个新的阶段。从戏曲史上讲,真正可以代表宋代戏曲的是宋代的杂剧。

杂剧的名称,最早见于唐代李德裕《李文饶文集》中《第二状奉宣令更商量奏来者》,文中记载:唐文宗太和三年(829),南诏劫掠成都,掳掠人口中,有"杂剧丈夫两人"[①]。这里的"杂剧"当指"百戏""散乐"等多种表演技艺。

至北宋时,教坊已经常演出杂剧。杂剧的含义一般有以下三种解释:

一、广义的杂剧与"百戏""散乐"相同,包括歌舞戏、滑稽戏、傀儡戏、影戏乃至杂技等多种表演伎艺。《东京梦华录》卷五"京瓦伎艺"条把"杖头傀儡任小三"[②]所演的"傀儡戏"称为杂剧,便是显例。

二、狭义的杂剧指滑稽戏,且特指北宋以前的科白滑稽戏,即王国维《宋元戏曲史》中所说的"纯以诙谐为主,与唐之滑稽剧无异……不能被以歌舞,其去真正戏剧尚远"[③]者。

三、发展的杂剧,即指北宋末形成的那种融汇各种技艺,渐渐有了较严格的

---

① [唐]李德裕撰:《第二状奉宣令更商量奏来者》,见[清]董诰编《全唐文》卷七百三十,北京:中华书局,1983年,第7220页。

② [宋]孟元老著:《东京梦华录》卷五《京瓦伎艺》,见《东京梦华录 都城纪胜 西湖老人繁胜录 梦粱录 武林旧事》,北京:中国商业出版社,1982年,第32页。

③ 王国维著:《宋元戏曲史》,天津:百花文艺出版社,2002年,第28页。

范围，较稳定的体制，既可以科白为主，又多数被以歌舞的艺术形式。

关于宋杂剧的分类，因资料的原因，有一定的难度。由于宋代杂剧没有留下完整的剧本，所以我们今天的研究所依据的只是有关书目中记载的杂剧剧目、杂剧的基本情节及演出的片段记载，这些都为我们的研究增加了难度，也极易使相关的研究产生歧义。即以宋杂剧艺术表演手段分类，就有两种分法。孙望、常国武主编的《宋代文学史》认为“杂剧大体可分为歌舞戏和滑稽戏两类。前者以歌舞为手段，表演多种内容；后者以动作、对白为手段，内容以讽刺时事、滑稽逗乐为主”[①]。而黄竹三先生则根据宋杂剧（金院本）的艺术体制将其分为四类：第一类是偏重于歌舞的杂剧。在《武林旧事·官本杂剧段数》所收280种剧目中，这类杂剧占半数以上，它们的名称大多缀有大曲、法曲或词牌名，如《莺莺六么》《裴少俊伊州》《崔护逍遥乐》等。第二类则是偏重于假面表演的杂剧。这类杂剧演出时主要装扮神鬼或相貌怪异的人物，诸如《驴精六么》《钟馗爨》《二郎神变》《马明王》《五鬼听琴》等。第三类是偏重于说白、滑稽成分的杂剧。这类杂剧所占比例最多，诸如《三十六髻》《二圣环》等。第四类是偏重于故事表演的杂剧。这是宋金杂剧中接近成熟戏剧的一支，是元代北杂剧的雏形和前身。这类杂剧虽记载不多，但在今天发现的戏曲文物中可以得到证实。

在这两种分类法中，我们更倾向于前者，当然，在没有十分可靠的资料之前，宋杂剧类别的划分“宜粗不宜细”。

现存宋代杂剧剧目，周密《武林旧事》中所载“官本杂剧段数”计280种。任二北先生编著《优语集》于两宋得80条，其中明确记为杂剧节目的有9种（《梦镇府萝卜》《别开河道》《甜采即溜也》《元祐钱》《只少四星儿里》《黄檗苦人》《只恐行不得》《拍户》《尽是四明人》等）。此外，《武林旧事》卷一“圣节”条《天基圣节排当乐次》又录杂剧6种（《君圣臣贤爨》《三京下书》《杨饭》《四偌少年游》《尧舜禹汤》《年年好》）。共有杂剧剧目295种。再据宋人笔记中有关记载，参以现有文物资料，对于宋杂剧的研究，这些是最为可靠的依据。根据这些资料，我们大致可以

---

① 孙望、常国武主编：《宋代文学史》下册，北京：人民文学出版社，1996年，第440页。

把握以下一些情况。

杂剧在宋代,其融合众长的综合性优势地位得到公认。据《宋史·乐志》记载,皇帝寿诞宴会,共有十九个节次,内容十分繁富,杂剧演出安排在第十、第十五节次,是所有娱乐节目中唯一上演两场的节目。说明杂剧与队舞、大曲、法曲、角抵等百戏并举,已是一种独立的表演艺术,且地位较其他艺术形式为高。

宋杂剧在经历了一个阶段的诸色伎艺同场混合演出之后,至北宋后期已渐渐形成其综合性艺术的特色,发展到南宋更加丰满,确立了在散乐百戏中独占鳌头的地位。《都城纪胜》载:"散乐传学教坊十三部,唯以杂剧为正色。""旧教坊有筚篥部、大鼓部、拍板部。色有歌板色、琵琶色、筝色、方响色、笙色、龙笛色、头管色、舞旋色、杂剧色、参军等色。但色有色长、部有部头。"①杂剧在这十三部中是唯一的正色,则其他十二部有关音乐、舞蹈、歌唱及说白表演的都要为其服务,其融合众长的艺术优势已得到公认。

宋代杂剧演出有其较固定的角色和特定体制。《梦粱录》卷二十"妓乐"条载:

> 且谓杂剧中末泥为长,每一场四人或五人。先做寻常熟事一段,名曰"艳段"。次做正杂剧、通名两段。末泥色主张,引戏色分付,副净色发乔,副末色打诨。或添一人,名曰"装孤"。先吹曲,破断送,谓之"把色"。大抵全以故事,务在滑稽唱念,应对通遍。……又有杂扮,或曰"杂班",又名"经元子"、又谓之"拔和",即杂剧之后散段也。顷在汴京时,村落野夫,罕得入城,遂撰此端。多是借装为山东、河北村叟,以资笑端。②

这一段文字涉及宋杂剧演出角色和演出体制。从角色方面看,可知宋杂剧有末泥、引戏、副净、副末和装孤,即所谓"每四人或五人为一场"。关于宋杂剧的角色,《武林旧事》卷四"乾淳教坊乐部"所载略有不同。该书载孝宗时著名的"杂

① [宋]耐得翁著:《都城纪胜》,见《东京梦华录 都城纪胜 西湖老人繁胜录 梦粱录 武林旧事》,北京:中国商业出版社,1982年,第176页。

② [宋]吴自牧著:《梦粱录》,见《东京梦华录 都城纪胜 西湖老人繁胜录 梦粱录 武林旧事》,北京:中国商业出版社,1982年,第177页。

剧三甲”,出现了一些新的角色名称:

刘景长一甲八人:

戏头李泉现　引戏吴兴祐

次净茆山重、侯谅、周泰　副末王喜

装旦孙子贵

盖门庆进香一甲五人:

戏头孙子贵　引戏吴兴祐

次净侯谅　副末王喜

内中祗应一甲五人:

戏头孙子贵　引戏潘浪贤

次净刘衮　副末刘信

潘浪贤一甲五人:

戏头孙子贵　引戏郭名显

次净周泰　副末成贵[①]

一甲就是以著名演员挂头牌的一个戏班。这里所举的角色名称,次净即副净,戏头专掌杂剧艳段的演出,装旦就是男扮女角。旦角的出现,显示了宋杂剧的角色渐趋完备。女优直接称旦,只有男优扮假妇人才称为装旦。而早在北宋释文莹《玉壶野史》中已生、旦并称,记载了五代南唐时韩熙载事,称其“畜声乐四十余人,间检无制,往往特出外斋,与宾客、生旦杂处”。

另外,《武林旧事》卷四列举乾淳教坊乐部66个杂剧色的名单中,朱和、蒋宁、王原全三人,均称为次贴。何为次贴?《南词叙录》说:“贴,旦之外贴一旦也。”[②]次贴是仅次于女主角的女角。

① [宋]周密:《武林旧事》,见《东京梦华录 都城纪胜 西湖老人繁胜录 梦粱录 武林旧事》,北京:中国商业出版社,1982年,第72页。

② [明]徐渭著,李复波、熊澄宇注释:《南词叙录注释》,北京:中国戏剧出版社,1989年,第80页。

总括而言,宋杂剧的角色行当共有末泥、戏头、引戏、副净、副末、装孤、装旦、次贴等八种。其中末泥、副末、副净、旦、贴是五种角色的专称,后为南戏、北杂剧所继承。

宋代杂剧形成了自己特有的演出体制。据《梦粱录》卷二十“妓乐”条载,并结合其他资料,可以知道宋杂剧演出体制为:

一、艳段。序幕性质,即所谓“寻常熟事”。杂剧艳段之名称,与六朝大曲有关,“六朝时相和大曲有艳、有趋、有乱”。《乐府诗集》卷二十六《相和歌辞》题解云:“艳在曲之前,趋与乱在曲之后。”[①]所以杂剧的序幕叫作艳段。(程千帆《两宋文学史》注)中国戏曲的发展与小说关系密切,因此宋杂剧的艳段与宋代说话中的“入话”有近似之处。宋代说话在“正话”开始之前,通常是讲一个与“正话”相近或相反的小故事,以引出正文。这种形式在小说话本中称“得胜头回”,在讲史话本中称讲史开篇,起着吸引观众、稳定观众的作用。如果与当时的戏曲做横向比较,则与宋杂剧的序幕艳段相似。其内容正如鲁迅《中国小说史略》第十二篇所指出的:“什九先以闲话或他事,后乃缀合,以入正文。”[②]“大抵诗词之外,亦用故实,或取相类,或取不同,而多为时事。取不同者由反入正,取相类者较有浅深,忽而相牵,转入本事。故叙述方始,而主意已明。”[③]比如《错斩崔宁》正文叙崔宁冤案,入话却讲的是魏鹏举因一句戏言丢失了锦绣前程的时事:

> 这回书单说一个官人,只因酒后一时戏笑之言,遂致杀身破家,陷了几条性命。且先引下一个故事来,权做个“得胜头回”。[④]

二、正杂剧。分为两段,扮演含有鉴戒意义的故事,或滑稽嘲笑,或批评时政。在艺术表现上,“唱念应对通遍”,有歌唱、有念白、有动作、有舞蹈,已具综合性艺术的特征。正杂剧在演出之前(或以后),还用器乐奏一个《曲破》,作为前奏

---

① [宋]郭茂倩编:《乐府诗集·相和歌辞》,北京:中华书局,1979年,第377页。
② 鲁迅著:《中国小说史略》,沈阳:春风文艺出版社,2020年,第69页。
③ 鲁迅著:《中国小说史略》,沈阳:春风文艺出版社,2020年,第70页。
④ 萧欣桥选注:《宋元明话本小说选》,南昌:江西人民出版社,1980年,第59页。

或收尾曲，称为断送。例如《武林旧事》卷一所载宋理宗时“天基圣节”（正月五日）排当乐次，皇帝初坐时：

> 杂剧，吴师贤已下，做《君圣臣贤爨》，断送《万岁声》。
> 杂剧，周朝清已下，做《三京下书》，断送《绕池游》。

皇帝再坐时：

> 杂剧，何晏喜已下，做《杨饭》，断送《四时欢》。
> 杂剧，时和已下，做《四偌少年游》，断送《贺时丰》。①

这些记载都可说明正杂剧是“一场两段”的。

三、散段。又叫杂扮、杂班、纽元子或拔和，是正杂剧之后演出的一种小戏。“顷在汴京时，村落野夫，罕得入城，遂撰此端。多是借装为山东、河北村叟，以资笑端。”即演乡下人进城，闹出种种笑话。纽元子，即村夫纠缠打闹作一团。拔和又作拔禾，即乡巴佬的意思。这种表演一直延续到元杂剧。这种杂扮或散段在北宋是可以独立演出的，它已单独列为京瓦伎艺中的一个项目。《东京梦华录》卷七“驾登宝津楼诸军呈面戏”条记述道：

> 复有一装田舍儿者入场，念诵言语讫，有一装村妇者入场，与村夫相值，各持棒杖互相击触，如相驱态。其村夫者以杖背村妇出场毕。②

赵彦卫《云麓漫钞》卷十也说：“近日优人作杂班，似杂剧而简略。”“每宴集，

---

①［宋］周密著：《武林旧事》，见《东京梦华录 都城纪胜 西湖老人繁胜录 梦粱录 武林旧事》，北京：中国商业出版社，1982年，第19—20页。

②［宋］孟元老著：《东京梦华录》，见《东京梦华录 都城纪胜 西湖老人繁胜录 梦粱录 武林旧事》，北京：中国商业出版社，1982年，第48页。

伶人进，曰：‘杂班上。’”[①]可见杂班简短灵活，似与后世折子戏相近，极受欢迎。当时已有演杂班而闻名的演员，《东京梦华录》卷五、卷六分别录有杂班艺人十人之多；至《武林旧事》卷四“乾淳教坊乐部”下有“杂班：双头侯谅”，卷六“诸色伎艺人”下更有“杂扮（纽元子）”著名艺人达二十六人之多。

根据现存的宋杂剧剧目可以推知，《梦粱录》记载杂剧四段的演出内容并非固定不变，如杂扮可单独演出，其他部分似亦可分别演出，其演出内容也不一定是滑稽戏，因为宋杂剧剧目显示，它可以表演一个首尾完整的故事。如《武林旧事》所载官本杂剧中即有《裴少俊伊州》是演裴少俊墙头马上与李千金相爱私奔的喜剧故事的，《霸王剑器》《霸王中和乐》似也应涉及霸王别姬、末路穷途一类故事的。其演出内容和形式应是十分灵活的。

特别应指出的是，宋杂剧整体四段的通例，从横向联系而言，似与话本说唱有一定关联（话本有入话、正话［可分回］、篇尾），从纵向影响而论，又直接影响元杂剧一本四折这种固定形式的形成。

学术界曾经为宋代杂剧是否为代言体的演出有过争议，现在据资料给以肯定性的结论已不成问题。此外，关于宋杂剧是否综合性艺术的问题，也没有了争论之必要。因为宋杂剧在歌舞戏、滑稽戏之外，尚有融合了百戏伎艺的剧目，最典型的作品是北宋汴京勾栏中表演的《目连救母》杂剧。《东京梦华录》卷八“中元节”条载：“构肆乐人，自过七夕”便搬《目连救母》杂剧，“直至十五日止，观者增倍”[②]。中元节是夏历七月十五日，民间习俗称为鬼节。目连救母的故事见于《佛说盂兰盆经》和《尊胜目连经》，讲的是目连的母亲刘氏因生前作恶多端，触犯了佛法，死后堕入阿鼻地狱。目连是个孝子，为了救母，出家苦修，终于仰仗佛力，将母救出。但刘氏罪孽太重，虽然出了地狱，仍被罚为饿鬼，每逢吃饭时，食物到口边即化为烈火。目连只得再请佛祖开恩，准其在七月十五日设盂兰盆会，给饿鬼施食，从此刘氏才最终超脱，与目连同升天堂。

---

① [宋]赵彦卫著：《云麓漫钞》，上海：古典文学出版社，1957年，第135页。

② [宋]孟元老著：《东京梦华录》，见《东京梦华录 都城纪胜 西湖老人繁胜录 梦粱录 武林旧事》，北京：中国商业出版社，1982年，第55页。

这个宗教故事在唐代已盛传于民间，并以说唱的形式成为极受欢迎的节目。敦煌发现的唐代变文中，就有《大目连犍冥间救母变文》一篇，情节曲折动人。北宋《目连救母》杂剧，则是由说唱文学影响发展而来，由于其原本就内容复杂曲折，改编创作成戏曲后，配以音乐歌唱，时间相应较长，当时要连演八天。从明代郑之珍据宋元旧本整理的《目连救母行孝戏文》长达一百出之多，以及张岱《陶庵梦忆》卷六描述其演出“三日三夜”的盛况看，这个剧作不仅有一个首尾完整、情节曲折、内容丰富的长篇故事，而且综合了歌唱、舞蹈、扮演诸种技艺，还穿插了神头鬼面、吞刀吐火、杂技魔术的表演。由此可以推知，北宋勾栏中演出《目连救母》杂剧是兼收并蓄的，具有综合性艺术特色。

正因为此，周贻白先生对宋杂剧给予了高度评价，认为它“事实上已为戏剧这项独立艺术部门开辟出市场，招致了大量的观众”。“北宋时期民间勾栏所演杂剧，不仅内容上已完全以故事情节为主，装扮人物，根据规定情境而作代言体的演出，而且，在表演形式上则根据唐代参军戏与歌舞戏相互掺和这一基础，从故事情节出发，使内廷那些轮替着演出的歌舞杂技成为有机的结合，由是形成多种伎艺高度综合的中国戏剧的表演形式。所以，这一时期东京民间勾栏所演杂剧，不仅是中国戏剧的主流，同时也是今天中国戏剧表演形式的嚆矢。”①宋代杂剧的高度综合性，标志着中国戏曲的历史进程已步入了形成阶段。

由于宋代杂剧大多亡佚，所以我们很难对之有一个全面深入的分析研究。但在现存的相关笔记史料中，有关著述似有意记述了宋代杂剧有关政治斗争(北宋的新旧党争、南宋的和战之争)的杂剧片断，这为我们研究这一类作品提供了便利。这类杂剧大多是科白类杂剧，收录较为全面的是任二北先生编著的《优语集》，共收录有80则，有48则涉及有关剧目演出，内容是比较丰富的。

回顾滑稽科白戏发展演变的历程，最初，倡优侏儒的身份乃是奴隶、小丑，其职能乃供上层贵族之笑乐，相关谐谈，称为“优笑”；待其用接近最高统治者的便利，笑谈之中，针砭时弊，匡扶国是，往往起到意想不到的作用，则为“优谏”。及

① 周贻白著:《中国戏曲发展史纲要》，上海:上海古籍出版社，1979年，第91页。

至由倡优讽谏最高统治者的职能被有意识地利用，用下谏上变为下惩下之“参军戏”时，乃成为真正的“优戏”，于是有了“弄假官”“弄庸医”“三教论衡”等剧目，演员也由一人发展到二人、三人以至多人。而宋代的杂剧则具有其突出的特点。首先，宋杂剧继承了由“优谏”以来讽喻现实的传统，对上至皇室下至一般官员的荒谬悖理之行予以嘲讽和鞭挞。但要特别指出的是，这些艺人的创作，不是由于皇上的旨意，或他人的指使，而是出于同情，感于正义，激于义愤。南宋宫廷中曾演出过一场《与馄饨不熟同罪》的小杂剧。

> 高宗时，饔人瀹馄饨不熟，下大理寺。优人扮两士人相貌，各问其年，一曰：“甲子生”，一曰：“丙子生”。优人告：“合下大理。”帝问故，优人曰：“铗饵子、饼子皆生，与馄饨不熟者同罪耳。”上大笑，赦原饔人。①

任二北先生曾对此剧提出疑问，认为文中“既曰‘优人扮’云云，应是杂剧，何得曰‘帝问故’”。因而又引录明冯梦龙《广笑府》五相近记载。

> 一贵官设席，庖丁煎铗子欠熟，挞之系狱。翌日，复置酒张乐。人欲为庖丁解救，因扮一术士推命，又扮一老人请算八字。术士曰：“尊庚贵甲？”老人曰：“丙子生。”术士连叫：“不好！不好！”老人曰：“才说一个年头，又无时日，便道不好？”术士曰：“昨日甲子生的送在狱中未放，何况你是丙子生的？”座客俱大笑。贵官悟其言，遂释庖丁。②

任先生认为，这一记载似较合事实。实际上，一些剧作，往往有意使观众参与其中，这种做法均有显例，本不为怪。但两相对读，优人由于同情庖人的不幸遭遇，以演剧的方式施以援手的初衷和较为圆满的结局是十分明白的。

宋室南渡之后，部分皇室宗亲迁居福建，这些皇室贵胄在当地横行霸道，鱼

① [明]冯梦龙纂辑，白岭、箏鸣校译：《墨憨斋三笑》，郑州：河南人民出版社，1998年，第1356页。
② 王利器、王贞珉编：《历代笑话集续编》，沈阳：春风文艺出版社，1985年，第40—41页。

肉百姓,下层人民怨声载道,当地官吏也无可奈何。辛弃疾任福建提点刑狱时,曾对皇室宗亲的威权加以裁抑,便马上被弹劾而罢官。但在南宋杂剧表演中,艺人们对皇亲贵戚给以无情的讽刺,如宋张端义《贵耳集》记载了这样一个杂剧故事。

寿皇赐宰执宴,御前杂剧妆秀才三人。首问第一秀才曰:“仙乡何处?”曰:“上党人。”次问第二秀才:“仙乡何处?”曰:“泽州人。”又问第三秀才:“仙乡何处?”曰:“湖州人。”又问上党秀才:“汝乡出甚生药?”曰:“某乡出人参。”次问泽州秀才:“汝乡出甚生药?”曰:“某乡出甘草。”次问湖州:“出甚生药?”曰:“出黄檗。”“如何湖州出黄檗?”“最是黄檗苦人!”当时皇伯秀王在湖州,故有此语。寿皇即日召入,赐第,奉朝请。[①]

杂剧所讽,精彩之处全在“黄檗苦人”,黄檗者,皇伯也。而皇伯秀王正是孝宗之父。优人之讽喻,是十分大胆的。任二北先生《优语集》第124页,把黄檗苦人,理解为皇伯受苦,议论说:“孝宗……乃其生父此时,仍沉滞下僚,殊不相称,语遂为抱不平耳。然此时天下苦人太多!皇伯何足道?优人之口如此,非民口也。”[②]似乎已偏离了原作题旨。

较之于前代,宋代的经济是十分发达的,老百姓困苦的原因,是众多的“黄檗苦人”,上层统治者大兴土木、穷奢极欲,上下官吏贪竞,中饱私囊。因此宋杂剧中有相当多的作品给以反映,如讽喻宋末花石纲之役扰国害民的有《巴巴地讨来都蕉了》;反映上下官吏搜刮民脂民膏则有《司马端明耶》《自来旧例》《元来也只好钱》《为臣不易》《在钱眼内坐》《其如袁丈好此何》等。下录数例,可知大概。

绍兴间,内宴,有优人作善天文者云:“世间贵官人,必应星象,我悉能窥之。法当用浑仪,设玉衡,若对其人窥之,见星而不见其人。玉衡不能卒办,

---

① 转引自任二北编著:《优语集》,上海:上海文艺出版社,1981年,第123页。

② 任二北编著:《优语集》,上海:上海文艺出版社,1981年,第124页。

用铜钱一文亦可。”乃令窥光尧，云：“帝星也。”秦师垣，曰：“相星也。”韩蕲王，曰“将星也。”至张循王，曰：“不见其星。”众皆骇，复令窥之，曰：“中不见星，只见张郡王在钱眼内坐。”殿上大笑。俊最多资，故讥之。①

宋代南渡初诸将如韩世忠、杨沂中、张俊“俱享富贵之极”，张俊交出兵权之后，“收租米”达六十万斛之多；其家多银，“每千两铸一球，目为‘没奈何’”。这巨额财富的积累，与其贪婪心性，总在钱眼中坐有关。宋代周密的《齐东野语》记载了另一出剧目演出的情况。

有袁三者，名尤著。有从官姓袁者，制蜀颇乏廉声。群优四人，分主酒、色、财、气，各夸张其好尚之乐，而余者互讥笑之。至袁优，则曰：“吾所好者，财也。”因极言财之美利，众亦讥诮不已。徐以手自指曰：“任你讥笑，其如袁丈好此何？”②

优伶从官姓袁，因之袁三可借自嘲肆意讽刺，且可避免罪责，嘲讽兼自嘲，乃此剧之特点。

了解一点宋代官场特点的人，凡观此剧都会想起宋代那位发表了古今中外贪官污吏宣言的邓绾。据史载：邓绾千方百计阿谀奉承王安石，得到了集贤校理的官职，为乡人所不齿。邓绾竟然厚颜无耻地说：“笑骂从汝，好官须我为之。”为了得一“好官”，有实权后有实利，人间廉耻，乡人笑骂，一切在所不计。

宋代是施行高薪养廉的，然而高薪未能养出廉吏，却启人贪欲。然而在理论的禁欲背后，却是疯狂的放纵欲望。当代人都知道，没有制度约束的权力是腐败之源。但在中国古代，历代都曾惩治腐败，甚至于“弄假官”，在文学艺术中加以讥讽和嘲弄，但最终仍是官贪吏苛，民不聊生。回顾中国几千年的封建史，几乎每一个朝代都是由开创者的鲜血和功业奠定大业之基，而最终又毫无例外在奢

① [明]田汝成著：《西湖游览志余》，杭州：浙江人民出版社，1980年，第337—338页。

② 转引自任二北编著：《优语集》，上海：上海文艺出版社，1981年，第143页。

侈堕落、歌舞升平中走向灭亡,“总是战争收拾得,却因歌舞破除休”。宋人是很聪明的,每当一些有识之士发现社会问题成堆之时,都力倡改革,其中吏制的改革都在重要位置。但为改革者所始料不及的是,政治改革很快演变成了统治阶级内部利益的再分配,进而演变成激烈残酷的党派斗争,最后不问是非,甚至颠倒黑白,不择手段的政治斗争导致了国家民心离散,终致灭亡。北宋如此,南宋亦是如此。有人探讨相关历史现象,总结出宋代政治制度导致吏治出现了“五多”——“员多、钱多、闲多、玩多、废物多”,对于前边的“四多”,笔者是没有歧见的,但对于后者“废物多”笔者是不同意的。宋代官吏大多十分精干,特别是在涉及个人政治、经济利益时,一个个都会翻手为云,覆手为雨,能出卖朋友,也会出卖自己,其政治能量一个可以抵上几个,绝对不是“废物”。他们在王安石失势时,原本为王安石变法高唱赞歌的人“今日江湖从学者,人人讳道是门生”;待到宋徽宗即位,蔡京、蔡卞擅权,又打起王安石的招牌时,官场士林又一变面目,“今日江湖从学者,人人尽道是门生”。而此时的北宋已是一轮将坠的夕阳,只剩回光返照了。在历史政治舞台上,当一个“巨人”站起来,往往有千百万人跪拜下去,高喊“我拥护”;当这一“巨人”倒下去时,这跪拜下去的千百万人,又爬了起来,高喊“我控诉”,这不仅是政治悲剧,也是民族悲剧。而这一切,在宋杂剧中是一种“艺术的反映”,宋释文莹《湘山野录》载有《自来旧例》小杂剧演出的情况:

> 杨叔宝郎中异,眉州人,言顷有眉守初视事,三日大排,乐人献口号,其断句云:“为报吏民须庆贺,灾星移去福星来。”新守颇喜。后数日,召优者问:“前日大排,乐词口号谁撰?”其工对曰:“本州自来旧例,只用此一首。”[①]

年年失望岁岁望,每一次都巴望来一个清官,然而每一次都遇到的是贪吏。“灾星移去福星来”一句话具有了多重意蕴,在有关官员听来乃是谀词;待看到“本州自来旧例,只有此一首”时,联系特定时代的吏治,方看到满世凄凉,满腹辛

---

① [宋]释文莹著,郑世刚、杨立扬点校:《湘山野录》卷上,北京:中华书局,1984年,第11页。

酸，满是讥讽。也正是有了这一层认识，笔者改变了原来阅看有关五代优人王感化的故事：

> 江南李氏乐人王感化，建州人，隶建州乐籍。建州平，入金陵教坊。少聪敏，未曾执卷，而多识善。为词口谐捷急，滑稽无穷。时本乡节帅更代饯别，感化前献诗曰："旌旗赴天台，溪山晓色开。万家悲更喜，迎佛送如来！"①

"悲"为清官去，"喜"为廉吏来。"万家悲更喜，迎佛送如来！"人们习惯于把它们作为阿谀奉承之语看。如果换一个角度，它们未尝不是道出了人们的理想。以前，我们对封建时代的一部分作品，往往讥之为"点缀升平，粉饰太平"，但再细细想一下，那"升平世界""太平天下"正是千万老百姓的愿望。而其产生的社会心理背景恰恰是升平不可见，太平不可得，官贪吏欺，艰难度日。

然而这苦难似无尽期，至少在宋代是这样。因为我们通过宋杂剧看到了官场奔竞之风。现存宋代杂剧中，有一部分剧作就是反映宋代官场投机钻营、蝇营狗苟之风的。《尽是四明人》即讽刺史弥远培植党羽，汲引同乡，以固权位：

> 史同叔为相日，府中开宴，用杂剧人。作一士人，念诗曰："满朝朱紫贵，尽是读书人。"旁一士人曰："非也。满朝朱紫贵，尽是四明人。"自后相府有宴，二十年不用杂剧。②

营结官场中的关系网，上有人提携，下有人帮衬，可以快速升迁。即或一旦有赃罪，也可免罪或从轻发落。《且看他哥哥面》杂剧，即反映史岩之依仗其兄嵩之权位，太平时作威作福，战乱岁月，统兵边关，丧权辱国：

> 近者己亥岁，史岩之为京尹，其弟以参政督兵于淮。一日内宴，伶人衣

① [宋]阮阅著：《诗话总龟》卷四八，北京：人民文学出版社，1987年，第467页。
② 转引自任二北编著：《优语集》，上海：上海文艺出版社，1981年，第137页。

金紫，而幞头忽脱，乃红巾也。或惊问曰："贼裹红巾，何为官亦如此？"傍一人答云："如今做官底，都是如此。"于是褫其衣冠，则有万回佛自怀中坠地。其旁者曰："他虽做贼，且看他哥哥面！"①

"且看他哥哥面"，是双关语，明指宋代风俗中腊日祀祭"万回佛"（万回哥哥）的习俗。"宋时，杭城以腊月祀万回哥哥……云是和合之神，祀之可使人在万里外亦能回来，故曰'万回'。"（万回其人其事见《太平广记》。略谓：万回，唐阌乡人。兄戍安西，往省之，一日而返。故曰"万回"。）而"且看他哥哥面"，暗讽史岩之兵败江淮后，依仗其兄之力，可以无罪。

正因为宋代官场中贪婪者众，一旦案发，背靠大树好乘凉，可以大事化小，小事化了；而在太平无事之时，只要靠山选对了，可以稳步升迁。所以有相当的官员在研究"攻关"艺术、织"网"的技巧和投靠的门路。《大寒小寒》杂剧，演南宋庆元年间韩侂胄兄弟擅权，一赵姓举子曾题诗于壁曰："蹇伦冲风怯晓寒，也随举子到长安。路人莫作皇亲看，姓赵如今不似韩。"于是宫廷内宴有杂剧喻谕，岳柯《桯史》载曰：

韩平原在庆元初，其弟仰胄为知阁门事，颇与密议，时人谓之大小韩，求捷径者争趋之。一日内宴，优人有为衣冠到选者，自叙履历才艺，应得美官，而滞留铨曹，自春徂冬，未有所拟。方徘徊浩叹，又为日者敝帽持扇，过其旁，遂邀使谈庚甲，问以得禄之期。日者厉声曰："君命甚高，但于五星局中，财帛宫若有所碍。目下若欲亨达，先见小寒；更望成事，必见大寒可也！"优盖以寒为韩，侍者皆缩颈匿笑。②

杂剧艺人以谐音双关之技，以节令上的"大寒""小寒"喻指执政擅权的"大小韩"，以求警悟皇上。至冯梦龙《古今谭概》则径谓："日者厉声曰：'若要大官，须

① [宋]周密撰，朱菊如等校注：《齐东野语校注》，上海：华东师范大学出版社，1987年，第273页。
② [宋]岳柯著：《桯史》，北京：中华书局，1981年，第62页。

到大寒；要小官，须到小寒。'"就比较直露，转失趣味。至当代人著述，更错把"日者"误解为自然界之太阳。这出戏，戏剧动作清晰自然，其扮演"日者"更是拟人的形象化表现手法，具有象征形象，从日而自然引到节气的大小寒上，自然流畅。

《钻遂改》《钻弥远》两个杂剧则是表演三个儒士"常从事""于从政""吾将仕""路文学"因选调淹抑，求告孔夫子的故事。兹录《钻弥远》相关记载如下：

> 当史丞相弥远用事，选人改官，多出其门。制阃大宴，有优为衣冠者数辈，皆称为孔门弟子。相与言："吾侪皆选人"，遂各言其姓曰："吾为常从事"，吾为于从政，吾为吾将仕，吾为路文学。别有二人出曰："吾宰予也。夫子曰：'於予与改。'可谓侥幸。"其一曰："吾颜回也。夫子曰：'回也不改。'吾为四科之首而不改，汝何为独改？"曰："吾钻故改，汝何不钻？"回曰："吾非不钻，而钻弥坚耳？"曰："汝之不改宜也，何不钻弥远乎？"其离析文义，可谓侮圣言，而巧发微中，有足称言者焉。①

这里的"钻"，即今日所谓投机钻营之意。宋方勺《泊宅编》曰："今人巧宦者，谓之'钻人情'……又有干谒求人者，曰：'打钻'，皆取攻坚务入之意。"元代李有《古杭杂记》所载可能是上述杂剧的另一个版本，录载如下，可作为上文之注脚：

> 史弥远作相时，士夫多以钻刺得官。伶人俳优者，一人手执一石，用一大钻钻之，久而不入。其一人以物击其首，曰："汝不去钻弥远，却来钻弥坚，不知道钻不入也。"遂被流罪。②

剧作中的人物名字及相关字面均来自《论语》，而稍为润色，作为讽刺剧作，信见神采，《论语·泰伯》："曾子曰：'……昔者吾友尝从事于斯矣。'"《论语·子路》："子曰：'苟正其身矣，于从政乎何有？'"《论语·阳货》："阳货云：'日月逝矣，

① [宋]周密著，朱菊如等校注：《齐东野语校注》，上海：华东师范大学出版社，1987年，第273—274页。
② 任二北编著：《优语集》，上海：上海文艺出版社，1981年，第173页。

岁不我与。'孔子曰:'诺,吾将仕矣。'"《论语·先进》:"鲁人为长府,闵子骞曰:'仍旧贯,如之何?何必改作?'"《论语·阳货》:"旧谷既没,新谷既升,钻燧改火,期可已矣。"《论语·公冶长》:"子曰:'始吾于人也,听之言而信其行;今吾于人也。听其言而观其行。于予与改是。'"《论语·子罕》:"颜渊喟然叹曰:'仰之弥高,钻之弥坚。'"

高山仰止,景行行止,虽不能至,心向往之。由一种对崇高的道德、人生境界的向往的字句,略加改造之后,成了对丑恶社会现象的鞭挞,并且矛头所向,直指威权赫赫的权贵,真可以说是"戏味"盎然。至于"弥远"与"弥坚"相对,又音谐史"弥远"之名,措词用语之妙,也可略见。终宋一代,因祖宗遗训,宦官后宫擅权者少,杜绝了这方面钻营的可能,所以相关杂剧亦无所反映。令我们感兴趣的是,宋、金对峙,在女真人的宫廷中,演出了一个《向里飞》的杂剧,令人笑叹之余,感慨在封建时代,官场奔竞之风是无所不在、无孔不入的。

> 元妃李氏师儿……明昌四年,封为昭容。明年,进封淑妃……兄喜儿旧尝为盗,与弟铁哥皆擢显近,势倾朝廷,风采动四方,射利竞进之徒争趋走其门……自钦怀皇后没世,中宫虚位久,章宗意属李氏……而李氏微甚。至是,章宗果欲立之,大臣固执不从,台谏以为言,帝不得已,进封为元妃,而势位熏赫,与皇后侔矣。一日,章宗宴宫中,优人玳瑁头者戏于前。或问:"上国有何符瑞?"优曰:"汝不闻凤皇见乎。"其人曰:"知之,而未闻其详。"优曰:"其飞有四,所应亦异。若向上飞则风雨顺时,向下飞则五谷丰登,向外飞则四国来朝,向里飞则加官进禄。"上笑而罢。①

"向里飞",谓向李妃也。(《广滑稽》五)戏言警世、讽世,颇为典型。官场钻营,无所不用其极,何以如此,乃是人人心知肚明的事,因为权往往和力、利组合,有了权,就有了"权力""权利"。这种"官本位"的社会现实影响到社会的方方面

---

①[元]脱脱等撰:《金史》,北京:中华书局,1975年,第1527—1528页。

面。“学而优则仕”“万般皆下品，唯有读书高”，多少读书人皓首穷经，以求第一，以求官场得意，光宗耀祖。于是官场舞弊，从他们跻身官场之始——科举考试就开始了，早在汉代就有了“举秀才，不知书，举孝廉，父别居”的童谣，到了唐代，那为国家选拔英才的科举考试，竟也始终和关系人情相关。其表现主要在两方面。一是进士多出豪门，唐代李德裕曾宣称：

朝廷显官，须是公卿子弟。何者？自小便习举业，自熟朝廷间事，台阁仪范，班行准则，不教而自成。寒士纵有出人之才，登第之后，始得一班一级，固不能熟习也。①

二是唐代应试举子都有极强的“攻关”意识，在考前往往去拜访晋谒权贵和考官，求其指点奖拔，拜谒之时投献诗文甚至传奇，因为传奇“文备众体，可见史才、诗笔、议论”。举子们投献诗文称为“行卷”。宋代赵彦卫《云麓漫钞》卷八载：“唐之举人，先借当世显人，以姓名达之主司，然后以所业投献。逾数日，又投，谓之‘温卷’。如《幽怪录》《传奇》等，皆是也。”“纳卷”“行卷”“温卷”近似于公开的科举舞弊，尽管在唐代有李复言“纳省卷”《纂异》十卷，被斥为“事非经济，动涉虚妄”而罢举；尽管唐诗坛有朱庆余《近试上张水部》及张籍的答诗，被人誉为“诗坛佳话”，但朱诗乃是一首“攻关”诗，张诗回答得也十分巧妙，只是显见其手段高明而已。

到了宋代科举制度渐趋严密，在糊名弥封之外，又有誊录的措施，有锁院制度，有回避的规定，但考场舞弊一直未能革除，尤其在权势者们那里，更是视科举考试为儿戏，“玩”出了无穷的花样。一般的著述言及陆游科考落第之事，往往说是因为陆游力主抗战被秦桧黜落；实际上权势熏天，老奸巨猾如秦桧，断不会做此“傻”事，其舞弊之手段比许多人都要高明得多。据有关资料记载：

① [后晋]刘昫等撰：《旧唐书》，北京：中华书局，1975年，第603页。

> 程子中为中舍时，秦桧善之。一日，呼入内阁，坐候终日。独案上有紫绫裱一册，书《圣人以日星为纪赋》，末有类贡进士秦埙呈，文采艳丽。子山兀坐静观，几成诵。及晚竟不出，乃退。子山叵测也。又数日，差知贡举，乃大悟。以此命题，乃孙果首选。[①]

秦桧之用心不可谓不深，秦埙的高中是必然的，陆游的落榜也是必然的，而这一切似乎无须秦桧开口。秦桧在科场舞弊上是创了纪录的。其养子秦熺因舞弊而高中状元，《密斋笔记》卷三载："秦桧子及第，当时暗号有'赋无天地，诗有龙蛇'。"其孙又因科场舞弊意在状元，终得"探花"。对于这场科举丑闻，《建炎以来系年要录》有较详尽的记载：

> 三月辛酉，上御射殿，策该正奏名进士。先是秦桧奏以御史中丞魏师逊，权礼部侍郎兼直学士院汤思退，右正言郑仲熊同知贡举；吏部郎中权太常寺卿沈虚中、监察御史董德元、张士襄等为参详官。师逊等议以敷文阁待制秦埙为榜首。德元从誊录所取号而得之，喜曰："吾曹可以富贵矣！"遂定为第一(省元)。榜未揭，虚中遣吏逾墙而白熺。及廷试，桧奏以士襄为初考官，仲熊复考，思退编排，而师逊详定。虚中又密奏乞许有官人为第一。至是策问。……于是师逊等定埙为首，张孝祥次之，曹冠次之。上读埙策，觉其所用皆桧、熺语，遂进孝祥为第一，而埙为第三。……时桧之系党周夤唱名第四，仲熊兄子右迪功郎时中第五，秦棣子右承务郎焞、杨存中子右承事郎倓并在甲乙科……秦梓之子右承务郎焴、董德元之子克正、曹泳之兄子纬、桧之姻党登仕郎沈与杰皆中第，天下为之切齿！孝祥祈子。冠，东阳人，桧馆客。[②]

检《宋史·选举志》及有关宋代科举考试轶闻的笔记传说，在有宋一代，科举

---

① 佚名撰：《朝野遗记》，《全宋笔记》第七编第二册，郑州：大象出版社，2016年，第281页。

② [宋]李心传著：《建炎以来系年要录》，北京：中华书局，1988年，第2712页。

制度虽渐完善，但考场舞弊仍代出不穷，周密《齐东野语》载时有主司与士人约为暗号，陆游《老学庵笔记》载时有冒名顶替，宋词中有《怀挟词》，等等。《齐东野语》还载有一个士人考取二个名额的“笑话”：

> 王希吕仲衡，知绍兴郡，举进士。有为二试卷，异其名，皆中举。黜者不厌，哗然诉之。王呼其首，问曰：“尔生几何年，凡几试矣？”众谓怜其潦倒，则皆以老于场屋对。王曰：“曾中选否？”曰：“正为累试皆不利也。”王忽作色曰：“尔曹累试不一得，彼一试而两得，尚敢诉耶！”叱而出之。[①]

同是反映科场舞弊，不同的文体有不同的表现方式。清代厉鹗《南宋杂事诗》言及秦桧祸乱科场，有诗一首：“砚童侍立太师窗，夙构佳文未易降。贡院无烦戴羞帽，紫绫册里士无双。”而在戏剧中则是又一番表现手法，南宋杂剧中反映科场弊害的有《第二场更不敢》言考官昏昧，而《如何取得他三秦》讽刺锋芒直指气焰熏天的秦桧：

> 壬戌省试，秦桧之子熺、侄昌时昌龄，皆奏名。公议籍籍，而无敢辄语。至乙丑春首，优者即戏场，设为士子赴南宫，相与推论知举官为谁。或指侍从某尚书、某侍郎、当主文柄，优长者非之，曰：“今年必差彭越。”问者曰：“朝廷之上，不闻有此官员。”曰：“汉梁王也。”曰：“彼是古人，死已千年，如何来得？”曰：“前举是楚王韩信，信、越一等人，所以知今为彭王。”问者嗤其妄，且扣厥指，笑曰：“若不是韩信，如何取得他三秦？”四座不敢领略，一哄而出。秦亦不敢明行遣罚云。[②]

公元前206年，韩信明修栈道，暗度陈仓，连败章邯，至咸阳，司马欣、董翳投降，略取三秦之地。剧中优人取谐音，在汉“三秦”为韩信攻取；在宋，“三秦”为

① [宋]周密著，朱菊如等校：《齐东野语校注》，上海：华东师范大学出版社，1987年，第145—146页。

② 任二北编著：《优语集》，上海：上海文艺出版社，1981年，第125页。

考官录取。“据理推之”，考场上取三秦者应为韩信。

现实利益的驱动，荣华富贵的诱惑，腐败官场的引导，使得宋代的士人们进入仕途不择手段，一入官场，很快即同流合污。宋代的杂剧对宋代的读书，一方面高张修身养性，修身、齐家、治国、平天下的大旗，另一方面又蝇营狗苟，残民害国而不以为耻，表现了深深的失望。宋杂剧《做出一场害人事》就是讽刺宋代士人贪竞之风的：

绍兴中，李椿年行经界量田法。方事之初，郡县奉命严急，当其职者颇困苦之。优者为先圣、先师，鼎足而坐。有弟子从末席起，咨口叩所疑。孟子奋然曰：“仁政必自经界始。吾下世千五百年，其言乃为圣世所施用，三千之徒皆不如！”颜子默然无语。或于傍笑曰：“使汝在世，非短命而死也，须做出一场害人事！”①

经界量田是为了让老百姓多交租税，秦桧于绍兴中实行，至贾似道、刘良又推广之，执法严酷，“以民田不上税簿者没官，税簿不谨书者罪官吏。时量田不实者，罪至徙流”。宋代也有诗词讽喻其事：“失淮失蜀失荆襄，却把江南寸寸量。一寸纵教添一文，也应不是旧封疆！”又如：

宰相巍巍坐庙堂，说着经量，便要经量。那个臣僚上一章？头说经量，尾说经量。　轻狂太守在吾邦，闻说经量，星夜经量。山东河北又抛荒，好去经量，胡不经量？②

再如：

道过江南，泥墙粉壁，石具在前。述某州某县，某乡某里某州，住何人

① 王国维著：《宋元戏曲史》，北京：中国书籍出版社，2020年，第22页。
② 周汝昌等著：《唐宋词鉴赏辞典》，上海：上海辞书出版社，1998年，第2251页。

地,佃何人田。气象萧条,生灵憔悴,经界从来未必然。惟何甚?为官为己,不把人怜。　　思量几许山川,况土地分张又百年。正西蜀巉岩,云迷鸟道,两淮清野,日警狼烟。宰相弄权,奸人罔上,谁念干戈息肩?掌大地,何须经理,万取千焉。①

“宰相弄权”,“奸人罔上”,朝廷上下,“为官为己”,“不把人怜惜”,于是老百姓的日子可以想见。

研究中国封建社会统治本质的历史学家,思想史的研究者们,往往喜欢引张养浩《山坡羊·潼关怀古》:“峰峦如聚,波涛如怒,山河表里潼关路。望西都,意踟蹰,伤心秦汉经行处。宫阙万间都做了土。兴,百姓苦!亡,百姓苦!”以说明历史兴亡,朝代更替,老百姓都没有摆脱受苦受难、任人宰割的命运。汉语里有一个词语叫“鱼肉百姓”,老百姓只不过是那历史盛宴上的“鱼肉”罢了。暴秦炎汉,降及唐宋,山河几经易主,然而那历史的盛宴,那被鲁迅称之为人肉筵宴的历史,只不过是乱哄哄你方唱罢我登场,换了个主人罢了,百姓永远是被宰割者。更为可怕的是,那吃人的曾经被吃,被吃的总想着吃人,一有机会,曾因被吃而更贪婪。鲁迅先生在《阿Q正传》中特地安排了阿Q革命的情节,他尚未掌权,就已经认真考虑过革命之后如何攫取财物,如何挑选女人。他造反之后,喊出了他的造反宣言:“我要什么就是什么,我欢喜谁就是谁。”很难设想,如果阿Q革命成功了,会比赵太爷好到哪里去。

研究宋杂剧,联系有关文学作品,当我们惊叹张养浩散曲的老辣和鲁迅深刻的同时,我们发现宋杂剧早已尖锐地提示了同一问题:

又尝设三辈,为儒、道、释,各称颂其教。儒者曰:“吾之所学,仁、义、礼、智、信,曰‘五常’。”遂演畅其旨,皆采引经书,不涉媟语。次至道士,曰:“吾之所学,金、木、水、火、土,曰‘五行’。”亦说大意。末至僧,僧抵掌曰:“二子

① 黄勇主编:《唐诗宋词全集》第八册,北京:北京燕山出版社,2007年,第3917页。

腐生长谈，不足听；吾之所学，生、老、病、死、苦，曰‘五化’。藏经渊奥，非汝等所得闻。当以现世佛菩萨法理之妙，为汝陈之。盍以次问我？”曰：“敢问生？”曰：“内自太学辟雍，外至下州偏县，凡秀才读书者，尽为三舍生。华屋美馔，月书季考，三岁大比，脱白挂绿，上可以为卿相。国家之于生也如此。”曰：“敢问老？”曰：“老而孤独贫困，必沦沟壑，今所在立孤老院，养之终身。国家之于老也如此。”曰：“敢问病？”曰：“不幸而有病，家贫不能拯疗，于是有安济坊使之存处，差医付药，责以十全之效。其于病也如此。”曰：“敢问死？”曰：“死者人所不免，唯贫民无所归，则择空隙地为漏泽园；无以殓，则与之棺，使得葬埋。春秋享祀，恩及泉壤。其于死也如此。”曰：“敢问苦？”其人瞑目不应，阳若恻悚然。促之再三，乃蹙额答曰：“只是百姓一般受无量苦！”徽宗为恻然长思，弗以为罪。①

篇末点题，曲终奏“雅”，“只是百姓一般受无量苦”！对现实政治的揭露可谓大胆而又深刻。

总之，宋代的杂剧在反映现实政治方面有着突出的特色，从反映上层的腐朽到鞭挞官场的贪竞以及科场的舞弊，再到同情老百姓所受的苦难，而这一切在诗文中却为少数人阅读的内容，通过戏剧表演的特有形式表现出来，形成较大的社会反响，起到了其他文学样式所不能替代的作用。

① 任二北编著：《优语集》，上海：上海文艺出版社，1981年，第150页。

两宋杂剧与两宋党争

宋代的科白类滑稽戏有一个突出的特点，“大抵全以故事世务为滑稽”①。就任二北先生《优语集》所收录的八十余个剧目来看，也多为“时事剧”。这些剧作在反映官贪吏苛、科考弊害、生灵涂炭的同时，较为集中地反映了关乎国家、民族及个人利益的两宋党争，主要为“新旧党争”和“以和战为党争”等相关内容。从一个独特的角度为我们研究历史、研讨戏剧艺术特点提供了便利。

欧阳修在其名作《朋党论》中曾经指出：“朋党之说，自古有之。”②当代一位伟人也曾说过：“党外有党，党内有派。党外无党，封建思想；党内无派？千奇百怪！”这一切都说明了我们这个有着悠久文明历史的国度，那龙争虎斗、鸡争狗斗、朋党之争的历史也同样悠久。回首历史，“九十日春晴景少，一千年事乱时多”③。宋代一位理学家有感于历史与现实的许多相似之点，曾得出十分悲观的结论：历史上“治世少，乱世多；君子少，小人多”。这种看法有点过于悲观，邵雍是一位历史悲观主义者。“兴亡千古同一辙，党祸到头不堪说。”总结历史，在这里借用邵氏的几句话，如果我们把历代朋党之争的结果概括为“乱多于治，害多于利，悲多于喜”，则是符合历史事实的。

---

① [宋]耐得翁著：《都城纪胜》“瓦舍众伎”条，见《东京梦华录 都城纪胜 西湖老人繁胜录 梦粱录 武林旧事》，北京：中国商业出版社，1982年，第9页。

② [宋]欧阳修著，杜维沫、陈新选注：《朋党论》，《欧阳修文选》，北京：人民文学出版社，1982年，第149页。

③ [宋]罗大经撰，刘友智校注：《鹤林玉露》，济南：齐鲁书社，2017年，第328页。

载于史册的两宋党争有“庆历党争”“新旧党争”“庆元党争”，宋杂剧对“庆历党争”没有反映，反映较多的是“新旧党争”。此外，从北宋初以至南宋败亡，宋王朝在辽、夏、金、元的不断胁迫之下，一直是屈辱事敌，朝中的政治派别与政治斗争，往往与国家和战之决策密切相关。于是，主和主战之争又往往与朝中朋党之争纠结在一起“以和战为党争”。表现最突出的是在两宋之交，也有较多的杂剧予以表现。

王安石变法的是非功过，历史自有公论。令我们感兴趣的是，当把宋代杂剧中相关剧作，与约产生于南宋的话本《拗相公》、元杂剧中反映有关新旧党争中王安石、苏东坡的政治纠葛的剧作，以及拟话本中《王安石三难苏学士》这一系列作品对照研讨时，我们发现在通俗文学领域中，苏轼总是被肯定被同情的对象，而王安石和他推行的新法以及有关的追随者，则是被鞭挞、被讽刺的对象。

宋杂剧中，有两个小戏是写苏东坡的。其中，《不笑所以深笑》可见其文句特点，《头上子瞻》则是赞美其神采的。

> 东坡尝宴客，俳优者作伎万方，坡终不笑。一优突出，用棒痛打作伎者曰：“内翰不笑，汝犹称良优乎？”对曰：“非不笑也，不笑所以深笑之也。”坡遂大笑。盖优人用东坡《王者不治夷狄论》云：“非不治也，不治乃所以深治之也。”见子由五世孙奉县尉懋说。[①]

宋人曾有“苏文熟，吃羊肉；苏文生，吃菜羹”之语，由上剧可见苏文影响之一斑。其文中“治之以不治者，乃所以深治之也”[②]，独特的思路和句法不止一二

① 转引自《王者不治夷狄论》附录，见舒大刚、曾枣庄主编《三苏全书》第十四册，北京：语文出版社，2001年，第123页。

② [宋]苏轼著：《王者不治夷狄论》，见舒大刚、曾枣庄主编《三苏全书》第十四册，北京：语文出版社，2001年，第121页。

现。他如“无责难者，将有所深责也”[①]“非不求名也，求名之至者也”[②]，以优人为东坡作杂剧，熟练用其句法，以博一笑。但此剧与新旧党争无关，而另一则小戏却是党争的缩影：

东坡先生近令门人辈作《人不易物赋》，或戏作一联曰：“优其几而袭其裳，岂惟孔子；学其书而戴其帽，未是苏公”。廌因言之。公笑曰：“近扈从宴醴泉观，优人以相与自夸文章为戏者。一优曰：‘吾之文章，汝辈不可及也。’众优曰：‘何也？’曰：‘汝不见吾头上子瞻乎？’上为解颜，顾公久之。”[③]

据宋代《王直方诗话》载：“盖元祐之初，士大夫效东坡顶短檐高桶帽，谓之‘子瞻样’。”[④]所以有这个笑剧。这个剧目原本也与党争无关，但到了徽宗君臣崇尚熙宁变法，党同伐异，曾在元祐间风行一时、士人们引以为式的“子瞻样”成为奸邪的象征。丁传靖《宋人轶事汇编》引《师友杂志》曰：

崇宁初，衣服尚窄袖狭缘，有不如是者皆取怒于时。故当时章疏有云：“褒衣博带，尚存元祐之风；矮帽幅巾，犹袭奸臣之体。”盖东坡喜戴矮帽，当时谓之东坡帽；鲁直喜戴幅巾，故言犹袭奸臣之体也。[⑤]

宋代党争是十分严酷的，凡上了党人碑的官员均遭贬放，死去的也要追贬。苏、黄文诗被禁；凡党人子弟不得入京城；不得与党人通婚，甚至连苏、黄所戴巾帽样式，也在禁绝之列。《头上子瞻》杂剧为我们透露了个中消息。

---

① [宋]苏轼著：《策别课百官五》，见舒大刚、曾枣庄主编《三苏全书》第十四册，北京：语文出版社，2001年，第343页。

② [宋]苏轼著：《直不疑买金偿亡》，见舒大刚、曾枣庄主编《三苏全书》第十四册，北京：语文出版社，2001年，第445页。

③ [宋]李廌著：《师友谈话》，朱易安、傅璇琮等主编《全宋笔记》（第二编第七册），郑州：大象出版社，2006年，第34页。

④《王直方诗话》，见吴文治主编《宋诗话全编》第二册，南京：江苏古籍出版社，1998年，第1190页。

⑤ 丁传靖著：《宋人轶事汇编》卷十二《老苏 二苏》，北京：中华书局，1981年，第639页。

涉及北宋新旧党争相关人物的剧作,更多的是对王安石所推行的新法及其追随者的讽刺和鞭挞。

王安石变法的目的本为富国强兵、利国利民,具有极强的现实针对性和可行性,但由于种种原因,最终以失败告终。究其原委,守旧派的反对固然是一方面,但其用人的失误是其失败的一个重要原因。法非不善,用人不当,原想利民,反为扰民害民,最后误国、误民,也害了王安石自己。晚年的王安石对此有过深刻的反省。他在《与参政王禹玉书》中曾痛苦地说:"顾自念行不足以悦众,而怨怒实积于亲贵之尤;智不足以知人,而险诐常出于交游之厚。"[①]

归类分析北宋政坛上王安石执政时攀附他,王安石失意时出卖他的那些本想成为政治人物而最终成为政治动物的一类人,常使人想起纪晓岚《阅微草堂笔记》中的一个故事:一家遭妖狐困扰,请一术士驱狐。术士驱除妖狐之后,竟贪图其家供养,礼请不去。因术士懂得驱除邪祟的相关法术,这家人竟奈何他不得!诚所谓请鬼容易送鬼难!纪氏感叹道:"锐于求胜,借助小人,未有不遭反噬者!"[②]宋杂剧中对那些阿附王安石的无耻小人,也对王安石急于用人,不加选择的做法给以辛辣的讽刺:

> 熙宁间,王介甫行新法,欲用人材,或以选人为监司。赵济、刘谊皆雄州防御推官,提举常平等事。荐所部官改官,而举将自未改官。盖用才不限资格,又不欲便授品秩,且惜名器也。其时多引人上殿,伶人对上作俳,跨驴直登轩陛,左右止之。其人曰:"将谓有脚者尽上得。"荐者少沮。[③]

庙堂之上,官府之中,"将谓有脚者尽上得",连四条腿的驴头马面都可横行一时,新法执行的效果,可以想见。

王安石新法施行,逢迎小人唯其马首是瞻,千方百计阿谀奉承,而顺承其意

① [宋]王安石著,储菊人校订:《王安石全集》三,上海:中央书店,1935年,第252页。

② [清]纪昀著:《阅微草堂笔记》卷十八《姑妄听之》四,长春:吉林文史出版社,1997年,第514页。

③ [宋]朱彧著:《萍洲可谈》卷三,见朱易安、傅璇琮等主编《全宋笔记》(第二编第六册),郑州:大象出版社,2006年,第177页。

者大多官运亨通。面对这一群官僚动物，苏轼曾讥之为“有甚意头求富贵，没些巴鼻便奸邪”[①]。这样，新法的施行很快变了味儿。原本是王安石在历任下层官吏时行之有效的“青苗法”，变成了各级官吏摊派聚敛、搜刮民财的“政府行动”。所谓“青苗钱”，原是一项利民措施，春秋播种之际，一些贫民由于天灾人祸等原因，无力耕种，作为政府行为，借贷种子钱，耕种有了收获之后，连本带息归还政府。这本是于国于民均有利的事情，但在执行过程中，由于百姓上交“青苗钱”的多少成为一个官员升迁的资本，成为朝廷衡量一个官员政绩的“硬件”。于是这利民之举，很快就成了名正言顺的摊派——“青苗钱”，你借也得借，不借强行让借；贫苦农民耕种有困难，向政府借贷在情理之中；家道殷实的农户，个人可以解决耕种问题的，“青苗钱”也被摊派到头上；不仅农村摊派“青苗钱”，而且这摊派也强加到城中的本不种田的“染坊”“酒坊”之类工坊。原因何在?“青苗钱”年利高达百分之四十，“与民争利”！更有甚者，有些府县为了鼓励农民多借贷，竟出新招，在衙门外摆设酒肆摊点，让妓女侑酒，鼓励借了钱的无知农民“高消费”，——用完了再借。于是宋诗中有“过眼青钱转手空”[②]（苏轼《山村五绝》其四）之叹。由于利息奇高，还有官府的错误引导，许多借贷了“青苗钱”的农民还不起钱款，被逼得卖儿卖女，卖田典屋，流离失所。

由于要以“政绩”作为升迁的资本，还要以一位官员“改革意识”作为判别对王安石新法的态度或原则问题，在王安石整体的“变法”背后，就产生了许多地方性的、部门性的、官员个人行为的变革举措，于是就有了宋代特有的急功近利的“部长工程”“太守工程”“县太爷工程”。王安石的“新法”在轰轰烈烈的表象下透出了危险的迹象。

黄河水利问题一直是历代政府头疼的问题，把水利作为一个重要问题放在政府的议事日程上，应该说是王安石新政极具眼光的地方。但在具体工作上又做了什么呢？据有关资料载，为解决黄河水道泥沙沉积问题，有人建议用“铁龙

---

① 颜中其编注：《苏东坡轶事汇编》，长沙：岳麓书社，1984年，第23页。

② [宋]苏轼著，王文诰辑注，孔凡礼点校：《山村五绝》其四，见《苏轼诗集》卷九，北京：中华书局，1982年，第439页。

爪”治河。方法是，用两只大船，反复拉动一个大耙子，耙齿长达八尺，搅起泥沙，让它流到大海去。当时很多人认为不起作用，而王氏认为切实可行，于是船造了，“铁龙爪”有了，但搅起的泥沙马上又沉了下去，黄河淤积如故。因此黄庭坚在囚禁中，仍掷地有声地说：“用铁龙爪治河如同儿戏！”

为了提醒王安石，其部下的许多举措都是为了邀功取宠，真正做起来并不是利国利民，而是劳民伤财。王安石的朋友，性格滑稽诙谐的刘贡甫有一天对王安石说，你不是大兴农田水利吗？我有一个办法，可得良田万顷。王安石问其方法。刘氏曰：山东有梁山泊，方圆八百里，若围之造田，可得良田万顷。王安石没有意识到他是开玩笑，沉吟道：只是梁山泊的水怎么办？刘贡甫说，按照如今的作法，你在附近再挖一个像梁山泊一样大的水泊，把水引出来就可以了。王安石不由哈哈大笑。

人们常说有些政令举措是拆东墙补西墙，是剜肉补疮，但实际生活中往往是，东墙拆坏了，西墙也没补好；好肉被挖了，疮也没补上。但这“拆东墙”“挖好肉”的种种“变革”措施，可以受到赏识，可以升官发财，所以一批官员乐此不疲，有关杂剧对这类官员，对这种社会现象给予了尖锐的讽刺：

> 熙宁九年，太皇生辰，教坊例有献香杂剧。时判都水监侯叔献新卒，伶人丁仙现假为一道士善出神，一僧善入定。或诘其出神何所见，道士云：“近者曾出神，至大罗，见玉皇殿上，有一人，披金紫，熟视之，乃本朝韩侍中也。手捧一物，窃问旁立者，曰：‘韩侍中献国家金枝玉叶、万世不绝图’”僧曰：“近入定到地狱，见阎罗殿侧，有一人衣绯垂鱼，细视之，乃判都水监侯工部也，手中亦擎一物。窃问左右，云：‘为奈何水浅献图，欲别开河道耳。’”时叔献兴水利以图恩赏，百姓苦之，故伶人有此语。[①]

职业的官僚动物的“职业病”，即使已经到地狱，仍为希图恩赏，故伎难忘，可

① 王国维著：《宋元戏曲史》，北京：中国书籍出版社，2020年，第16—17页。

为千古笑谈。

王安石的改革是全方位的，涉及社会生活的方方面面，其中也包括科举考试，但最终王安石的良好愿望都化为了泡影。宋代杂剧对此也有所反映：

> 王荆公改科举，暮年乃觉其失，曰："欲变学究为秀才，不谓变秀才为学究也。"盖举子专诵王氏章句，而不解义，正如学究诵注疏尔。教坊杂戏，亦曰："学《诗》于陆农师，学《易》于龚深之。"盖讥士之寡闻也。[①]

全面研究王安石新法对科举的影响，我们认为王安石为宋王朝的长治久安而改革科举制度，或者单为变法培养人才而改革教育，都是应该肯定的。但他作为一个政治家，欲以新法风行天下，运用行政手段使上令下达，甚至在学术教育上也采用以一人之学术观点而统一天下之学术观点，使主考者以其观点为取舍标准，学子们为了自己的前途趋之若鹜，其弊不可胜言。苏轼在《答张文潜书》中指出，王安石在学术思想上的专制引起文坛的凋敝，"文字之衰，未有如今日者也"[②]。王安石诗、词、文赋俱佳，但其弊病在于"好使人同己"[③]，欲以一家之学术，统一天下之学术，以一家之文风，笼盖天下之文风，杀尽百花，只能是一花独放，百花凋零，"弥望皆黄茅白苇"[④]。更为可怕的是，科举指挥棒造成了人心的败坏。据《渑水燕谈录》载：荆公在位，急进之徒争趋门下，及朝廷诏令禁用《字解》，群相诋之。时人挽词曰："今日江湖从学者，人人讳道是门生。"及后配享宗庙，赠官并谥，昔从学者，又复称门人。时人易前词一字曰："今日江湖从学者，人人却

---

①［宋］陈师道著：《后山谈丛》卷一，见朱易安、傅璇琮等主编《全宋笔记》（第二编第二六），郑州：大象出版社，2006年，第81页。

②［宋］苏轼著：《答张文潜县丞》，见舒大刚、曾枣庄主编《三苏全书》第十二册，北京：语文出版社，2001年，第365页。

③［宋］苏轼著：《答张文潜县丞》，见舒大刚、曾枣庄主编《三苏全书》第十二册，北京：语文出版社，2001年，第365页。

④［宋］苏轼著：《答张文潜县丞》，见舒大刚、曾枣庄主编《三苏全书》第十二册，北京：语文出版社，2001年，第366页。

道是门生。”[①]其弊害绝不是仅仅把秀才变为学究而已，而是从政治、学术到科举，满目荒败，不可收拾，最终在民众诅咒、朋友出卖、皇帝厌倦、旧党反对声中走向金陵。宋人杂剧对新法不可收拾的局面给予了艺术化的表现：

> 顷有秉政者，深被眷倚，言事无不从。一日御宴，教坊杂剧为小商，自称姓赵名氏，负以瓦瓿卖沙糖，道逢故人，喜而拜之。伸足误踏瓿倒，糖流于地，小商弹指叹息曰：“甜采，你即溜也，怎奈何？”左右皆笑。俚语以王姓为“甜采”。[②]

王安石变法最终成了难以收拾的烂摊子，面对王安石下台后的政局，面对后来打着王安石变法之旗号而行祸国殃民之实的章惇、蔡京之流，任谁也会叹息：甜采，你即溜也！奈国家苍生何！

王安石身后，成为任其追随者利用的偶像。北宋末，其婿蔡卞兄弟擅权，至配享孔庙。于是杂剧舞台上演了这样一场喜剧：

> 蔡京作宰，弟卞为元枢。卞乃王安石婿，尊崇妇翁。当孔庙释奠时，跻于配享而封舒王。优人设孔子正坐，颜、孟与安石侍侧。孔子命之坐，安石揖孟子居上，孟辞曰：“天下达尊，爵居其一，轲仅蒙公爵，相公贵为真王，何必谦光如此。”遂揖颜，曰：“回也陋巷匹夫，平生无分毫事业，公为名世真儒，位貌有间，辞之过矣。”安石遂处其上。夫子不能安席，亦避位。安石惶惧拱手，云：“不敢。”往复未决。子路在外，情愤不能堪，径趋从礼室，挽公治长臂而出。公治为窘迫之状，谢曰：“长何罪？”乃责数之曰：“汝全不救护丈人，看取别人家女婿！”其意以讥卞也。时方议欲升安石于孟子之上，为此而止。[③]

---

① [宋]王辟之著：《渑水燕谈录》，杭州：浙江古籍出版社，1999年，第203页。

② 转引自王国维著：《宋元戏曲史》，北京：中国书籍出版社，2020年，第17页。

③ 转引自王国维著：《宋元戏曲史》，北京：中国书籍出版社，2020年，第19—20页。

研究宋代的党争，庆历党争的双方代表人物范仲淹、吕夷简均被认为是宋代名臣；新旧党争中的王安石、司马光、苏东坡，人们也都给予公允的评价，因其政治出发点是为国为民。然而令人惊诧的是，任何一派掌权之后，内部马上出现纷争，王安石集团的内部矛盾；旧派上台后洛、蜀、朔三足鼎立；蔡京们上台后，竟至于兄弟争权，父子猜疑……一切当初政治改革的政令思想、代表人物，都成了他们争权夺利的遮羞布，王安石的悲剧在上面的杂剧中演示得很充分，而在宋代党争的喧嚣声中我们似乎可以听到北宋败亡的脚步声。

宋代杂剧所反映的两宋党争的内容，另外一个较为集中的内容即对和战之争的多角度的折射。宋代史有明载的党争有三次："庆历党争""新旧党争""庆元党争"，但一般的著述上又无不提及宋室南渡后"以和战为党争"的特色。实际上，纵观两宋战争中，和战之争几乎贯穿了宋代历史的始终：宋辽之战、宋与西夏之战、宋金之战、宋与元蒙之间的战争……朝中的几乎所有派别都有自己的主张，也正是由于"和战之争""以和战为党争"的广泛影响，才产生了有宋一代"士大夫皆好言兵"的文化奇观，宋杂剧才给以较为集中的反映。

宋王朝对外作战，十战而九败，往往是屈辱求和，割地纳款。《土少不能和》一剧反映了宋王朝内部对割地求和的较为积极的态度，但由于朝中无人，战场上总是"赢得仓皇北顾"的宋人，在谈判桌上同样丧权辱国：

> 乾统初(崇宁四年)，(牛温舒)复参知政事，知南院枢密使事。五年，夏为宋所攻，来请和解。温舒与萧得里底使宋。方大燕，优人为道士装，索土泥药炉。优曰："土少不能和。"温舒遽起，以手藉土怀之。宋主问其故，温舒对曰："臣奉天子威命来和，若不从，则当卷土收去。"宋人大惊，遂许夏和。[①]

宋王朝曾联金以灭辽、联元蒙以灭金，但在将亡之辽、金残余军队面前，仍是

① [元]脱脱等撰：《辽史》卷八十六《列传第十六》，北京：中华书局，1974年，第1325页。

不堪一击，于是那些平时在百姓面前作威作福，在战场上抱头鼠窜的将帅成为杂剧中讽刺的对象：

> 宣和中，童贯用兵燕、蓟，败而窜。一日内宴，教坊进伎为三四婢，首饰皆不同。其一当额为髻，曰蔡太师家人也；其二髻偏坠，曰郑太宰家人也；又一人满头为髻如小儿，曰童大王家人也。问其故，蔡氏者曰："太师觐清光，此名'朝天髻'。"郑氏者曰："吾太宰奉祠就第，此'懒梳髻'。"至童氏者曰："大王方用兵，此'三十六髻'也。"[①]

"三十六计，走为上计。"可谓对童贯之流的绝妙讽刺。面对一次又一次的战争失败，面对一次又一次的外交屈辱，宋王朝似乎无计可施，这情形正如被称为"亡宋诗史"的汪元量诗中所说："十数年来国事乖，大臣无计逐时挨。"[②]而在宋杂剧中对这种君懦臣庸，士气不振，民气不振，给予警醒：

> 金人自侵中国，惟以敲棒击人脑而毙。绍兴间，有伶人作杂戏，云："若要胜金人，须是我中国一件件相敌，乃可。且如金国有粘罕，我国有韩少保；金国有柳叶枪，我国有凤凰弓；金国有凿子箭，我国有锁子甲；金国有敲棒，我国有天灵盖。"人皆笑之。[③]

有人说，首二句应该是：金国有兀术，我国有秦太师。若是，则显得太直太露，不如上文，曲终奏"雅"，让人一笑之后，进行思考。金人能征惯战，宋人不和即降，遭殃的只有老百姓。

对于"和战之争"的双方，只要主和不是为了降敌，我们不应以和战为是非，因为面对宋代历史，宋代的有识之士和今天的研究者都明白，只有有了强大的军

---

① [宋]周密著，高心露、高虎子校点：《齐东野语》卷十三《优语》，济南：齐鲁书社，1983年，第164页。

② [宋]汪元量著，孔凡礼编：《湖州歌九十八首》其七，见《增订湖山类稿》，北京：中华书局，1984年，第37页。

③ 任二北编著：《优语集》，上海：上海文艺出版社，1981年，第127页。

力、财力、综合国力，才能把握和与战的主动权——和战在我；反之，和战在敌。针对局势，权衡利弊，当和则和，当战则战；从长远观，和是为了战；因为面对异族入侵，主权问题，国家民族之荣辱是没有谈判的余地的。最终只有用战争解决问题。但从局部看，当自己的力量还不足以克敌制胜，需要休养生息、积蓄力量时，审时度势，就应同意维持一定时间的和平局面，甚至不惜以战促和，再以和备战。

但理论上的认识和现实生活中把握是两回事。宋人的失误在于，不当和时主和，不当战时主战。于是主和者有卖国之嫌，主战者往往因战败被攻击。用宋杂剧中的话说，即“樊恼自取”：

> 韩侂胄用兵既败，为之须鬓俱白，困闷莫知所为。优伶因上赐侂胄宴，设樊迟、樊哙，旁有一人曰樊恼。又设一人，揖问迟：“谁与你取名？”对以“夫子所取”。则拜曰：“是圣门之高弟也。”又揖问哙曰：“尔谁名汝？”对曰：“汉高祖所命。”则拜曰：“真汉家之名将也。”又揖恼云：“谁名汝？”对以“樊恼自取”。①

韩侂胄北伐用兵，是为了以主战固宠。因此当辛弃疾认为量度宋金双方实力，宋欲北伐，需养精蓄锐二十年时，韩侂胄却一意孤行，一败涂地，最终丢了性命，确是“烦恼自取”。

由此生发出另外一个问题，韩侂胄之流以战邀功，以功固宠，最终惨败，固然可恨；但此时朝中主和派竟为了主和，擒杀韩侂胄，函首以献金人，实在有辱国体。因此我们发现，新旧党争、和战之争各方，均利用政治斗争谋一己之私利，主战主和、变法与守旧，只不过是他们随时可以打出的一张牌而已，只为自己可以有权、有钱、有荣华富贵。宋代相关杂剧极为犀利地提示了这一点：

> 崇宁初，斥远元祐忠贤，禁锢学术，凡偶涉其时所为所行，无论大小，一

① 任二北编著：《优语集》，上海：上海文艺出版社，1981年，第133页。

切不得志。伶者对御为戏：推一参军作宰相，据坐，宣扬朝政之美。一僧乞给公据游方，视其戒牒，则元祐三年者，立涂毁之，而加以冠巾。一道士失亡度牒，问其被戴时，亦元祐也，剥其羽衣，使为民。一士人以元祐五年获荐，当免举，礼部不为引用，来自言，即押送所属屏斥。已而主管宅库者附耳语曰："今日于左藏库，请得相公料钱一千贯，尽是元祐钱，合取钧旨。"其人俯首久之，曰："从后门搬入去！"副者举所持梃，杖其背曰："你做到宰相，元来也只要钱！"是时至尊亦解颜。[①]

另一则杂剧为：

秦桧以绍兴十五年四月丙子朔，赐第望仙桥。丁丑，赐银绢万匹两，钱千万，彩千缣，有诏："就第赐燕，假以教坊优伶。"宰执咸与。中席，优长诵致语，退，有参军者前，褒桧功德。一伶以荷叶交椅从之，诙语杂至，宾欢既洽，参军方拱揖谢，将就椅，忽坠其幞头，乃总发为髻，如行伍之巾，后有大巾环，为双叠胜。伶指而问曰："此何环？"曰："二胜环。"遽以朴击其首曰："尔但坐太师交椅，请取银绢例物，此环掉脑后可也。"一座失色，桧怒，明日下伶于狱，有死者。于是语禁始益繁。[②]

两个杂剧，一个写在北宋党争得势的一位宰相，在严酷的党禁中，元祐时的和尚、道士勒令还俗，元祐时的读书人可以不用，但元祐钱却是非要不可。"做到宰相，元来也只好钱！"可谓一针见血；后一个杂剧可以十分清楚地看出是讽刺秦桧的，秦桧迎合高宗之意，力主和议，权势赫赫，只要保有半壁河山，享有荣华富贵。至于收复河山，迎回徽、钦二帝，雪国仇家恨之事"掉脑后可矣"。宋代杂剧反映现实政治的大胆犀利，令人叹服。

综观宋代与党争有关的杂剧，首先我们应该肯定的是，它们从一个独特角

① 任二北编著：《优语集》，上海：上海文艺出版社，1981年，第112—113页。

② 王国维著：《宋元戏曲史》，北京：中国书籍出版社，2020年，第21—22页。

度，用自己特有的艺术形式，对新旧党争、和战之争给国家人民带来的危害给予了较为集中的反映，典型地体现了杂剧关切现实，反映现实的"时事剧"的特点。

其次，我们在把握研究这些剧作时，不应把剧中人物和历史人物划等号。比如剧中的王安石，与历史现实中的王安石就有一定的距离。王安石是一位特定历史时期的政治家、思想家、文学家，其历史作用，不可抹杀。但其推行的新法，愿望与结果之间有太大的距离，特别是他用人不当，至有"率兽食人"之讥。宋人笔记、小说中即有他儿子死后下地狱倍受惩戒之说，特别在小说中写他由京城返金陵之时，有反对者侦知了他南归的路线，在客栈写满了攻击甚至是谩骂他的诗，借宿的民主，一个控诉新法逼死了全家十余口人；一人竟因法扰民，把家中的猪、狗、鸡、鸭都叫作"王安石"，以咒其死后下世为猪狗。因此，对照有关作品，上述小说，显有攻击诬蔑之嫌。而杂剧中"王安石"如果作为"新法病民"之代表，尽管他代人受过，但大致非过甚之语。

这里就涉及第三个问题，即党争的双方是否有利用杂剧去攻击对立派别的问题。关于这一点，我们的回答是肯定的。因为有关资料印证了这一点：

宋樵川逸叟《庆元党禁》载："韩侂胄……自谓有定策功，且依托肺腑，出入宫掖，居中用事。……朱熹……奏疏极言之。……大怒，阴与其党密谋，去其为首者，则其余去之易尔。"所谓"首"者，盖指熹也。乃于禁中，令优人效熹容止为戏，荧惑上听[①]。

《宋史·韩侂胄传》亦载："朱熹奏其奸，侂胄怒，使优人峨冠阔袖象大儒，戏于上前，熹遂去。"[②]

这是写韩侂胄为了扫清自己擅权专国的障碍，利用杂剧排斥朱熹。还有在仁宗景祐末，有内臣卢押班利用杂剧讽刺范雍的记载：

景祐末，诏以郑州为奉宁军，蔡州为淮康军。范雍自侍郎领淮康节钺，镇延安。时羌人旅拒戍边之卒，延安为盛。有内臣卢押班者，为钤辖，心常

① [宋]樵川逸叟撰：《庆元党禁》，见《笔记小说大观》四，南京：江苏广陵古籍刻印社，1984年，第317页。
② [元]脱脱等撰：《宋史》卷四七四《列传·奸臣四》，北京：中华书局，1974年，第13772页。

轻范，一日军府开宴，有军伶人杂剧，称参军梦得一黄瓜，长丈余，是何祥也？一伶贺曰："黄瓜上有刺，必作黄州刺史。"一伶批其颊曰："若梦镇府萝卜，须作蔡州节度史？"范疑卢所教，即取二伶杖背，黥为城旦。①

因此，研究宋杂剧，除了研究其剧作内容的复杂性之外，还应注意其创作及演出背景的复杂性。

研究宋杂剧与宋代党争的关系，还引发了我们对这部分剧作艺术特点上的一些思考。

首先，"寓庄于谐"的表现手法是这些剧作的突出特点。宋杂剧这一部分剧作与传统的一些笑话集中作品有明显不同，也同先秦的"优笑""优戏"不同，它们不是仅仅供一时之笑乐，而是借用喜剧的艺术手法，用幽默诙谐的动作和语言揭示某种人物、社会现象的本质，在笑声中，予丑恶以揭露，予丑类以鞭挞。有人给喜剧下定义说，喜剧就是把人生无价值的东西撕碎给人看。显然这种定义是难以概括这一类剧作的。运用喜剧的艺术手法，表现严肃的社会生活内容，这一特征基本形成，且影响深远。元杂剧中诸如《风光好》《李逵负荆》《陈州粜米》都继承并发扬了这种风格。

其次，由于上面称引的资料都是对相关杂剧演出的片断记载，不是宋杂剧演出的"全本"和原始面貌，因此，对于这些剧作演出时，不同剧作不同演员的表演手法也不能确悉。但以今度古，可以推知一二。在当日的杂剧舞台上，演员的唱念做打，一定是疾徐有致的，演员会把握节奏，营造气氛，创造出特定的戏剧性效果。如《我国有天灵盖》一剧，用快节奏的语言表达方能出彩，没有了语气节奏的把握将全无意味。

再次，现有资料仅记载的是剧作内容的基本梗概，具体的表演对白如何，难以尽知。翻检有关文字，下面这一条资料值得特别注意：宋人庄绰《鸡肋编》卷中载：

① 王国维著：《宋元戏曲史》，北京：中国书籍出版社，2020年，第16页。

> 崇宁中，方严党禁，凡系籍人子孙，不听仕宦及身至京畿。……晁十二以道，自为优人过阶语云："但仆元祐间诗赋登科，靖国中宏词入等，尚之唤作哥哥，补之唤为弟弟。甚人上书耶？甚人晁咏之。"闻者莫不绝倒。①

任二北先生在《优语集》"语比"中曾写了一段按语："以道非优人，而袭戏词口吻，以讥党禁，故入语比。此真戏剧史料。缘北宋剧本无传，何谓'过阶语'？亦向无说明。赖有此番摹仿，方知'过阶语'乃优戏脚色初登场时，自道身世阶历，俾观众了解剧情之说白，犹之后世戏台上'自报家门'，其文体则骈俪也。"②

这段文字有两点价值。就宋代党争而言，它透露了北宋末党争禁锢士林的严酷；就戏剧资料而言，其惟妙惟肖地再现了宋杂剧舞台一位士人"自报家门"的内容和格范。《原来也只要钱》一剧中的读书人上场后自报家门应与之相仿。循此例，则剧中一僧、一道、一宰相自报家门之情形可以想见。那么，加以合理"加工"，"复原"宋杂剧之演出剧本不是没有可能。

以上是我们对宋杂剧与党争做的一点粗浅探讨。现在《全宋文》已完备，若用心检讨，一定会有新收获。网罗相关资料，对宋杂剧的研究定会进一步深入。

---

① [宋]庄绰著，萧鲁阳点校：《鸡肋编》卷中《崇宁中党禁之严》，北京：中华书局，1983年，第73页。

② 任二北编著：《优语集》，上海：上海文艺出版社，1981年，第328页。

传统戏曲中东坡形象探论

——以元代有关苏轼贬谪剧为中心

“大苏死去忙不彻，三教九流都扯拽”[①]，在苏轼生前，其轶闻趣事已入优戏搬演，其身后以其丰富经历、传说故事编撰的剧作，更在历代舞台上上演不衰。在现存的元杂剧中保留有三部完整地反映苏轼贬谪生涯的剧作。本文拟从剧作所反映的宋代朋党之争的特色入手，探讨其特色。

一

“朋党之争，自古有之。”[②]朋党之争是中国封建社会孕育的一个怪胎。其所产生之原因，或因政见不同，或因学术意见相左，或因个人意气之争，或因地方观念而成。其成因非一，危害却极大。宋人杨万里曾认为朋党之争是甚于“盗贼”“水旱”“异族入侵之大害”。“盖欲激人主之怒，莫如党论；欲尽逐天下之君子，莫如党论；欲尽空天下之人才，莫如党论。”[③]杨万里《论练兵札子》朋党倾轧的结果，“始以党败人，终以党败国”[④]。首当其冲，是在党争中失势一方的士大夫们。得志一方，专横跋扈，颠倒黑白。失势一方，贬窜岭海，颠沛流离。于是中国文坛上出现了一种非常奇特的文学现象——迁谪文学，朋党之争与文学结下了不解之

① [清]褚人获著：《坚瓠集》第三册，杭州：浙江人民出版社，1986年，第1页。

② [宋]欧阳修著，杜维沫、陈新选注：《朋党论》，《欧阳修文选》，北京：人民文学出版社，1982年，第149页。

③ [宋]杨万里著：《杨万里诗文集》中册，南昌：江西人民出版社，2006年，第1118页。

④ [元]脱脱等撰：《宋史》卷三百五十六，北京：中华书局，1977年，第11213页。

缘。元代杂剧《醉写赤壁赋》《东坡梦》《贬黄州》三剧对于我们认识宋代党争的残酷性、复杂性，认识党争中纷纭复杂的人情世态，认识党争对文人心态的影响颇有帮助。

三部反映北宋党争、东坡贬谪生涯的剧作，从不同角度提示了东坡被贬谪的原因。概而言之，苏轼遭贬原因有三。首先是王安石与苏轼政见不同。在这里需要指出的是，苏轼元丰二年作诗讽谕时政被捕入狱，被贬黄州，全与王安石无涉。在此前王安石已退居金陵。作为戏剧人物，这里的王安石既有历史上真实的王安石的影子，又是戏剧化的变法派的化身。《东坡梦》中苏轼言其与王安石政见不同：

> 今有王安石在朝，当权乱政。特举青苗一事。我想这青苗一出，万民不胜其苦，为害无穷。小官屡次移书谏阻，因此王安石与俺为仇。①

《贬黄州》中王安石道：

> 我有一策，要行助役于民间。在朝诸官多言不便。独翰林学士苏轼，十分与我不合。昨日上疏，说我奸邪，蠹政害民，我欲报复。②

所谓"昨日上疏"即该剧第一折苏轼所说"臣蒙知遇，欲竭愚忠。见王安石一心变乱成法，臣上万言书谏诤"③。古人称上皇帝书为"万言书"，揆诸史实，当指苏轼《上神宗皇帝书》。

苏轼在朝反对新法，在地方官任上也缘诗人之义，托事以讽。于是就有了北宋著名的文字狱——"乌台诗案"。《贬黄州》剧中王安石说苏轼"志大言浮，离经叛道。见新法之行，往往形诸吟咏。我已着御史李定等劾他赋诗讪谤，必致主上

---

① 徐征等主编：《全元曲》第三卷，石家庄：河北教育出版社，1998年，第1895页。
② 徐征等主编：《全元曲》第五卷，石家庄：河北教育出版社，1998年，第3272页。
③ 徐征等主编：《全元曲》第五卷，石家庄：河北教育出版社，1998年，第3275页。

震怒。置之死地，亦何难哉！”[①]于是李定秉承时相之意，将苏轼“平日所为诗章有干政化者，具为一疏，劾其谤讪”[②]。党祸与诗祸相连，苏轼被贬黄州。其罪名大略如李定所言：

今有翰林学士苏轼，……论新法而短毁时相，托吟咏而谤讪朝廷。实有无君之罪，难逭欺上之诛。且如《题古桧》云：“根到九泉无屈处，世间惟有蛰龙知。”陛下飞龙在天，轼以为不知己，而求地下之蛰龙，非不臣而何？陛下发钱本以业贫民，轼则曰：“赢得儿童语音好，一年强半在城中。”陛下明法以课群吏，轼则曰：“读书万卷不读律，致君尧舜终无术。”陛下兴水利，轼则曰：“造物若知明主意，应教斥卤变桑田。”陛下议盐铁，轼则曰：“岂是闻韶解忘味，迩来三月食无盐。”如此之类尚多。伏望圣明早加显戮，以息怨谤……[③]

这一大段录自“乌台诗案”的文字，是元丰初新法派对苏轼的全面清算。剧作抓住了苏、王政见不合，苏轼因诗获罪。可谓抓住了关键。

其次，有关剧作，于政见不同这一主要因素之外，还写出了不大为世人所注意的苏、王二人的意气之争。《醉写赤壁赋》与《东坡梦》都提到“续菊花诗”一桩公案。二剧所写仅字面略有不同，大略为：苏轼见王安石从者腰插一扇，扇上写诗二句道：昨宵风雨过园林，吹落黄花满地金。苏轼认为菊花从来不谢，自然干老枝头，甚以为不然。乃于诗后续二句道：秋花不比春花落，付与诗人仔细吟。于是王安石认为苏轼认为菊花不落，是未曾到过黄州。贬黄原因之一，竟是让苏轼到黄州看菊花落谢。此事载《藏海诗话》《高斋诗话》，在宋代即有争议。《西清诗话》《类说》认为乃欧阳修续诗。胡仔《苕溪渔隐丛话》认为皆属伪托。但作为宋代著名政治家、文学家的苏轼和王安石之间的趣事，即使属于伪托，于中我们也可看出其事在当时流传甚广，被后世戏曲家采用是很自然的事。《东坡梦》还载有

① 徐征等主编：《全元曲》第五卷，石家庄：河北教育出版社，1998年，第3272页。
② 徐征等主编：《全元曲》第五卷，石家庄：河北教育出版社，1998年，第3273页
③ 徐征等主编：《全元曲》第五卷，石家庄：河北教育出版社，1998年，第3273页。

苏轼与王安石因太湖石崩摧口舌相竞,“安石好生怀恨”。剧中谓:

> 一日天子游御花园,见太湖石摧其一角,天子问为何太湖石摧其一角。安石奏言:此乃苏轼不坚。小官上前道:非苏轼不坚,乃安石不牢。天子大笑回宫,安石好生怀恨。①

此事无所据,但因口舌之争惹祸,却与在宋代特定党争环境中的复杂人事相联,也合乎东坡的性格遭遇。苏轼生性乐观旷达,幽默诙谐,他充满智慧的风趣的谈笑,曾给家人以温馨,给友人以欢乐,但也曾予政敌以难堪,因“嬉笑成仇敌”。岳珂《桯史》曾载苏轼以嘲戏之语谈论王安石的《字说》,“荆公(安石)无以答,迄不为变。党伐之论,于是浸闿;黄冈之贬,盖不特坐诗祸也”②。苏轼后与洛党之魁程颐交恶,其原因也在于,苏轼以鄙语戏程颐,洛党衔之,“遂立敌矣”。剧作家们抓住了苏轼众人皆知的性格上的特点,指出他当日遭贬,除政见不合之外,尚有个人意气之争的原因,是很有见地的。就苏、王关系而言,即使不能成为定论,也很代表了一定时期相当一部分人的看法。苏、王交恶,由来已久。“古人嫌隙,多起于俳谐”③,可谓知言。由于在复杂的人事纷争中,往往在不知不觉中因口舌得祸,所以其弟苏辙和友人都曾对其力加劝阻,东坡自己也有所警觉。一个人性格上的特点,在特定情势下,往往会成为致命的弱点。关于苏轼以山石嘲戏王安石之事,吴曾《能改斋漫录》有一段类似记载:

> 陈无己《诗话》云:某公用事,排斥端士,矫节伪行。范蜀公《咏僧房假山》曰:“倏忽平为险,分明假夺真。”盖刺公也。某公,荆公也。予又尝记一《假山》诗云:安石作假山,其中多诡怪。虽然知是假,争奈主人爱。云云。世以为东坡所作,不知是否。④

① 徐征等主编:《全元曲》第三卷,石家庄:河北教育出版社,1998年,第1895页。
② [宋]岳珂撰,吴敏霞校注:《桯史》,西安:三秦出版社,2004年,第34页。
③ [清]纪昀著,学谦注释:《阅微草堂笔记》全本全注全释,北京:团结出版社,2021年,第1655页。
④ 程毅中主编:《宋人诗话外编》上,北京:国际文化出版公司,1996年,第721—722页。

由此可知，以谐音寓讽的传说故事在宋代时已流行，剧作家对之采录改造，有机地运用到剧本创作中。既突出了苏轼的性格特征，又强调了宋代党争的复杂性。

至于剧作反映苏轼被贬谪的第三个原因，则完全是元代戏剧家们的创造。《醉写赤壁赋》《东坡梦》二剧均附会苏轼《满庭芳》(香叆雕盘)一词，言苏轼应王安石之邀赴宴，王夫人慕名欲一睹苏轼风采，杂于歌妓队中。苏轼即席赋此词，王安石认为苏"戏却大臣之妻"①，贬苏于黄州。关于此词本事，《词林纪事》谓："此阕当在王都尉晋卿席上，为啭春莺作也。"②玩其语词，信而有征。上述二剧均采用了附会的故事，特别是《醉写赤壁赋》将其演化为整整一折戏。可见其说在元代已广为流传，并为广大群众所接受。

就元代有关剧作的描写而论，苏轼贬黄原委，分而论之为三：一为政见不同，写诗讽喻时政；二为"一时失言，翻成大怨"③(菊花诗及太湖石崩二人口舌相竞)；三为写《满庭芳》词，"嘲戏"安石之妻。合而观之则一，在政见不合之前提下，动辄得咎，因诗词言语贾祸。苏轼曾自嘲"轼一生罪过，开口常是，不在徒二年以下"④。道大难容，才高为累，反映了后世人们对东坡坎坷遭遇的深切同情。

二

我们从反映两宋党争、正人志士遭贬放逐的角度分析有关剧作，发现三剧中人物塑造颇具代表性。我们不否认三剧中从主要人物到次要人物，从正面人物到反面人物，已与历史上具体人物有了很大差距。这里所说的代表性，是指作为戏剧人物的涵盖意蕴而言。

苏轼当年因党争诗祸，被捕入狱一百余日，朝中大臣司马光、张方平、范镇等曾多方论救，后者二十二人俱因论救罚铜。这些史实反映到剧作中，为了人物塑

① 徐征等主编：《全元曲》第八卷，石家庄：河北教育出版社，1998年，第6063页。
② [清]张思岩撰：《词林纪事》，成都：成都古籍书店，1982年，第142页。
③ 徐征等主编：《全元曲》第三卷，石家庄：河北教育出版社，1998年，第1896页。
④ [宋]王明清著：《挥麈录》，上海：上海书店出版社，2001年，第132页。

造、情节安排的需要,《贬黄州》中论救苏轼的大臣以张方平为代表,并把张方平业已闲退之身,改变为身任丞相之职。为救援苏轼,张方平面奏皇上,言苏轼“忠信为国,不避时相,吟诗遣兴,岂在朝廷?况诗尚谲谏。言之者无罪,闻之者足戒”①。指责李定诸人党比为奸深文罗织,“怀论己之私仇,结奸邪之党类,风闻妄奏,不协人心”②。又劝告苏轼“今主上宽宥,谪官南行,你不必引证古人,反取罪责”③。比较集中地反映了当时朝野苏轼的友人们对其遭遇的态度。

在《醉写赤壁赋》中,出现了集官道于一身的邵雍形象。揆诸史实,邵雍于苏轼贬黄之前二年已去世,而在剧中邵雍作为一个精通象术之学能知过去未来的学士,既合乎历史上发展了象术学的事实,又加入了作者自己的创造。剧中邵雍言其师承渊源:“自希夷授于种放,种授穆伯长,伯长授于李挺之,李挺之授于某。”④同《宋史·朱震传》所载略同。在政治态度上,他反对新法又企求在新旧党争中保全自己。所以在剧中他绝口不谈政事,道家知足省分,预知过去未来的神秘色彩更浓一点。其在剧中送别苏轼时告知自己家谱,为其身后让苏还朝埋下伏笔,亦曾预言苏轼一生祸福荣辱。剧作家的这些情节的安排一方面为全剧首尾圆合、结构紧凑起到一定作用。另一方面给全剧笼罩了一层人生命定,世人难知的神秘色彩。这既是在激烈的党争中,波流无定,人世坎坷的反映,同时也切合苏轼思想上的痛苦与困惑。“东坡自海外归,人问其迁谪艰苦。东坡曰:‘此骨相所招。小时入京师,有相者云:一双学士眼,半个配军头。异日文章虽当知名,然有迁徙不测之祸。’今悉符其语。”⑤当日的剧作家和观众大都难以超越这一认识水准。这是应当批判地对待的。

《贬黄州》一剧中,作者塑造了马正卿这位对困境中的苏轼伸出援助之手的正面人物。历史上马正卿实有其人,苏轼《东坡八首并叙》曰:“余至黄州二年,日

① 徐征等主编:《全元曲》第五卷,石家庄:河北教育出版社,1998年,第3274页。
② 徐征等主编:《全元曲》第五卷,石家庄:河北教育出版社,1998年,第3274页。
③ 徐征等主编:《全元曲》第五卷,石家庄:河北教育出版社,1998年,第3276页。
④ 徐征等主编:《全元曲》第八卷,石家庄:河北教育出版社,1998年,第6063页。
⑤ 颜中其编注:《苏东坡轶事汇编》,长沙:岳麓书社,1984年,第242页。

以困匮。故人马正卿哀予乏食。为于郡中请故营地数十亩，使得躬耕其中。”[①]在剧中，他“因王安石柄国，某在朝与其言论不合，致仕来家”[②]。闲居黄州，对苏轼多加照应。马正卿的原型应是苏轼谪黄期间黄州知州徐君猷与马正卿等友人。苏谪黄州时，“君猷周旋之，不遗余力。其后君猷死于黄，东坡作祭文挽词甚哀。又与其弟书云：‘轼始谪黄州，举目无亲。君猷一见，相待如骨肉。’”[③]。在剧中，作为同情苏轼不幸遭遇的正面人物，马正卿与阿附王安石的杨太守形成鲜明对照。

苏轼在黄期间，杨采是继徐君猷之后的继任太守，与苏交情尚可。但剧作中的杨太守“度量狭隘，不能济人，又兼是王安石门客”[④]，王安石指示他不要接济苏轼的书信后，铁下心肠，“他（苏轼）来谒见，只是不理”[⑤]。当苏轼衣食不继、登门求谒时，反被打出门去。然而当苏轼奉命还朝时，又前往送行。杨太守在昔日官场颇有代表性，所以剧作家借剧中人苏轼之口痛斥其“清浊不分，仁义不存”，“倚主欺宾，仗富欺贫，仗势欺人”“富而骄贫而谄，贫无义富无恩”[⑥]。这类人固然令人痛恨，然而产生这种丑恶现象的原因何在呢？杨太守说他不得已，“非臣辱苏轼，他是放臣逐客，口舌害物。臣遵国法，岂能容他”[⑦]。苏轼虽对此世态人情痛心疾首，也表示能够理解，“杨太守虽与臣不合，如今世情皆如此。炎凉趋避，亦时势之自然。陛下察之”[⑧]。纷纭复杂的朋党之争，“烈于炽火，小人交煽其焰，傍观之君子，深畏其酷，惟恐党人之尘点污之也”[⑨]。于是造就了一批投机观望、唯利是图，甚且助纣为虐、落井下石的小人。他们只唯上唯己，不问是非黑白。上引杨太守的话适足以说明皇上是左右党争的关键，杨某的作为，乃“遵国法”，似

---

① [宋]苏轼著，傅成、穆俦标点：《苏轼全集》，上海：上海古籍出版社，2000年，第252页。
② 徐征等主编：《全元曲》第五卷，石家庄：河北教育出版社，1998年，第3279—3280页。
③ [宋]王明清著：《挥麈录》，上海：上海书店出版社，2001年，第132页。
④ 徐征等主编：《全元曲》第五卷，石家庄：河北教育出版社，1998年，第3286页。
⑤ 徐征等主编：《全元曲》第五卷，石家庄：河北教育出版社，1998年，第3287页。
⑥ 徐征等主编：《全元曲》第五卷，石家庄：河北教育出版社，1998年，第3296页。
⑦ 徐征等主编：《全元曲》第五卷，石家庄：河北教育出版社，1998年，第3296页。
⑧ 徐征等主编：《全元曲》第五卷，石家庄：河北教育出版社，1998年，第3296页。
⑨ [宋]费衮著：《梁溪漫志》，上海：上海古籍出版社，1985年，第45页。

无可非议。苏轼的痛切指责更是对党争败坏人心的总结。《醉写赤壁赋》中的黄州刺史与杨太守是一路货色。所不同者，这位刺史乃昔日东坡故旧。苏轼贬黄，他不仅不周济，还故意羞辱东坡，并且有恃无恐，“此人(苏轼)心中必然怪我也。既有圣人言语，怕他作什么!”[①]然而待到苏轼进京，他把“羞脸儿揣在怀里”，给苏轼“送行”“陪话”。[②]这类人物在宋代朋党之争激烈复杂的官场颇具代表性。官吏们为了一己荣华，唯上是从，“昔之君子，唯荆(王安石)是随;今之君子，惟温是随。其所随不同，为随一也”[③](《与杨元素十七首》其一)。朋党翼伪，阴谄谮诋，颠倒是非，变乱黑白，是宋代官场一大特色。

三

长期以来由于人们很少从反映宋代党争这个角度去探讨这类剧作，以致有些论者认为“其中对苏轼穷苦生活的描写俨然是元代穷儒的生活情景”，“它们曲折地反映了元代的社会现实，表现了元代知识分子被歧视被压迫的低下处境”[④]。实际上，只要我们比较深入全面地了解两宋党争的性质及其危害，了解苏轼贬谪黄州期间的生活环境、思想实际，我们完全可以这样说，三部有关苏轼谪黄生涯的剧作对苏轼贬谪原因的反映——苏、王政见不同、个人意气之争，以及党祸与诗祸相连，总以诗词罗织罪名种种，是全面而又深刻的。即使对皇帝左右党争的史实着墨不多，认识也是尖锐深刻的。正如《贬黄州》一剧中王安石上场诗所云:“助役青苗法令行，坐看足食更强兵。嗷嗷朝野多非己，独仗君王自圣明。”[⑤]他的得志，关键由皇帝撑腰，所以苏轼与之政见不合，即欲“报复”，“置之死地”。手段刻毒，无所不用其极。先是由李定诬奏，贬黄之后，又寄书党类杨太守，欲使苏轼冻饿而死。这些都反映了宋代党争的激烈残酷。朱熹言及本朝党祸的酷烈时曾指出，得势一方总想把对手置之死地而后快，贬所地方官又承风望

① 徐征等主编:《全元曲》第八卷，石家庄:河北教育出版社，1998年，第6069页。
② 徐征等主编:《全元曲》第八卷，石家庄:河北教育出版社，1998年，第6076页。
③ [宋]苏轼著，傅成、穆俦标点:《苏轼全集》，上海:上海古籍出版社，2000年，第1815页。
④ 许金榜著:《元杂剧概论》，济南:齐鲁书社，1986年，第85页。
⑤ 徐征等主编:《全元曲》第五卷，石家庄:河北教育出版社，1998年，第3272页。

指，数加玩侮，贬谪官员多因之自尽。所以剧作中人物，从皇上、权臣到地方官的塑造都颇具典型性。

即从苏轼谪黄期间生活而论，由于贬谪“平生亲友，无一字见及，有书与之亦不答，自幸庶几免矣”[①]（《答李端叔书十首》其一）。于人情冷暖、世态炎凉有了极深的体味。剧中与苏轼有旧交的黄州刺史的作为正是这种炎凉世态的反映。在经济上，苏在与章惇书中坦然相告，子女寄寓在弟子由处，“债负山积”，贬黄之后“廪禄相绝”，“常恐有饥寒之忧”。“至黄二年，日以困匮。”[②]躬耕东坡，“身耕妻蚕，聊以卒岁”[③]（《与章子厚书》）。在给皇帝的谢表中，他直陈“疾病连年，人皆相传为已死；饥寒并日，臣亦自厌其余生”[④]。所以剧中有苏轼贬谪之后，薪水皆无，直至“釜有蛛丝甑有尘”，“无计可使，生活困苦”[⑤]的描写，尽管我们不能排除剧作家艺术夸张或借以抒发牢骚不平的成分，但如果将其看作是在激烈党争之中贬谪大臣遭遇的典型反映当更为合适一些。

贬谪黄州是苏轼一生思想发展的重大转折时期。苏轼这位志在天下的一世伟人，如今成了“独立斜阳数过人”[⑥]的贬客逐臣，其内心痛苦可以想见。由是之故，他对现实人生的思考是深刻的。“谪居无事，默自观省，回视卅年以来，所为多其病者。”[⑦]（《答李端叔书十首》其一）在痛苦中，他用佛门道理去排除心理上的障碍，与僧道徒多有交往，以求超越黑白混淆的现实，求得解脱。他自言，贬谪之中“多难畏人，不复作文字，惟时作僧佛语耳”[⑧]（《与程彝仲五首》其一）。“佛书旧亦曾读，但暗塞不能通其妙。独时取其粗浅假说以自洗濯。”[⑨]（《答毕仲举二首》其一）由是之故，元代的剧作家们虚构了东坡与佛印游赤壁的戏剧情节。写苏轼愿

① [宋]苏轼著，傅成、穆俦标点：《苏轼全集》，上海：上海古籍出版社，2000年，第1739页。
② [宋]苏轼著，傅成、穆俦标点：《苏轼全集》，上海：上海古籍出版社，2000年，第252页。
③ [宋]苏轼著，傅成、穆俦标点：《苏轼全集》，上海：上海古籍出版社，2000年，第1647页。
④ [宋]苏轼著，傅成、穆俦标点：《苏轼全集》，上海：上海古籍出版社，2000年，第1085页。
⑤ 徐征等主编：《全元曲》第五卷，石家庄：河北教育出版社，1998年，第3287页。
⑥ [宋]苏轼著，傅成、穆俦标点：《苏轼全集》，上海：上海古籍出版社，2000年，第531页。
⑦ [宋]苏轼著，傅成、穆俦标点：《苏轼全集》，上海：上海古籍出版社，2000年，第1739页。
⑧ [宋]苏轼著，傅成、穆俦标点：《苏轼全集》，上海：上海古籍出版社，2000年，第1885页。
⑨ [宋]苏轼著，傅成、穆俦标点：《苏轼全集》，上海：上海古籍出版社，2000年，第1830页。

乘诗兴忘忧乐，隐遁性命，不恋世情，耳根清净，不再有是非忧、宠辱惊的心绪，反映了苏轼贬谪之中特定思想的一个重要方面。至于《东坡梦》的主要价值，应在其宗教文学的特性，只是它与苏轼贬谪生涯有一定关联，所以在此一并论列。苏轼因受贬谪，为排解忧懑，研讨佛理，多与佛门弟子游，是剧作家创作的基本依据。

以上我们从反映两宋党争这一特定角度，讨论了元代有关苏轼贬谪生涯的三部剧作。元承宋祚，宋代朋党之争及个人之间的恩恩怨怨，早已是“百年后来者，憎爱不相缘”。剧作家艺术地再现苏轼的贬谪生涯令人沉思，冷静的艺术观照也予人启迪。尽管我们知道这些以苏轼有关史实、传说为素材创作的戏剧作品，毕竟是“戏”而不是历史教科书，我们“不应剥夺艺术家徘徊于虚构与真实间的权利”，但不了解宋代朋党之争的残酷性，不把握苏、王之争的复杂性，将会在评价上产生偏颇，是为论。不当之处，还望学界同仁指正。

苏轼“说诨话”的传播创作及文化意义

何谓“说诨话”？胡士莹先生在论述宋代说话家数时，专列“诨话”一节，认为“‘荤话’，是滑稽讽刺”[①]。在宋代记载瓦舍伎艺的笔记中，有“说诨话”艺人之名姓，如孟元老《东京梦华录》卷五“京瓦伎艺”条记载“张山人，说诨话”[②]；武林旧事》卷六中亦载“说诨话：蛮张四郎”[③]，未载“说诨话”的具体形式。只有宋人王灼《碧鸡漫志》卷二《各家词短长》云：“长短句中作滑稽无赖语，起于至和。嘉祐之前，犹未盛也。熙丰、元祐间，兖州张山人以诙谐独步京师，时出一两解。”[④]从相关佐证记载可得，诨话即趣话、笑话，兼有滑稽、诙谐、讽刺、调笑之含义。又据元陶宗仪《南村辍耕录》卷二十五《院本名目》载：“宋有戏曲、唱诨、词说。”[⑤]可知当时不仅有说诨，且有唱诨。由此看来，“说诨话”当是一种兼具说、念诵、歌唱的综合说唱伎艺。

要研讨宋代的“说诨话”，不应忽略对于东坡的相关文字进行深入分析。当前，对于苏轼与“说诨话”之研讨未见有专人耕耘，依循可查阅的相关成果，前贤主要集中探讨与东坡“说诨话”有关的话本或著作。孔凡礼先生的《艾子是苏轼的作品》（《文学遗产》1985年第3期）一文指出《艾子杂说》确系东坡所作，其内容

---

① 胡士莹著：《话本小说概论》，北京：中华书局，1980年，第118页。
② [宋]孟元老著：《东京梦华录》，北京：中国画报出版社，2013年，第87页。
③ [宋]周密著：《武林旧事》，杭州：浙江人民出版社，1984年，第110页。
④ 胡士莹著：《话本小说概论》，北京：中华书局，1980年，第119页。
⑤ 上海古籍出版社编：《宋元笔记小说大观》，上海：上海古籍出版社，2001年，第6454页。

全是一位古人肆谑的诨笑话和趣闻轶事，即《艾子杂说》是苏轼所作的“说诨话”专书。程毅中先生《宋人说诨话与〈问答录〉——〈宋元小说研究〉订补之二》(《文学遗产》2003年第1期)一文旨在分析文本内容及特征，明确宋代通俗小说集《东坡居士佛印禅师语录问答》是宋代一个以东坡佛印为主的专题诨话集，该书虽旧题苏轼撰，当为伪托无疑，从该书可以略窥东坡与“说诨话”之关系，其中提及东坡与佛印嘲戏等事，可作为辨析该话本具有“说诨话”之特性的佐证材料。基于上述研究背景，系统研讨苏轼与“说诨话”之文化现象，对于全面认识与研究苏轼，辨析其与通俗文学之关联具有重要意义。

一、笑对生活，啸傲人生：东坡的“诨话”与笑谈故事中的东坡

在流衍的宋人笔记所载之谐谑趣谈和现存苏轼诗文中，裒辑出苏轼与“说诨话”有关之文字数十则，其与友人、门人的笑谈趣语中处处可见“说诨话”的影子，东坡不仅是“说诨话”的主体，更作为文人笔下戏谑笑谈故事中的主人公。苏轼是“诨话”的接受、改编和传播者，其“有为而作”，不仅有简短精粹的单篇“诨话”创作，更有“专著”传世。

追索苏轼与友朋日常生活交往之“说诨话”材料，可分为四个部分，其一是与王安石有关的笑谈趣语；其二是与刘攽有关的笑话“段子”；其三是与钱穆父、黄庭坚诸师友有关的笑谈；其四是与其创作或与自身有密切关联的著述，诸如《问答录》《苏黄滑稽录》(已佚)和《艾子杂说》。这些文献资料揭橥谈笑谐谑浸漫在东坡日常生活中，已成为研究东坡不可或缺的一部分。

东坡与王安石政见不合，在学术理念上亦有分歧，但这些并未妨碍宋代历史上两位文坛巨擘的相互推扬和敬重。苏、王二人的私谊及政见异同值得深入探求，论题所限，在此只讨论文献所载与苏、王有关的趣闻笑谈。

王安石执政，著《三经新义》和《字说》，其所持论往往成为东坡和朋友们嘲谑的对象，《高斋漫录》《鹤林玉露》《调谑编》均载。譬如：

东坡闻荆公《字说》成，戏曰：“以竹鞭马为笃，不知以竹鞭犬有何可笑?”

又举“坡”字问荆公曰：“何义？”荆公曰：“‘坡’者土之皮。”东坡曰：“然则‘滑’亦水之骨乎？”荆公默然。荆公又问曰：“鸠字从九鸟亦有证乎？”东坡曰：“《诗》云：‘鸤鸠在桑，其子七兮’，和爷和娘，恰是九个。”荆公欣然而听，久之，始悟其谑也。[①]

对于东坡风趣幽默的笑语趣谈，结合当时的政治生态及东坡的政治遭遇，岳柯在《桯史》曾认为东坡因笑谈而贾祸。联系东坡在元祐间因戏语引起洛、蜀争端之事，因嬉笑而成仇敌、笑谈贾祸，固然值得引以为戒，但就苏、王私交而言，政见不同、学术观点的分歧，并没有影响宋代政坛文坛两位巨人的相互称誉和交往私谊。当然，交往过程中，依然会有精彩的“故事”发生，据《后山谈丛》载：

苏公自黄移汝，过金陵，见王荆公。公曰：“好个翰林学士，某久欲以此奉公。”曰：“抚州出杖鼓鞚，淮南豪子以厚价购之。而抚人有保之已数世矣，不远千里，登门求售。豪子击之，曰：‘无声。’遂不售，抚人恨怒。至河上，投之水中，吞吐有声。熟视而叹曰：‘你早作声，我不至此！’”[②]

宋代文献中有关王安石及其新法的笑话，可以组成“说诨话”系统的“王安石系列”。东坡与王安石相关的笑话是比较“出彩”的几例。

与之相类的是宋代“说诨话”中的“刘攽系列”。《高斋漫录》载苏轼称刘攽为“滑稽之雄”，刘攽为人博学多识，趣谈诨语，因时因人因事，触处皆发，多且自创，幽默敏捷如东坡，亦不免为其戏谑。据《画墁录》所载，其中所谓“造语”，是刘攽自己创作的笑话趣语。现实生活的丰富刺激，使得刘攽时有创作诨话的冲动。《道山清话》载：“刘贡父言：每见介甫《字说》，便待打诨。”[③]东坡与刘攽交谊深厚，情趣相投，日常交往会触发创作诨话的契机和冲动，使得现实生活灵动而丰富。

① 颜中其编注：《苏东坡轶事汇编》，长沙：岳麓书社，1984年，第27页。

② 颜中其编注：《苏东坡轶事汇编》，长沙：岳麓书社，1984年，第95页。

③ 上海古籍出版社编：《宋元笔记小说大观》，上海：上海古籍出版社，2001年，第2945页。

据陈师道《后山谈丛》载：

> 世以癞疾鼻陷为死证，刘贡父晚有此疾，又尝坐和苏子瞻诗罚金。元祐中，同为从官，贡父曰："前于曹州，有盗夜入人家室，无物，但有书数卷尔。盗忌空还，取一卷而去，乃举子所著五七言也；就库家质之。主人喜事，好其诗，不舍手。明日盗败，吏取其书。主人赂吏而私录之。吏督之急，且问其故，曰：'吾爱其语，将和之也。'吏曰：'贼诗不中和也。'"子瞻亦曰："少壮读书，颇知故事。孔子尝出，颜、仲二子行而过市，而卒遇其师，子路趫捷，跃而升木。颜渊懦缓，顾无所之；就市中刑人所经幢避之，所谓石幢子者。既去，市人以贤者所至，不可复以故名，遂共谓'避孔塔'。"坐者绝倒。①

《东皋杂录》录载有东坡嘲谑吕微仲的故事，亦载于《高斋漫录》《调谑编》，字面稍异。日常笑谈，往往即兴而发，在自然而然的日常生活场景中，可窥苏轼一代文豪之生活情趣。

东坡与门弟子如黄庭坚、秦观、张耒、晁补之等师友之间亦多有笑谈谐谑，其中与黄庭坚趣闻最多，时人曾据以编辑《苏黄滑稽录》，该书虽已散佚，但据之可知苏、黄生活意趣之一斑。现存留文献中，亦可觇一二。

赵令畤《侯鲭录》卷一载：

> 鲁直戏东坡曰："昔王右军字为换鹅书，韩宗儒性饕餮，每得公一帖，于殿帅姚麟许换羊肉十数斤，可名二丈书为换羊书矣。"东坡大笑。一日，公在翰苑，以圣节制撰纷冗，宗儒日作数简，以图报书，使人立庭下督索甚急。公笑语曰："传语本官今日断屠！"②

《独醒杂志》亦载：

---

① 颜中其编注：《苏东坡轶事汇编》，长沙：岳麓书社，1984年，第135页。
② 颜中其编注：《苏东坡轶事汇编》，长沙：岳麓书社，1984年，第124页。

> 东坡尝与山谷论书，东坡曰："鲁直近字虽清劲，而笔势有时太瘦，几如树梢挂蛇。"山谷曰："公之字固不敢轻议，然间觉褊浅，亦甚似石压虾蟆。"二公大笑，以为深中其病。[①]

米芾痴迷奇石、书画，世人称其"米颠""石颠"，苏、米交往，多有笑谈。据赵令畤《侯鲭录》载：

> 东坡在维扬，一日设客十余人，皆一时名士，米元章在焉。酒半，元章忽起立云："少事白吾丈，世人皆以芾为颠，愿质之！"坡云："吾从众！"坐客大笑。[②]

东坡的乐天性格，其日常生活中充溢着天才智慧的滑稽幽默，自有一种诱人的魅力，由是之故，陈师道《后山谈丛》、李廌《师友谈记》对东坡的笑谈和笑谈中的东坡时有载记。

目相关文献，东坡不仅说"诨话"，创作诨话，而且其所作诨话内容丰富、形式多样，在东坡所创作文字中，还有所谓"唱诨"，其一为《减字木兰花》，词序云：

> 秘阁古《笑林》云：晋元帝生子，宴百官，赐束帛。殷羡谢曰："臣等无功受赏。"帝曰："此事岂容卿有功乎？"同舍每以为笑。余过吴兴，而李公择适生子，三日会客，求歌辞，乃为作此戏之，举坐皆绝倒。[③]

其辞曰：

① 颜中其编注：《苏东坡轶事汇编》，长沙：岳麓书社，1984年，第124页。

② 颜中其编注：《苏东坡轶事汇编》，长沙：岳麓书社，1984年，第189页。

③［宋］苏轼著，张志烈、马德富、周裕锴主编：《苏轼全集校注·词集》，石家庄：河北人民出版社，2010年，第82页。

惟熊佳梦，释氏老君亲抱送。壮气横秋，未满三朝已食牛。　　犀钱玉果，利市平分沾四座。多谢无功，此事如何著得侬？①

张志烈等先生认为，联系苏诗“山林等忧患，轩冕亦戏剧”，“东坡这首词，在戏谑中也是深藏禅意的”②。苏轼诗文辞赋之魅力，往往读者各见其美。探寻东坡与“说诨话”之轨迹，由说诨到唱诨，还可寻踪及东坡之“花判”。何谓“花判”，简言之即用游戏滑稽笔墨写作的判词，宋洪迈《容斋随笔·唐书判》曰：“（唐人）判语必骈俪，今所传《龙筋凤髓判》及《白乐天集·甲乙判》是也……世俗喜道琐细遗事，参以滑稽，目为花判。”③

文献记载人们熟知的东坡“花判”有二。其一为《渑水燕谈录》《侯鲭录》所载东坡在杭州通判任上判歌妓从良轶事，文曰：

苏子瞻通判钱塘，尝权领郡事；新太守将至，养妓陈状，以年老乞出籍从良。公即判曰：“五日京兆，判状不难；九尾野狐，从良任便。”有周生者，色艺为一郡之最，闻之亦陈状乞嫁。公惜其去，判云：“慕周南之化，此意诚可嘉；空冀北之群，所请宜不允。”其敏捷善谑如此。④

其二为东坡在知杭州任上判灵隐寺僧了然杀人案，据《北窗琐语》载：

灵隐寺僧了然，恋妓李秀奴，往来日久，衣钵荡尽。秀奴绝之，僧迷恋不已。一夕，了然乘醉而往，秀奴弗纳。了然怒击之，随手而毙。事至郡，时苏子瞻治郡，送狱推勘，见僧肤上刺字云：“但愿生同极乐国，免教今世苦相

① [宋]苏轼著，张志烈、马德富、周裕锴主编：《苏轼全集校注·词集》，石家庄：河北人民出版社，2010年，第82页。

② [宋]苏轼著，张志烈、马德富、周裕锴主编：《苏轼全集校注·词集》，石家庄：河北人民出版社，2010年，第593页。

③ [宋]洪迈：《容斋随笔》，见朱易安、傅璇琮主编《全宋笔记》第五编第五册，郑州：大象出版社，2012年，第131页。

④ 颜中其编注：《苏东坡轶事汇编》，长沙：岳麓书社，1984年，第39页。

思。"子瞻判词云:"这个秃奴,修行忒煞,灵山顶上空持戒,一从迷恋玉楼人,鹑衣百结浑无奈。毒手伤人,花容粉碎,空空色色今何在?臂间刺道苦相思,这回还了相思债。"判讫即斩之。[①]

判歌妓从良之判词,《渑水燕谈录》赞其"敏捷善谑如此",而判了然一案,更因其轰动性、戏剧性以及东坡效应诸因素,在此后的传播中,入唱诨,入小说,为人熟知。

不仅有大量散见于宋人笔记文献的有关东坡"说诨话"资料流布,而且有相关的"专著"流传。人们熟知的有《问答录》《苏黄滑稽录》和《艾子杂说》。限于篇幅,略加论列。

在研究宋代说话方面,《问答录》曾引起广泛关注,因为无论研究"说参请",抑或"合生""商谜",以至于"说诨话"都要提及《问答录》。《问答录》全称为《东坡居士佛印禅师问答录》,关于该书的性质,笔者赞同程毅中先生的观点。程先生在《宋人说诨话与〈问答录〉——〈宋元小说〉订补之二》中认为:"说诨话应该是说话的一家,现存的《东坡居士佛印禅师语录问答》一书应是说诨话的底本。""《问答录》则是现存宋代的一个综合性的说诨话话本,包含了小说、商谜、合生、说参请等各种成分,虽然情节简单,但其有很珍贵的文献价值资料,值得重视。"[②]如前所论,研究宋代的"说诨话",依据现有资料,可以有"王荆公系列""刘贡父系列",更可以有"苏东坡系列",而程毅中先生就认为"《问答录》实际上就是宋代一个以东坡佛印为主的专题诨话集"。该书虽旧题苏轼撰,当为伪托无疑。但从该书可以略窥东坡与"说诨话"之关系。言及东坡与"说诨话",也应该提及《苏黄滑稽录》。杨万里《跋苏黄滑稽录》认为:"此东坡山谷礼闱中试笔滑稽也。"[③]由之推衍,在南宋,《苏黄滑稽录》仍在坊间流行,是为"说诨话"之"苏黄系列"。

在这三部专书中,保存至今且确为东坡所著者为《艾子杂说》。论及该书的

---

① 颜中其编注:《苏东坡轶事汇编》,长沙:岳麓书社,1984年,第172页。

② 程毅中:《宋人说诨话与〈问答录〉——〈宋元小说〉订补之二》,《文学遗产》2003年第1期。

③ 丁锡根编注:《中国历代小说序跋集》,北京:人民文学出版社,1996年,第636页。

笑话专集的性质，鲁迅先生即将该书与《笑林》等书相提并论。鲁迅《中国小说史略》第七篇《世说新语与其前后》：认为"《隋志》又有《笑林》三卷"，"实世说之一体，亦后来俳谐文字之权舆也"。"《笑林》之后，不乏继作"，"大抵或取子史旧文，或拾同时琐事，殊不见新意"。"惟托名东坡之《艾子杂说》稍卓特，顾往往嘲讽世情，讥刺时病，又异于《笑林》之无所为而作矣。"[①]认为《艾子杂说》为伪托者还有林语堂先生，其《苏东坡传》附录二《参考书目及资料来源》其六"伪托书"曰："不过《艾子杂说》颇值得一读，内容全是一位古人四周的诨笑话和趣闻轶事。"[②]

但依据孔凡礼、朱靖华和曾枣庄诸先生的论证，《艾子杂说》确系东坡所作。为本文论述之便，引述孔凡礼先生论证要点如下。孔先生于1985年在《文学遗产》第3期上发表了《艾子是苏轼的作品》的论文。其基本观点见于他点校整理的《苏轼文集》中《苏轼佚文汇编》卷七《艾子杂说》第一条校语中。据此，揭橥两点信息：其一，《艾子杂说》为苏轼所作；其二，《艾子杂说》为寓言体，内容全是一位古人肆诹的诨笑话和趣闻轶事。简言之，《艾子杂说》是苏轼所作的"说诨话"专书。《艾子杂说》与《苏轼文集》卷七十三《桃符艾人语》《螺蚌相语》《记道人戏语》绝相类。《艾子》其中一则及吕梁、彭门，为苏轼为官之地。凡此，亦可为《艾子》出于苏轼之佐证。在此撷取该书片段，以资说明《艾子杂说》作为笑谈谐语的"说诨话"特征：

> 齐地多寒，春深求笋甲。方立春，有村老挈苜蓿一筐，以与于艾子，且曰："此物初生，未敢尝，乃先以荐。"艾子喜曰："烦汝致新。然我享之后，次及何人？"曰："献公罢，即刈以喂驴也。"[③]
>
> 艾子行，出邯郸道上，见二媪相与让路。一曰："媪几岁？"曰："七十。"问者曰："我六十九。然则，明年当与尔同岁矣。"[④]

---

① 鲁迅著：《中国小说史略》，北京：中国言实出版社，2021年，第50页。

② 林语堂著，宋碧云译：《苏东坡传》，台湾：台北远景出版事业公司，1977年，第350页。

③ [宋]苏轼著，李之亮笺注：《苏轼文集编年笺注》，成都：巴蜀书社，2011年，第88页。

④ [宋]苏轼著，李之亮笺注：《苏轼文集编年笺注》，成都：巴蜀书社，2011年，第89页。

这一系列与艾子有关的笑话故事组成了《艾子杂说》,搜集与东坡有关的诙谐幽默故事,应是一部具有诱人魅力的"东坡笑林"。由于东坡喜谑善谑,有大量的笑谈雅谑流传,所以在元祐期间,东坡已成为宫廷谐剧演出的戏剧人物。据李廌《师友谈记》所载:

> 东坡先生近令门人作《人不易物赋》(物为一人重轻也)。或戏作一联曰:"伏其几而袭其裳,岂为孔子;学其书而戴其帽,未是苏公。"(士大夫近年效东坡桶高檐短帽,名曰"子瞻样"。)廌因言之。公笑曰:"近扈从燕醴泉观,优人以相与自夸文章为戏者,一优丁仙现者曰:'吾之文章,汝辈不可及也。'众优曰:'何也?'曰:'汝不见吾头上子瞻乎?'上为解颜,顾公久之。"①

也正由于东坡善谑喜谑,再加上东坡声誉的原因,其诙谐笑谈流传甚广,竟然产生了"副作用"。《耆旧续闻》"宋氏诸子不肯出,谓东坡滑稽,万一摘数语作诨话,天下传为口实矣"诸语,更传递了这样的信息:东坡之"作诨话"已闻名一时。

概而言之,大量资料证明,探讨东坡与"说诨话"之关系,可以见出,东坡是诨话笑谈的传播者,其寻常谈谐,常谓某"记得一小话子",或谓某朝如何如何。其与友朋相处,由于刘贡父、黄庭坚、米芾诸情趣相投,诙谐谈笑中,往往妙趣横生,触发新创欲望,一语惊人,令人绝倒。有鉴于笑语谐谈的特殊魅力,东坡时有谐谈类文字创作,有些借时人载记流传,有些散见于东坡著述,《东坡志林》《仇池笔记》均有所载。更为引人注意的是诸如《问答录》《苏黄滑稽录》《艾子杂说》等专书的流布,使得大凡关注宋代"说诨话"研究的学者,绝不会忽略苏东坡。更何况涉及东坡的"诨话"形式多样,涉及"说诨""唱诨""花判"种种。因此,苏轼与"说诨话"值得深入探讨。

① [宋]李廌撰:《师友谈记》,北京:中华书局,2002年,第11—12页。

二、文化熏染，乐天个性：东坡“说诨话”内外因素探析

有宋一代，说唱艺术发达，“说诨话”是一门受社会各阶层普遍欢迎的艺术种类，“说诨话”很早在宋代瓦子勾栏演出。据《东京梦华录》卷五《京瓦技艺》记载，“说诨话”在北宋京城“不以风雨寒暑”，常年在勾栏瓦舍演出①；重要的节日，“说诨话”更是必不可少的表演技艺，《东京梦华录》卷八《六月六日崔府君生日，二十四日神保观生日》所载“百戏”中亦有“说诨话”。②

由于“说诨话”贴近生活、诙谐有趣、引人发笑、令人愉悦的特色，相关艺人的讲说表演遍及君王宫廷、大臣府邸、市井瓦舍，且源远流长，宋人马令所著《南唐书·谈谐传序》曰：

> 呜呼，谈谐之说，其来尚矣。秦、汉之滑稽，后世因为谈谐，而为之者多出乎乐工优人。其廓人主之褊心，讥当时之弊政，必先顺其所好，以攻其所蔽。虽非君子之事，而有足书者，作《谈谐传》。③

宫廷的谈谐表演，主要是以“怡悦天颜”，据《新唐书·元结传》：“谐官，诨臣，怡愉天颜。”④前朝如此，宋人承袭，宋人笔记多处记载有关艺人在宫廷的戏谑表演，兹据《优语集》所载，摘录数则如下：

宋人朱彧《萍州可谈》卷三：“伶人对御作俳”⑤；“会浙中大水，伶官对御作俳”⑥。洪迈《夷坚志》支乙“伶者对御为戏”⑦；董弅《闲燕长谈》“会大宴，伶官为优

① [宋]孟元老著：《东京梦华录》，北京：中国画报出版社，2013年，第87页。
② [宋]孟元老著：《东京梦华录》，北京：中国画报出版社，2013年，第158页。
③ 马令撰：《南唐书》，南京：南京出版社，2010年，第170页。
④ 任二北编著：《优语集》，上海：上海文艺出版社，1981年，第6页。
⑤ 任二北编著：《优语集》，上海：上海文艺出版社，1981年，第109页。
⑥ 任二北编著：《优语集》，上海：上海文艺出版社，1981年，第112页。
⑦ 任二北编著：《优语集》，上海：上海文艺出版社，1981年，第112页。

戏”[①];周密《齐东野语》“一日,内宴,教坊进伎”[②];龚明之《中吴纪闻》卷六“一日,内宴,诨人因以讽之”[③];周辉《清波杂志》卷六:“宣和间,钧天乐部焦德者,以谐谑被遇,时借以讽谏。”[④]任二北先生在录《巴巴地讨来都焦了》之后,加按语谓:依龚说为杂剧,依周说为优谏。足见此等传说,通过文人笔下,每有编排,遂多出入。[⑤]

翻检比较王国维先生《优语录》和任二北先生《优语集》,再参阅相关文献资料及研究论著,可发现同一文献资料,此说为“杂剧”,彼说为“优谏”的现象所在多有。何以故?主要是因为诙谐笑谈的“说诨话”短小精练、灵活多变,可以一人谈谐,亦可两人扮演。因是之故,长篇说部中有笑谈,戏曲戏剧中更多“插科打诨”。独立出来,它们可以成为“说诨话”;融入其他技艺的表演,也成为出彩的亮点之一。所以后世辑录的诨话笑谈,或独立成篇,或摘自艺人表演之引人注意片段。正由于谐谑笑谈的“说诨话”具有愉悦心神的作用,优秀艺人常被选派到宫廷演出,世风浸染,皇帝与权臣偶或自娱自乐。周密《齐东野语》卷二十载:

> 宣和间,徽宗与蔡攸辈在禁中自为优戏。上作参军,趋出。攸戏上曰:“陛下好个神宗皇帝!”上以杖鞭之,曰:“你也好个司马丞相!”[⑥]

在宋代,由于“说诨话”表演即兴、喜庆、愉悦的功能,宰相新拜,“说诨话”艺人出演助兴几成“惯例”。范公偁《过庭录》载:

> 元祐间,伶人丁线见教坊长,以谐俳称。宰相新拜,教坊长副廷参,即事打一俳戏之语,赐绢五匹,盖故事也。[⑦]

---

① 任二北编著:《优语集》,上海:上海文艺出版社,1981年,第114页。
② 任二北编著:《优语集》,上海:上海文艺出版社,1981年,第115页。
③ 任二北编著:《优语集》,上海:上海文艺出版社,1981年,第116页。
④ 任二北编著:《优语集》,上海:上海文艺出版社,1981年,第116页。
⑤ 任二北编著:《优语集》,上海:上海文艺出版社,1981年,第116页。
⑥ 任二北编著:《优语集》,上海:上海文艺出版社,1981年,第118页。
⑦ 任二北编著:《优语集》,上海:上海文艺出版社,1981年,第106页。

流风所及,宋代士大夫之间谐笑相娱已是寻常生活状态。当然,作为职业艺人,也往往借谐谑以讽世情,是为“优谏”。叶梦得《石林避暑录话》卷四载:

> 丁仙现自言及见前朝老乐工,间有优诨,及人所不敢言者。不徒为谐谑,往往因以达下情。[①]

谈谐讽谏的“优谏”传统在有宋一代持续发展,正如南宋张炎《蝶恋花·题末色褚仲良写真》所言“诨砌随机开笑口,筵前戏谏从来有”[②]。仇远《稗史·志忠门》记载了宋末元初一位金姓艺人的一则“诨戏”:

> 至元丙子,北兵入杭,庙朝为墟。有金姓者,世为伶官,流离无所归。一日,道遇左丞范文虎,向为宋殿帅将,熟知其为人,怜之。谓金曰:“来日公宴,汝来献伎,不愁贫贱也。”如期往,为优戏,作诨曰:“某寺有钟,寺僧不敢击者数日。主僧问故,乃言:‘钟楼有巨神,神怪,不敢登也。’主僧亟往视之,神即跪伏投拜。主僧曰:‘汝何神也?’答曰:‘钟神。’主僧曰:‘既是钟神,何故投拜?’”众皆大笑。范为之不怿,其人亦不顾卒以不遇,识者莫不多之。[③]

悠久的“优谏”传统,当代社会各阶层的喜尚,是博学的东坡爱好诨话、参与诨话创作的重要因素,此为其一。

东坡所生活的巴蜀大地富含幽默乐天的文化因子,给予东坡以深远的影响。蜀地乐观诙谐的习尚浸润着休闲文化,岳柯《桯史》卷十三载:“蜀伶多能文,俳语率杂以经史,凡制帅幕府之宴集多用之。”[④]周密《齐东野语》亦载:“蜀伶尤能

① 任二北编著:《优语集》,上海:上海文艺出版社,1981年,第107页。

② [宋]张炎著,吴则虞校辑:《山中白云词》,北京:中华书局,1983年,第98页。

③ 任二北编著:《优语集》,上海:上海文艺出版社,1981年,第145页。

④ 上海古籍出版社编:《宋元笔记小说大观》,上海:上海古籍出版社,2001年,第4448页。

涉猎古今，援引经史，以佐口吻，资笑谈。”[①]而这些具有蜀地乐天幽默的娱乐性的优伶歌妓，在宋平蜀之后，多归于宫廷教坊，影响甚著。《宋史》卷一四二载：宋初循旧制，置教坊，凡四部。其后平荆南，得乐工三十二人；平西川，得一百三十九人；平江南，得十六人；平太原，得十九人；余藩臣所贡者八十三人；又太宗藩邸有七十一人。由是，四方执艺之精者皆在籍中。[②]言及蜀地优游娱乐之风，庄绰《鸡肋编》卷上有颇为生动的记述：

> 成都自上元至四月十八日，游赏几无虚辰。使宅后圃名西园，春时纵人行乐。初开园日，酒坊两户各求优人之善者，较艺于府会。以骰子置于盒子中撼之，视数多者得先，谓之“撼雷”。自旦至暮，唯杂戏一色。坐于阅武场，环庭皆府官宅看棚。棚外始作高撜，庶民男左女右，立于其上如山。每诨一笑，需筵中哄堂，众庶皆噱者，始以青红小旗，各插于垫上为记。至晚，较旗多者为胜。若上下不同笑者，不以为数也。[③]

当然也会有论者提出疑问，蜀地乐天习尚并非一定会影响到每一位巴蜀人，具体到东坡是否有可寻之迹？全面论述巴蜀文化对苏轼的影响或者论述苏轼对于巴蜀文化的贡献，已有诸多学人关注。限于本文主旨，笔者仅着眼于蜀地诙谐笑谈乐天文化因子对于苏轼的影响。《高斋漫录》《曲洧旧闻》均曾载东坡请钱穆父、刘贡父食毳饭故事，后者记述较详。东坡与友朋之间的此类笑谈流传一时，但细加究索，东坡利用了蜀地流传较广的一则笑话，《类苑》引《魏王语录》云：

> 文潞公说顷年进士郭震、任介皆西蜀豪逸之士。一日，郭致简于任曰：“来日请食皛饭。”任不晓厥旨，但如约以往。具饭一盂，萝菔、盐各一盘，余更无别物。任曰：“何者为皛饭？”郭曰：“饭白、萝菔白、盐白，岂不是皛饭？”

① 王国维著：《王国维戏曲论文集》，北京：中国戏剧出版社，1984年，第216页。

② [元]脱脱等撰：《宋史》，北京：中华书局，1977年，第3347—3348页。

③ [宋]庄绰著：《鸡肋编》，北京：中华书局，1983年，第20—21页。

任更不复校,食之而退。任一日致简于郭曰:"来日请食毳饭。"郭亦不晓,如约以往。迨过日午,迄无一物。郭问之,任答曰:"昨日已上闻,饭也毛(音模),芦菔也毛,盐也毛,只此便是毳饭。"郭大噱。蜀人至今为口谈。①

东坡在不同场合承袭了蜀中豪士郭震、任介之趣事,诚所谓"蜀人至今为口谈",东坡之为蜀人,其承继蜀风明矣。东坡文集中相关文字还告诉我们,对于郭震、任介,他确曾特别予以关注,《记郭震诗》载:

蜀人任介、郭震、李畋,皆博学能诗,晓音律,相与为莫逆之交,放荡不羁,礼法之士鄙之,然皆才识过人。②

同书尚有《书蜀僧诗》之类,现存资料说明,巴蜀文化对于东坡的影响极其深远,其诙谐笑谈趣尚,直接受到家乡文化的熏染。

东坡所特有的幽默诙谐性格是其内因,论及东坡的幽默诙谐性格,一般论者会引述《避暑录话》中的这一段记述:

子瞻在黄州及岭表,每旦起,不招客相与语,则必出而访客;所与游者亦不尽择,各随其人高下,谈谐放荡,不复为畛畦。有不能谈者,则强之说鬼。或辞无有,则曰姑妄言之。于是,闻者无不绝倒,皆尽欢而后去。设一日无客,则歉然若有疾。其家子弟尝为予言之如此也。③

并且据此认为东坡之谈神说鬼、诙谐放荡是东坡面对困境的解脱超越之道,而实际上,东坡之"谈谐放荡"不惟在"黄州及岭南",在其元祐间亦是如此,杨万里《跋苏黄滑稽录》即曰"此东坡山谷礼闱中试笔滑稽也"④。有关文献资料表明,

① 丁传靖辑:《宋人轶事汇编》,北京:中华书局,2003年,第617—618页。

② [宋]苏轼著,屠友祥校注:《东坡题跋校注》,上海:上海远东出版社,2011年,第127页。

③ 颜中其编注:《苏东坡轶事汇编》,长沙:岳麓书社,1984年,第73页。

④ 丁锡根编著:《中国历代小说序跋集》,北京:人民文学出版社,1996年,第636页。

对于东坡而言，由于性格喜好使然，不仅在黄州、岭海，喜与人聚谈驱遣寂寞时光，寻常仕宦岁月，也惯以谈谐放旷笑傲人生。上述观点并非由于论题所需而强为解人，相关资料亦可证明，东坡题跋中《书鬼仙诗》载记“鬼仙”诗八首，因东坡所录“此一卷皆仙鬼作或梦中所作”，故屠友祥《东坡题跋校注》引清刘玉书《常谈》卷一谓东坡“以鬼自晦者也”；又引《王直方诗话》云：

> 张文潜见(东)坡、(山)谷论说鬼诗，忽曰：“旧时鬼作人语，如今人作鬼语。二公大笑。”[①]

东坡与多位友人和门人皆好谈谐，共同的喜好给予仕宦生涯的休闲生活以无穷趣味，《北窗炙輠》载：

> 东坡待过客，非其人，则盛列妓女，奏丝竹之声聒两耳，至有终席不交一谈者。其人往返，更谓待己之厚也。值有佳客至，则屏去妓乐，杯酒之间，惟终日谈笑耳。[②]

于是在诗文书画之切磋，政见世态之交流之外，趣谈谐语多由此出。由是之故，黄庭坚慨叹：“东坡居士……虽谑弄皆有义味，真神仙中人。此岂与今世翰墨之士争衡哉！”[③]

东坡一生，才高学富，性情所趋，常以幽默诙谐之大智慧笑对人世，故友朋及后人欣赏其“虽谑弄，皆有义味”[④]“善嘲谑”[⑤]“好戏谑”[⑥]“善戏谑”[⑦]且“多雅谑”[⑧]。

---

① [宋]苏轼著，屠友祥校注：《东坡题跋校注》，上海：上海远东出版社，2011年，第140页。
② 颜中其编注：《苏东坡轶事汇编》，长沙：岳麓书社，1984年，第149页。
③ 颜中其编注：《苏东坡轶事汇编》，长沙：岳麓书社，1984年，第147页。
④ [宋]黄庭坚著，屠友祥校注：《山谷题跋》，上海：上海远东出版社，1999年，第131页。
⑤ 颜中其编注：《苏东坡轶事汇编》，长沙：岳麓书社，1984年，第135页。
⑥ 颜中其编注：《苏东坡轶事汇编》，长沙：岳麓书社，1984年，第121页。
⑦ 颜中其编注：《苏东坡轶事汇编》，长沙：岳麓书社，1984年，第133页。
⑧ 颜中其编注：《苏东坡轶事汇编》，长沙：岳麓书社，1984年，第131页。

东坡之“好戏谑”乃性格使然，东坡之“善嘲谑”“善戏谑”，敏才捷学令人叹服，而其“多雅谑”之评判，则是对其以诨话原创和人格魅力对于“说诨话”技艺提升的赞许和肯定。由是之故，探寻东坡与“说诨话”之关联，其诙谐幽默之个性是内在因素。

三、笑语解颐，源远流长：东坡“说诨话”之社会功能与文化内涵

《笑林》《解颐》一脉源远流长，论其源流，郭子章《谐语序》曰：“夫谐之于六语，无谓矣，顾《诗》有善谑之章，《语》有莞尔之戏，《史记》传列《滑稽》，《雕龙》目著《谐隐》，邯郸《笑林》，松玢《解颐》，则亦有不可废者。”[①]冰华居士（潘之恒）《谐史引》亦曰：“善乎李君实先生之言曰：‘孔父大圣，不废莞尔；武公抑畏，犹资善谑。’仁义素张，何妨一弛，郁陶不开，非以涤性。唯达者坐空万象，恣玩太虚，深不隐机，浅不触的；犹夫竹林森峙，外直中通，清风忽来，枝叶披亚。有无穷之笑焉，岂复有禁哉？”[②]

回顾研味文学史上诙谐滑稽，笑谈解颐一脉的发展线索。自《诗经》《论语》始，“善谑之章”“莞尔之戏”谐和人情；阅《滑稽》传、《谐隐》篇，知笑谈谐谑有益社会人生；《笑林》《解颐》以降，则知笑话一体，多达者所创，智者之言。东坡之作，沿革有自，达者之言，有无穷滋味。东坡之后，门人友朋文集载记其笑谈者有黄庭坚、张耒、李廌、晁补之、陈师道等人，根据《冷斋夜话》《后山谈丛》《师友谈记》的相关记载可以发现极有价值的资料。仿效东坡者，有《艾子后语》；收编东坡笑谈者，则有《调谐编》《拊掌录》《古今笑史》诸书，冯梦龙曾被友人奉为“笑宗”，然其《古今笑史》收录有关东坡笑料者，多达二十余篇，由此可以概见东坡在《笑林》一脉笑话一体的影响。试循前人余绪，结合东坡所作，略论“说诨话”之作用、魅力及文化内蕴。

多数论者言及谐谑笑谈类著述的作用，多着眼于“士君子得志则见诸行事，

---

① 丁锡根编注：《中国历代小说序跋集》，北京：人民文学出版社，1996年，第643页。

② 丁锡根编注：《中国历代小说序跋集》，北京：人民文学出版社，1996年，第646页。

不得志则托诸空言”[①](梅之焕《叙谭概》);“从无可消遣中觅一消遣法”[②](咄咄夫《一夕话序》);“有激乎其中,而聊借玩世”(《笑林广记》);“事类钞胥,贤犹博弈,知不足博大雅一粲,亦仍以供我之祛愁排闷而已”[③](独逸窝退士《笑笑录自序》);“书传之所纪,目前之所见,不乏可笑者,世所传笑谈,乃其影子耳。时或忆及,为之解颐,此孤居无聊之一助也”[④](赵南星《笑赞题词》)。于是,“爰集十种话,聊破一夕颜”。正是基于这种认识,当代论者论及苏轼的诙谐笑谈,多重东坡谪居黄州、岭南时谈神说鬼之记载,意谓东坡谈谑放浪,亦在“祛愁排闷”。如前所论,东坡之为东坡,在于他不仅深谙谐谑笑谈在人生困境谪居无聊时的助益,而且更认识到笑谈怡人悦性的自娱娱人功用。在现实生活中,在东坡的仕宦岁月里,东坡“好戏谑”“善嘲谑”“多雅谑”,与亲友僚属幽默诙谐言谈之间,显友情,具温情,见亲情,露真情。

此外,综览东坡之笑话谐谈,可以窥见东坡相关文字的丰富内涵,可以领略其笑话多元的文化因子,所谓“口谐倡辩”“谈言微中”[⑤](郭子章《谐语序》);所谓“可以谈名理,可以通世故,染翰舒文者,能知其解,其为机锋之助,良非浅鲜”[⑥](赵南星《笑赞题词》);所谓“怡情悦性,医愚疗疾,疗腐警世,自嘲醒世”。限于篇幅,仅举显例。读《古今笑史》,偏爱冯梦龙的评批文字。《古今笑史》之《荒唐部》收东坡《三老人》夸年寿荒诞语,冯氏评曰:“于今知有坡仙,不知有三老人姓名,虽谓三老人夭而坡仙寿可也。”[⑦]冯氏认为东坡之笑谈有“医愚”“疗腐”之措意。

言及笑谈有“疗腐”之用,往往使人忆及在司马光葬仪上东坡与洛党“因嬉笑而成仇敌”一桩公案,而实际上东坡之意乃在于厌烦程颐执守“于是日哭则不歌”的迂腐之论,故以俗语讥笑之。揆诸史料记载,程颐之迂腐,已广为人知,沈作喆《寓简》卷十所载,可知东坡“疗腐”之用心,其文曰:

---

① 丁锡根编注:《中国历代小说序跋集》,北京:人民文学出版社,1996年,第655页。
② 丁锡根编注:《中国历代小说序跋集》,北京:人民文学出版社,1996年,第661页。
③ 丁锡根编注:《中国历代小说序跋集》,北京:人民文学出版社,1996年,第671页。
④ 丁锡根编注:《中国历代小说序跋集》,北京:人民文学出版社,1996年,第645页。
⑤ 丁锡根编注:《中国历代小说序跋集》,北京:人民文学出版社,1996年,第643页。
⑥ 丁锡根编注:《中国历代小说序跋集》,北京:人民文学出版社,1996年,第645页。
⑦ [明]冯梦龙著,刘英民等选注:《古今笑史》,石家庄:花山文艺出版社,1985年,第563页。

> 程氏之学,自有佳处,至椎鲁不学之人窜迹其中,状类有德者,其实土木偶也,而盗一时之名……刘元城器之言,哲宗皇帝尝因春日经筵讲罢,移坐一小轩中赐茶,自起折一枝柳,程颐为说书,遽起谏曰:“方春万物生荣,不可无故摧折。”哲宗色不平,因掷弃之。温公(司马光)闻之不乐,谓门人曰:“使人主不欲亲近儒生,正为此等人也。”叹息久之。然则非特东坡不与,虽温公亦不与也。①

石成金撰《笑得好》,其在《笑得好》初集书首写道:“人以笑话为笑,我以笑话醒人。虽然游戏三昧,可称度世金针。”②以笑医愚,以笑疗腐,以笑醒世,以游戏三昧为度世金针,坡公得之。

在探讨东坡以及历代谐谑笑谈的作用时,不能不论及传统笑话的特有魅力。李贽撰《山中一夕话》,三台山人《山中一夕话序》曰:“窃思人生世间,与之庄严危论,则听者寥寥,与之谑浪诙谐,则欢声满座。是笑徵话之圣,而话实笑之君也。先生名书,其谓是欤?”③冯梦龙编纂《谭概》,后易名为《古今笑史》大行于世,李渔《古今笑史序》感慨:

> 同一书也,始名《谭概》,而问者寥寥,易名《古今笑》,而雅俗并嗜,购之惟恨不早:是人情畏谈而喜笑也明矣。不投以所喜,悬之国门,奚裨乎?④

是亦有助于我们理解东坡正言立朝,危言高论之外,著述《艾子》,且杂著之中,多记可笑之人,可笑之事;闲暇之日,指点尘世人生,谑浪笑傲,欢声盈耳之原委。

探讨东坡所讲所著笑话长期流传的原因,还在于东坡的笑谈谐谑具有深层

---

① 颜中其编注:《苏东坡轶事汇编》,长沙:岳麓书社,1984年,第114页。
② 丁锡根编注:《中国历代小说序跋集》,北京:人民文学出版社,1996年,第666页。
③ 丁锡根编注:《中国历代小说序跋集》,北京:人民文学出版社,1996年,第641页。
④ 丁锡根编注:《中国历代小说序跋集》,北京:人民文学出版社,1996年,第660页。

历史文化意蕴，往往令人一笑之后思索其深层蕴含。诚如梅之埙《叙谈概》所言，能够“罗古今于掌上，寄《春秋》于笔端”固属高致，而能使读者“以子之谭，概子之所未谭”，探究寻味，意蕴深切。东坡《仇池笔记》下《广利王召》所载东坡以醉梦中自己到处被鳖相公厮坏自嘲，而其背后暗寓的是其被贬海南的艰险处境：

东坡至儋耳，军使张中请馆于行衙，又别饰官舍，为安居计。朝廷命湖南提举常平董必者察访广西，遣使过海，逐出之。中坐黜死。雷州监司悉镌秩。遂买地筑室，为屋五间；……故诗有“旧居无一席，逐客犹遭屏”句。①

“鳖相公”喻指董必，“鳖”“必”谐音。他如《桃符艾人语》：

桃符仰视艾人而骂曰：“汝何等草芥，辄居我上?”艾人俯而应曰：“汝已半截入土，犹争高下乎!”桃符怒，往复纷然不已。门神解之曰：“吾辈不肖，方傍人门户，何暇争闲气耶?”②

阅《桃符艾人语》，首先让人联想到宋代新旧党争、元祐党争，其中都不免文人的意气用事之处。东坡反思党争，此其一；进一步探究，门之不存，艾人桃符安存？然门神亦曰“傍人门户”，则其“人”所指，概可想见。这则笑谈写出了东坡晚年对于人生意义的深层思考，是其独立人格精神的显现。再如东坡海南随笔所记，面对贬逐流放荒远之地，东坡于“凄然伤之”之后，为之“一笑”。人谓一念天堂，一念地狱。东坡在儋耳能够迅速摆脱贬所困境的困扰，展现了他超拔坚韧的人格魅力。从中我们可以看到浓缩的东坡一生不断地思考人生战胜自我的精神历程。东坡追求超然物外、超然得失荣辱、超然艰难困苦，甚或超然生死，在东坡晚年这颇具自嘲意味的粲然一笑中，让人高山仰止。

---

① 颜中其编注：《苏东坡轶事汇编》，长沙：岳麓书社，1984年，第216页。

② [宋]苏洵等著，曾枣庄、舒大刚主编：《三苏全书》第五册，北京：语文出版社，2001年，第267页。

余 论

在探讨总结东坡与“说诨话”之关联以及在俗文学创作方面的贡献时，首先应肯定东坡在“说诨话”方面的贡献。如前所述，东坡由于受戏谑谈笑的时代风尚影响、地域文化熏染、个人爱好诸原委，喜好谈谐放浪，笑谈迭出，具体表现为讲述前朝及当朝笑谈，与友朋亲旧交游，随机随性而发，往往令人捧腹。东坡不仅善于采录前朝掌故中可笑之人可笑之事，而且由现实生活引发，即兴创作笑话。更要特别指出的是，在东坡文集中，不仅可以时时看到散见于文集的笑谈，更可见到东坡的笑话集《艾子杂说》，所以研究宋代的“说诨话”，绝对不应忽略对东坡的相关文字深入综合研讨。

进一步讲，由东坡与“说诨话”这个话题，强调指出，东坡与宋代说唱文学之关联应该加强研究，因为一提起宋代的“讲史”之“说三分”，人们必然会提及东坡《记王彭论曹刘之泽》，而论及“说参请”“说诨经”，则必提及与东坡有关联的《东坡居士佛印禅师问答录》，这是“现今流传的唯一的说参请话本”[①]；必会论及东坡与歌妓琴操的问答故事[②]。对于这一故事，程千帆先生说：“这是宋人记录的一个说参请样本。它或许是说话人编造的，或许苏轼和琴操真有过这段问答。但无论如何，这乃是属于说参请的基本样式。”[③]

探索宋代的行令、合生、商谜等说唱技艺，宋人所载与东坡相关的以下两节文字当不应忽略。《鸡肋编》载：

> 苏公尝会孙贲公素。孙畏内殊甚。有官妓善商谜，苏即云：“蒯通劝韩信反，韩信不肯反。”其人思久之，曰：“未知中否？然不敢道。”孙迫之使言，乃曰：“此怕负汉也。”苏大喜，厚赏之。[④]
>
> 黄鲁直在众会作一酒令云：“虱去乙为虫，添几却为风。风暖鸟声碎，日

① 程千帆、吴新雷著：《两宋文学史》，上海：上海古籍出版社，1991年，第599页。

② 颜中其编注：《苏东坡轶事汇编》，长沙：岳麓书社，1984年，第179—180页。

③ 程千帆、吴新雷著：《两宋文学史》，上海：上海古籍出版社，1991年，599页。

④ 颜中其编注：《苏东坡轶事汇编》，长沙：岳麓书社，1984年，第138页。

高花影重。"坐客莫能答。他日,人以告东坡,坡应声曰:"江去水为工,添丝即是红。红旗开向日,白马骤迎风。"虽创意为妙,而敏捷过之。[①]

至于从笔记小说、传奇志怪角度观照,相关研究亦可拓展。概言之,东坡与说唱文学的研究尚有进一步探讨之必要。正如褚人获《坚瓠集》所言:"袁伯修云:子瞻前身为五祖戒,后身为径山杲。董遐周云:子瞻辛巳岁没,而妙喜实以己巳生,岂先十余年,子瞻已托识他所耶?总是一个大苏,沙门扯他做妙喜老人,道家又道他是奎宿。《长公外纪》云:在宋为苏轼。逆数前十三世在汉为邹阳。子瞻入寿星寺,语客曰:'某前身是此寺僧。山下至忏堂,有九十二级。'其薨也,吾郡莫君蒙复有紫府押衙之梦。余戏为语曰:'大苏死去忙不彻,三教九流都扯拽。'纵好事者为之。亦词场佳话也。"[②]

① 颜中其编注:《苏东坡轶事汇编》,长沙:岳麓书社,1984年,第126页。
② 颜中其编注:《苏东坡轶事汇编》,长沙:岳麓书社,1984年,第248—249页。

推变怪之理，参见闻之异

——东坡传奇小说创作论略

苏轼的一生充满了传奇色彩，研究苏轼本身就是从不同层面探究品鉴一部蕴含无限的传奇。“蜀有老彭山，东坡生则童，东坡死复青。”[①]苏轼之奇，不仅在时人及后人如此观，在其弟弟苏辙心目中亦是如此：“昔余少年，从子瞻游，有山可登，有水可浮，子瞻未始不褰裳先之。有不得至，为之怅然移日。至其翩然独往，逍遥泉石之上，撷林卉，拾涧实，酌水而饮之，见者以为仙也。”[②]而这位历史奇才也有一定数量的传奇小说创作。

关于东坡的小说创作，虽未形成学术研讨热点，但相关领域人们关注已久。东坡身后选录其小说作品的代不乏人，我们看到东坡的“《子姑神记》收入《剪灯新话》，又与《天篆记》同收入吴曾祺《旧小说》”[③]。清人徐叟所辑《宋人小说类编》在“书画类”“仙释类”“养生类”“杂记类”“传奇类”共收入东坡相关作品十余篇，该书收录宋人所撰与东坡有关的著述篇目多达三十余篇。在这里特别要指出的是，罗宁先生《东坡书事文考论——兼谈东坡集中收入小说文字的问题》给了我们很大启发，该文虽然是从东坡集版本、古书编纂方式、文章文体和书籍性质等方面综合性地研究东坡书事文，但其对于东坡相关著述的小说特质的敏锐发现，颇有见地。罗先生指出，像苏轼的《书狄武襄事》和《书刘庭式事》，“这两篇文章

① 颜中其编注：《苏东坡轶事汇编》，长沙：岳麓书社，1984年，第1页。
② [宋]苏辙著，曾枣庄、马德富校点：《栾城集》，上海：上海古籍出版社，2009年，第509页。
③ 程毅中著：《宋元小说研究》，南京：江苏古籍出版社，1999年，第62页。

都是叙事之文，前一篇尤近于轶事小说的写法”；并列举苏轼《僧正兼州博士》和《忆王子立》，认为“其小说性质和风貌是显而易见的”；列举东坡《韩缜酷刑》《华阴老妪》，认为“上面这两则故事，完全是宋人小说之风貌”。[①]但迄今为止，关于苏轼的传奇创作，学界尚无专文研究，故撰述成文，以就教于方家。

一、借鉴史传法以为传奇

综观苏轼现存的具有“宋人小说风貌”的篇章，首先引起我们关注的是受到传统史传文学影响而撰述的相关篇目。这些作品或以史传人事为契机，使文本再生，或以传记叙写为范本，以传奇写照。以史传法为传奇乃其特色，诸如《代侯公说项羽辞并叙》《拟孙权答曹操书》《方山子传》等。

苏轼二十岁学通文史，此后在漫长的创作生涯中，史传文学对其诗文创作产生了全面深刻的影响，他也不断地以创造性的文学想象给予文坛以惊叹、惊奇与惊喜。嘉祐二年科考，苏轼在《刑赏忠厚之至论》中，即以“想当然”的笔法，虚构了“当尧之时，皋陶为士。将杀人，皋陶曰：‘杀之’三，尧曰：‘宥之’三。故天下畏皋陶执法之坚，而乐尧用刑之宽”[②]的故事情节，以突出“《春秋》之义，立法贵严，而责人贵宽。因其褒贬之义以制赏罚，亦忠厚之至也”[③]的文章主旨，成为文坛佳话：

> 欧阳公作省试知举，得东坡之文，惊喜，欲取为第一人，又疑其是门人曾子固之文，恐招物议，抑为第二。坡来谢欧，欧问坡：“所作《刑赏忠厚之至论》，有：‘皋陶曰杀之三，尧曰宥之三’，此见何书？”坡曰：“事在《三国志·孔融传》注。”欧退而阅之，无有。他日再问坡，坡云：“曹操灭袁绍，以袁熙妻赐其子丕。孔融曰：‘昔武王伐纣，以妲己赐周公。’操惊问何经见，融曰：‘以今

① 罗宁：《东坡书事文考论——兼谈东坡集中收入小说文字的问题》，《中国苏轼研究》2016年第6辑。

② [宋]苏轼著，张志烈、马德富、周裕锴主编：《苏轼全集校注·文集》，石家庄：河北人民出版社，2010年，第155页。

③ [宋]苏轼著，张志烈、马德富、周裕锴主编：《苏轼全集校注·文集》，石家庄：河北人民出版社，2010年，第156页。

> 日之事观之，意其如此。'尧、皋陶之事，某亦意其如此。"欧退而大惊曰："此人可谓善读书，善用书，他日文章，必独步天下。"[①]

苏轼对于历史掌故熟稔于心，撰述著文，时有妙语。他曾别出心裁地把史传中颇具神话色彩的"圯桥传书"还原为楚汉争战时的一段传奇。司马迁《史记·留侯世家》对于"圯桥传书"有精彩的叙写：

> 良尝闲从容步游下邳圯上，有一老父，衣褐，至良所，直堕其履圯下，顾谓良曰："孺子，下取履!"良愕然，欲殴之。为其老，强忍，下取履。父曰："履我!"良业为取履，因长跪履之。父以足受，笑而去。良殊大惊，随目之。父去里所，复还，曰："孺子可教矣。后五日平明，与我会此。"良因怪之，跪曰："诺。"五日平明，良往。父已先在，怒曰："与老人期，后，何也?"去，曰："后五日早会。"五日鸡鸣，良往。父又先在，复怒曰："后，何也?"去，曰："后五日复早来。"五日，良夜未半往。有顷，父亦来，喜曰："当如是。"出一编书，曰："读此则为王者师矣。后十年兴。十三年孺子见我济北，谷城山下黄石即我矣。"遂去，无他言，不复见。旦日视其书，乃《太公兵法》也。良因异之，常习诵读之。[②]
>
> 子房始所见下邳圯上老父与《太公书》者，后十三年从高帝过济北，果见谷城山下黄石，取而葆祠之。留侯死，并葬黄石冢。每上冢伏腊，祠黄石。[③]

对于这一段奇彩四溢的文字，司马迁自己亦曾质疑："学者多言无鬼神，然言有物。至如留侯所见老父予书，亦可怪矣。"[④]当然，《史记》之中，类似记载所在多有。太史公述神怪之说，以为史传，洪迈因之作为自己志怪创作仿效的榜样。但苏轼在《留侯论》中则将"圯桥传书"的神话色彩以传奇化处理，其说曰：

---

① 四川大学中文系唐宋文学研究室编：《苏轼资料汇编》，北京：中华书局，1994年，第568页。
② [汉]司马迁撰：《史记》，北京：中华书局，2013年，第2459页。
③ [汉]司马迁撰：《史记》，北京：中华书局，2013年，第2474页。
④ [汉]司马迁撰：《史记》，北京：中华书局，2013年，第2474页。

古之所谓豪杰之士者，必有过人之节。人情有所不能忍者，匹夫见辱，拔剑而起，挺身而斗，此不足为勇也。天下有大勇者，卒然临之而不惊，无故加之而不怒，此其所挟持者甚大，而其志甚远也。

夫子房受书于圯上之老人也，其事甚怪，然亦安知其非秦之世有隐君子者出而试之？观其所以微见其意者，皆圣贤相与警戒之义，而世不察，以为鬼物，亦已过矣。且其意不在书。当韩之亡，秦之方盛也，以刀锯鼎镬待天下之士，其平居无罪夷灭者，不可胜数。虽有贲、育，无所复施。夫持法太急者，其锋不可犯，而其末可乘。子房不忍忿忿之心，以匹夫之力，而逞于一击之间。当此之时，子房之不死者，其间不能容发，盖亦已危矣。千金之子，不死于盗贼，何者？其身之可爱，而盗贼之不足以死也。子房以盖世之才，不为伊尹、太公之谋，而特出于荆轲、聂政之计，以侥幸于不死。此固圯上之老人所为深惜者也。是故倨傲鲜腆而深折之。彼其能有所忍也，然后可以就大事，故曰："孺子可教也。"……

观夫高祖之所以胜，而项籍之所以败者，在能忍与不能忍之间而已矣。项籍惟不能忍，是以百战百胜而轻用其锋。高祖忍之，养其全锋而待其弊。此子房教之也。当淮阴破齐而欲自王，高祖发怒，见于词色。由此观之，犹有刚强不忍之气，非子房其谁全之？

太史公疑子房以为魁梧奇伟，而其状貌乃如妇人女子，不称其志气。呜呼！此其所以为子房欤？[①]

"圯桥传书"的传说，虽有司马迁雄文在前，但苏轼《留侯论》见解独到，针对后人普遍推崇的司马迁之文，他指出："然亦安知其非秦之世有隐君子者出而试之？……而世不察，以为鬼物，亦已过矣。且其意不在书。"一言之出，有点化之效。苏轼的新见能够服人，是因为其说逻辑严密，合情合理。苏文强调圯上老人

① [宋]苏轼著，张志烈、马德富、周裕锴主编：《苏轼全集校注·文集》，石家庄：河北人民出版社，2010年，第351—352页。

的堕履和三次相约，是因他“以为子房才有余，而忧其度量之不足，故深折其少年刚锐之气，使之忍小忿而就大谋”[①]，并不仅仅像《史记》中所说是授书过程中的试探手段。换个角度讲，司马迁强调的是“书”，这书有神气，老人经考验后授予张良，从而成就了他的功业。而苏轼强调的是“忍”，老人堕履是为磨炼张良的忍耐力，使他做到“能有所忍也，然后可以就大事。故曰：‘孺子可教也。’”。智慧之书只有掌握在能“忍小忿而就大谋”的“豪杰之士”手中，才能发挥作用。

苏轼对于“圯桥传书”的传奇化改造，有力地支持了他的宏论卓见：“古之所谓豪杰之士者，必有过人之节。人情有所不能忍者，匹夫见辱，拔剑而起，挺身而斗，此不足为勇也。天下有大勇者，卒然临之而不惊，无故加之而不怒。此其所挟持者甚大，而其志甚远也。”其文“论子房生平以能忍为高，却从老人授书，圯下取履一节说入”。苏轼别出心裁地对于圯桥传书的传奇化改造，使得全文“意则翻空，事皆征实；惟能征实，乃可翻空。其行文断续离合，曲尽文家操纵之妙”[②]。

如果说《刑赏忠厚之至论》《留侯论》均是在“意其如此”的创造性思维的基础上，对于历史故事的细节、情节进行创造、创变，化为自己立论的实例支撑，是自己相关文章的有机组成部分，那么其《代侯公说项羽辞并叙》《拟孙权答曹操书》则是依据历史著述留下的“虚白”，依据历史发展的逻辑规律，创造性地创作了两篇可以“弥补”历史“空白”的妙文。特别是《代侯公说项羽辞并叙》可以作一篇传奇阅看。

鉴古知今，古为今用。苏轼评历史人物，于历史兴亡衰败之外，尤重历史人物拯世济困之韬略智谋，其《三国名臣》曰：“西汉之士多智谋，薄于名义。东京之士尚风节，短于权略。兼之者，三国名臣也。而孔明巍然三代王者之佐，未易以世论也。”[③]而《拟孙权答曹操书》《代侯公说项羽辞并叙》均为彰显楚汉、三国君

① [宋]苏轼著，张志烈、马德富、周裕锴主编：《苏轼全集校注·文集》，石家庄：河北人民出版社，2010年，第351页。

② [宋]苏轼著，张志烈、马德富、周裕锴主编：《苏轼全集校注·文集》，石家庄：河北人民出版社，2010年，第358页。

③ [宋]苏轼著，张志烈、马德富、周裕锴主编：《苏轼全集校注·文集》，石家庄：河北人民出版社，2010年，第7330页。

主、谋士智慧谋略而作。苏轼《代侯公说项羽辞》叙文交代了写作虚构此文的缘由,因史书阙载侯公说项之辞,所以“探其情事以补之”:

> 汉与楚战,败于彭城。太公间走,见获于楚。项羽常置军中以为质。汉王遣辩士陆贾说项羽请之,不听。后遣侯公,羽许之,遂归太公。侯公之辩,过陆生矣。而史阙其所以说项之辞,遂探其事情以补之,作《代侯公说项羽辞》。①

苏轼作《代侯公说项羽辞》意在补史传之阙,但就全篇来看,毋宁是一篇《侯公外传》。侯公在楚汉相争,汉王败于彭城,太公与吕后被楚军虏获以为人质,陆贾游说项羽失败的情况下,毛遂自荐,坦言刘邦在用人上的失误,“待人以必能者,不能,则丧气。倚事之必集者,不集,则挫心”②,主动要求担当重任。“侯公至楚,晨扣军门,谒项王”,针对项羽“好名”的个性,其说辞先扬后抑,先公正地评价项羽诛灭暴秦的历史作用,“夫首建大义诛暴秦者,惟楚。世为贤明显名于天下者,惟楚。天下豪杰乐从而争赴者,惟楚。被坚执锐为士卒先,所向摧靡,莫如大王。兵强将武,百战百胜,莫如大王。诸侯畏慑,惟所号令,莫如大王。割地据国,连城数十,莫如大王。大王持此数者以令天下,朝诸侯,建大号,何待于今”③。一席话说得项羽十分受用。侯公既而话锋一转,指出项羽如今“智穷兵败,土疆日蹙”,原因在于缺失“仁义智信”。“夫制人之与见制于人,克人之与见克于人,岂可同日而语哉……夫智贵乎早决,勇贵乎必为。早决者无后悔,必为者无弃功。”④最后,侯公为项羽谋划解决的方略:“臣闻来而不可失者,时也。蹈而

① [宋]苏轼著,张志烈、马德富、周裕锴主编:《苏轼全集校注·文集》,石家庄:河北人民出版社,2010年,第7093页。

② [宋]苏轼著,张志烈、马德富、周裕锴主编:《苏轼全集校注·文集》,石家庄:河北人民出版社,2010年,第7094页。

③ [宋]苏轼著,张志烈、马德富、周裕锴主编:《苏轼全集校注·文集》,石家庄:河北人民出版社,2010年,第7097页。

④ [宋]苏轼著,张志烈、马德富、周裕锴主编:《苏轼全集校注·文集》,石家庄:河北人民出版社,2010年,第7098—7099页。

不可失者，机也……臣愿大王因其时而用其机，急归太公，与汉王约，中分天下，割鸿沟以西为汉，以东为楚。大王解甲登坛，建号东帝，以抚东方之诸侯，亦休兵储粟，以待天下之变。汉王老，且厌兵，尚何求哉，固将世为西藩，以事楚矣。”“项王大悦。听其计，引侯生为上客，召太公，置酒高会三日而归之。”[①]侯公终于不辱使命，顺利完成任务。

这篇“侯公外传”，通过寂寂无名的侯公毛遂自荐，说服汉王，力挫刚愎自用的项羽。摆事实，讲道理，分析天下大势，使项羽明白了抓住时机，机不可失，时不再来的道理，完成了促使项羽释放人质的任务，使得一个韬略高蹈、审时度势、机智善辩的智者形象呼之欲出。如果将之放置于“楚汉演义”中也是一个精彩的桥段。其中名言“来而不可失者，时也。蹈而不可失者，机也”至今成为国家领导人处理国际风云变幻常引用的警句。

综观苏轼在史传文学影响下的传奇之作，其《方山子传》被认为是较为典型的传奇作品。此传是元丰四年(1081)苏轼在黄州为陈慥作的小传，全篇四百余字，以“隐”“侠”二字为线索，把叙事、描写、议论融为一体，“隐字，侠字，一篇骨子。始侠而今隐。侠处写得豪迈，须眉生动，则隐处益复感慨淋漓。传神手也”[②](储欣语《唐宋八大家类选》)。文章选取方山子少慕豪侠，壮欲“驰骋当世”，晚乃隐居岐亭的人生三个节点，突出其侠而隐的奇人异事。通过对方山子神情容貌的刻画，使一个久经世事的隐者形象跃然纸上。方山子与作者岐亭相遇，得知苏轼被贬缘由，先是“俯而不答”，继是“仰而笑”，生动形象地刻画了这位“隐人”洞彻宦海浮沉，视富贵如浮云的隐者情怀；文章追忆方山子少时，“使酒好剑，用财如粪土”[③]，西山游猎，他“怒马独出”，“马上论用兵及古今成败”；今虽隐居穷乡僻壤，但“精悍之色，犹见于眉间”，寥寥数语就为我们烘托出这位“一世豪士”的形

① [宋]苏轼著，张志烈、马德富、周裕锴主编：《苏轼全集校注·文集》，石家庄：河北人民出版社，2010年，第7099—7100页。

② [宋]苏轼著，张志烈、马德富、周裕锴主编：《苏轼全集校注·文集》，石家庄：河北人民出版社，2010年，第1347页。

③ [宋]苏轼著，张志烈、马德富、周裕锴主编：《苏轼全集校注·文集》，石家庄：河北人民出版社，2010年，第1344页。

象。方山子虽“世有勋阀，当得官”，有“壮丽与公侯等”的园宅，有“岁得帛千匹”的良田，但“皆弃不取，独来穷山中”。家中“环堵萧然”，而全家人却有“自得之意”，表现了“隐人”安于淡泊、超越权势豪华羁绊的生活精神。苏轼的《方山子传》受到后世读者从不同层面的关注，认为苏文有史传文学精髓，且加以创变：“效《伯夷》、《屈原传》，亦叙事，亦描写，亦议论，若隐若现，若见其人于楮墨外。”[①]（郑之慧语《苏长公合作》补卷下引）“奇，颇跌宕，似司马子长。”[②]（茅坤语《苏文忠公文钞》卷二三）“如此一传，可谓得龙门神髓矣。”[③]（赖山阳语《纂评唐宋八大家文读本》卷七引）“变传之体，得其景趣，可惊可喜。”[④]（李贽语《苏长公合作》补卷下引）“写豪侠须眉欲动，写隐沦姓字俱沉。传神之笔，尤妙从隐中追表出来。作倒运格，便写得隐人非庸人，更自奇变非常。”[⑤]（高嵣语《唐宋八家钞》卷七）

要言之，《方山子传》通过侠而隐、豪而隐的方山子的几件奇事，凸显了一位“奇人”的形象，堪称“奇文”，是具有苏轼创作个性标记的一篇传奇小说。

宋人的小说创作“文备众体”，小说创作的自觉和理论探讨的自觉，尤其是小说家的“夫子自道”更加宝贵。先秦两汉的史传文学直接影响此后不同时期的小说创作，程千帆、吴新雷所著《两宋文学史》论及宋人心目中史传与小说的关系时说：孔平仲《续世说》所载李光颜故事“全录自《旧唐书·李光颜传》，仅个别字句略有删改。这可见在宋人心目中，史传与小说是可以互相阑入的，所以孔平仲采《旧唐书》以实《续世说》”[⑥]。刘斧《青琐高议》亦采欧阳修传记文《王彦章画像记》以入小说集。[⑦]

---

① [宋]苏轼著，张志烈、马德富、周裕锴主编：《苏轼全集校注·文集》，石家庄：河北人民出版社，2010年，第1347页。

② [明]茅坤著：《唐宋八大家文钞评文》，上海：复旦大学出版社，2020年，第1993页。

③ [宋]苏轼著，张志烈、马德富、周裕锴主编：《苏轼全集校注·文集》，石家庄：河北人民出版社，2010年，第1348页。

④ [宋]苏轼著，张志烈、马德富、周裕锴主编：《苏轼全集校注·文集》，石家庄：河北人民出版社，2010年，第1347页。

⑤ [宋]苏轼著，张志烈、马德富、周裕锴主编：《苏轼全集校注·文集》，石家庄：河北人民出版社，2010年，第1348页。

⑥ 程千帆、吴新雷著：《两宋文学史》，上海：上海古籍出版社，1991年，第612页。

⑦ [宋]刘斧撰：《青琐高议》，上海：上海古籍出版社，1983年，第99页。

宋代论者已注意到宋代小说家较为自觉地借鉴史传文学，讲究记事之法，如王质《夷坚别志序》说洪迈："始读《左传》、《史记》、《汉书》，稍得其记事之法，而无所施，因志怪发之。"①洪迈在《夷坚丁志序》中借与"有观而笑者"的问答，强调自己的创作有意识地向司马迁《史记》借鉴学习，其说曰：

> 《六经》经圣人手，议论安敢到！若太史公之说，吾请即子之言而印焉。彼记秦穆公、赵简子，不神奇乎？长陵神君、圯下黄石，不荒怪乎？书荆轲事证侍医夏无且，书留侯容貌证画工，侍医、画工，与前所谓寒人、巫隶何以异？善学太史公，宜未有如吾者。子持此舌归，姑阏其笑。②

洪迈自言其"善学太史公"，王明清《投辖录序》也为引史传所存为自己好奇志异之说辩护："迅雷倏电，剧雨飙风，波涛喷激，蛟龙蜕见，亦可谓之怪矣！以其有目所觌，久而为常，故勿之异。鬼神之情状，若石言于晋，神降于野，齐桓之疾，彭生之厉，存之书传，以为不然，可乎？"③宋人赵汝淳《读夷坚志》一诗亦曰："千古丘明法度书，豕啼蛇斗未为诬。后来更有无穷事，付与兰台鬼董狐。"凡此种种都说明宋代小说创作者对于史传文学的学习借鉴是较为普遍且自觉的。在时代创作潮流的影响下，欧阳修、苏轼及其门中人亦自然而然地受到影响，研讨苏轼的传奇创作，其借鉴史传创作的成功经验以为传奇创作的特色应加以关注。

一般学苏研苏者，谈及苏轼研习史学之功，都将其三抄《汉书》举为美谈，甚或认为苏轼好《汉书》不喜《史记》，现有相关资料告诉我们，苏轼对于《史记》所记人事可谓烂熟于心且曾深思熟虑，故其所论时有自得之见。对于苏轼所知甚深的罗大经在比较了《伯夷传》和《赤壁赋》之后，认为"东坡步骤太史公者也"④（罗

---

①［宋］洪迈撰：《夷坚志》，《全宋笔记》（第九编第七册），郑州：大象出版社，2018年，第365页。

②［宋］洪迈撰：《夷坚志》，《全宋笔记》（第九编第四册），郑州：大象出版社，2018年，第202页。

③［宋］王明清撰，朱菊如、汪新森校点：《历代笔记小说大观·投辖录·玉照新志》，上海：上海古籍出版社，2012年，第8页。

④ 上海古籍出版社编：《历代笔记小说大观》，《宋元笔记小说大观五》，上海：上海古籍出版社，2007年，第5226页。

大经《鹤林玉露》甲编卷六《伯夷传赤壁赋》)。其传奇之作或以史传人事为契机，使文本再生；或以传记叙写为范本，以传奇写照，自在情理之中。

二、用传奇法而以志怪

苏轼现存一部分传奇之作显示了作者对于神仙鬼怪世界的好奇，相关作品往往借谈神说鬼、因缘果报以指喻世情、警戒世人，在一定程度上显现了“用传奇法而以志怪”的特色。相关的文献资料显示，苏轼与友人闲暇时光特别是贬谪赋闲时节，喜好谈谐放荡，尤其喜好谈论神鬼奇异之事，以排遣时日，愉悦心情。叶梦得《避暑录话》载：

> 子瞻在黄州及岭表，每旦起，不招客相与语，则必出而访客；所与游者，亦不尽择，各随其人高下，谈谐放荡，不复为畛畦。有不能谈者，则强之说鬼。或辞无有，则曰姑妄言之。于是，闻者无不绝倒，皆尽欢而后去。设一日无客，则歉然若有疾。其家子弟尝为予言之如此也。①

依据相关资料，苏轼“喜人谈鬼”并不仅限于贬谪黄州和岭南时期，即使在其仕宦相对适意的元祐时期也是如此。据《王直方诗话》“鬼作人语人作鬼语”条记载：

> 刘讽参军宿山驿，月明，有数女子自屋后来，命酌庭中，歌曰：“明月清风，良宵会同。星河易翻，欢娱不终。绿樽翠杓，为君斟酌。今夕不饮，何时欢乐。”此《广记》所载鬼诗也。山谷曰：“当是鬼中曹子建所作。”东坡亦以为然。又有一篇云：“玉户金缸，愿陪君王。邯郸宫中，金石丝簧。郑女卫姬，左右成行。纨绮缤纷，翠眉红妆。王欢转盼，为王歌舞。愿得君欢，长无灾苦。”苏公以为“邯郸宫中，金石丝簧”，此两句不唯人少能作，而知之者亦极

① 颜中其编注：《苏东坡轶事汇编》，长沙：岳麓书社，1984年，第73页。

> 难得耳。醉中为余书此。张文潜见坡，谷论说鬼诗，忽曰："旧时鬼作人语，如今人作鬼语。"二公大笑。[①]

我们根据苏门"同升而并黜"的政治命运可以推知，苏轼、黄庭坚、张文潜诸人聚坐谈神说鬼，只有元祐期间苏门相聚京师期间才有可能。苏轼《书鬼仙诗》所书可以为佐证："元祐三年二月二十五日夜，与鲁直、寿朋、天启会于伯时斋舍。此一卷，皆仙鬼作或梦中所作也。"[②]

有鉴于小说创作发展至宋代，已呈现出"文备众体"的特殊风貌，特别是诸多小说作者已经自觉地在小说创作中多方借鉴，已经自觉地从不同角度研究探讨小说创作的规律，以至于宋代小说呈现出新的面貌："宋代传奇与志怪志人小说并无明确的区别界限。在宋代的文言小说集如《青琐高议》和诸家笔记中，这些品类的作品往往夹杂在一起。"[③]所以，我们把苏轼带有较强志怪色彩的传奇小说，在此一并加以探讨。

在苏轼借鉴融通志怪谈神说鬼的传奇小说中，他所记载的"夜会说鬼"，首先是为了消遣愉悦。其《记鬼诗》云：

> 秦太虚言：宝应民有以嫁娶会客者。酒半，客一人径起出门。主人追之，客若醉甚将赴水者，主人急持之。客曰："妇人以诗招我，其词云：'长桥直下有兰舟，破月冲烟任意游。金玉满堂何所用，争如年少去来休。'苍黄就之，不知其为水也。"然客亦无他。夜会说鬼，参寥举此，聊为之记。[④]

有时检阅前人所记相关传奇故事，旨在玩味品赏。上文所引《王直方诗话·鬼作人语人作鬼语》就是。苏轼与黄庭坚研味《太平广记》所载鬼诗，其中佳作妙句，黄庭坚指为"当是鬼中曹子建所作"；苏轼甚至认为"邯郸宫中，金石丝簧"两

① 四川大学中文系唐宋文学研究室编：《苏轼资料汇编》，北京：中华书局，1994年，第166页。
② [宋]苏轼著，屠友祥校注：《东坡题跋校注》，上海：上海远东出版社，2011年，第140页。
③ 程千帆、吴新雷著：《两宋文学史》，上海：上海古籍出版社，1991年，第614页。
④ [宋]苏轼著，屠友祥校注：《东坡题跋校注》，上海：上海远东出版社，2011年，第176—177页。

句“不唯人少能作，而知之者亦极难得耳”。何为如此？“张文潜见坡谷论说鬼神”两句评语颇中肯綮：“旧时鬼作人语，如今人作鬼语。”旧时圣人以鬼神设教，是故“鬼作人语”，意在教化劝诫；今世“人作鬼语”，则含义复杂，愉悦之外是为了规避日趋恶化的政治风险，至如《石林燕语》所说：“时子瞻数上书，论天下事；退而与宾客言，亦多以时事为讥诮。与可极以为不然，每苦口力戒之，子瞻不能听也。出为杭州通判，与可送行诗有‘北客若来休问事，西湖虽好莫吟诗’之句。及黄州之谪，正在杭州诗语，人以为知言。”[①]

元祐期间，新旧党争潜移，旧党内讧，洛、蜀、朔三党纷争，政坛变幻莫测。苏轼在翰林，颇以言语规切时政，毕仲游寄书规劝：“夫言语之累，不特出口者为言，形于诗歌者亦言，赞于赋颂者亦言，托于碑铭者亦言，著于序记者亦言……所可惜者，足下知畏于口，而未畏于文……是其所是，则见是者喜；非其所非，则蒙非者怨。喜者未能济君之谋，而怨者或已败君之事。何则？济之难而败之易也……足下职非御史，官非谏臣，不能安其身，与其众自乐于太平，而非人所未非，是人所未是，危身触讳，以救是非之事，殆犹抱石而救溺也。”[②]（毕仲游《上苏子瞻学士书》）

于是几经磋磨，随着政坛生态持续恶化，苏轼与友人渐次警觉且相互提醒，据《诗话总龟》载：“子瞻任杭州通判，转运司差往湖州相度堤岸，因与知湖州孙觉相见。作诗与孙觉云：‘嗟余与子久离群，耳冷心灰百不闻。若对青山谈世事，当须举白便浮云。’是时与孙觉并坐要约，有言及时事者，罚一大盏。”[③]

苏轼晚年迁移岭海寄诗友人：“君恩浩荡似阳春，合浦何如在海滨。莫趁明珠弄明月，夜深无数采珠人。”（《移合浦郭功甫见寄》）正由于从政坛风云变幻和自己的切身感受中，预知到政治的凄风苦雨的信息，苏轼和友人们期于“游戏于文辞翰墨，以寓其乐”[④]（《苏诗施注》）。于是，“人说鬼话”，嬉笑怒骂，寄寓了特定情怀。

① 颜中其编注：《苏东坡轶事汇编》，长沙：岳麓书社，1984年，第26页。
② ［宋］毕仲游著：《西台集》，上海：商务印书馆，1935年，第105—106页。
③ 颜中其编注：《苏东坡轶事汇编》，长沙：岳麓书社，1984年，第40页。
④ 颜中其编注：《苏东坡轶事汇编》，长沙：岳麓书社，1984年，第192页。

由于苏轼对于现实社会民生疾苦的深入了解，所以在有关传奇故事中，他热望人们超脱人生苦难。即如其《书破地狱偈》：

“若人欲了知，三世一切佛，应观法界性，一切惟心造。”近有人丧妻者，梦其妻求《破地狱偈》，觉而求之，无有也。问荐福古老，云：“此偈是也。”遂举家持诵。后见亡者宝衣天冠，缥缈空中，称谢而去。轼闻之佛印禅师，佛印闻之范尧夫。①

天堂地狱皆心造，一念天堂一念地狱，苏轼此类传奇故事多导人向善，如其《王翊救鹿》：

黄州岐亭有王翊者，家富而好善。梦于水边见一人为人所殴伤，几死，见翊而号，翊救之得免。明日，偶至水边，见一鹿为猎人所得，已中几枪。翊发悟，以数千钱赎之。鹿随翊起居，未尝一步舍翊。又翊所居后有茂林果木，一日，有村妇林中见一桃，过熟而绝大，独在木杪，乃取而食之。翊适见，大惊。妇人食已，弃其核，翊取而剖之，得雄黄一块，如桃仁，乃嚼而吞之，甚甘美。自是断荤肉，斋居一食，不复杀生，亦可谓异事也。②

再如《陈昱再生》：

今年三月，有中书吏陈昱者暴死三日而苏，云：初见壁有孔，有人自孔掷一物，至地化为人，乃其亡姊也。携其手自孔中出，曰：“冥吏追汝，使我先。”见吏在旁，昏黑如夜，极望有明处，有桥，榜曰“会明”。人皆用泥钱，桥极高，有行桥上者。姊曰：“此生天也。”昱行桥下，然犹有在下者，或为乌鹊所啅。

---

① [宋]苏轼著，张志烈、马德富、周裕锴主编：《苏轼全集校注·文集》，石家庄：河北人民出版社，2010年，第7424页。

② [宋]苏轼著，张志烈、马德富、周裕锴主编：《苏轼全集校注·文集》，石家庄：河北人民出版社，2010年，第8295页。

姊曰："此网捕者也。"又见一桥，曰"阳明"。人皆用纸钱。有吏坐曹十余人，以状及纸钱至者，吏辄刻除之，如抽贯然。已而见冥官，则陈襄述古也，问昱何故杀乳母？曰："无之。"呼乳母至，血被面，抱婴儿，熟视昱曰："非此人也，乃门下吏陈周。"官遂放昱还，曰："路远，当给竹马。"又使诸曹检己籍，曹示之，年六十九，官左班殿直。曰："以平生不烧香，故不甚寿。"又曰："吾辈更此一报，身即不同矣。"意当谓超也。昱还，道见追陈周往。既苏，周果死。[①]

或立此存照，引以为世人鉴戒。如《李氏子再生说冥间事》：

戊寅十一月，余在儋耳，闻城西民李氏处子病卒，两日复生。余与进士何旻同往，见其父，问死生状。云：初昏，若有人引去。至官府，幕下有言："此误追。"庭下一吏云："可且寄禁。"又一吏云："此无罪，当放还。"见狱在地窟中，隧而出入。系者皆儋人，僧居十六七。有一妪，身皆黄毛，如驴马，械而坐。处子识之，盖儋僧之室也。曰："吾坐用檀越钱物，已三易毛矣。"又一僧，亦处子邻里，死已二年矣。其家方大祥，有人持盘餐及钱数千，云："付某僧。"僧得钱，分数百遗门者，乃持饭入门去，系者皆争取其饭。僧饭，所食无几。又一僧至，见者擎跪作礼。僧曰："此女可差人速送还。"送者以手擘墙壁使过，复见一河，有舟，使登之。送者以手推舟，舟跃，处子惊而寤。是僧岂所谓地藏菩萨耶？书此为世戒。[②]

综合分析苏轼对于神鬼传说以及奇人异事的态度，总体上讲，苏轼是比较理性的，他一方面期待在人世是非颠倒善恶不分之际，传统的天堂地狱神鬼信仰能起到惩恶扬善，特别是导人向善的作用；与之同时，他对于相关的一些传说特别是现世的异人异事也有质疑，他在《异人有无》中追问："不知世果无异人耶？抑

① [宋]苏轼著，张志烈、马德富、周裕锴主编：《苏轼全集校注·文集》，石家庄：河北人民出版社，2010年，第8297页。

② [宋]苏洵等著，曾枣庄、舒大刚主编：《三苏全书》第五册，北京：语文出版社，2001年，第124页。

有而人不见，此等举非耶？不知古所记异人虚实，无乃与此等不大相远，而好事者缘饰之耶？"[①]苏轼有《辨附语》一文，也认为所谓"鬼附语"之荒唐现象于理不通，并引述一故事以证其非：

> 世有附语者，多婢妾贱人。否则衰病，不久当死者也。其声音举止，皆类死者。又能知人密事，然皆非也。意有奇鬼能为是耶？昔人有远行者，欲观其妻于己厚薄，取金钗藏之壁中，忘以语之。既行，而病且死，以告其仆。既而不死。忽闻空中有声，真其夫也。曰："吾已死，以为不信，金钗在某所。"妻取得之，遂发丧。其后夫归，妻乃反以为鬼也。[②]

世上所传"鬼附身""鬼附语"者，多为身份低下、身体衰病，甚且濒死之人，尽管其声音和所言秘事，使人惶惑，但情理不通。苏轼所举故事，适足以证其虚妄。李廌《师友谈记》之"东坡先生言屡与鬼神辩论"条载记了苏轼在不同时期不信邪的轶事：

> 东坡先生居阊阖门外白家巷中。一夕，次子迨之妇欧阳氏，产后因病为祟所冯，曰："吾姓王氏，名静奴，滞魄在此，居久矣。"公曰："吾非畏鬼人也。且京师善符剑遣厉者甚多，决能逐汝，汝以愚而死，死亦妄为祟。"为言佛氏破妄解脱之理，喻之曰："汝善去，明日昏时当用佛氏功德之法与汝。"妇辄合爪，曰："感尚书去也。"妇良愈。明日昏时，为自书功德疏一通，仍为置酒肴香火遣送之。
>
> 公曰：某平生屡与鬼神辩论矣。顷迨之幼，忽云有贼，貌瘦而黑，衣以青。公使数人索之，无有也。乳媪俄发狂，声色俱怒，如卒伍辈，唱喏甚大。公往视之，辄厉声曰："某即瘦黑而衣青者也，非贼也，鬼也，欲此媪出，为我

---

① [宋]苏轼著，张志烈、马德富、周裕锴主编：《苏轼全集校注·文集》，石家庄：河北人民出版社，2010年，第8329页。

② [宋]苏洵等著，曾枣庄、舒大刚主编：《三苏全书》第五册，北京：语文出版社，2001年，第125页。

作巫。”公曰：“宁使其死，出不可得。”曰：“学士不令渠出，不奈何，只求少功德，可乎？”公曰：“不可。”又曰：“求少酒食，可乎？”公曰：“不可。”又曰：“求少纸，可乎？”公曰：“不可。”又曰：“只求杯水，可乎？”公曰：“与之。”媪饮毕，仆地而苏。然媪之乳，因此遂枯。

公曰：顷在凤翔罢官来京师，道由华岳。忽随行一兵，遇祟甚狂，自褫其衣巾不已。公使人束缚之，而其巾自坠。人皆曰：“此岳神之怒，故也。”公因谒祠，且曰：“某昔之去无祈，今之回无祷，特以道出祠下，不敢不谒而已。随行一兵，狂发遇祟，而居人曰神之怒也，未知其果然否？此一小人如虮虱尔，何足以烦神之威灵哉！纵此人有隐恶，则不可知，不然，以其懈怠失礼，或盗服御饮食等，小罪尔，何足责也，当置之度外。窃谓岳镇之重，所隶甚广，其间强有力富贵者，盖有公为奸慝，神不敢于彼示其威灵，而乃加怒于一卒，无乃不可乎！某小官，一人病则一事阙，愿恕之，可乎？非某愚直，谅神不闻此言。”出庙，马前一旋风突而出，忽作大风，震鼓天地，沙石惊飞。公曰：“神愈怒乎？吾弗畏也。”冒风即行。风愈大，惟趁公行李，而人马皆辟易，不可移足。或劝之曰：“祷谢之？”公曰：“祸福，天也。神怒即怒，吾行不止，其如予何？”已而风止，竟无别事。①

阅看这三个小故事，再联系《辨附语》文中所讲故事，苏轼旨在说明世俗所见所传“鬼附身”“鬼附语”之事不合情理，“理皆非也”。《辨附语》所载故事自是虚妄，“东坡先生言屡与鬼神辩论”一段文字，一方面证实“世有附语者，多婢妾贱人，否则衰病，不久当死者也”，苏迨妻子欧阳氏产后有病，身体虚弱，“为祟所凭”；苏迨幼时，体弱多病；乳媪及随行兵士，皆下层平民，所以苏轼所见所言神鬼附身的事例，揆之事理，极有可能是由于身体虚弱而产生的病理现象，精神躁狂者如兵士；幻听幻视者如苏迨及其妻子；而乳媪则有装神弄鬼的嫌疑。另一方面反映了苏轼对待类似情事的理性理智，烛下说鬼，坐月谈神，时涉匪夷，理性地

① [宋]李廌撰：《师友谈记》，见朱易安、傅璇琮主编《全宋笔记》第二编第七册，郑州：大象出版社，2006年，第35—36页。

“与鬼神辩论”，冷静地认识到其于理不合。当然，这些文字也佐证了苏轼在京城居住时期也喜好谈神说鬼，所谓“屡与鬼神辩论”之“公曰”即为明证。

综观苏轼以志怪为传奇的作品，作为苦嗜苏轼诗词的我们，也由相关文字感到了欣喜，苏轼在《书鬼仙诗》中说：“元祐三年二月二十五日夜，与鲁直、寿朋、天启会于伯时斋舍。此一卷，皆仙鬼作或梦中所作也。”[①]既然是“书鬼仙诗”，那么“皆仙鬼作”是没有问题的。问题在于“或梦中所作也”令人费解，是苏轼自己梦中所作，还是有友人梦中所作？我们知道苏轼诗集中有多篇记述自己梦中所作的诗篇，那么这些“鬼仙诗”中哪些是苏轼梦中所作的，值得探究。苏轼之与友人灯下谈谐、愉悦之外，在政治生态恶化的背景下，“谈虚无胜于言时事也”。张文潜“旧时鬼作人语，如今人作鬼语”一语道破。在相关文献中我们还可略窥元祐学术涉及之广博，苏黄诸公谈神说鬼，还有探讨诗艺论说切磋之措意。苏轼喜赏《太平广记》所载鬼诗，以为“邯郸宫中，金石丝簧”此两句不唯人少能作，而知之者亦极难得耳；他喜欢《太平广记》志怪故事中“芫花半落，松风晚清”两句，附之书末。黄庭坚激赏《太平广记》中“明月清风，良宵会同”一诗，认为“当是鬼中曹子建所作”。东坡亦以为然。

探研苏轼谈神说鬼之喜好，追溯史籍中前人说鬼谈狐、搜神述仙之传统，皆由于人心尚奇，故而幻由心造。清人王韬《淞隐续录自序》说得好：“自来说鬼之东坡，谈狐之南董，搜神之干宝，述仙之曼卿，非必有是地有是事，悉幻焉而已矣，幻由心造，则人心为最奇也。”[②]苏轼所记载述说的以志怪为传奇的作品，未必实有，但一经其言说记述，惊艳一时，影响后世，直堪玩味。

苏轼之作，谈神说鬼，借鬼神指喻世情；记奇志怪，假果报以警戒众生，影响后世至为深远。蒲松龄《聊斋志异序》曰：“才非干宝，雅爱搜神；情类黄州，喜好谈鬼。”[③]纪晓岚《观弈道人自题》亦曰：“半生心力坐销磨，纸上烟云过眼多。拟筑书仓今老矣，只应说鬼似东坡。”[④]清人王韬《遁窟谰言自叙》也自称其述作：“披书

① [宋]苏轼著，屠友祥校注：《东坡题跋校注》，上海：上海远东出版社，2011年，第140页。
② 丁锡根编著：《中国历代小说序跋集》，北京：人民文学出版社，1996年，第630页。
③ [清]蒲松龄撰，朱利国点注：《聊斋志异》，北京：华夏出版社，2017年，第6页。
④ [清]纪昀撰：《阅微草堂笔记》，上海：上海古籍出版社，1980年，第567页。

砚北，校干宝之《搜神》；点笔窗南，效坡仙之说鬼。”[①]并在《淞隐续录自序》中申述前人说鬼谈狐，搜神述仙，皆因幻由心造，人心尚奇。

“幻由心造”，告诉我们，古人笔下那些奇幻故事是古人创造性的心境幻化，“人心尚奇”，所以天堂地狱、神仙狐鬼，变幻莫测，引人入胜。唐时小说称传奇，明代戏曲亦称传奇，其所叙述搬演之奇人奇事，固然符合事无奇不传的文创规律，但追根溯源还在于作者、读者、观众尚奇好异的心理需求。苏轼记载创作的相关传奇小说亦复如是。

研味东坡的传奇小说创作，我们认为“用传奇法而以志怪”是其特点之一。我们认同程毅中《宋元小说研究·余论》中的观点：“鲁迅认为‘用传奇法，而以志怪’是《聊斋志异》的创新，实际上这种写作方法也是历史地发展而来的。”[②]在文言小说发展的历史进程中，东坡做出了有益的探索和尝试，清代蒲松龄、纪昀等对于东坡的自觉学习和传承，可以说是一个有力的佐证。

三、推变怪之理，参见闻之奇

大千世界无奇不有，正是人类面临的丰富复杂的已知和未知的自然现象和社会奇观，形成了尚奇好异的普遍心理。“幻由心生”，苏轼在自己创作记录的传奇小说中，于叙说奇闻异说的同时融入了个人对于有关奇人异事的探索与思考。这一部分作品，我们主要从两个层面加以论列。苏轼有数篇紫姑神系列的作品，多乃其目见亲历，非仙非人、娱己娱人乃其特色；苏轼还有多篇作品，载记其亲友的神异遭际，亦仙亦人，借奇情逸事寄予深厚感情。

苏轼相关小说中，有系列的关于紫姑神类的作品值得关注，计有《子姑神记》《天篆记》《广州女仙》《仙姑问答》《费孝先卦影》等，此外涉及紫姑神的作品尚有诗词各一首，可资参考。苏轼这类小说就时间顺序上讲，涉及其早、中、晚不同人生时段。少年川蜀生活时期，如《费孝先卦影》载：“至和二年，成都人有费孝先

① 丁锡根编著：《中国历代小说序跋集》，北京：人民文学出版社，1996年，第622页。
② 程毅中著：《宋元小说研究》，南京：江苏古籍出版社，1999年，第412页。

者，始来眉山。”[①]贬谪黄州时期，《子姑神记》所谓“元丰三年正月朔日，予始去京师来黄州”[②]。“江淮间俗尚鬼。岁正月，必衣服箕帚为子姑神，或能数数画字。惟黄州郭氏神最异。”[③]（《天篆记》）“某欲弃仕路，作一黄州百姓，可否？”[④]（《仙姑问答》）晚年流贬岭海时期，“绍圣元年九月，过广州，访崇道大师何德顺。有神降其室，自言女仙也，赋诗立成，有超逸绝尘语。”[⑤]（《广州女仙》）就地域而言，涉及西蜀、黄州、广州，足见民间紫姑神崇尚习俗影响之广。

子姑，又称紫姑、戚姑等，其传说来源不一。苏轼曾“欲求其事为作传”。然其《子姑神记》所载子姑自述身世仅其一端，“妾，寿阳人也，姓何氏，名媚，字丽卿。自幼知读书属文，为伶人妇。唐垂拱中，寿阳刺史害妾夫，纳妾为侍妾。而其妻妒悍甚，见杀于厕。妾虽死不敢诉也，而天使见之，为直其冤，且使有所职于人间。盖世所谓子姑神者，其类甚众，然未有如妾之卓然者也”[⑥]。还有一种说法，言紫姑就是戚姑，《月令广义·正月经》说：“唐俗元宵请戚姑之神，盖汉之戚夫人死于厕，故凡请者诣厕请之。”“盖世所谓子姑神者，其类甚众”[⑦]，苏轼所记，即非止一种。由于何媚、戚夫人惨死于厕，所以“有所职于人间”，即所谓厕神。且此神亦如山神、土地神一样，“其类甚众”。

在宋代，紫姑神崇仰影响甚广，苏轼与紫姑神相关故事亦有流传。孔平仲《孔氏谈苑》载：

---

① [宋]苏轼著，张志烈、马德富、周裕锴主编：《苏轼全集校注·文集》，石家庄：河北人民出版社，2010年，第8272页。

② [宋]苏轼著，张志烈、马德富、周裕锴主编：《苏轼全集校注·文集》，石家庄：河北人民出版社，2010年，第1297页。

③ [宋]苏轼著，张志烈、马德富、周裕锴主编：《苏轼全集校注·文集》，石家庄：河北人民出版社，2010年，第1299—1300页。

④ [宋]苏轼著，张志烈、马德富、周裕锴主编：《苏轼全集校注·文集》，石家庄：河北人民出版社，2010年，第8290页。

⑤ [宋]苏轼著，张志烈、马德富、周裕锴主编：《苏轼全集校注·文集》，石家庄：河北人民出版社，2010年，第8311页。

⑥ [宋]苏轼著，张志烈、马德富、周裕锴主编：《苏轼全集校注·文集》，石家庄：河北人民出版社，2010年，第1297页。

⑦ [宋]苏轼著，张志烈、马德富、周裕锴主编：《苏轼全集校注·文集》，石家庄：河北人民出版社，2010年，第1297页。

> 紫姑者，厕神也。金陵有致其神者，沈遘尝就问之，即书粉为字曰：“文通万福”。遘问仙姑姓，答云：“姓竺。《南史》竺法明，乃吾祖也。”亦有诗赠遘。近黄州郭殿直家有此神，颇黠捷。每岁率以正月一日来，二月二日去。苏轼与之甚狎，常问轼乞诗。轼曰：“轼不善作诗。”姑书灰云：“犹里犹里。”轼云：“轼非不善，但不欲作尔。”姑云：“但不要及它新法便得也。”[①]

关于苏轼涉及紫姑神的文学作品的研讨，刘勤有《苏轼紫姑神书写系年正误》《试论苏轼对紫姑神矛盾的态度》给予关注，我们在这里集中研讨其传奇小说特色。我们之所以把苏轼创作的这些篇目视作传奇，是因为紫姑神之奇首先引起这位文豪的极大兴趣，其次是这些有意为之的文字蕴含了丰富的文化信息。

纵然是苏轼经历了乌台诗案的生死考验，即便是他人到中年已见多识广，紫姑神（子姑神）之神异也让他惊叹。紫姑神能够预知苏轼贬谪黄州日期，黄州进士潘丙告诉苏轼：“异哉！公之始受命，黄人未知也。有神降于州之侨人郭氏之第，与人言如响，且善赋诗，曰：‘苏公将至，而吾不及见也。’已而，公以是日至，而神以是日去。”[②]当紫姑神再降时，苏轼前往观看。紫姑神自述身世，且作“诗数十篇，敏捷立成，皆有妙思，杂以嘲笑。问神仙鬼佛变化之理，其答皆出于人意外，坐客抚掌。作《道调梁州》，神起舞中节”[③]。紫姑神自称“盖世所谓子姑神者，其类甚众，然未有如妾之卓然者也”[④]，求苏轼为之作传，苏轼还应其所请，作《少年游》词。“黄之侨人郭氏，每岁正月，迎紫姑神。以箕为腹，箸为口，画灰盘中为诗，

---

① [宋]孔平仲撰，王恒展校点：《孔氏谈苑》，济南：齐鲁书社，2014年，第40页。

② [宋]苏轼著，张志烈、马德富、周裕锴主编：《苏轼全集校注·文集》，石家庄：河北人民出版社，2010年，第1297页。

③ [宋]苏轼著，张志烈、马德富、周裕锴主编：《苏轼全集校注·文集》，石家庄：河北人民出版社，2010年，第1297—1298页。

④ [宋]苏轼著，张志烈、马德富、周裕锴主编：《苏轼全集校注·文集》，石家庄：河北人民出版社，2010年，第1297页。

敏捷立成。余往观之。神请余作《少年游》,乃以此戏之。”[①](《少年游》词叙)

北宋之时,江淮间有崇尚鬼神的习俗,紫姑神之类甚多,在苏轼笔下“惟黄州郭氏神最异。予去岁作《何氏录》以记之。今年黄人汪若谷家,神尤奇”。该神自称天人李全,字德通,善篆字,用笔奇妙,而字不可识,云天篆也,“与人问答如响”。尤其让人惊异的是,其神见到黄州进士张炳,即以老相识刘苞语气问候,“炳问安所识。答曰:‘子独不记刘苞乎?吾即苞也。’因道炳昔与苞起居语言状甚详”。张炳十分震惊,视为天人,告诉苏轼:“昔尝识苞京师,青巾布裘,文身而嗜酒,自言齐州人。今不知其所在。岂真天人乎?”[②]

一篇短文,几经曲折。作者为突出汪若谷家之神“尤奇”,先以“黄州郭氏神最异”衬之;天人李全一手“天篆”,让苏轼这位宋代一流的书法家称赞不已;尤为新奇的是,见到张炳,李全又化身刘苞,言昔日与张炳之交往甚详,观者惊为天人。全文以作者针对他人的疑问的议论文字作结,所谓“世人所见常少,所不见常多,奚必于区区耳目之所及,度量世外事乎?姑藏其书,以待知者”[③]。这使得作为读者的我们随着作者的叙写,由叹赏进入思考,加深了印象。

当年贬谪黄州的作者确乎曾为这些神奇之人事所吸引,苏轼尚有一诗记载了他独特的感受,题为《是日,偶至野人汪氏之居。有神降于其室,自称天人李全,字德通。善篆字,用笔奇妙,而字不可识,云天篆也。与予言,有所会者。复作一篇,仍用前韵》,诗曰:

酒渴思茶漫扣门,那知竹里是仙村。
已闻龟策通神语,更看龙蛇落笔痕。
色瘁形枯应笑屈,道存目击岂非温。

① [宋]苏轼著,张志烈、马德富、周裕锴主编:《苏轼全集校注·词集》,石家庄:河北人民出版社,2010年,第336页。

② [宋]苏轼著,张志烈、马德富、周裕锴主编:《苏轼全集校注·文集》,石家庄:河北人民出版社,2010年,第1299—1300页。

③ [宋]苏轼著,张志烈、马德富、周裕锴主编:《苏轼全集校注·文集》,石家庄:河北人民出版社,2010年,第1300页。

归来独扫空斋卧，犹恐微言入梦魂。[①]

苏轼以大手笔写传奇之文，引人入胜，而其中蕴含着多重文化信息的关注。苏轼在“仙村”的所见所闻令其惊奇，归去之后也久久回味，思考其中奥秘。“归来独扫空斋卧，犹恐微言入梦魂。”这些资料告诉我们，苏轼曾试图在和紫姑神的问答中探寻神鬼的奥秘，“问神仙鬼佛变化之理，其答皆出于人意外，坐客抚掌”[②]（《子姑神记》）。他同情何媚的悲剧人生，“见掠于酷吏，而遇害于悍妻”，其怨甚深，却“似有礼者”，不以怨报怨，“终不指言刺史之姓名”；像一位智者，能够预知客人生平，但“终不言人之隐私与休咎”；文辞尚佳，“好文字而耻无闻于世”。由是之故，苏轼为之立传。

对于降临汪若谷家的“天人李全”之神异表现，苏轼在追索之后给予了极为通达的解释。作者用设问的语句，提出观者和自己曾有的疑问——或曰：“天人岂肯附箕帚为子姑神从汪若谷游哉？”而后给予否认，理由在于“全为鬼为仙，固不可知，然未可以其所托之陋疑之也”[③]。苏轼认为，李全“神”视天下，把奢华的宫室豪宅与猪圈牛舍一视同仁，确有神道之高致；从专业书家角度看，李全的“天篆”“意趣简古”，非荒野村落装神弄鬼者可以仿效的。大千世界，光怪陆离，“世人所见常少，所不见常多，奚必于区区耳目之所及，度量世外事乎？”[④]于是藏起天篆，以待知者。

在苏轼有关紫姑神的奇闻异事系列文字中，我们发现，苏轼除了对“天篆”予以关注之外，作为诗坛大家，他对于紫姑神诗歌创作也给予特别关注，甚且在交谈之间，心有所会，赋诗纪之。探讨苏轼所录紫姑神所作诗作，《仙姑问答》一篇

---

① [宋]苏轼著，张志烈、马德富、周裕锴主编：《苏轼全集校注·诗集》，石家庄：河北人民出版社，2010年，第2322页。

② [宋]苏轼著，张志烈、马德富、周裕锴主编：《苏轼全集校注·文集》，石家庄：河北人民出版社，2010年，第1298页。

③ [宋]苏轼著，张志烈、马德富、周裕锴主编：《苏轼全集校注·文集》，石家庄：河北人民出版社，2010年，第1300页。

④ [宋]苏轼著，张志烈、马德富、周裕锴主编：《苏轼全集校注·文集》，石家庄：河北人民出版社，2010年，第1300页。

值细研。该文记录紫姑神所作诗作七首，其中有专门写给苏轼的两首绝句和一首《谢腊茶》，其余四首诗作《谢张承议惠香》《赠世人》《赠王奉职》《琴歌》皆为酬应劝诫之作。苏轼当年曾为紫姑神诗作感慨叹赏，载记侨居黄州的郭氏每岁正月迎紫姑神，以箕为腹，箸为口，画灰盘中为诗。诗数十篇，敏捷立成，皆有妙思，杂以嘲笑。记广州女仙"赋诗立成，有超逸绝尘语"，苏轼认为乃至人之作。传奇之文载仙鬼之诗，固然是作者为奇异其说而常用的笔法。但其中蕴涵，颇为有趣。苏轼当年与紫姑神问答交谈，"有所会者"，所会何在？费人思量。以今观之，神妙不在于紫姑神，而在于请神迎神之人；紫姑神之妙思佳作亦在于紫姑神后扶乩之人之才情，所谓应答如响，所谓赋诗立成，所谓"天篆"，莫不如是。

从民俗角度看，民间迎紫姑神活动本身有着较为明显的娱乐性质，所谓娱神娱人双重效用。由是之故，当苏轼问及："某欲弃仕路，作一黄州百姓，可否?"三姑即戏赠一绝云："朝廷方欲强搜罗，肯使贤侯此地歌。只待修成云路稳，皇书一纸下天河。"也正是基于此，当紫姑神请苏轼作《少年游》，苏轼"乃以此戏之"：

> 玉肌铅粉傲秋霜。准拟凤呼凰。伶伦不见，清香未吐，且糠秕吹扬。
> 到处成双君独只，空无数，烂文章。一点香檀，谁能借箸，无复似张良。[①]

孔平仲《孔氏谈苑》的相关记载也可作为佐证。所谓三姑即戏赠一绝，所谓苏轼"乃以此戏之"，参之"苏轼与之甚狎，常问轼乞诗"之相关问答，可知所论大致不差。苏轼所撰写有关紫姑神之文字，多在黄州时期，究其原委，则与其在贬谪逆境中常喜人谈神说鬼具共同心理。谈神说鬼，规避现实政治，用以排遣宦途失意，于仙鬼故事中戏娱寄托，所谓"但不要及它新法便得也"。

苏轼有关紫姑神之作，"推变怪之理，参见闻之异"，由此观之，苏轼在黄州郭氏、汪若谷家所观紫姑神以及所录数篇紫姑神诗作，乃江淮间较为熟知苏轼被贬缘由，了解苏轼贬谪处境、心境的"异人"有意而为，诗作之著作权不应笼统归之

---

① [宋]苏轼著，张志烈、马德富、周裕锴主编：《苏轼全集校注·词集》，石家庄：河北人民出版社，2010年，第336页。

于“仙鬼诗”，和苏轼所录“鬼诗”一样，应该加以专门研究。正如作家莫言所言：

> 我希望在未来的时代里，由恶人造成的恐惧越来越少，但由鬼怪故事和童话造成的恐惧不要根绝，因为，鬼怪故事和童话，饱含着人对未知世界的敬畏和对美好生活的向往，也包含着文学和艺术的种子。①

从传奇小说的角度，我们发现苏轼文集中有部分记事之作，来自其人生见闻，因其亲见亲闻，读者感到真切，更因其亦人亦仙，事涉奇幻，扑朔迷离，颇具情味。此类作品有《陈太初尸解》《王平甫梦灵芝宫》《书刘庭式事》《书徐则事》《黄仆射得道》《记神清洞事》《太白山神》《书桃黄事》《书所和回先生诗》等。

苏轼“八岁入小学，以道士张易简为师。童子几百人，师独称吾与陈太初者”②（《陈太初尸解》）。张易简颇有眼光，苏轼后来名满华夏，陈太初却从师入道，修成正果，尸解升仙，且生前身后逸闻流传。陈太初始为郡小吏，苏轼谪居黄州时，从家乡来的道士陆惟忠讲述了陈太初尸解前后的奇言异行，“太初已尸解矣。蜀人吴师道为汉州太守，太初往客焉。正岁旦日，见师道求衣食钱物，且告别。持所得尽与市人贫者，反坐于戟门下，遂寂。师道使卒舁往野外焚之，卒骂曰：‘何物道士，使吾正旦舁死人！’太初微笑开目，曰：‘不复烦汝。’步自戟门至金雁桥下，趺坐而逝。焚之，举城人见烟焰上眇眇焉有一陈道人也”③。

在这短短的不到二百字的叙事文字中，我们可以捕捉到苏轼在谪贬黄州的特定境遇中探寻神奇世界的深沉目光，可以感知到他对于故乡、师友往日今昔的深深感怀，而这一切都寄寓在陈太初尸解的传奇故事中。

《王平甫梦灵芝宫》记载的友人王平甫死后相聚灵芝宫的奇异故事与《陈太初尸解》相类，只是情节更为曲折奇幻。文载王平甫熙宁间曾梦游灵芝宫，不

---

① 吴营洲选编：《2016年中国杂文精选》，武汉：长江文艺出版社，2017年，第180页。

② [宋]苏轼著，张志烈、马德富、周裕锴主编：《苏轼全集校注·文集》，石家庄：河北人民出版社，2010年，第8314页。

③ [宋]苏轼著，张志烈、马德富、周裕锴主编：《苏轼全集校注·文集》，石家庄：河北人民出版社，2010年，第8315页。

果。梦回之后有诗为记:“万顷波涛木叶飞,笙箫宫殿号灵芝。挥毫不似人间世,长乐钟来梦觉时。”四年后,王平甫病亡。家人因其梦兆,通过占卜,认为平甫亡后魂归灵芝宫。苏轼由于与王平甫的交情,“其家哭,请书其事,故为之书以慰其思”①(《王平甫梦灵芝宫》)。为了慰藉平甫家人,博学的苏轼又引述白居易逸事为证:“昔有人至海上蓬莱,见楼台中有待乐天之室,乐天自为诗以识其事,与平甫之梦实相似。”为什么王平甫、白居易生前身后会有如此之奇事异遇,苏轼认为是因为王、白二人“皆天才逸发”,所以他们精神层面所追求寓托者,必定异于常人,他们的奇遇合乎人情物理,难以穷究。

《陈太初尸解》《王平甫梦灵芝宫》二文皆以叙写同学友人之奇闻异事见长,不故作姿态,使读者感到其说信而有征。《书外曾祖程公逸事》《记神清洞事》则以叙写亲祖家人遭遇造化为特色,使人阅后,益感奇人异事就发生在日常生活中,发生在周边亲友中,在追想品味中赏玩不尽。

苏轼《书外曾祖程公逸事》作于晚年贬谪惠州之时,充满深情地追忆了外曾祖程仁霸在参军任上为一窃盗芦菔根而被诬抢劫伤人者伸冤未果,其人被冤杀,外曾祖被免官的往事。后三十年,冤魂在其外曾祖临终之前,具告所以,引领程仁霸往地府与县尉、狱掾对质。因外曾祖仁厚之行,福泽子孙,苏轼外曾祖家几代长寿,“舅氏始贵显”,“曾孙皆仕有声”。苏轼自言此篇传奇记异之作,是因“读陶潜所作外祖《孟嘉传》,云凯风寒泉之思,实钟厥心”,故仿效陶潜,书写怀念母氏之心。曹涣是苏辙的女婿,英年早逝,苏轼《记神清洞事》记载了曹涣生前的一段奇遇。

与以上数篇传奇之作约略不同的是,苏轼所撰《书刘庭式事》载记的是自己任职密州时的同僚刘庭式的德行奇事。刘庭式是齐人,时在齐州任掌书记的苏辙,通过刘庭式婚姻佳话告知其为人:

庭式通礼学究。未及第时,议娶其乡人之女,既约而未纳币也。庭式及

① [宋]苏轼著,张志烈、马德富、周裕锴主编:《苏轼全集校注·文集》,石家庄:河北人民出版社,2010年,第8277页。

第，其女以疾，两目皆盲。女家躬耕，贫甚，不敢复言。或劝纳其幼女。庭式笑曰："吾心已许之矣。虽盲，岂负吾初心哉！"卒娶盲女，与之偕老。盲女死于密，庭式丧之，逾年而哀不衰，不肯复娶。[①]

苏轼则通过与刘庭式的交谈，极为推许其人格精神。苏轼偶尔向刘庭式询问其婚姻家庭之事，言及"哀生于爱，爱生于色。子娶盲女，与之偕老，义也。爱从何生，哀从何出乎？"刘庭式的回答让苏轼动容，"吾知丧吾妻而已，有目亦吾妻也，无目亦吾妻也。吾若缘色而生爱，缘爱而生哀，色衰爱弛，吾哀亦忘。则凡扬袂倚市，目挑而心招者，皆可以为妻也耶？"苏轼被刘庭式的言行深深打动，认为刘庭式品行高尚，一定会有福报。有人质疑苏轼的推断，苏轼列举魏晋之交羊叔子的故事来佐证自己的推断，"昔羊叔子娶夏侯霸女，霸叛入蜀，亲友皆告绝，而叔子独安其室，恩礼有加焉。君子是以知叔子之贵也，其后卒为晋元臣。今庭式亦庶几焉，若不贵，必且得道"。但在座的客人依然不信服。

在苏轼撰写此文的前一天，有人带来了刘庭式在庐山的近况，适足以证明苏轼推断之准确，"庭式今在山中，监太平观，面目奕奕有紫光，步上下峻坂，往复六十里如飞，绝粒不食，已数年矣。此岂无得而然哉！"苏轼在喜悦之余，书写了这篇刘庭式故事，寄予密州人赵杲卿，以信自己所言非虚。

此类作品尚有《太白山神》《空冢小儿》《书桃黄事》等。苏轼这一部分作品有其共同的特点，首先其所叙写的奇闻异事，俱为其亲见亲闻，故而弥合了奇幻与现实的距离，使读者阅之，会惊奇于现实生活所寓之奇人异事，亦会因其奇幻曲折进而思考现实人生。在这里尤为强调的是，苏轼由其所录见闻之奇人异事中，追寻探究其奇特的人情物理的深层蕴含之深沉笔触。从社会道德伦理角度，好人应得好报，天理昭昭，报应不爽。至于家族亲人中的奇遇奇事，蕴含了苏轼深深忆念之情。《书外曾祖程公逸事》一文，于"凯风寒泉之思"的母氏亲情之外，我们还可捕捉到，苏、程两家绝交四十年，苏轼希望尽释前嫌的深长用心。

---

① ［宋］苏轼著，张志烈、马德富、周裕锴主编：《苏轼全集校注·文集》，石家庄：河北人民出版社，2010年，第7359页。

四、直面人生，褒贬自见；嬉笑怒骂，皆成文章

苏轼的小说创作，虽然迄今未有专著研讨，但是由于其独特的蕴涵、独到的风格，自宋至今学人多有关注。尽管所关注点不同，有些论说亦仅散言碎句，但已足以予人启迪。宋人载记，东坡喜人客谈，或强之说鬼。后世笔记小说，或娱人娱己，或寓托为言，多言效法东坡，蒲松龄、纪晓岚均如是。他如后人小说嬉笑怒骂之笔，亦称继承学习苏轼，明人梅膺祚《青泥莲花记序》即认为该书颇具东坡神韵："是记寓维风于谐末，奏大雅于曲终。昔司马长卿赋词艳冶，咸归讽劝；苏子瞻嬉笑怒骂，无非文章，殆为似之。"[①]龚明之《中吴纪闻序》称该书创作"至于鬼神梦卜，杂置其间，盖效范忠文《东斋记事》体；谈谐嘲谑，亦录而弗弃，盖效苏文忠公《志林》体：皆取其有戒于人耳"[②]。清人管题雁《影谈序》亦以为该书"雅洁如《才鬼记》，纵横如《剑侠传》，嬉笑怒骂如《东坡志林》"[③]。

要之，后世小说家学习苏轼，特别是笔记小说，亦效仿其"嬉笑怒骂，无非文章"之谈谐嘲谑风致。检索苏轼此类作品，大多短小精悍，近似于今人所谓"小小说""超短篇小说"或"微小说"。计有《记郭震诗》《书蜀僧诗》《华阴老妪》《猪母佛》《张永徽老健》等散见于《东坡志林》《仇池笔记》和其他杂著中。

苏轼的小小说创作多涉当朝人事，常常选取相关人物生活中的典型情事加以录载。借鉴史传笔法，情感褒贬见于人事细节叙写之中。如《曹玮知人料事》赞曹玮知悉边防事务，智深虑远，和王臞、张观、陈执中诸人的尸位素餐：

> 天圣中，曹玮以节镇定州。王臞为三司副使，疏决河北囚徒，至定州，玮谓臞曰："君相甚贵，当为枢密使。然吾昔为秦州，时闻德明岁使人以羊马贸易于边，课所获多少为赏罚，时将以此杀人。其子元昊年十三，谏曰：'吾本以羊马为国，今反以资中原，所得皆茶彩轻浮之物，适足以骄堕吾民。今又

---

① 丁锡根编著：《中国历代小说序跋集》，北京：人民文学出版社，1996年，第417页。

② 上海古籍出版社编：《宋元笔记小说大观》，上海：上海古籍出版社，2007年，第2826页。

③ 丁锡根编著：《中国历代小说序跋集》，北京：人民文学出版社，1996年，第207页。

欲以此杀人。茶彩日增，羊马日减，吾国其削乎！'乃止不戮。吾闻而异之，使人图其形，信奇伟。若德明死，此子必为中国患，其当君为枢府之时乎？盍自今学兵讲边事！"畯虽受教，盖亦未必信也。其后畯与张观、陈执中在枢密府，元昊反，杨义上书论土兵事，上问三人，皆不知，遂皆罢去。①

李元昊是宋金对峙强弱形势转变的关键人物，倘若宋室边关如曹玮所见，早为之备，"盍自今学兵讲边事"，不至于李元昊反叛，朝野震动，枢密昏然，举止失措。北宋初期的开疆拓土以及百年无事盛宋的繁荣，有赖于一批像曹玮一样具有远见智略之士，也有赖于不同方面的将帅之才、地方大员的治理担当。《溪洞蛮神事李师中》记李师中在南方少数民族的治理中，恩威并用，溪洞洞主家有其画像，敬祀如神：

过太平州，见郭祥正，言："尝从章惇辟，入梅山溪洞中，说论其首领，见洞主苏甘家有神画像，被服如士大夫，事之甚严。问之，云：'此知桂府李大夫也。'问其名，曰：'此岂可名哉！'叩头称死罪数四，卒不敢名。"徐考其年月本末，则李公师中诚之也。诚之尝为提刑，权桂府耳。吾识诚之，知其为一时豪杰也。然小人多异议，不知夷獠乃尔畏信之，彼其利害不相及尔。②

《书狄武襄事》则载名将狄青少年时勇毅果敢，已显露智略担当之才：

狄武襄公者，本农家子。年十六时，其兄素，与里人失其姓名号铁罗汉者，斗于水滨，至溺杀之。保伍方缚素，公适饷田，见之，曰："杀罗汉者，我也。"人皆释素而缚公。公曰："我不逃死。然待我救罗汉，庶几复活。若决死者，缚我未晚也。"众从之。公默祝曰："我若贵，罗汉当苏。"乃举其尸，出

① [宋]苏轼著，张志烈、马德富、周裕锴主编：《苏轼全集校注·文集》，石家庄：河北人民出版社，2010年，第8163页。

② [宋]苏轼著，张志烈、马德富、周裕锴主编：《苏轼全集校注·文集》，石家庄：河北人民出版社，2010年，第8159页。

> 水数斗而活。其后人无知者。公薨，其子咨、咏护丧归葬西河，父老为言此。元祐元年十二月五日，与咏同馆北客，夜话及之。眉山苏轼记。[①]

而《永洛事》一篇则记载永洛之役中，宋军大败，多名将领殉国，小说选取李舜举、李稷临终遗书之细节，具见二人品格。李舜举将死，"以败纸半幅书其上云：'臣舜举死无所恨，但愿陛下勿轻此贼。'付一健黠者间走以闻。时李稷亦将死，书纸后云：'臣稷千苦万屈。'上为一恸。然以见二人之贤不肖也"[②]。

有宋一代，外患常有且内耗不断，朝中士大夫之间钩心斗角的纷争严重损害了宋王朝的政治肌体。苏轼在激烈纷杂的党争中深受其害，他的小说中记录了朝中达官贵人光鲜身份下的暗黑影像，相关篇目有《张士逊中孔道辅》《王钦若沮李世衡》《盛度责钱惟演诰词》《韩缜酷刑》等。其中以《张士逊中孔道辅》予人印象最深，其文如下：

> 孔道辅为御史中丞，勘冯士元事，尽法不阿。仁宗称之，有意大用。时大臣与士元通奸利，最甚者宰相程琳，道辅既得其情矣。而退傅张士逊不喜道辅，欲有以中之。上使道辅送札子中书，士逊屏人与语久，(时台官纳札子，犹得于宰相公厅后也。)因言公将大用，道辅喜。士逊云："公所以至此，谁之力也？非程公不致此。"道辅怅然，愧而德之。不数日上殿，遂力救琳。上大怒，既贬琳，亦黜道辅兖州。道辅知为士逊所卖，感愤得疾，死中路。元祐三年五月三日，闻之苏子容。[③]

苏公以不足二百字的笔墨，勾勒出一幅朝官乱象图：冯士元之不法，程琳与

---

① [宋]苏轼著，张志烈、马德富、周裕锴主编：《苏轼全集校注·文集》，石家庄：河北人民出版社，2010年，第7357—7358页。

② [宋]苏轼著，张志烈、马德富、周裕锴主编：《苏轼全集校注·文集》，石家庄：河北人民出版社，2010年，第8152—8153页。

③ [宋]苏轼著，张志烈、马德富、周裕锴主编：《苏轼全集校注·文集》，石家庄：河北人民出版社，2010年，第8173页。

冯士元通奸利；孔道辅为个人升迁，首鼠两端；而张士逊的老谋深算，给孔道辅“挖坑”之举，令人读之毛发生寒。诸多朝臣予人蛇鼠一窝之感。类似的感觉在阅读《韩缜酷刑》时也会出现。该文寥寥数语，移录如下：

> 韩缜为秦州，酷刑少恩，以贼杀不辜去官。秦人语曰：“宁逢乳虎，莫逢韩玉汝。”玉汝，缜字也。孙临最滑稽，尤善对。或问：“‘莫逢韩玉汝’当以何对？”应声曰：“可怕李金吾。”天下以为口实。[①]

诙谐滑稽的孙临将“莫逢韩玉汝”与“可怕李金吾”相对，从而把酷暴如哺乳之虎的酷吏刻写在历史的深深记忆中。阅苏轼的此类小说，《盛度责钱惟演诰词》亦予人深刻印象：

> 盛度，钱氏婿，而不喜惟演，盖邪正不相入也。惟演建言二后并配，中丞范讽发其奸，落平章事，以节度使知随州。时度年几七十，为知制诰，责词云：“三星之媾，多戚里之家；百两所迎，皆权要之子。”盖惟演之姑嫁刘氏，而其子娶于丁谓。人怪度老而笔力不衰，或曰：“度作此词久矣。”元祐三年十二月二十一日讲筵，上未出，立延和殿廷中。时轼方论周穜擅议宗庙事，苏子容因道此。[②]

盛度其人，因与钱惟演不睦，竟然不念亲情，处心积虑，借撰写钱惟演贬职诰词以吐郁积，挟私报复，“度作此词久矣”，语简义深，耐人寻味。

宋代的笔记小说创作文备众体，许多笔记小说的作者自觉地学习借鉴史传写人叙事之法，苏轼此类小小说，截取历史人物最能显露内在个性的生活片段，浓缩提炼，惜墨如金，不动声色却铭心椎骨。

---

① [宋]苏轼著，张志烈、马德富、周裕锴主编：《苏轼全集校注·文集》，石家庄：河北人民出版社，2010年，第8192页。

② [宋]苏轼著，张志烈、马德富、周裕锴主编：《苏轼全集校注·文集》，石家庄：河北人民出版社，2010年，第8188页。

研味东坡诗文，总能时时感受到浓厚的巴蜀情结，在其小小说中亦是如此。苏轼小说中《记郭震诗》《书蜀僧诗》《张永徽老健》《华阴老妪》诸作，或记游荡不羁却才识过人，熟知巴蜀舆情，能预知李顺动乱的奇人郭震。苏公对于郭震临终不乱之风范，大加称扬：

震将死，其友往问之，侧卧欹枕而言。其友曰："子且正身。"震笑曰："此行岂可复替名哉！"虽平生诙谐之余习，然亦足以见其临死而不乱也。①

《书蜀僧诗》则记载了一位不惧威权，食肉饮酒且能诗的村寺僧人，寥寥数语，形神兼具：

王中令既平蜀，捕逐余寇，与部队相远。饥甚，入一村寺中。主僧醉甚，箕踞，公怒，欲斩之。僧应对不惧，公奇而赦之。问求蔬食。僧对曰："有肉无蔬。"公益奇之。馈以蒸猪头，食之甚美。公喜，问僧："止能饮酒食肉耶，抑有他技也？"僧自言："能为诗。"公命赋蒸豚，操笔立成云："嘴长毛短浅含膘，久向山中食药苗。蒸处已将蕉叶裹，熟时兼用杏浆浇。红鲜雅称金盘饤，软熟真堪玉箸挑。若把毡根来比并，毡根自合吃藤条。"公大喜，与紫衣师号。元祐九年二月十三日，偶与公之玄孙讷道此，因记之。②

苏公晚年过岭，曾经有"何处山岭间无有道之士"之感叹，深爱故乡的苏轼，往往追怀家乡之奇人异事。其《张永徽老健》云：

蜀人张宗谔永徽，年六十七，须发不甚白，而精爽紧健，超逸涧谷，上下如飞，此必有所得。相逢数日，但饮酒啸歌而已，恨不款曲问其所行。方罢

① [宋]苏轼著，张志烈、马德富、周裕锴主编：《苏轼全集校注·文集》，石家庄：河北人民出版社，2010年，第7620页。

② [宋]苏轼著，张志烈、马德富、周裕锴主编：《苏轼全集校注·文集》，石家庄：河北人民出版社，2010年，第7689页。

官归阳翟，意思豁然，非世俗间人也。[①]

其《华阴老妪》则记载了乡人宋筹与孙抃进京赴考途中的异遇：

眉之彭山进士有宋筹者，与故参知政事孙抃梦得同赴举，至华阴，大雪，天未明，过华山。有牌堠云"毛女峰"者，见一老妪坐堠下，鬓如雪而无寒色。时道上未有行者，不知其所从来，雪中亦无足迹。与宋相去数百步，宋先过之，未怪其异，而莫之顾。独孙留连与语，有数百钱挂鞍，尽以予之。既追及宋，道其事。宋悔，复还求之，已无所见。是岁，孙第三人及第，而宋老死无成。此事，蜀人多知之者。[②]

积善之人，必有余庆。"此事，蜀人多知之者"，苏公未加褒贬而心念自明。人生如梦，面对变幻纷繁的人生，东坡不仅在诗词中书写梦幻人生的独特感受，也常常在小说中叙写梦里梦外似真似幻的情事。"余退而叹曰：到处被相公厮坏"[③]（《广利王召》）乃是借奇幻梦境感慨梦幻人生。《记子美八阵图诗》和《记授真一酒法》也是值得研味的记梦之作。

仆尝梦见一人，云是杜子美，谓仆："世多误解予诗。《八阵图》云：'江流石不转，遗恨失吞吴。'世人皆以谓先主、武侯欲与关羽复仇，故恨不能灭吴，非也。我意本谓吴、蜀唇齿之国，不当相图，晋之所以能取蜀者，以蜀有吞吴之意，此为恨耳。"此理甚近。然子美死近四百年，犹不忘诗，区区自明其意

① [宋]苏轼著，张志烈、马德富、周裕锴主编：《苏轼全集校注·文集》，石家庄：河北人民出版社，2010年，第8214页。

② [宋]苏轼著，张志烈、马德富、周裕锴主编：《苏轼全集校注·文集》，石家庄：河北人民出版社，2010年，第8267—8268页。

③ [宋]苏轼著，张志烈、马德富、周裕锴主编：《苏轼全集校注·文集》，石家庄：河北人民出版社，2010年，第8279页。

者,此真书生习气也。[①](《记子美八阵图诗》)

予在白鹤新居,邓道士忽叩门,时已三鼓,家人尽寝,月色如霜。其后有伟人,衣桄榔叶,手携斗酒,丰神英发如吕洞宾者,曰:"子尝真一酒乎?"三人就坐,各饮数杯,击节高歌,合江楼下,风振水涌,大鱼皆出。袖出一书授予,乃真一法及修养九事,末云九霞仙人李靖书。既别,恍然。[②](《记授真一酒法》)

前一篇,为了证实自己对杜甫《八阵图》诗句"江流石不转,遗恨失吞吴"的见解,他做了一个梦,梦中杜甫具道其诗要旨。后一篇,为神其所酿真一酒之神妙,他又做了一个梦。梦中丰神英发之伟人如吕洞宾者,"袖出一书授予,乃真一法及修养九事,末云九霞仙人李靖书"。恍兮惚兮,写梦如真。

人生做梦中梦,梦中见身外身。《梦弥勒殿》梦游西湖故地,梦中已知是梦,心有所想,夜有所梦。是为世人俱有的心理体验。读其《应梦罗汉》,是苏公有见在先,还是其有梦在先?见与梦合,欲辨忘言。《书仲殊琴梦》,其梦中琴破或有寄寓,乃其人到暮年,人生梦破之心理折射。无论读者意归何处,都会因其叙写苏公个人亲历而寻味再三。周裕锴先生在其大作《中国古代阐释学研究》中说苏轼:"有时,为了证明自己诠释的权威性,苏轼编造了一个故事。"[③]这些故事"创编""创造"就是东坡小说思维的发散创变,就是其传奇小说的创作过程。

对于苏轼的传奇小说创作,我们已关注有年。本文从四个方面对苏轼现存传奇作品进行了探研,我们认为苏轼传奇之作既具突出的个性特色,又回应融汇推进了宋代小说发展的新的趋势。要而言之,"在宋人心目中,史传与小说是可以互相阑入的",苏轼"以史传为传奇",主要表现在,以史传人事为触机,演绎创发,使文本再生;应和时代以人物传记入小说之趋势,撰写人物传记,为之传奇写

① [宋]苏轼著,张志烈、马德富、周裕锴主编:《苏轼全集校注·文集》,石家庄:河北人民出版社,2010年,第7525页。

② [宋]苏轼著,张志烈、马德富、周裕锴主编:《苏轼全集校注·文集》,石家庄:河北人民出版社,2010年,第8284页。

③ 周裕锴著:《中国古代阐释学研究》,上海:上海人民出版社,2003年,第257页。

照。“宋代传奇与志怪志人小说并无明确的区别界限。”苏轼“用传奇法而以志怪”，谈神说鬼，借鬼神指喻世情；记奇志怪，假果报警戒众生，对当时及后世的小说创作影响深远。苏轼的部分传奇之作，由于载记作者的亲见亲历故事，更见作者个性。其所撰写有关紫姑神诸篇，非仙非人，娱人娱己；其关涉亲人友朋诸作，亦仙亦人，寄予了深厚的亲旧之情。苏轼还有部分记人载事的短篇，类似于今天的“小小说”，这些篇章或实录当朝人物百态，褒贬自见；或笑谈人生亲历况味，滋味杂陈。嬉笑怒骂，皆成文章，为后人称扬仿效。

生在地上要上天，身为人类想成仙。即知虚妄，依然向往。对于未知领域的探求追寻，永远是文学艺术的魅力所在。全面深入研讨苏轼的小说创作，对于完整把握其创作体系、知识体系，进而探讨其思想体系，上溯时代思潮，均有助益。即就研讨其传奇小说而言，也为我们更加全面地认识了解苏轼的内心世界打开了一扇窗户。

非常之人,行非常之事,建非常之功

——《鹤林玉露》对于苏轼的认知与接受

罗大经《鹤林玉露》分甲、乙、丙三编,共十八卷。东坡是《鹤林玉露》评价的当朝人物中所占文字分量最重的一位。《鹤林玉露》涉及对东坡认知接受的五十则文字内容广泛,值得认真研味。但学界在相关研究论著中,对于罗大经的"东坡论",未有足够的重视,往往在著述中称引片言只语,至今少有专文论列。《苏轼资料汇编》亦仅收录二十四则。我们在反复研读罗氏颇具个性色彩的"东坡论"之后,撰写短文,略述浅见,以就教于同仁。

罗大经博极群书,关切现实,有经邦济世之志,于仕宦经历失意中对于现实人生有自己独到的理解,于是在评文论史中往往切中时弊,独抒己见。所以,在罗氏纵论古今、着眼于当代的评论体系中,寻绎其对东坡评论的聚焦点,会给我们不同的感受。全面研讨罗氏对于东坡的评论,对于深入研究东坡及其在南宋的接受影响颇有助益。

一、经纶不究于生前,议论常公于身后

罗大经生当宋室偏安江左,国家内忧外患、风雨飘摇之时,胸有家国情怀的罗大经对东坡的认知与批评多从大处着眼。东坡在有宋一代,经高宗、孝宗两朝的褒扬,其声名在朝野达到了一个高潮。

东坡一生八典方州,再入翰林,备极荣宠,但也遭谗被贬黄州惠州儋州,半生坎坷。其备极哀荣之时在宋室南渡,朝野追惟王室衰亡之因,褒忠黜奸以凝心聚

力。最高统治者对苏轼人格精神，功业建树，“一代之文章”给予全面褒奖。所谓“经纶不究于生前，议论常公于身后”[①]（赵构《苏文忠公赠太师制》），所谓“忠言谠论，立朝大节，一时廷臣，无出其右。负其豪气，志在行其所学。放浪岭海，文不少衰。……有感于中，一寓之于文。雄视百代，自作一家，浑涵光芒，至是而大成矣”[②]（《御制文集序》）。以至于“人传元祐之学，家有眉山之书”。《鹤林玉露》的相关记载，既是实录，也有其对坡公的崇仰，亦有家庭父辈的影响，周益公谓先君曰：“寿皇每称东坡，唯曰子瞻而不名，其钦重如此。”[③]正是在这样的文化背景下，罗大经对其尊仰的东坡做了较为全面的评论。

在罗大经心目中，朝廷对于苏轼的肯定与赞赏只是东坡盛誉满当朝的一个方面，而普通民众对于东坡的钦仰追思也是东坡垂范后世的不容忽视的另一个方面，所谓“公道自在人心”。其《来苏渡》曰：

> 修水深山间有小溪，其渡曰“来苏”。盖子由贬高安监酒时，东坡来访之，经过此渡，乡人以为荣，故名以“来苏”。呜呼！当时小人媒蘖摧挫，欲置之死地，而其所经过之地，溪翁野叟亦以为光华，人心是非之公，其不可泯如此！所谓“石压笋斜出”者是也。[④]（《鹤林玉露》乙编卷四）

追寻历史记忆的深微之处，东坡之精神风范深深植根在世道人心。东坡一生深识周孔之心，主张以仁义治天下。罗大经曾积极用世，关切民生，《鹤林玉露》的“东坡论”重在其政见政略，且颇有见地地指出晚年海外东坡思考其政治人生所显示的“海外论”深识“周孔之心”——“东坡《海外论》可谓深识周、孔之心矣”[⑤]（《鹤林玉露》乙编卷五《汤武》）。所谓“周孔之心”即“周孔之道”，亦即“儒者之学”，其核心主张是以仁义治天下。周公作为周王朝创始时期卓越的政治家、

① 四川大学中文系唐宋文学研究室编：《苏轼资料汇编》，北京：中华书局，1994年，第610页。
② 四川大学中文系唐宋文学研究室编：《苏轼资料汇编》，北京：中华书局，1994年，第610页。
③ [宋]罗大经撰：《鹤林玉露》，《宋元笔记小说大观》，上海：上海古籍出版社，2001年，第5238页。
④ [宋]罗大经撰：《鹤林玉露》，《宋元笔记小说大观》，上海：上海古籍出版社，2001年，第5284页。
⑤ [宋]罗大经撰：《鹤林玉露》，《宋元笔记小说大观》，上海：上海古籍出版社，2001年，第5299页。

思想家、军事家、教育家，治理国家，创制礼乐，是华夏文明的创建者，是儒家的先驱。孔子继述周公，用《礼记·中庸》中的话来说，就是："仲尼祖述尧舜，宪章文武。"(《礼记·中庸》)孔子自己也明确地说："周监于二代，郁郁乎文哉！吾从周。"(《论语·八佾》)至孟子始周、孔并列，"陈良，楚产也。悦周公仲尼之道，北学于中国"(《孟子·滕文公上》)。至《淮南子》则谓周孔之道为"儒者之学"："孔子修成、康之道，述周公之训，以教七十子，使服其衣冠，修其篇籍，故儒者之学生焉。"(《淮南子·要略》)

东坡之"海外论"见于《志林》，海外史论是《志林》的重要内容之一。据苏轼北归时给郑靖老之书信云："《志林》竟未成，但草得《书传》十三卷。"[①]曾枣庄先生在《东坡志林叙录》中指出："后人所编《志林》十三篇，全为史论，或与此有关。邵博《邵氏闻见后录》卷一四就有记载说：'苏叔党为叶少蕴言："东坡先生初欲作《志林》百篇，才就十三篇而生病。"惜哉！先生胸中尚有伟于"武王非圣人"之论者乎？'"[②]《志林》所载之"海外论"的内容前贤今哲所见不一，今从曾枣庄先生之说。东坡"海外论"较为集中地表现了苏轼晚年儒家的正统思想，与之对应的是，东坡在海外完成了《苏氏易传》《东坡书传》《春秋集解》《论语说》，并自我宽解道："抚视《易》、《书》、《论语》三书，即觉此生不虚过……其他何足道。"[③](《答苏伯固》四首之三)可以从另一个角度了解周孔之道在晚年东坡心目中的地位。

"仁政"是儒家思想的核心，"周孔之心"即仁政。苏轼对于周孔之道的仁义之心是有自己独到见解的。在东坡的心目中，孔子是一位圣人。他盛赞孔子以礼治国，"孔子之圣，见于行事，至此为无疑也"[④](《论孔子》)。也正是从周孔以仁义之心治天下的角度讲，他认为"武王非圣人"，因为"武王亲以黄钺诛纣，使武庚

---

①[宋]苏轼著，曾枣庄、马德富、周裕锴主编：《苏轼全集校注·文集》，石家庄：河北人民出版社，2010年，第6193页。

②[宋]苏洵等著，曾枣庄、舒大刚主编：《三苏全书》第五册，北京：中国语文出版社，2001年，第75页。

③[宋]苏轼著，曾枣庄、马德富、周裕锴主编：《苏轼全集校注·文集》，石家庄：河北人民出版社，2010年，第6364页。

④[宋]苏轼著，曾枣庄、马德富、周裕锴主编：《苏轼全集校注·文集》，石家庄：河北人民出版社，2010年，第496—497页。

受封而不叛，岂复人也哉？故武庚之必叛”[①]（《东坡志林》卷五《武王非圣人》）。苏轼的圣人标准就是孔孟的仁义礼智，由此出发，他力倡仁政，反对暴政。其谓："周公曰：'平易近民，民必归之。'孔子曰：'有一言而可以终身行之，其恕矣乎！'夫以忠恕为心，而以平易为政，而上易知而下易达。"[②]（《东坡志林》卷五《赵高李斯》）在《七德八戒》篇中，他对于管仲辅佐齐桓公成就霸业给予了高度肯定："大哉！管仲之相齐桓也。"并引孔子之语盛赞："桓公九合诸侯，不以兵车，管仲之力也。如其仁，如其仁。"[③]（《东坡志林》》卷五《七德八戒》）而对于汉景帝杀周亚夫、曹操杀孔融、晋文帝杀嵇康、晋景帝杀夏侯玄、宋明帝杀王彧、齐后主杀斛律光、唐太宗杀李君羡、武后杀裴炎之嗜杀之举给予谴责。并发出以病喻政之高论：

> 吾以谓为天下如养生，忧国备乱如服药。养生者，不过慎起居饮食、节声色而已。节慎在未病之前，而服药在已病之后。今吾忧寒疾而先服乌喙，忧热疾而先服甘遂，则病未作而药已杀人矣。彼八人者，皆未病而服药者也。[④]

联系苏轼应试之妙文《省试刑赏忠厚之至论》，阐明了他一生所遵循的宽严相济、仁政治国的思想。其《宋襄公论》更明确指出，所谓仁政，则要名实相副，不能假仁假义、欺世盗名："宋襄公非独行仁义而不终者也，以不仁之资，盗仁者之名尔。"[⑤]综观苏轼的政治思想，可以说是既典型地体现了宋代三教并用、以儒为主的时代特色，又具有鲜明的个性特色。罗大经认为苏轼的"海外论"体现了他一生研味儒学，总结历史经验，又切合自己一生丰富的生活体验，故而"深识周孔之心"，其论颇有见地。从苏轼相关论著和他的仕宦经历看，他不仅重视周孔之

---

① [宋]苏轼等著，曾枣庄、舒大刚主编：《三苏全书》第五册，北京：中国语文出版社，2001年，第168页。

② [宋]苏轼等著，曾枣庄、舒大刚主编：《三苏全书》第五册，北京：中国语文出版社，2001年，第181页。

③ [宋]苏轼等著，曾枣庄、舒大刚主编：《三苏全书》第五册，北京：中国语文出版社，2001年，第184页。

④ [宋]苏轼著，曾枣庄、马德富、周裕锴主编：《苏轼全集校注·文集》，石家庄：河北人民出版社，2010年，第487页。

⑤ [宋]苏轼著，曾枣庄、马德富、周裕锴主编：《苏轼全集校注·文集》，石家庄：河北人民出版社，2010年，第275页。

哲思睿语，更重其施政效用，所谓“孔子之圣见于行事”者也。所以，其论古圣先贤重其政见政略，更重其政干政绩。周孔之心在于仁溥天下，苏轼之论伊尹、周公、管仲、孔子、诸葛亮莫不着眼于此。

天下之事成于大度之君子，败于寒陋之小人。如何在政干政绩、为人行事上体现“周孔之道”，从罗大经在论说其社会认知时引述苏轼的经典话语，我们可以知道苏轼不仅知“周孔之心”，且重在现实行政中行周孔之事，行周孔之仁政，去小人之弊政。他注重为政养廉，为人节俭，廉则生仁，俭以养德。罗大经在《廉贾》篇中以商喻政，提出了一个政、商相通的话题，很有意味。其说谓：“《史·货殖传》曰：‘贪贾三之，廉贾五之。’夫贪贾所得宜多，而反少，廉贾所得宜少，而反多，何也？廉贾知取予，贪贾知取而不知予也。夫以予为取，则其获利也大。”廉贾如此，廉政亦如是。“汉高帝捐四万斤金与陈平，不问其出入；裂数千里地封韩、彭，无爱惜心，遂能灭项氏，有天下。刘晏造船，合费五百缗者，给千缗，使吏胥、工匠皆有赢余，由是舟船坚好，漕运无亏，足以佐唐之中兴。是皆得廉贾之术者也。”而终以苏轼经典话语作结：“天下之事，成于大度之士，而败于寒陋之小人。”[①]（《廉贾》）苏轼之语，出自其《论纲梢欠折利害状》，在叙说墨吏刻薄下民，贪残误国之害后，直言论政：

> 臣以此知天下之大计，未尝不成于大度之士，而败于寒陋之小人也。国家财用大事，安危所出，愿常不与寒陋小人谋之，则可以经久不败矣。[②]

苏轼为政，一生力倡廉政，其《六事廉为本赋》中认为：《周礼》以“廉”统帅善、能、敬、正、法、辨“六事”，“事有六者，本归一焉。各以廉而为首，盖尚德以求全”。“举其要兮，廉一贯之”，是“先圣之贵廉也如此”[③]的鲜明体现，说明了廉政在

---

① [宋]罗大经撰：《鹤林玉露》，《宋元笔记小说大观》，上海：上海古籍出版社，2001年，第5222页。

② [宋]苏轼著，曾枣庄、马德富、周裕锴主编：《苏轼全集校注·文集》，石家庄：河北人民出版社，2010年，第3493页。

③ [宋]苏轼著，曾枣庄、马德富、周裕锴主编：《苏轼全集校注·文集》，石家庄：河北人民出版社，2010年，第131页。

现实政治中的重要性。他援据古今，认为天下之事，成于大度之君子，而败于寒陋之小人。大度之君子，其所识者大，大度、大量、大气，以国事民生为重；而寒陋之小人，所见者狭，所识者小，局促猥琐，锱铢必较，睚眦必报，坏国事，败政事，隳家事，难成事。

正由于此，东坡论政倡扬君子人格以行仁政，治国理政，仁义为先，治国、治家、为人，应与人分利，不应与民争利，更不能处心积虑，残民以逞。苏公晚年论史，曾慨然指责“司马迁二大错”！错在何处？苏轼认为：“吾尝以为迁有大罪二，其先黄、老，后《六经》，退处士，进奸雄。”但这个过错“盖其小小者耳”，其大错尤其在于“论商鞅、桑弘羊之功”。东坡认为：

> 秦之所以富强者，孝公敦本力穑之效，非鞅流血刻骨之功也。而秦之所以见疾于民，如豺虎毒药，一夫作难而子孙无遗种，则鞅实使之。至于桑弘羊，斗筲之才，穿窬之智，无足言者。而迁之言曰：“不加赋而上用足。”善乎！司马光之言也。曰：“天下安有此理？天地所生财货百物，止有此数，不在民则在官。譬如雨泽，夏涝则秋旱。不加赋而上用足，不过设法阴夺民利，其害甚于加赋也。”①

甚至认为：

> 二子之名在天下者，如蛆蝇粪秽也，言之则污口舌，书之则污简牍。二子之术，用于世者，灭国残民，覆族亡躯者相踵也。而世主独甘心焉。何哉？乐其言之便己也。夫尧、舜、禹，世主之父师也；谏臣弼士，世主之药石也；恭敬慈俭，勤劳忧畏，世主之绳约也。今使世主日临父师而亲药石，履绳约，非其所乐也。故为商鞅、桑弘羊之术者，必先鄙尧笑舜而陋禹也。曰：

---

① [宋]苏轼著，曾枣庄、马德富、周裕锴主编：《苏轼全集校注·文集》，石家庄：河北人民出版社，2010年，第516页。

“所谓贤主者，专以天下适己而已。此世主之所以人人甘心而不悟也。[①]

治理天下，用错人犹如服错药。东坡以医喻政，指出商鞅、桑弘羊之术贻害天下，终至于“破国亡宗”：“世有食钟乳、乌喙而纵酒色以求长年者，盖始于何晏。晏少而富贵，故服寒食散以济其欲，无足怪者。彼之所为，足以杀身灭族者，日相继也，得死于寒食散。岂不幸哉？而吾独何为效之？世之服寒食散疽背呕血者相踵也，用商鞅、桑弘羊之术破国亡宗者皆是也。然而终不悟者，乐其言之美便，而忘其祸之惨烈也。”

东坡晚年的“海外论”多有为而作，在其激烈言辞中隐约可以品味出他对当朝政治的批评。为家国久安之计，执政者要在识才用人，“为政者，能容天下之君子，能识身边之小人，适可矣！”怎样识别君子小人？为人清廉俭约乃是根本。罗大经在《俭约》篇列举了东坡、李若谷、张无垢、仇泰然以俭约自律的故事，用以阐述节俭可以“养德”“养寿”“养神”“养气”的观点：

余尝谓节俭之益非止一端，大凡贪淫之过，未有不生于奢侈者，俭则不贪不淫，是可以养德也。人之受用自有剂量，省啬淡薄，有久长之理，是可以养寿也。醉酞饱鲜，昏入神志，若疏食菜羹，则肠胃清虚，无滓无秽，是可以养神也。奢则妄取苟求，志气卑辱，一从俭约，则于人无求，于己无愧，是可以养气也。故老氏以为一宝。[②]（《俭约》）

罗氏在该文中突出了东坡在贬谪黄州期间痛自节俭以应对艰难岁月的做法：东坡谪齐安，日用不过百五十。每月朔，取钱四千五百，断为三十块，挂屋梁上，平旦用画叉挑取一块，即藏去。又以竹筒贮用不尽者，以待宾客。云：“此贾耘老法也。”又与李公择书云：“口腹之欲，何穷之有！每加节俭，亦是惜福延寿之

① [宋]苏轼著，曾枣庄、马德富、周裕锴主编：《苏轼全集校注·文集》，石家庄：河北人民出版社，2010年，第516—517页。

② [宋]罗大经撰：《鹤林玉露》，《宋元笔记小说大观》，上海：上海古籍出版社，2001年，第5295页。

道。"(《俭约》)但对比相关文献,可以发现,罗氏之言来自东坡夫子自道,其相关观点亦与东坡有关,而且在罗氏之前,东坡的节俭风范已为宋人效仿赞誉。诸如苏过、赵令畤、叶梦得等。苏过在《送仲豫兄赴官武昌叙》中说:"先君历清华、典方面,既贵矣。然窃观其退居于家,藐然陋巷,布衣粝食,寒士有所不能堪,而先君安焉。"(《斜川集》)赵令畤在《侯鲭录》中亦曰:

东坡在黄州,尝书云:东坡居士自今日已往,早晚饮食,不过一爵一肉;有尊客盛馔,则三;不可损,不可增。有召我者,愿以此告之主人,不从而过是,乃止。一曰安分以养福,二曰宽胃以养气,三曰省费以养财。①

叶梦得《避暑录话》对此有两处记载:

司马文正公在洛下,与诸故老时游集。相约酒行、果实、食品皆不得过五,谓之"真率会",尝见于诗。子瞻在黄州,与邻里往还。子瞻既绝俸,而往还者亦多贫,复杀而为三,自言有三养,曰:"安分以养福,宽胃以养气,省费以养财。"②

今余所居,常过我者许干誉,此外即邻之三朱。城中亲旧,与过客之道境上特肯远来者,至累月无一二。然山居馔具不时得,吾又不能多饮,乃兼取二者而参行之,戏以语客曰:"古者待宾客之礼,有燕有享,而享其杀也,施之各有宜。今邂逅而集者,用子瞻以当享;非时而特会者,用温公以当燕。"遇所当用,必先举以告客,虽无不笑,然亦莫吾夺也。③

赵与畤、叶梦得、罗大经等人对于苏轼俭约生活的记载,并关注到个人生活的俭约与道德修为的关系,东坡自称节俭"亦是惜福延寿之道",可以"安分以养

① 颜中其编注:《苏东坡轶事汇编》,长沙:岳麓书社,1984年,第72页。
② 四川大学中文系唐宋文学研究室编:《苏轼资料汇编》,北京:中华书局,1994年,第242页。
③ 四川大学中文系唐宋文学研究室编:《苏轼资料汇编》,北京:中华书局,1994年,第242页。

福，宽胃以养气，省费以养财”。而罗氏所谓“俭约”相对于奢侈，“奢则妄取苟求，志气卑辱，一从俭约，则于人无求，于己无愧，是可以养气也。故老氏以为一宝”。亦可从东坡道德节操的追求践行中追索，所谓“一点浩然气，千里快哉风”！所谓“拣尽寒枝不肯栖，寂寞沙洲冷”！东坡涵养之“与人无求，于己无愧”的浩然正气，亦即所谓“周孔之心”。

罗大经立足南宋末世，对于前贤之认知评判是颇有见地的。其以是否节俭为判断廉洁之士的载记亦颇有意趣，其说谓：

> 仇泰然守四明，与一幕官极相得。一日，问及公家日用多少，对以“十口之家，日用一千”。泰然曰：“何用许多钱？”曰：“早具少肉，晚菜羹。”泰然惊曰：“某为太守，居常不敢食肉，只是吃菜；公为小官，乃敢食肉，定非廉士。”自尔见疏。[①]（《俭约》）

为政者在现实生活中用人亦要识人，所用之人不仅廉洁而且应有才具。吏廉与吏能相辅相成，廉以养德，士大夫砥砺德操，不仅要个人矢志笃行，更不能启朝野奢靡享乐之心。罗大经《建茶》一篇可谓深知东坡绍圣二年撰写《荔枝叹》之深意。罗氏简要介绍了建茶的发展：“陆羽《茶经》，裴汶《茶述》，皆不载建品。唐末，然后北苑出焉。本朝开宝间，始命造龙团，以别庶品。厥后丁晋公漕闽，乃载之《茶录》。蔡忠惠又造小龙团以进。”继之引述东坡《荔枝叹》诗句加以发挥，东坡诗云：“武夷溪边粟粒芽，前丁后蔡相笼加。吾君所乏岂此物，致养口体何陋耶！”“茶之为物，涤昏雪滞，于务学勤政未必无助。其与进荔枝、桃花者不同，然充类至义，则亦宦官、宫妾之爱君也。忠惠直道高名，与范、欧相亚，而进茶一事乃侪晋公。君子之举措，可不谨哉！”[②]（《建茶》）

东坡的《荔枝叹》“以议论为诗”，作者在诗中以诗议政、论人，对于当朝权贵贡茶贡花以争幸邀宠的卑劣行径大加挞伐，申述了“风调雨顺”“民不饥寒”的仁

① [宋]罗大经撰：《鹤林玉露》，《宋元笔记小说大观》，上海：上海古籍出版社，2001年，第5295页。
② [宋]罗大经撰：《鹤林玉露》，《宋元笔记小说大观》，上海：上海古籍出版社，2001年，第5189页。

政理想。廉生仁，俭养德，士大夫应有道德操守之底线，宜谨小节。罗氏由苏轼所严责的丁谓、蔡襄之行为，指斥其作为“则亦宦官、官妾之爱君也”。并有感于“直道高名”的蔡襄，因进茶一事，至与丁谓并列，慨叹“君子之举措，可不谨哉”！仁人君子应大变处大事，应具大谋略大手段。就志士仁人道德节操之修为而言，不仅“宜谨小节”，更应识大体，“大凡应大变处大事，须是静定凝重”，能忍小忿而成大谋。罗大经在《静重》中举周公、汉武帝、韩琦、司马光为例，其论司马光之“有大力量”[①]，傅钦之、苏子瞻之劝诫为衬跌（《静重》）；其于《忍事》篇论“包羞忍耻是男儿”，特举“东坡论子房，颍滨论刘、项，专说一‘忍’字”[②]为据。苏轼《留侯论》一变《史记》圯桥传书的神话描写为圯桥传书的传奇故事，以秦汉间奇人诲引张良忍小忿而成大谋。（《忍事》）

从《忍事》《静重》诸篇我们可以探知罗大经在通过总结东坡等前贤论述以探求古圣先贤、志士仁人应具之胸襟气度，在《诸葛武侯》篇中他将诸葛武侯与伊尹相提并论，认为“后世唯诸葛武侯有伊尹风味”，具有“立大节”“办大事”之志量。其志量之大，正如东坡所论：

> 东坡论之曰：“办天下之大事者，有天下之大节者也。立天下之大节者，狭天下者也。夫以天下之大，而不足以动其心，则天下之大节有不足立，而大事有不足办者矣。”此论甚当。[③]

综合罗氏相关论述，可知罗大经对于东坡所论政见政略、道德文章知之甚深。他不仅重视东坡之“海外论”，而且对于东坡“一出世时，直写志概之作”已然熟识在胸。罗大经所引东坡高论出自《伊尹论》，其《诸葛武侯》开篇即曰：“伊尹，禄之以天下，不顾也；系马千驷，弗受也。天下信之久矣，故事汤、事桀，废辟复辟，不惟天下不以为疑，而桀与太甲亦无一毫疑忌之心。”[④]（《鹤林玉露》乙编卷五

① [宋]罗大经撰：《鹤林玉露》，《宋元笔记小说大观》，上海：上海古籍出版社，2001年，第5239页。
② [宋]罗大经撰：《鹤林玉露》，《宋元笔记小说大观》，上海：上海古籍出版社，2001年，第5187页。
③ [宋]罗大经撰：《鹤林玉露》，《宋元笔记小说大观》，上海：上海古籍出版社，2001年，第5292页。
④ [宋]罗大经撰：《鹤林玉露》，《宋元笔记小说大观》，上海：上海古籍出版社，2001年，第5291—5292页。

《诸葛武侯》）旨在以伊尹之贤衬诸葛之能。然其所言亦与东坡所论为近，东坡《伊尹论》引孟子之言曰：

> 孟子曰："伊尹耕于有莘之野。非其道也，非其义也，虽禄之天下，弗受也。"夫天下不能动其心，是故其才全。以其全才而制天下，是故临大事而不乱。古之君子，必有高世之行，非苟求为异而已。卿相之位，千金之富，有所不屑，将以自广其心，使穷达利害不能为之芥蒂，以全其才，而欲有所为耳。[①]

其论及伊尹之贤能亦曰：

> 夫太甲之废，天下未尝有是，而伊尹始行之，天下不以为惊。以臣放君，天下不以为僭；既放而复立之，太甲不以为专。何则？其素所不屑者，足以取信于天下也。彼其视天下渺然不足以动其心，而岂忍以废放其君求利也哉！[②]

略加比较，可见罗氏之论，源自东坡。至其文末之言谓："后之君子，争一阶半级，虽杀人亦为之。自少至老，贪荣嗜利如飞蛾之赴烛，蜗牛之升壁，青蝇之逐臭，而曰我能立大节，办大事，其谁能信之！"亦可窥见东坡议论的影响，《河南邵氏闻见录》载东坡自黄移汝，与王安石相会于金陵，晤谈甚欢云云，"介甫又曰：'人须是行一不义，杀一不辜，得天下不为乃可。'子瞻戏曰：'今之君子，争减半年磨勘，虽杀人亦为之。'介甫笑而不言"[③]。由罗大经《诸葛武侯》比照东坡之《伊尹论》诸作，罗氏和东坡同样志在经论天下，故其评论先贤，对于政治家的期许，要

① [宋]苏轼著，曾枣庄、马德富、周裕锴主编：《苏轼全集校注·文集》，石家庄：河北人民出版社，2010年，第296—297页。

② [宋]苏轼著，曾枣庄、马德富、周裕锴主编：《苏轼全集校注·文集》，石家庄：河北人民出版社，2010年，第297页。

③ 颜中其编注：《苏东坡轶事汇编》，长沙：岳麓书社，1984年，第94页。

在“立大节，办大事”。有天下之大节，有办天下之大事之志量，则天下大事不足办。胸有天下，光明磊落，既知天下，天下亦知之，这是苏轼对政治家的期许评价。狭天下，薄富贵。心事暴白，上下取信，故能卓然而立，流誉后世。罗氏之论东坡，从大处着眼者多有，然以是为著。

罗大经评论东坡从大处着眼，还注意到正言说论与为人行事之家往往存在错位。罗氏在《论事任事》篇盛赞韩琦、范仲淹之盛德雅量：

> 范公当国不久，韩公当国时，最被司马温公激恼；然韩公包容听受，无几微见于颜面。常朝一不押班，王陶至便指为跋扈，而公亦无愠色。盖已为侍从台谏，则能攻宰相之失；已为宰相，则能受侍从台谏之攻。此正无意无我、人己一视之道，实贤人君子之盛德，亦国家之美事也。岂有己则能攻人，而人则不欲其攻己哉！谚云：“吃拳何似打拳时。”此言虽鄙，实为至论。[①]

继之祖叶适之说，认为欧公议论行事则不免有瑕：

> 惟欧阳公为谏官侍从时，最号敢言。及为执政，主濮园称亲之议，诸君子哗然起而攻之，而欧阳公乃不能受人之攻，执之愈坚，辩之愈激，此则欧公之过也。公自著《濮议》两篇，其间有曰：“一时台谏谓因言得罪，犹足取美名，是时圣德恭俭，举动无差。两府大臣亦各无大过，未有事可以去者，惟濮议未定，乃曰此好题目，所谓奇货不可失也，于是相与力言。”欧公此论却欠反思。若如此，则前此已为谏官侍从时，每事争辩，岂亦是贪美名、求奇货、寻好题目耶！[②]

朝廷广开言路，是为了集思广益，举贤任能，防微杜渐，褒忠黜奸，以求宋王朝天下太平，长治久安。对于朝廷广开言路、防微杜渐之深意，罗氏引述苏轼《上

① [宋]罗大经撰：《鹤林玉露》，《宋元笔记小说大观》，上海：上海古籍出版社，2001年，第5328页。
② [宋]罗大经撰：《鹤林玉露》，《宋元笔记小说大观》，上海：上海古籍出版社，2001年，第5328页。

神宗皇帝书》数言以为论:“东坡所谓奸臣之始,以台谏折之而有余,及其既成,以干戈取之而不足,则台谏侍从之敢言,乃国势之所恃以重也,岂反因此而势轻哉?”罗氏因所论旨趣侧重与东坡不同,所以仅仅撷取数语,在《上神宗皇帝书》中,苏轼论“圣人方盛而虑衰,常先立法以救弊”,防微杜渐的“过防之至计”,有透辟之论:

历观秦、汉以及五代,谏诤而死,盖数百人。而自建隆以来,未尝罪一言者,纵有薄责,旋即超升。许以风闻,而无官长;风采所系,不问尊卑。言及乘舆,则天子改容;事关廊庙,则宰相待罪。故仁宗之世,议者讥宰相但奉行台谏风旨而已。圣人深意,流俗岂知?台谏固未必皆贤,所言亦未必皆是,然须养其锐气而借之重权者,岂徒然哉?将以折奸臣之萌,而救内重之弊也。

夫奸臣之始,以台谏折之而有余,及其既成,以干戈取之而不足。今法令严密,朝廷清明,所谓奸臣,万无此理。然而养猫以去鼠,不可以无鼠而养不捕之猫。畜狗以防奸,不可以无奸而畜不吠之狗。陛下得不上念祖宗设此官之意,下为子孙立万一之防,朝廷纪纲,孰大于此?①

罗大经似乎特别看重东坡这篇《上神宗皇帝书》,他在《猫犬》篇中又引用东坡之语加以论列:

东坡云:“养猫以捕鼠,不可以无鼠而养不捕之猫;畜犬以防奸,不可以无奸而蓄不吠之犬。”余谓不捕犹可也,不捕鼠而捕鸡则甚矣;不吠犹可也,不吠盗而吠主则甚矣。疾视正人,必欲尽击去之,非捕鸡乎?委心权要,使天子孤立,非吠主乎?②

① [宋]苏轼著,曾枣庄、马德富、周裕锴主编:《苏轼全集校注·文集》,石家庄:河北人民出版社,2010年,第2885页。

② [宋]罗大经撰:《鹤林玉露》,《宋元笔记小说大观》,上海:上海古籍出版社,2001年,第5364页。

东坡之《上神宗皇帝书》具有批评王安石变法之针对性，针对朝廷御史谏官制度，东坡希望相关部门的官员厉行职责，对于朝政变革、行政决策切实行使批评监督权责，从而使执政者兼听广视，避免偏听偏信。至于北宋王朝历经仁宗、神宗、哲宗三朝，由盛而衰，朝中政治生态恶化，新旧党争由政见纷争趋向意气之争，以至于金兵压境，终至覆灭。这是东坡不可预知，也不愿看到的。而罗大经撰述之时，亦值庆元党争之后，南宋王朝经过南渡之初所谓的中兴之后，江河日下，朝政日非，“士大夫无耻”竟成为社会痼疾，于是猫不捕鼠而捕鸡，犬不吠盗而吠主的怪相纷出，由是之故罗大经借东坡之论为有激之言。颇有意味的是，罗大经所论还涉及诗家之论事之诗与任事之能。其《李杜》篇曰：

> 李太白当王室多难、海宇横溃之日，作为歌诗，不过豪侠使气，狂醉于花月之间耳。社稷苍生曾不系其心胸，其视杜少陵之忧国忧民，岂可同年语哉！唐人每以“李杜”并称，韩退之识见高迈，亦惟曰：“李杜文章在，光焰万丈长。”无所优劣也。至本朝诸公，始至推尊少陵。东坡云：“古今诗人多矣，而惟以杜子美为首。岂非以其饥寒流落，而一饭未尝忘君也与？”又曰：“《北征》诗识君臣大体，忠义之气，与秋色争高，可贵也。”朱文公云：“李白见永王璘反，便从臾之，诗人没头脑至于如此。杜子美以稷、契自许，未知做得与否，然子美却高，其救房琯亦正。”①

李杜诗品之比较研究前人有经典之论，此不赘述，宋人尊杜抑李也是事实。罗大经引朱熹之论以实其扬杜抑李之说，也正是批评史上李白遭诟病的“痛点”。但对照东坡评判李杜的词句，我们发现罗氏之言与东坡之论同异之间颇有意趣。苏轼在《李太白碑阴记》中引述时人对李白的“差评”：“李太白，狂士也，又尝失节于永王璘。此岂济世之人哉？而毕文简公以王佐期之，不亦过乎？”并为之辩白曰：“士固有大言而无实，虚名不适于用者，然不可以此料天下士。士以气

① ［宋］罗大经撰：《鹤林玉露》，《宋元笔记小说大观》，上海：上海古籍出版社，2001年，第5381页。

为主。方高力士用事,公卿大夫争事之,而太白使脱靴殿上,固已气盖天下矣。使之得志,必不肯附权幸以取容,其肯从君于昏乎?”甚且认为“太白之从永王璘,当由迫胁”![①]李白在东坡心目中乃是“戏万乘若僚友,视俦列如草芥。雄节迈论,高气盖世”的一代奇杰。东坡之论李白与朱熹、罗大经异趣。

再联系所引朱熹对杜甫的批评——“杜子美以稷、契自许,未知做得与否,然子美却高,其救房琯亦正。”给予我们两点认识,评价前代诗人,我们不仅要论其诗作高下,而且要论其在历史、人生的关键节点上个人的才具识见与作为。有意思的是罗大经所引朱熹之语意,东坡亦有言及:

> 子美自比稷与契,人未必许也。然其诗云:“舜举十六相,身尊道益高。秦时用商鞅,法令如牛毛。”此自是契、稷辈人口中语也。又云:“知名未足称,局促商山芝。”又云:“王侯与蝼蚁,同尽随丘墟。原闻第一义,回向心地初。”乃知子美诗外别有事在也。[②](《评子美诗》)

有稷、契之志,未必能任稷、契之事,建稷、契之功。政治史与诗歌史虽有交叉互渗,毕竟殊途,罕有全才得而兼之。我们对于古人不能求全责备。于是,古往今来,人们赞美称扬在历史转折发展的关键节点,在现实纷繁复杂的情势面前,如何举重若轻,化解危机,创变时势的前圣古贤。罗大经在《举事轻捷》篇中,提出了一个经纶天下,谋定而行,上下相应,举事轻捷的策略。罗大经认为“大凡举事轻捷则易成,繁重则难济”。并列举楚庄公借口宋人杀害使者申舟,投袂而起,出兵攻宋和澶渊之役寇准与高琼谋定于前,宋真宗御驾亲征两例史事以说明“大抵易简则轻捷,繁难则重滞”[③]的道理(《举事轻捷》)。有意趣的是,罗氏论说引用了东坡之妙语。东坡云:“千钧之牛,制于三尺之童子。弭耳而下之,曾不如狙猿之奋掷于山林。”这段话出自东坡《策断》,他针对当时北宋与戎狄的战局,坚

① [宋]苏轼著,曾枣庄、马德富、周裕锴主编:《苏轼全集校注·文集》,石家庄:河北人民出版社,2010年,第1092页。

② [宋]苏轼著,屠友祥校注:《东坡题跋校注》,上海:上海远东出版社,2011年,第90页。

③ [宋]罗大经撰:《鹤林玉露》,《宋元笔记小说大观》,上海:上海古籍出版社,2001年,第5366页。

持采取主战方略，明确指出宋王朝要壮大自己，要“争先以处强”，掌握和战的主动权，要牵住戎狄的“牛鼻子”。苏轼指出宋与西戎、北狄对峙，宋军常常被动的原因在于宋没有掌握和战的主动权，戎狄“非能常战也，特持其常战之形，以乘吾欲和之势，屡用而屡得志，是以中国之大，而权不在焉”。至于如何把握和战的主动权，主动与被动之利害，东坡论之甚悉，以为：

> 且夫兵不素定，而出于一时，当其危疑扰攘之间，而吾不能自必，则权在敌国。权在敌国，则吾欲战不能，欲休不可。进不能战，而退不能休，则其计将出于求和。求和而自我，则其所以为媾者必重。军旅之后，而继之以重媾，则国用不足。国用不足，则加赋于民。加赋而不已，则凡暴取豪夺之法，不得不施于今之世矣。天下一动，变生无方，国之大忧，将必在此。

由是之故，富国强兵，加强战备，牢牢把握和战主动权，其论要言不烦，符合现实，切于实用：

> 盖尝闻之，用兵有权，权之所在，其国乃胜。是故国无小大，兵无强弱，有小国弱兵而见畏于天下者，权在焉耳。千钧之牛，制于三尺之童，弭耳而下之，曾不如狙猿之奋掷于山林。此其故何也？权在人也。我欲则战，不欲则守。战则天下莫能支，守则天下莫能窥。

为了增强说服力，苏轼举宝元、庆历之间河西之役宋人之未掌握和、战主动权之处处被动作为实证：

> 向者宝元、庆历之间，河西之役，可以见矣。其始也，不得已而后战；其终也，逆探其意而与之和，又从而厚馈之，惟恐其一日复战也。如此，则贼常欲战而我常欲和。贼非能常战也，特持其欲战之形，以乘吾欲和之势。屡用

而屡得志，是以中国之大，而权不在焉。[①]

所以对外和战之战略决策上，一定要牢牢掌握和战主动权，掌握战场主动权，才能够战之可胜，守之必固，和则可成。牵住敌方的牛鼻子，“欲天下之安，则莫若使权在中国。欲权之在中国，则莫若先发而后罢。示之以不惮，形之以好战，而后天下之权，有所归矣”（《策断一》）。世人常言宋人皆好言兵，究其原因，实乃强敌环伺局势之使然。即就东坡所论，确有见地。罗大经之研味继承东坡，在此特别拈出“千钧之牛，制于三尺童子”一节，用东坡“牵牛鼻子”妙喻突出东坡之论“权在于人”，掌握了主动权的关联思维的核心。

文化史上，古人何时“服牛”、如何“服牛”，史无明载，只在传说之中。“牵牛要牵牛鼻子”之俗语源自何时，出处何在，也难查知。但我们从有关资料获知，张华《博物志》已有了“牵牛人”之称谓；更在河西魏晋墓壁画上看到，著名的《二牛抬杠图》中两头牛均用穿鼻缰绳控制，另一《拴牛图》亦是用穿鼻之绳拴在桑树上。但“牵牛鼻子”这一农耕文化中司空见惯的现象，由东坡论兵之说上升到一个现代决策学关联思维的方法论问题。无论“论事”还是“任事”，都要善于抓主要矛盾，掌握关键节点，举重若轻，事半功倍。东坡在现实政治生活中，既是一个思想者，也是一个行动者，无论在朝为官，抑或郡国主政，去思遗爱，所在歌舞之。其为政有绩，可为敬叹，罗大经追念其建功之因，敬赞其施政抓要务，可谓有见。

综上所论，罗大经在《鹤林玉露》中议东坡之政见、政略，往往从大处着眼，立朝大节，时见高才卓识；论事任事，志在行其所学。与之同时，罗大经评点研味东坡诗文，亦对文坛一代之杰有自得之见。

---

① ［宋］苏轼著，曾枣庄、马德富、周裕锴主编：《苏轼全集校注·文集》，石家庄：河北人民出版社，2010年，第893—894页。

二、陶冶百家，融汇万状，自成一家

——罗大经对苏轼文学成就的独到认知

罗大经《鹤林玉露》对于前朝及当朝诗人骚客多有评说，且不乏深刻独到之见。关于东坡诗文，罗氏有称扬也有批评，可在不同角度促使我们对于苏学深入思考，加深认知。

我们在前文提到，罗大经评论东坡政见政论往往从大处着眼，其评论东坡的文学建树亦是如此。论及当朝文坛诸公的贡献和地位，罗大经首推欧阳公，列东坡于次席，其《文章有体》引述杨万里之子杨伯子（东山）之语谓：

> 杨东山尝谓余曰："文章各有体，欧阳公所以为一代文章冠冕者，固以其温纯雅正，蔼然为仁人之言，粹然为治世之音，然亦以其事事合体故也。如作诗，便几及李、杜。作碑铭记序，便不减韩退之。作《五代史记》，便与司马子长并驾。作四六，便一洗昆体，圆活有理致。作《诗本义》，便能发明毛、郑之所未到。作奏议，便庶几陆宣公。虽游戏作小词，亦无愧唐人《花间集》。盖得文章之全者也。其次莫如东坡，然其诗如武库矛戟，已不无利钝。且未尝作史，藉令作史，其渊然之光，苍然之色，亦未必能及欧公也。①

这一段话引起我们两点兴趣，杨东山、罗大经们对欧阳公的评价、认知和东坡对欧公的推崇颇为一致，所谓："'欧阳子论大道似韩愈，论事似陆贽，记事似司马迁，诗赋似李白。'此非余言也，天下之言也。"②（《六一居士集叙》）后世习于评价宋代文坛"欧苏"并称，但罗氏列东坡于次席，殊不知这正是东坡给自己的定位。舒焕在书信中认为苏轼成就高于欧阳公，抑或可以与欧公齐肩，东坡坚决予以回绝，直言其"何其称述之过也"：

---

①［宋］罗大经撰：《鹤林玉露》，《宋元笔记小说大观》，上海：上海古籍出版社，2001年，第5331页。

②［宋］苏轼著，曾枣庄、马德富、周裕锴主编：《苏轼全集校注·文集》，石家庄：河北人民出版社，2010年，第979页。

> 欧阳公，天人也。恐未易过，非独不肖所不敢当也。天之生斯人也，意其甚难，非且使之休息千百年，恐未能复生斯人也。世人或自以为似之，或至以为过之，非狂则愚而已。[①]（《答舒尧文二首》之一）

欧阳公当年推选苏轼，要放此人出一头地；东坡晚年推尊欧公倍至，亦是文坛佳话。杨东山的看法可供我们参考。罗大经在《韩柳欧苏》篇中，即在“唐宋古文八大家”中，特提出“韩柳欧苏”四家，且“韩柳”“欧苏”并称。时至今日，欧苏并称，亦是定论。但回味当年罗大经对于韩柳、欧苏散文的个性风格的分析认识，特别是对于唐宋古文运动的代表人物之间的传承演变的分析，绝非泛泛之辈所能。其说谓：

> 韩、柳文多相似。韩有《平淮碑》，柳有《平淮雅》；韩有《进学解》，柳有《起废答》；韩有《送穷文》，柳有《乞巧文》；韩有《与李翊论文书》，柳有《与韦中立论文书》；韩有《张中丞传叙》，柳有《段太尉逸事》。至若韩之《原道》、《佛骨疏》、《毛颖传》，则柳有所不能为；柳之《封建论》、《梓人传》、《晋问》，则韩有所不能作。韩如美玉，柳如精金；韩如静女，柳如名姝；韩如德骥，柳如天马。欧似韩，苏似柳。欧公在汉东，于破筐中得韩文数册，读之始悟作文法。东坡虽迁海外，亦惟以陶、柳二集自随。各有所悟人，各有所酷嗜也。然韩、柳犹用奇字、重字，欧、苏唯用平常轻虚字，而妙丽古雅，自不可及，此又韩、柳所无也。[②]（《韩柳欧苏》）

唐宋古文相继，但韩柳欧苏，自饶风致，各具特色。欧苏学韩柳，各有所悟入，各有所苦嗜，奠定了宋文特色。对于苏文的特色及渊源，罗大经更有经典的

---

① [宋]苏轼著，曾枣庄、马德富、周裕锴主编：《苏轼全集校注·文集》，石家庄：河北人民出版社，2010年，第6181页。

② [宋]罗大经撰：《鹤林玉露》，《宋元笔记小说大观》，上海：上海古籍出版社，2001年，第5217页。

认知，《鹤林玉露》乙编卷三《东坡文》有妙语：

> 《庄子》之文，以无为有；《战国策》之文，以曲作直。东坡平生熟此二书，故其为文横说竖说，惟意所到，俊辨痛快，无复滞碍。其论刑赏也，曰："当尧之时，皋陶为士。将杀人，皋陶曰'杀之'三，尧曰'宥之'三，故天下畏皋陶执法之坚，而乐尧用刑之宽。"其论武王也，曰："使当时有良史如董狐者，则南巢之事必以叛书，牧野之事必以弑书。而汤、武，仁人也，必将为法受恶。周公作《无逸》，曰：殷王中宗，及高宗及祖甲，及我周文王，兹四人迪哲，上不及汤，下不及武王，其以是哉！"其论范增也，曰："增始劝项梁立义帝，诸侯以此服从，中道而弑之，非增意也。夫岂独非其意，将必力争而不听也。不用其言而杀其所立，羽之疑增，自此始矣。"其论战国任侠也，曰："楚、汉之祸，生民尽矣，豪杰宜无几，而代相陈豨从车千乘。萧、曹为政，莫之禁也。岂惩秦之祸，以为爵禄不能尽縻天下之士，故少宽之，使得或出于此也耶！"凡此类，皆以无为有者也。其论厉法禁也，曰："商鞅、韩非之刑，非舜之刑，而所以用刑者，则舜之术也。"其论唐太宗征辽也，曰："唐太宗既平天下，而又岁岁出师，以从事于夷狄。盖晚而不倦，暴露于千里之外，亲击高丽者再焉。凡此者，皆所以争先而处强也。"其论从众也，曰："宋襄公虽行仁义，失众而亡；田常虽不义，得众而强。是以君子未论行事之是非，先观众心之向背。谢安之用诸桓，未必是，而众之所乐，则国以乂安。庾亮之召苏峻，未必非，而势有不可，则反成危辱。"凡此类，皆以曲作直者也。叶水心云："苏文架虚行危，纵横倏忽，数百千言，读者皆如其所欲出，推者莫知其所自来，古今议论之杰也。"[①]（《东坡文》）

追溯东坡创作渊源，罗大经分析多篇苏文，以为苏轼谙熟《庄子》之"以无为有"与《战国策》之"以曲作直"，形成了具有个性特色的行文风格，"东坡平生熟此

① [宋]罗大经撰：《鹤林玉露》，《宋元笔记小说大观》，上海：上海古籍出版社，2001年，第5266—5267页。

二书，故其为文，横说竖说，惟意所到，俊辨痛快，无复滞碍”。并引叶适之说，称东坡为“古今议论之杰”：“叶水心云：‘苏文架虚行危，纵横倏忽，数百千言，读者皆如其所欲出，推者莫知其所自来，古今议论之杰也。’”东坡学通文史，遍借金针，罗大经对于苏公之文细加研味，对于苏文渊源个性之论自有见地，“古今议论之杰”之誉，恰如其分。

我们还看到，罗大经在详细比较司马迁《伯夷传》和东坡的《赤壁赋》之后，认为《伯夷传》《赤壁赋》皆文章之绝唱，“其机轴略同”，“东坡步骤太史公者也”。其文如下：

> 太史公《伯夷传》、苏东坡《赤壁赋》，文章绝唱也。其机轴略同，《伯夷传》以“求仁得仁，又何怨”之语设问，谓夫子称其不怨，而《采薇》之诗犹若未免于怨，何也？盖天道无亲，常与善人，而达观古今，操行不轨者多富乐，公正发愤者每遇祸，是以不免于怨也。虽然，富贵何足求，节操为可尚，其重在此，则其轻在彼。况君子疾没世而名不称，伯夷、颜子得夫子而名益彰，则所得亦已多矣，又何怨之有？《赤壁赋》因客吹箫而有怨慕之声，似此漫问，谓举酒相属，凌万顷之茫然，可谓至乐，而箫声乃若哀怨，何也？盖此乃周郎破曹公之地，以曹公之雄豪，亦终归于安在？况吾与子寄蜉蝣于天地，哀吾生之须臾，宜其托遗响而悲怨也。虽然，自其变者而观之，虽天地曾不能以一瞬；自其不变者而观之，则物与我皆无尽也，又何必羡长江而哀吾生哉！矧江风山月，用之无尽，此天下之至乐。于是洗盏更酌，而向之感慨风休冰释矣。东坡步骤太史公者也。①

关于东坡对司马光与《史记》的态度，出自陈师道《后山诗话》：“欧阳永叔不好杜诗，苏子瞻不好司马《史记》，余每与黄鲁直怪叹，以为异事。”②学界对之多有

---

① [宋]罗大经撰：《鹤林玉露》，《宋元笔记小说大观》，上海：上海古籍出版社，2001年，第5225—5226页。

② 四川大学中文系唐宋文学研究室编：《苏轼资料汇编》，北京：中华书局，1994年，第138页。

探讨。杨胜宽先生《关于苏轼对司马迁的评价问题》、刘清泉先生《苏轼不好〈史记〉考察》从不同角度深入探讨了这个问题,此不赘述。我们认同这样的看法,"苏轼对司马迁和《史记》的评价态度,与他的治学方法、政治立场和人生境遇有着密切联系",苏轼"受《史记》的影响是显而易见的","从文学角度看,苏轼给予司马迁最高评价,说他'不好'《史记》,是难以成立的"[①]。东坡散文自成一体,罗大经从不同的篇目中探究寻绎,认为其所成就,远承《庄子》《战国策》《史记》诸作,近师韩、柳、欧公而自成一家。《鹤林玉露》虽非专门的诗文论,但其观点,值得关注。

综观《鹤林玉露》中的东坡论,罗氏对于苏轼诗歌的研读评判,也时有引人之处。罗大经对于苏轼同样关注其渊源流变,但更为引起我们兴趣的是他对苏诗个性的评论。东坡二十岁学通经史,博学广记。其诗赋创作,远超屈骚。罗大经《妒妇喻》透露了个中信息。

罗大经在《妒妇喻》中力赞张无垢在官场洁身自好,道德自律。与之同时,对南宋后期社会日渐隳颓进行抨击,世降俗薄,于是"贪浊成风""谀佞成风""软熟成风""竞进成风""侈靡成风""傲诞成风"。张无垢认为好名贪进,世之通病,且病由心出。"此心病也。心有病,人安得知?我知之,当自医。别人既不自知病,反恶人医病,犹妇人妒者,非特妒其夫,又且妒人之夫,其惑甚矣。"其说甚好!我们常常说世道人心,风俗移人。篇末罗氏引贾谊《悼屈原赋》与东坡《屈原庙赋》中的语句用以感慨:

> 贾子云:"莫邪为钝兮,铅刀为铦。"东坡云:"变丹青于玉莹兮,乃反谓子为非智。"风俗至于如此,岂不可哀! [②](《妒妇喻》)

东坡在《悼屈原赋》中嗟叹世风浇薄,犹甚于昔:"自子之逝今千载兮,世愈狭而难存。贤者畏讥而改度兮,随俗变化斫方以为圆。黾勉于乱世而不能去兮,又

① 杨胜宽:《关于苏轼对司马迁的评价问题》,《乐山师范学院学报》2010年第9期。
② [宋]罗大经撰:《鹤林玉露》,《宋元笔记小说大观》,上海:上海古籍出版社,2001年,第5237—5238页。

或为之臣佐。变丹青于玉莹兮，彼乃谓子为非智。惟高节之不可以企及兮，宜夫人之不吾与。”[①]（《屈原庙赋》）东坡的感叹，罗大经是认同的。

苏轼于陶渊明诗作有独到的领悟，在元祐年间所作《听武道士弹贺若》诗中说：“琴里若能知贺若，诗中定合爱陶潜。”他认为陶诗乃超逸绝尘的上乘之作：“吾于诗人，无所甚好，独好渊明之诗。渊明作诗不多，然其诗质而实绮，癯而实腴，自曹、刘、鲍、谢、李、杜诸人，皆莫及也。”（苏辙《东坡先生和陶渊明诗引》）东坡之所以激赏陶诗，是因为他认为陶诗有“奇趣”：“观陶彭泽诗，初若散缓不收，反覆不已，乃识其奇趣。”（苏轼《书唐氏六家书后》）陶诗之美学境界在于平淡（枯淡）之美，“所贵乎枯淡者，为其外枯而中膏，似淡而实美，渊明子厚之流是也”（《评韩柳诗》），甚且在《书渊明东方有一士诗后》写道：“若了得此一段，我即渊明，渊明即我也。”[②]正因为东坡景慕陶公，推尊发明陶诗之蕴涵，张戒《岁寒堂诗话》卷上谓：“韩退之之文，得欧公而后发明。陆宣公之议论，陶渊明、柳子厚之诗，得东坡而后发明。”但细检《鹤林玉露》，罗大经评介东坡与陶诗相关的文字极少。在这有限的文字里，透露了三方面的信息。

其一，罗氏不言苏轼和陶诗，仅用一例苏轼“倒转”渊明诗句，点出东坡对陶诗的谙熟于心。其《世短意多》古诗云：“人生不满百，常怀千岁忧。”而渊明以五字尽之，曰“世短意常多”是也。东坡云：“意长日月促。”则倒转陶句尔。[③]（《世短意多》）

其二，罗氏《族谱引》一文告诉我们，东坡喜好渊明诗有家学渊源。其《族谱引》曰：

> 陶渊明《赠长沙公族祖》云：“同源分派，人易世疏。慨然寤叹，念兹厥初。”老苏《族谱引》云：“服始于衰，而至于缌，而至于无服。无服则亲尽，亲尽则情尽。情尽则喜不庆、忧不吊。喜不庆、忧不吊，则涂人也。吾所与相

---

① [宋]苏轼著，曾枣庄、马德富、周裕锴主编：《苏轼全集校注·文集》，石家庄：河北人民出版社，2010年，第4页。

② [宋]苏轼著，屠友祥校注：《东坡题跋校注》，上海：上海远东出版社，2011年，第106页。

③ [宋]罗大经撰：《鹤林玉露》，《宋元笔记小说大观》，上海：上海古籍出版社，2001年，第5160页。

视如涂人者，其初兄弟也。兄弟其初，一人之身也。悲夫！"正渊明诗意。诗字少意多，尤可涵泳。[①]（《族谱引》）

其三，罗大经《神形影》一文祖述东坡之说，认为"渊明可谓知道之士"，可知罗氏对于熟悉东坡对于陶潜的全面评价。其文曰：

陶渊明《神释形影》诗曰："大钧无私力，万理自森著。人为三才中，岂不以我故。"我，神自谓也。人与天地并立而为三才，以此心之神也；若块然血肉，岂足以并天地哉！末云："纵浪大化中，不喜亦不惧，应尽便须尽，无复独多虑。"乃是不以死生祸福动其心，泰然委顺养神之道也。渊明可谓知道之士矣。[②]（《神形影》）

东坡评渊明为知道之士，语出其《书渊明饮酒诗后》，其说谓，《饮酒》诗云："客养千金躯，临化消其宝。"[③]"宝不过躯，躯化则宝已矣。人言靖节不知道，吾不信也。"（《书渊明饮酒诗后》）

罗大经在《鹤林玉露》中关注到东坡作为一代巨擘，在其远祖诗骚，熔铸百家的渊源流变中，特别重视白居易对于东坡的影响，在《乐天对酒诗》中指出："本朝士大夫多慕乐天，东坡尤甚。"[④]（《乐天对酒诗》）东坡景慕乐天之情，见于其多首诗作。《王直方诗话》载曰：

东坡平日最爱乐天之为人，故有诗云："我甚似乐天，但无素与蛮。"又："我似乐天君记取，华颠赏遍洛阳春。"又："他时要指集贤人，知是香山老居士。"又："定似香山老居士，世缘终浅道根深。"而坡在钱塘，与乐天所留岁月

---

① [宋]罗大经撰：《鹤林玉露》，《宋元笔记小说大观》，上海：上海古籍出版社，2001年，第5185页。
② [宋]罗大经撰：《鹤林玉露》，《宋元笔记小说大观》，上海：上海古籍出版社，2001年，第5216页。
③ [宋]苏轼著，屠友祥校注：《东坡题跋校注》，上海：上海远东出版社，2011年，第101页。
④ [宋]罗大经撰：《鹤林玉露》，《宋元笔记小说大观》，上海：上海古籍出版社，2001年，第5346页。

略相似，其句云“在郡依前六百日”者是也。[①]

罗大经与泛泛议论苏轼、白居易前后相继者不同，在《苏白》篇中他指出“东坡希慕乐天”，但其作诗出入白诗，自具风采：

东坡希慕乐天，其诗曰：“应是香山老居士，世缘终浅道根深。”然乐天酝藉，东坡超迈，正自不同。魏鹤山诗云：“湓浦猿啼杜宇悲，琵琶弹泪送人归。谁言苏白能相似，试看风帆赤壁矶。”此论得之矣。[②]（《苏白》）

东坡希慕乐天，自不待言；然苏白并称，各有风致。“乐天酝藉，东坡超迈，正自不同。”颇有见地。罗大经论苏轼、白居易诗歌创作源流，但罗氏对于白居易之为政为人，与东坡颇不相同。其《乐天对酒诗》即对白居易部分所谓少劝诫之意的“流丽旷达”之作给予否定：

古诗多矣，夫子独取《三百篇》，存劝戒也。吾辈所作诗亦须有劝戒之意，庶几不为徒作。彼有绘画雕刻，无益劝戒者，固为枉费精力矣。乃若吟赏物华，流连光景，过于求适，几于诲淫教偷，则又不可之甚者矣。白乐天《对酒》诗曰：“蜗牛角上争何事？石火光中寄此身。随富随贫且欢喜，不开口笑是痴人。”又曰：“百岁无多时壮健，一春能几日晴明？相逢且莫推辞醉，听唱《阳关》第四声。”又曰：“昨日低眉问疾来，今朝收泪吊人回。眼前见例君看取，且遣琵琶送一杯。”自诗家言之，可谓流丽旷达，词旨俱美矣。然读之者将必起其颓惰废放之意，而汲汲于取快乐、惜流光，则人之职分与夫古之所谓三不朽者，将何时而可为哉！且如《唐风·蟋蟀》之诗，盖劝晋僖公以自虞乐也，然才曰“今我不乐，日月其除”，即曰“无已太康，职思其居”。吕成公释之曰：“凡人之情，解其拘者，或失于纵；广其俭者，或流于奢，故疾未已

① 颜中其编注：《苏东坡轶事汇编》，长沙：岳麓书社，1984年，第79页。
② ［宋］罗大经撰：《鹤林玉露》，《宋元笔记小说大观》，上海：上海古籍出版社，2001年，第5190页。

而新疾复生者多矣。”信矣，《唐风》之忧深思远也！乐天之见，岂及是乎？[①]

对于乐天立朝为政，罗大经引述了叶梦得高度肯定之论：

> 近时叶石林谓：“乐天与杨虞卿为姻家，而不累于虞卿；与元稹、牛僧孺相厚善，而不党于元稹、僧孺；为裴晋公之所爱重，而不因晋公以进；李文饶素不相乐，而不为文饶所深害。推其所由，惟不汲汲于进而志在于退，是以能安于去就爱憎之际，每裕然而有余也。”

但迅即给予了尖锐的批评，他认为叶梦得：

> “此论固已得之，然乐天非是不爱富贵者，特畏祸之心甚于爱富贵耳。其诗中于官职声色事极其形容，殊不能掩其眷恋之意。其平生所善者，元稹、刘禹锡辈亦皆逐逐声利之徒，至一闻李文饶之败，便作诗畅快之，岂非冤亲未忘，心有偏党乎？”[②]（《乐天对酒诗》）

应该说，罗大经对于白居易的批评是十分尖锐的，言其在朝为官偏党有私，言其“畏祸之心甚于爱富贵”等，这些评论与东坡有异，但从一位对于白居易颇多微词的论者角度看苏、白承继，颇有意趣。关于白居易之诗作趣尚与政治态度，宋人多有争议，魏庆之《诗人玉屑》记载沈括与章惇看法不同：“沈存中谓：乐天诗不必皆好，然识趣可尚。章子厚谓不然，乐天识趣最浅狭，谓诗中言甘露事处，几如幸灾。虽私仇可快，然朝廷当此不幸，臣子不当形歌咏也，如‘当公白首同归日，是我青山独往时’之类。”[③]（《诗人玉屑》卷十六《甘露诗》）而蔡居厚《蔡居厚诗话》所论与罗大经相合：“刘禹锡、柳子厚与武元衡素不叶，二人之贬，元衡为相时

① [宋]罗大经撰：《鹤林玉露》，《宋元笔记小说大观》，上海：上海古籍出版社，2001年，第5345页。
② [宋]罗大经撰：《鹤林玉露》，《宋元笔记小说大观》，上海：上海古籍出版社，2001年，第5345页。
③ 吴文治主编：《宋诗话全编》，南京：江苏古籍出版社，1998年，第9172页。

也。禹锡为《靖共(安)佳人怨》以悼元衡之死,其实盖快之。子厚《古东门行》云'赤丸夜语飞电光,徼巡司隶眠如羊。当街一叱百吏走,冯敬胸中函匕首',虽不著所以,当亦与禹锡同意。《古东门》用袁盎事也。乐天江州之谪,王涯实为之,故甘露之祸,乐天亦有'当君白首同归日,是我青山独往时'之句。"[①](《蔡居厚诗话·刘柳白诗同意》)

苏东坡对于刘禹锡、柳宗元的政治态度曾有批评,但其对于白居易香山寺诗的看法则与罗大经相反。东坡认为:"白乐天为王涯所谗,谪江州司马。甘露之祸,乐天在洛,适游香山寺,有诗云:'当君白首同归日,是我青山独往时。'不知者,以乐天为幸之,乐天岂幸人之祸者哉,盖悲之也。"[②](《书乐天香山寺诗》)洪迈《容斋随笔》录载了东坡这一段话,并对白居易《咏史》加以分析后,赞同东坡的看法:

> 予读白集有《咏史》一篇,注云:"九年十一月作。"其词曰:"秦磨利刃斩李斯,齐烧沸鼎烹郦其。可怜黄绮入商洛,闲卧白云歌紫芝。彼为菹醢机上尽,此作鸾凰天外飞。去者逍遥来者死,乃知祸福非天为。"正为甘露事而作,其悲之之意可见矣。[③](《洪迈《容斋随笔》卷一《白公咏史》)

对于白居易其人其诗的评价不是本文要讨论的内容,且学界论之者众。在这里,我们稍加探讨之后发现,罗大经和东坡对白乐天的为人为诗的评价是有差异的,但罗氏在关注东坡希慕乐天现象的同时,指出苏白诗风的不同,并对乐天诗作表达的政治态度给予批评。虽然他的一些观点我们并不赞成,但客观地讲,其"慕乐天者,爱而知其疵"之说,是可取的。

罗大经《鹤林玉露》探寻东坡诗文渊源的同时,对于东坡诗文风格虽无系统论述,但时有涉及,且时有引人之论,诸如论唐宋文坛韩柳欧苏相继,但欧苏之文"用平常轻虚字,妙丽古雅,自不可及",苏文"以无为有""以曲作直""议论之杰

① 吴文治主编:《宋诗话全编》,南京:江苏古籍出版社,1998年,第621页。
② [宋]苏轼著,屠友祥校注:《东坡题跋校注》,上海:上海远东出版社,2011年,第98页。
③ 四川大学中文系唐宋文学研究室编:《苏轼资料汇编》,北京:中华书局,1994年,第498页。

也”；言及苏诗议其祖述陶渊明，尚平淡枯淡之风。喜尚白诗，出入变化，超然迈往，依然东坡本色等均能启人思致。此外，其《笼鸟水萍》论东坡《雪》诗具杜诗“本是形容凄凉之意，乃翻作壮丽之语”的意蕴：

或问：杜陵诗云：“日月笼中鸟，乾坤水上萍”，何也？余曰：此自叹之词耳。盖拘束以度日月，若鸟在笼中，漂泛于乾坤间，若萍浮水上。本是形容凄凉之意，乃翻作壮丽之语。东坡《雪》诗：“冻合玉楼寒起粟，光摇银海眩生花。”亦此类。[①]（《笼鸟水萍》）

其《诗祸》篇，纵论诗祸源流，继之曰：

东坡文章妙绝古今，而其病在于好讥刺。文与可戒以诗云：“北客若来休问事，西湖虽好莫吟诗。”盖深恐其贾祸也。乌台之勘，赤壁之贬，卒于不免。观其《狱中》诗云：“梦绕云山心似鹿，魂飞汤火命如鸡。”亦可哀矣。然才出狱，便赋诗云：“却对酒杯疑是梦，试拈诗笔已如神。”略无惩艾之意，何也？晚年自朱崖量移合浦，郭公父寄诗云：“君恩浩荡似阳春，海外移来住海滨。莫向沙边弄明月，夜深无数采珠人。”其意亦深矣。[②]（《诗祸》）

其《晚学》篇引东坡《贫家净扫地》诗句则重其理性蕴涵。“东坡诗云：‘贫家净扫地，贫女巧梳头。下士晚闻道，聊以拙自修。’朱文公每借此句作话头，接引穷乡晚学之士。”[③]（《晚学》）朱熹何以将苏诗作接引穷乡晚学之士的“话头”？明人洪应明《菜根谭》阐释道：“贫家净扫地，贫妇净梳头，景色虽不艳丽，气度自是风雅。士君子一当穷愁寥落，奈何辄自废弛哉。”

在《鹤林玉露》相关东坡诗文论的关注评论中，其《画马》篇引起了我们特别

---

① [宋]罗大经撰：《鹤林玉露》，《宋元笔记小说大观》，上海：上海古籍出版社，2001年，第5323页。
② [宋]罗大经撰：《鹤林玉露》，《宋元笔记小说大观》，上海：上海古籍出版社，2001年，第5281页。
③ [宋]罗大经撰：《鹤林玉露》，《宋元笔记小说大观》，上海：上海古籍出版社，2001年，第5179页。

的兴趣。东坡《文与可筼筜谷偃竹记》虽非论诗文创作，但“诗画本一律”，其“胸有成竹”之说概括了诗文书画创作的一个基本规律。罗大经在文中记述唐代画师韩干以万匹良马为师，积精储神，赏其神俊，久而久之，全马在胸，信意落笔，自然超妙。东坡、山谷都有诗赞韩干画马杰作，“君不见韩生自言无所学，厩马万匹皆吾师”①（《次韵子由书李伯时所藏韩干马》），赞韩干笔下之马得骏马的自然形态。

有意趣的是，罗大经为突出东坡画论之精神，一篇短文之中，以言韩干画马开篇，以曾无疑工画草虫作结，其论述均可于东坡艺术论中略窥一二。罗氏载曾无疑自述其画草虫之心法曰：

> 曾云巢无疑工画草虫，年迈愈精。余尝问其有所传乎，无疑笑曰：“是岂有法可传哉？某自少时，取草虫笼而观之，穷昼夜不厌。又恐其神之不完也，复就草地之间观之，于是始得其天。方其落笔之际，不知我之为草虫耶，草虫之为我也。此与造化生物之机缄盖无以异，岂有可传之法哉！”②（《画马》）

艺术创作，当身与物化，自然超妙，虽然“此与造化生物之机缄盖无以异”，但其妙处真的无有“可传之法”吗？读罗大经此篇妙文，前段言韩干以厩马为师，胸有全马，所画之马，生气凛然，妙绝天下；末段言曾无疑善画草虫，草虫在胸，所画之虫，妙造自然。但韩干善画马，后人载之；曾无疑善画草虫，得造化生物之机而难言其法难传之妙。罗氏之意，在凸显东坡议论之精深，其文曰：东坡文与可竹记云：“竹之始生，一寸之萌耳，而节叶具焉。自蜩腹（蝮）蛇蚹以至于剑拔十寻者，生而有之也。今画者乃节节而为之，叶叶而累之，岂复有竹乎？故画竹必先得成竹于胸中，执笔熟视，乃见其所欲画者，急起从之，振笔直遂，以追其所见，如兔起鹘落，少纵则逝矣。”坡公善于画竹者也，故其论精确如此。

---

①［宋］苏轼著，曾枣庄、马德富、周裕锴主编：《苏轼全集校注·诗集》，石家庄：河北人民出版社，2010年，第3130页。

②［宋］罗大经撰：《鹤林玉露》，《宋元笔记小说大观》，上海：上海古籍出版社，2001年，第5382页。

东坡善于画竹,故其论精确如此。其精确之处,“画竹必先得成竹于胸中”之“胸有成竹”与韩干“胸有全马”及曾无疑“胸有全虫”道理全通;而其摹写文与可“成竹在胸”之后,“执笔熟视,乃见其所欲画者,急起从之,振笔直遂,以追其所见,如兔起鹘落,少纵则逝矣”,则关涉艺术创作之灵感问题。对于这一点,前辈学者多有论列,此不赘。我们在这里不惮多费笔墨以探研东坡何以论述精确如此的原委。

东坡认为绘画为艺,师法自然,得天机之造化,“其神与万物交,其智与百工通”,在道理上人们可以理解,他引苏辙《墨竹赋》之语而后进一步申述其奥秘。

子由为《墨竹赋》以遗与可曰:“‘庖丁,解牛者也,而养生者取之;轮扁,斫轮者也,而读书者与之。今夫夫子之托于斯竹也,而予以为有道者则非邪?’子由未尝画也,故得其意而已。若予者,岂独得其意,并得其法。”其法所在,“与可之教予如此”。东坡自称“湖州派”,从其绘画实践中他深知,绘画艺术,有道有艺。“有道而不艺,则物虽形于心,不形于手。”为什么会如此呢?东坡以自己的艺术实践和艺术感悟自谓:

> 予不能然也,而心识其所以然。夫既心识其所以然,而不能然者,内外不一,心手不相应,不学之过也。故凡有见于中而操之不熟者,平居自视了然,而临事忽焉丧之,岂独竹乎?①

东坡既懂画又善画,所以深知业精于勤的至理妙道,绘画之道从得之于心到应之于手,要经过长期不懈的学习实践,既要有见于中,又要技艺娴熟,“不能然者”,必然“内外不一,心手不相应”,“则物虽形于心,不形于手”。得心应手,心手相应;得心应口,口心相印,是一个极高的境界。东坡《答谢民师书》云:“求物之妙,如系风捕影;能使是物了然于心者,盖千万人而不一遇也,而况能使了然于口与手者乎?”所以,非绘画专业人士如苏辙,不能得其意。更多的人是“心识其所

---

①[宋]苏轼著,曾枣庄、马德富、周裕锴主编:《苏轼全集校注·文集》,石家庄:河北人民出版社,2010年,第1153页。

以然，而不能然者”，是由于“有道而不艺，则物虽形于心，不形于手”。求物之妙，能够了然于心者，万不遇一；能够得心应手，道艺双至者，则更是罕见。

当然，这里还有一个问题，在罗大经心目中，无论是韩干、曾无疑，还是文与可，均有道有艺，心手相应，得心应手，为一代名家。但为什么曾无疑竟然说绘画之绝艺“与造化生物之机缄盖无以异，岂有可传之法哉！”？这里涉及一个语言表达的问题，即“辞达”。亦即在绘画之时，有道有艺，得心应手，还需要表达时“了然于口与手”，“辞至于能达，则文不可胜用矣”（《答谢民师书》）。何为“辞达”？就是语言文字表达的自由境界。就是有见于中，发之于外，如风行水上，自然成文。正如其《文说》所喻：“吾文如万斛泉源，不择地皆可出，在平地滔滔汩汩，虽一日千里无难。及其与山石曲折，随物赋形，而不可知也。所可知者，常行于所当行，常止于不可不止，如是而已矣。其他虽吾亦不能知也。”①

由是而论，在罗大经看来，韩干、曾无疑在绘画艺术领域有道有艺，创作得心应手，但其中奥秘“无法可传”，有赖他人传写。在苏轼看来，苏辙不精画艺，但得其意。而苏轼书画兼精，既知其然，又知其所以然。尤其是作为文坛巨擘，心有所寓，在文字语言的表达上同样可以得心应手，得心应口。所以罗氏“坡公善于画竹者也，故其论精确如此”，言简意赅，蕴涵甚蕃。

那么，罗大经特别推崇的东坡之论精确如此，其深层次的文化内蕴何在呢？首先，东坡善于绘画，精于画论，其对于前世今朝的画作多有论说，“知者创物，能者述焉”，且多名篇传世。今撷其部分篇目于下：《王维、吴道子画》《书韩干牧马图》《书吴道子画后》《书李伯时山庄图后》《文与可筼筜谷偃竹记》《答谢民师书》《书蒲永升画后》《高邮陈直躬处士画雁二首》《次韵子由之李伯时所藏韩干马》《书晁补之所藏文与可画竹三首》《题杨道孚画竹》《净因院画记》《跋蒲传正燕公山水》《书黄荃画雀》《书戴嵩画牛》等。名篇之中，多有卓见警策之语。因罗大经所引东坡之论出自《文与可画筼筜谷偃竹记》，所以再引数则东坡与画竹相关的文字相互佐证：

---

①［宋］苏轼著，曾枣庄、马德富、周裕锴主编：《苏轼全集校注·文集》，石家庄：河北人民出版社，2010年，第7422页。

门前两丛竹，雪节贯霜根。交柯乱叶动无数，一一皆可寻其源。[①]（《王维、吴道子画》）

与可画竹时，见竹不见人。岂独不见人，嗒然遗其身。其身与竹化，无穷出清新。庄周世无有，谁知此凝神？[②]（《书晁补之所藏与可画竹三首》之一）

余尝论画，以为人禽宫室器用皆有常形；至于山石竹木，水波烟云，虽无常形，而有常理。常形之失，人皆知之；常理之不当，虽晓画者有不知。故凡可以欺世而取名者，必托于无常形者也。虽然，常形之失，止于所失，而不能病其全；若常理之不当，则举废之矣。以其形之无常，是以其理不可不谨也。

世之工人，或能曲尽其形；而至于其理，非高人逸才不能辨。与可之于竹石枯木，真可谓得其理者矣。如是而生，如是而死，如是而挛拳瘠蹙，如是而条达遂茂，根茎节叶，牙角脉缕，千变万化，未始相袭；而各当其处，合于天造，厌于人意。盖达士之所寓也欤！[③]（《净因院画记》）

再看其论山水画：

画以人物为神，花竹禽鸟为妙，宫室器用为巧，山水为胜。而山水以清雄奇富，变态无穷为难。燕公之笔，浑然天成，灿然日新，已离画工之度数，而得诗人之清丽也。[④]（《跋蒲传正燕公山水》）

再看其议黄荃之画飞鸟：

黄筌画飞鸟，颈足皆展。或曰：飞鸟缩颈则展足，缩足则展颈，无两展

① 曾枣庄选释：《三苏文艺思想》，成都：四川文艺出版社，1985年，第250页。
② 曾枣庄选释：《三苏文艺思想》，成都：四川文艺出版社，1985年，第260页。
③ 曾枣庄选释：《三苏文艺思想》，成都：四川文艺出版社，1985年，第270—271页。
④ 曾枣庄选释：《三苏文艺思想》，成都：四川文艺出版社，1985年，第284页。

者。验之信然。乃知观物不审者，虽画师且不能，况其大者乎？君子是以务学而好问也。[①]（《书黄筌画雀》）

其论蒲永昇之画“活水”：

近岁成都人蒲永昇，嗜酒放浪，性与画会，始作活水，得二孙本意。自黄居宷兄弟、李怀衮之流，皆不及也。王公富人或以势力使之，永昇辄嘻笑舍去。遇其欲画，不择贵贱，顷刻而成。尝与予临寿宁院水，作二十四幅，每夏日挂之高堂素壁，即阴风袭人，毛发为立。永昇今老矣，画亦难得，而世之识真者亦少。[②]（《书蒲永昇画后》）

我们不拟再罗列其他资料，相关文献至少从三个方面给我们以启示。其一，东坡善于画竹，他对于前代画师和当朝画家均有颇为深入的了解与研究，并时有警策之语。诸如其记李伯时作《山庄图》“居士之在山也，不留于一物，故其神与万物交，其智与百工通”。其言吴道子之绝艺“出新意于法度之内，寄妙理于豪放之外”；其关于道与艺、常形与常理之关系等。其二，东坡乃文坛大家，议论之杰，无论其论政、论文、论画，多有卓见，其论竹之见更是如此。正由于“其论精确如此”，于是东坡“胸有成竹”成为经典话语。后人提及韩干，会说他以马为师，但不会把“胸有全马”作为成语。其三，更为我们所关注的是，东坡之论之精确，除了他善画、能文之外，还有一个重要的因素，即传统绘画艺术发展到北宋达到了一个高峰，传统的绘画理论发展到宋代也达到了一个高峰，其最有力的证据就是，画坛标志性人物标志性画作的名世和绘画理论上的创获。即就罗大经所推崇的东坡对于文与可画竹艺术的经典性评论，我们即可在东坡的朋友圈里找到近似的话语，这使我们进一步认识到在宋代书画艺术、书画理论全面繁盛的历史背景下，审视东坡观点所达到的时代维度。

---

① 曾枣庄选释：《三苏文艺思想》，成都：四川文艺出版社，1985年，第285页。
② 曾枣庄选释：《三苏文艺思想》，成都：四川文艺出版社，1985年，第262—263页。

张邦基《墨庄漫录》卷十载记东坡原本的朋友，后来的政敌章惇的书法造诣和对于书法的见解："章丞相申公子厚以能书自负，性喜挥翰，虽在政府，暇时日书数幅。予尝见杂书一卷，凡九事，乃抄之，今因载于此。"张邦基所载文字文长不具录，仅录其第五条论书法之"心手相应"一节如下：

> 学者须先晓规矩法度，然后加以精勤，自入能品。能之至极，心悟妙理，心手相应，出乎规矩法度之外，无所适而非妙者，妙之极也。由妙入神，无复踪迹，直如造化之生成，神之至也。然先晓规矩法度，加以精勤，乃至于能，能之不已，至于心悟而自得，乃造于妙；由妙之极，遂至于神，要之不可无师授与精勤耳。凡用笔日益习熟，日有所悟，悟之益深，心手日益神妙矣。力在手中而不在手中，必须用力而不得用力，应须在意而不得在意，此可以神遇而不可以言传也。[①]（张邦基《墨庄漫录》卷十）

书画相通，其言书法名家之"心手相应""出乎规矩法度之外"诸语我们可于东坡书画论中见到相关字面。东坡与章惇在人生后期政治生涯中分道，具体原因不具论。但章惇之言从一个侧面显示，当一个时代文艺实践与理论达到一定高度时，群英荟萃，他们从不同层面、不同角度促进了一代文艺的繁盛。

尤其令人感兴趣的是与东坡亦师亦友的黄庭坚的书画见解，可与东坡得心应手、成竹在胸观点相印证。先看黄庭坚在书论中与东坡画论、章惇画论的契合之点。在《跋秦氏所置法帖》中黄庭坚提及刻石者之得手应心："刻石者，潭人汤正臣父子，皆善摹刻，得于手而应于心，近古人用笔意云。"[②]（《跋秦氏所置法帖》）

而在其《论黔州时字》中论历代名家书法上的创获则与章惇之论相近：

> 元符二年三月十三日，步自张园看酴醾回，烛下试宣城诸葛方散卓，觉笔意与黔州时书李白《白头吟》笔力同中有异，异中有同。后百年如有别书

---

① [宋]张邦基撰：《墨庄漫录》，《宋元笔记小说大观》，上海：上海古籍出版社，2001年，第4746—4747页。

② [宋]黄庭坚著，屠友祥校注：《山谷题跋校注》，上海：上海远东出版社，2011年，第19页。

者，乃解余语耳。张长史折钗股，颜太师屋漏法，王右军锥画沙、印印泥，怀素飞鸟出林、惊蛇入草，索靖银钩虿尾，同是一笔，心不知手，手不知心法耳。若有心与能者争衡，后世不朽，则与书艺工史辈同功矣。[①]（《论黔州时字》）

所谓“同是一笔，心不知手，手不知心法耳”，即章惇所论“凡用笔日益习熟，日有所悟，悟之益深，心手日益神妙矣。力在手中而不在手中，必须用力而不得用力，应须在意而不得在意，此可以神遇而不可以言传也”。正可以让我们从另外的角度理解“得心应手”。正是在黄庭坚论竹的文字中，我们看到了苏、黄完全相同的“成竹于胸中”的表述：

有先竹于胸中，则本末畅茂。有成竹于胸中，则笔墨与物俱化。津人之未尝见舟而便操之，惟其熟也。夫依约而觉，至于笔墨而与造化者同功，岂求之他哉。盖庖丁之解牛，梓庆之削鐻，与清明在躬、志气如神者同一枢纽，不容一物于其中，然后能妙。若夫外矜于众人议己，内藏于识不似，则画虎成狗，画竹成柳，又何怪哉。[②]（《题杨道孚画竹》）

我们在这里有意选取了章惇和黄庭坚的相关论述，意在追索在政治观点、书画理论上情同而见同或情异见异偶有相同时显现的书画真谛。章惇为政至晚年与东坡分道，众所皆知。在书法艺术上亦与东坡异趣，刘昭明《苏轼与章惇关系考》之《兼论文艺互动友好》一节引证资料颇为详赡，指出章惇与苏轼在评价蔡襄书法上“大异其趣”，在书艺上东坡曾对章惇有讥评：“客有自丹阳来，过颍，见东坡先生，说章子厚学书，日临《兰亭》一本。坡笑曰：‘从门入者非宝，章七终不高耳。’”[③]当然，对于章惇的书法，也有论者给予很高的评价，在此不赘述。我们要着重指出的是，正由于章惇与东坡在政见上尤其是在晚年相左，在书法理论上也

---

① [宋]黄庭坚著，屠友祥校注：《山谷题跋校注》，上海：上海远东出版社，2011年，第137页。

② [宋]黄庭坚著，屠友祥校注：《山谷题跋校注》，上海：上海远东出版社，2011年，第276页。

③ [宋]赵令畤撰：《侯鲭录》，北京：中华书局，1985年，第314页。

有不同意见,所以这两位“情异而同”者共同的“心手相应”“出乎规矩法度之外”的书画创变理念,值得我们重视。而黄庭坚为“苏门四学士”之一,在政治上他与苏轼同声相应,同气相求,在诗词书画领域更是常相切磋,互有助益。因此,黄庭坚在书画理论上的“得于手而应于心”“有先竹于胸中,则本末畅茂。有成竹于胸中,则笔墨与物俱化”观点与东坡高度契合,则在我们意料之中。正是在盛宋书画创作、书画理论高度发达的时代背景下,在诸多不同流派不同观点的共同探求下,我们赞同罗大经之“坡公善于画竹者也,故其论精确如此”的论断。与之同时,书画创作之“得心应手”“成竹在胸”之经典话语也未归于黄庭坚、章惇名下,而归属于东坡,是与经典作家经典作品经典论断是相辅相成的。

综上所述,罗大经从大处着眼,对于东坡的政见、政略及其在文坛地位和个性特点进行了精要评述,在总结研味罗氏评苏的相关要点之后,我们感兴趣的是,在罗大经的视域里,苏轼何以在政界、在文学艺术领域多所建树的个性原因的探寻。罗大经对于东坡研味既久,知之亦深,对于东坡的个性特点,罗氏没有特别关注其幽默诙谐、妙趣横生的一面,也没有特别关注其坦荡乐观、超然狂放的一面,而是有意点出了东坡性格中十分突出但往往会被普通读者忽略的一面——执着洞达、坚忍刚毅的一面。《鹤林玉露》甲编卷五《人事天命》篇摘录了王景文、程伊川、苏东坡关于天命与人事的议论:

> 王景文云:“有心于避祸,不若无心于任运。”斯言固达矣,然必自反无愧,自尽无憾,乃可安之于命。伊川曰:“人之于患难,只有一个处置,尽人谋之后,却须泰然处之。”东坡曰:“知命者必尽人事,然后理足而无憾。物之有成必有坏,譬如人之有生必有死,而国之有兴必有亡也。虽知其然,而君子之养身也,凡可以久生而缓死者,无不用;其治国也,凡可以存存而救亡者,无不为。至于不可奈何而后已,此之谓知命。”[①](《人事天命》)

① [宋]罗大经撰:《鹤林玉露》,《宋元笔记小说大观》,上海:上海古籍出版社,2001年,第5209页。

罗大经摘录了东坡《墨妙亭记》中这一段妙文，并与王、程之语并列，虽未多加评论，我们可以感觉到他对东坡之论是首肯的。对于东坡的至理名言，黄震《黄氏日抄》中盛赞：《墨妙亭记》"知命者，必尽人事，然后理足而无憾"，真理到之言，可以发孟子不立乎岩墙之说。《墨妙亭记》作于熙宁五年十二月，苏轼杭州通判任上以修堤事往湖州应孙觉所请而作，其时作者正当盛年，其论不惟是至理名言，更是盛年苏轼的肺腑之言。对于理想事业的追求，"至于不可奈何而后已。此之谓知命"[①]，表达了苏轼对于把握人生命运的执着追求。虽然罗大经在《人事天命》中对东坡高论未多评说，但阅看其他篇目，我们可以探知罗氏从不同角度对人生理想以及人的命运的始终不懈的思考与把握。

罗大经在其《诗祸》和《去妇词》篇中对东坡坎坷一生，历经迁谪不改初衷表达了深深的"理解之同情"。《诗祸》曰：

> 东坡文章妙绝古今，而其病在于好讥刺。文与可戒以诗云："北客若来休问事，西湖虽好莫吟诗。"盖深恐其贾祸也。乌台之勘，赤壁之贬，卒于不免。观其《狱中》诗云："梦绕云山心似鹿，魂飞汤火命如鸡。"亦可哀矣。然才出狱，便赋诗云："却对酒杯疑是梦，试拈诗笔已如神。"略无惩艾之意，何也？晚年自朱崖量移合浦，郭公父寄诗云："君恩浩荡似阳春，海外移来住海滨。莫向沙边弄明月，夜深无数采珠人。"其意亦深矣。[②]

《去妇词》引魏鹤山语曰：

> 魏鹤山云："处人伦之变，当以《三百五篇》为正。《考盘》、《小宛》之为臣，《小弁》、《凯风》之为子，《燕燕》、《谷风》之为妇，《终风》之为母，《柏舟》之为宗臣，《何人斯》之为友，皆不遇者也。而责己重以周，待人轻以约，优柔谆

① [宋]苏轼著，曾枣庄、马德富、周裕锴主编：《苏轼全集校注·文集》，石家庄：河北人民出版社，2010年，第1117页。

② [宋]罗大经撰：《鹤林玉露》，《宋元笔记小说大观》，上海：上海古籍出版社，2001年，第5281页。

切，怨而不怒，优而不敢疏也。东坡在黄、在惠、在儋，不患不伟，患其伤于太豪，便欠畏威敬怒之意。如‘兹游最奇绝，所欠唯一死’之类，词气不甚平。又如《韩文公庙碑》诗云：‘作书诋佛讥君王，要观南海窥衡湘。’方作谏书时，亦冀谏行而迹隐，岂是故为诋讦，要为南海之行。盖后世词人多有此意，如‘去国一身，高名千古’之类，十有八九若此，不知君臣义重，家国忧深。圣贤去鲁、去齐，不若是恝者，非以一去为难也。”此论精矣。[①]

在罗氏的批评中，我们似可听到东坡晚年“问汝平生功业，黄州惠州儋州”的愤慨呼声。东坡自幼“奋厉有天下志”，且终其一生，守其初心，始终不渝。罗大经深入研味东坡诗文，从关注东坡早年的成名作《刑赏忠厚之至论》，其论刑赏也，曰：“当尧之时，皋陶为士。将杀人，皋陶曰‘杀之’三，尧曰‘宥之’三，故天下畏皋陶执法之坚，而乐尧用刑之宽。”到盛赞东坡“海外论得周孔之心”，以仁政治天下，以仁义溥天下，为政宽严相济、刚柔相济，强国裕民是其一生的追求。所以，我们理解在特定历史环境下罗大经对于东坡贬谪诗文的批评，但依然认为正是此类诗文最能见出东坡对于独立人格的追求，最能见出其坦荡磊落的胸襟，最能见出其坚韧刚直的内心世界。石压笋斜出，正是在屡挫屡奋的奋争中，展示了东坡性格特质的另一面——刚毅果敢，独具风标。

东坡“知命者必尽人事，然后理足而无憾”之至理名言，绝非大言欺世的泛泛之言，乃是其清醒的人生认知。他在《晁错论》《思治论》中一再申明“古之人有犯其至难而图其至远者”[②]（《思治论》），“古之立大事者，不惟有超世之才，亦必有坚忍不拔之志”[③]（《晁错论》）。东坡之人生志业，一旦确立，历经岁月风霜，矢志不渝。东坡早年在《上曾丞相书》中慨言：

---

① [宋]罗大经撰：《鹤林玉露》，《宋元笔记小说大观》，上海：上海古籍出版社，2001年，第5249页。

② [宋]苏轼著，曾枣庄、马德富、周裕锴主编：《苏轼全集校注·文集》，石家庄：河北人民出版社，2010年，第392页。

③ [宋]苏轼著，曾枣庄、马德富、周裕锴主编：《苏轼全集校注·文集》，石家庄：河北人民出版社，2010年，第366页。

轼不佞，自为学至今，十有五年。以为凡学之难者，难于无私。无私之难者，难于通万物之理。故不通乎万物之理，虽欲无私，不可得也。己好则好之，己恶则恶之，以是自信则惑也。是故幽居默处而观万物之变，尽其自然之理，而断之于中。其所不然者，虽古之所谓贤人之说，亦有所不取。[①]

贬谪黄州，东坡在回复老友劝慰的书信中，以忠信刚毅自许，亦以忠信刚毅励友："吾侪虽老且穷，而道理贯心肝，忠义填骨髓，直须谈笑于死生之际……虽怀坎壈于时，遇事有可尊主泽民者，便忘躯为之，祸福得丧，付与造物！"[②]（《与李公择》）王文诰在《苏诗总案》卷二〇激赏：

公与子由诗云："丈夫重出处，不退要当前。"其一生安身立命在此十字。今读此书，极不以公择慰问为然，而反以规之，千载之下，犹见其生气凛然也。[③]（《苏轼全集校注》集评引）

东坡在历经人生风雨，尝尽人生万般况味之后，依然不忧不惧，在《刚说》中言志抒怀，掷地有声：

孔子曰："刚毅木讷，近仁。"又曰："巧言令色，鲜矣仁。"所好夫刚者，非好其刚也，好其仁也；所恶夫佞者，非恶其佞也，恶其不仁也。吾平生多难，常以身试之，凡免我于厄者，皆平日可畏人也；挤我于险者，皆异时可喜人也。吾是以知刚者之必仁，佞者之必不仁也。……方孔子时，可谓多君子，而曰"未见刚者"，以明其难得如此。而世乃曰"太刚则折"。士患不刚耳，长

---

① [宋]苏轼著，曾枣庄、马德富、周裕锴主编：《苏轼全集校注·文集》，石家庄：河北人民出版社，2010年，第5199页。

② [宋]苏轼著，曾枣庄、马德富、周裕锴主编：《苏轼全集校注·文集》，石家庄：河北人民出版社，2010年，第5617页。

③ [宋]苏轼著，曾枣庄、马德富、周裕锴主编：《苏轼全集校注·文集》，石家庄：河北人民出版社，2010年，第5619页。

养成就，犹恐不足，当忧其太刚而惧之以折耶？折不折，天也，非刚之罪。为此论者，鄙夫患失者也。[①]（《刚说》）

我们循着东坡在朝在野，由盛年被贬黄州到晚年流贬岭海的人生行迹，并由其相关诗文，可以看到东坡自我心迹的剖白，从而领略其“纵浪大化中，不忧亦不惧”的兀傲情态，和对于人生理想信念的执着探寻。东坡在元祐中曾因反对司马光全面废除新法一度陷入新旧两党的夹攻之中，正由于此，他认识到党争对于官场政治生态的危害和坚守独立精神的不易。他在给好友杨绘的信中说：

昔之君子，惟荆是师。今之君子，惟温是随。所随不同，其为随一也。老弟与温相知至深，始终无间，然多不随耳。致此烦言，盖始于此。然进退得丧，齐之久矣，皆不足道。[②]（《与杨元素书》之十七）

政坛上龙争虎斗，风云变幻，东坡为了人生理想追求，绝不随时上下，更不随人俯仰，依草附木，仰人鼻息，成为当时政坛的净化器。尽管砥柱难挽颓波，但在时人和后人心目中他是一个别样的存在。黄庭坚在《跋子瞻送二侄归眉诗》中写道：

观东坡二丈诗，想见风骨巉岩，而接人仁气粹温也。观黄门诗，颀然峻整，独立不倚，在人眼前。元祐中，每同朝班，余尝目之为成都两石笋也。[③]

刘安世对其在纷繁复杂的党争中独立高标也大加赞赏：“东坡立朝大节极可观，才意高广，惟己之是信。在元丰则不容于元丰，在元祐则虽与老先生议论亦

①[宋]苏轼著，曾枣庄、马德富、周裕锴主编：《苏轼全集校注·文集》，石家庄：河北人民出版社，2010年，第1056—1057页。

②[宋]苏轼著，曾枣庄、马德富、周裕锴主编：《苏轼全集校注·文集》，石家庄：河北人民出版社，2010年，第6142页。

③[宋]黄庭坚著，屠友祥校注：《山谷题跋校注》，上海：上海远东出版社，2011年，第35页。

有不合处，非随时上下人也。”[①]（宋马永卿《元城语录》卷上引刘安世语）

阅看东坡之文，其一生志向情操表露相对显明，在其诗词中则是相对蕴藉，豪婉相融，刚柔并济，仅就读者较为熟悉的篇章即可感知。

经“乌台诗案”的生死考验，在黄州，依然“拣尽寒枝不肯栖”；在元祐，虽旧党执政，依然坚持己见，不随波逐流，《千秋岁·次韵少游》词中也写到了君恩：“道远谁云会，罪大天能盖。君命重，臣节在。新恩犹可觊，旧学终难改。吾已矣，乘桴且恁浮于海。”也是在黄州，在词中借景抒情，表达自己对于人世风雨坦然面对，不忧不惧：“回首向来萧瑟处，归去，也无风雨也无晴。”及至岭海，经历了更多的坎坷磨难，却更磨砺了坚韧意志，在其《独觉》诗中回首风雨人生，直抒心怀：“回首向来萧瑟处，也无风雨也无晴！”

有论者注意到苏轼遵老苏遗命，终其一生，在生活最为艰难的儋州最终完成了《论语说》《书传》《易传》，有抚视三书，则此生不虚过之叹；罗大经则特别关注，东坡之海外论得周孔之心。在微信群中，我看到一位朋友的感慨，他认为研究东坡我们似乎淡忘了他的苦难，阅读他的书信，他对人生的苦难多有叙写，但他也往往嘱托亲友，看过即焚去。我们对于东坡经受的坎坷苦难的感知，不应当随着岁月的远去，随着书信焚烧的烟雾而淡化消失。正因为东坡经历过牢狱之灾、流贬之苦，经历了他人难以想象的苦痛，甚或生死的历练，依旧不忘初心，执着前行，他的人生乃是其对于人事天命卓识的生命践行，“石压笋斜出”，以顽强的生命意志，直面复杂世态人情，在不圆满的人生中尽力追求其精神上的圆满。

由是而论，我们从不同角度探研东坡幽默诙谐、旷达超逸、豪放爽直的性格时，不应忽略东坡刚正、刚毅、刚直、坚韧的个性，罗大经对于东坡至理名言的录载和东坡性格的批评，从多方面给予我们以启示。

余　论

罗大经《鹤林玉露》中有关东坡的四十余条评价，涉及东坡的政见政略、诗文

① ［宋］马永卿辑，［明］王崇庆解：《元城语录解》，上海：商务印书馆，1939年，第4页。

创作成就与文学地位、诗文风格，也涉及东坡刚直坚毅的个性。我们之所以对罗大经之“东坡论”特别关注，是因为罗大经论东坡有其独到之处。罗大经《鹤林玉露》成书于晚宋衰微之际，他空有经纶之志，而无回天之力，身历官场纷争，最后终老田园。罗大经仕宦蹉跎，但其博极群书，专心著述。他关切现实，对于宋室南渡，偏安一隅，深感不满，对于秦桧、韩侂胄专权误国深表不满；对于朝野媚上欺下、世衰俗怨的末世颓风大加挞伐。他对于秦汉、六朝、唐宋文学有独到见解。罗大经在博古通今且精通诗文的前提下，他的“东坡论”的切入角度、评论方法值得关注。

正由于罗大经博学多识，对于历史、现实，对于政事民情有较全面的认知，所以他对于苏轼的政论才情有准确的定位，得出“东坡海外论深得周孔之心”之定论；在准确把握唐宋散文发展演变规律的基础上，具论韩柳欧苏散文创作的时代和个性特色。

罗大经评论东坡还有一个明确的特点，就是在系统梳理比较分析的前提下，对于东坡的诗文创作以精要的论辩，其《诗祸》篇由杨恽“南山种豆”到“江湖诗祸”，理出了一条明晰的“诗祸史”线索。也正是在这样的历史链上，我们对于东坡因诗贾祸认知加深。《东坡文》一则，论苏轼文章深受《庄子》《战国策》影响，因为作者对东坡一系列名篇进行了分析论证，其评论颇具说服力。读《王定国、赵德麟》与《交情世态》，联系罗大经一系列对于北宋末及当世权位移人、士风日下的批评，我们在了解他赞同朱熹“世乱俗薄，士无常守”，“故中材以下，莫不变化而从俗”的衰世下，对苏门王定国、赵德麟屈己事人，“改节易行”[①]，深感叹惋。但在《交情世态》一文中对苏门“后山出境而见东坡”和“苏粉”巢谷“年逾七十，徒步万里，访二苏于瘴海之上，死而不悔”[②]，倍加赞赏。这也是在对相关资料相关人物全面把握的基础上有感而发。而面对世乱俗薄、世风日下的现实，通过两组人物的对比，其论议旨趣自在其中。

罗大经在《鹤林玉露》中评古论今，论及政坛纷争、文学思潮、文学流派，论政

① [宋]罗大经撰：《鹤林玉露》，《宋元笔记小说大观》，上海：上海古籍出版社，2001年，第5237页。
② [宋]罗大经撰：《鹤林玉露》，《宋元笔记小说大观》，上海：上海古籍出版社，2001年，第5381页。

多感怀之言，论文多会心之论。对于所论之事，所评之人，亦多能摆脱时论局囿，自书己见。从罗大经《鹤林玉露》可以看出，罗氏对于朱熹是十分敬重的。众所周知，朱熹对于苏轼也是批评最为激烈的，在《鹤林玉露》甲编卷二《二苏》篇，罗大经引述了朱熹对东坡的尖锐批评，朱文公云："二苏以精深敏妙之文，煽倾危变幻之习。"又云："早拾苏张之绪余，晚醉佛老之糟粕。"——文公每与其徒言："苏氏之学，坏人心术，学校尤宜禁绝。"但在该文中罗大经又客观引述了苏轼在当时的地位与影响，"孝宗最重大苏之文，御制序赞，特赠太师，学者翕然诵读，所谓'人传元祐之学，家有眉山之书'，盖纪实也"。指出朱熹之言，时有门户之见，"自程苏相攻，其徒各右其师"。对于朱熹后来"编《楚辞后语》，坡公诸赋皆不取，惟收《胡麻赋》，以其文类《橘颂》。编《名臣言行录》，于坡公议论所取甚少"[①](《二苏》)不无遗憾。

罗大经能诗善文，对于历史事件、现实政治、人情世故、古今诗文名家时有精到批评。罗氏有关东坡诗文的批评，前文已多有引述，此不赘。他论及韩柳之别曰："韩如美玉，柳如精金；韩如静女，柳如名姝；韩如德骥，柳如天马。"(《韩柳欧苏》)言及诗人胸怀，则曰："李太白云：'刬却君山好，平铺湘水流。'杜子美云：'斫却月中桂，清光应更多。'二公所以为诗人冠冕者，胸襟阔大故也。此皆自然流出，不假安排。"[②](《诗人胸次》)论及"应世守己"的方法则曰："无可无不可，应世法也；有为有不为，守己法也。"[③](《应世守己》)

在通观罗大经著述的基础上，研味其具有个性特色的"东坡论"，可以在多方面予人启悟。以上琐议，不当之处，还望方家纠谬。

---

①［宋］罗大经撰：《鹤林玉露》，《宋元笔记小说大观》，上海：上海古籍出版社，2001年，第5178页。

②［宋］罗大经撰：《鹤林玉露》，《宋元笔记小说大观》，上海：上海古籍出版社，2001年，第5269页。

③［宋］罗大经撰：《鹤林玉露》，《宋元笔记小说大观》，上海：上海古籍出版社，2001年，第5308页。

由学术而政治　由政治而戏曲

——“三教论衡”散论

论及唐代的“参军戏”，多会提及唐代高彦休《唐阙史》所载“李可及戏三教”。从表现手法上看，“李可及戏三教”固然与“参军戏”有一定的关联，但翻检相关资料，我们认为，“三教论衡”作为一种特殊的历史文化现象，它渊源有自，自成一脉，它由学术而政治，由政治而戏曲，有清晰可寻的脉络。本文拟对之加以粗略探讨，不揣浅陋，以就正于方家。

一

关于与政治关系密切的“三教论衡”，陈登原《国史旧闻》三四四《三教论衡》曾专节论列，任二北《唐戏弄》三《剧录·科白类诸剧》（九）亦收载相关资料，据之可理出“三教论衡”始于北魏、北周，继见于隋，至唐而有李可及所扮演剧作，且有影响后世的基本线索。

据有关史料，在特定政治视角观照下的宗教性“三教论衡”在北魏已经出现。《资治通鉴》卷一三三载，宋明帝泰始七年，谓魏献文帝好黄老浮屠，“每引朝士及沙门共谈玄理”①。至北周已渐盛，据《北周书》五《武帝纪》载，天和三年，“集百僚，及沙门、道士等，亲讲《礼记》”；天和四年，“集百僚、道士、沙门等，讨论释老义”；建德二年，“集群臣及沙门道士等，帝升高座，辩释三教先后，以儒教为主，道

① 转引自胡士莹著：《话本小说概论》上，北京：商务印书馆，2011年，第30页。

教为次，佛教为后”[1]；《北周书》卷三十一《韦敻传》：“武帝又以佛、道、儒三教不同，诏敻辩其优劣。敻以三教虽殊，同归于善，……乃著《三教序》奏之。”[2]

据有关史料之分析，南北朝时，“三教论衡”并不仅限于北魏、北周，因为就侯白《启颜录》中有关石动桶与僧人、国学博士相谑问难的片断，可以推知北齐朝廷对“三教论衡”亦有兴趣。该书中石动桶在国学中趣解“孔子七十二弟子”一段，论者引用颇多，这里引用石动桶趣解“无一无二，无是无非”之义，问难大德法师的故事以略见其特色：

> ……动桶即于高座前褰衣阔立，问僧曰：“看弟子有几个脚?”僧曰：“两脚”。动桶又翘一脚向后，一脚独立，问僧曰：“更看弟子有几个脚?”僧曰：“一脚”。动桶云：“向有两脚，今有一脚，若为得无一无二?”僧即答云：“若是二是真，不应有一脚，脚既得有一，明二即非真。”动桶既以僧义不穷，无难得之理，乃谓僧曰：“向者剧问法师，未是好义。法师既云：‘无一无二，无是无非。’今问法师此义，不得不答。弟子闻天无二日，士无二王。今者天子一人，临御四海，法师岂更得云‘无一’？卦有乾、坤，天有日、月，皇后配于天子，即是二人。法师岂更得云‘无二’？今者帝德广临，无幽不照，昆虫草木，皆得其生，法师岂更得云‘无是’？今既四海为家，万方归顺，唯有宇文黑獭，独阻皇风，法师岂更得云‘无非’?”于是僧遂嘿然无以应。高祖抚掌大笑。[3]

侯白《启颜录》散佚已久，现存各辑佚本皆非全貌，上例见于敦煌卷子《启颜录·论难篇》。兹再录该书中“佛是日儿”一事：

> 高祖又尝以四月八日斋会讲说，石动桶时在会中。有大德僧在高座上讲，道俗论难，不能相决。动桶后来，乃问僧曰：“今是何日?”僧答云：“是佛

① [唐]令狐德棻等撰：《周书》，北京：中华书局，1971年，第83页。
② [唐]令狐德棻等撰：《周书》，北京：中华书局，1971年，第545页。
③ 王利器辑：《历代笑话集》，上海：上海古籍出版社，1956年，第10—11页。

生日。”动桶即云：“日是佛儿？”僧即变云：“今日佛生。”动桶又云：“佛是日儿？”众皆大笑。[①]

此类故事，在佛门参问请益、博辩论难之基础上，有了“游戏”成分，但仍是“三教论衡”时代思潮影响之下，佛门参请问难逐渐世俗化、艺术化的产物。值得注意的是，石动桶佛门问难，利用了汉语谐音成趣的特点，这一点与唐代李可及“戏三教”颇为相似。《启颜录》尚有《佛骑牛》一则，旨趣相近：

北齐高祖尝以大斋日设聚会。时有大德法师开道，俗有疑滞者，皆即论难……石动桶最后论义，谓法师曰：“且问法师一个小义，佛常骑何物？”法师答曰：“或坐千叶莲花，或乘六牙白象。”动桶云：“法师全不读经，不知佛所乘骑物。”法师即问云：“檀越读经，佛骑物何？”动桶答云：“佛骑牛！”法师曰：“何以知之？”动桶曰：“经云：‘世尊甚奇特，’岂非骑牛？”坐皆大笑。[②]

石动桶借用汉语之特点，趣解佛经，引起了意想不到的效果。文中以“奇”谐和“骑”，把“特”释为牛，于是“奇特”就成了“骑牛”。这些记述很容易让人想起李可及“戏三教”之内容和表演方式，但综观这些资料（包括石动桶到国学中问难的材料），我们可以说，它们仅仅是北魏、北周在统治者政治视角观照下儒、释、道三教学术辩论向唐代戏剧形态的《三教论衡》转变的过渡形态。这是因为，其中人物乃是现实中人物，不是戏剧中有剧本、有预演计划的化装表演；作品中人物语言不是代言体；论难目的是为娱乐。这一切都具现了它们在学术至戏剧艺术的中间状态。

儒、释、道三教是客观存在，辨识三教优劣则成为必然，这是因为，三教各时期之宗教领袖都知道，宗教必依皇权、政权而兴，希望提高本教的政治地位、社会地位，因此在宗教论难上均不遗余力。另外，统治者为寻求治国良方、精神支柱，

① 王利器辑：《历代笑话集》，上海：上海古籍出版社，1956年，第11页。
② 王利器辑：《历代笑话集》，上海：上海古籍出版社，1956年，第10页。

于是通过“三教论衡”这一形式有所抉择。如果说，在“三教论衡”具有一定趣味之始，对于儒、释、道三教并未有恶意攻讦，是由于在政教合一特定时代，统治者少有偏袒。至隋之后，由于统治者有意识地利用宗教为当朝政治服务，从政教、学术以及艺术上，相关人士也显示出自己特有的“宗教倾向”。

《隋书·李士谦传》载：“客又问三教优劣，士谦曰：‘佛，日也；道，月也；儒，五星也。’客亦不能难而止。”[①]则谓三教各有所用，不可或缺。至唐，政治、学术上的三教论衡自唐高祖始。唐太宗亲临国子学，引道士、沙门、博士，相与驳难。并曾下诏说：

> 朕欲敦本息末，崇尚儒宗，开后生之耳目，行先王之典训。三教虽异，善归一揆。（《唐会要》四七《议释教》）

从这一段文字看，似乎太宗对三教视同一律，并无偏袒。但实际上，太宗从统治利益着想，有意抬高道教地位，曾诏令道士女冠在僧尼之前，理由是“朕之本系，出于柱史”[②]；曾下诏责沙门法琳，因为“诽谤我祖祢，谤诽我先人”[③]。这一切皆源于李唐王朝偶然与老子同姓。此后武后、睿宗曾先后调和其间，武后曾禁僧道互相谤毁，僧尼与道士女冠“齐行并进”。但也正是从初唐统治者宗教态度的变迁中，我们可以见出释、道二教争斗之烈。

宗教政治相互为用，这是历代君主和宗教领袖都明白的道理，于是在唐代，释、道二教为了各自教门的兴盛，于彼此论难之中，自不免有夸饰之词、攻讦之语，出现一些“戏剧性”的情节，不符合学术规范，这种现象在唐玄宗《答张九龄贺论三教批》中可以想见。玄宗曰：“求之精义，不许游词，用服其心，以惩习俗。”[④]

① [唐]魏征等撰：《隋书》，北京：中华书局，1973年，第1752页。

② [唐]李世民著，吴云辑：《唐太宗全集·令道士在僧前诏》，天津：天津古籍出版社，2004年，第350页。

③ [唐]李世民著，吴云辑：《唐太宗全集·诘沙门法琳诏》，天津：天津古籍出版社，2004年，第400页。

④ [清]董诰编：《全唐文》，北京：中华书局，1982年，第404页。

二

在唐代的三教论衡中，可以看出统治者的“宗教倾向”。代宗大历六年（771），有《三教道场文》，叙三教先佛，次道，次宣圣。从相关文献资料也可看到，三教论衡虽未“戏剧化”，但已逐渐“艺术化”了。《旧唐书·韦渠牟传》载：贞元十二年四月，德宗诞日，御麟德殿，召徐岱、赵需、许孟容、韦渠牟，及道士万参成、沙门谭延等十二人，“讲论儒道释三教，渠牟枝词游说，捷口如注，上谓之讲耨有素，听之意动”，“大悦”。[①]至德宗朝，参与论辩之三方已有意把论辩安排得极具“戏剧性”，在皇帝而言，已不啻于一种艺术观赏，而大臣已沦为俳优矣：

> 帝以诞日岁岁诏佛、老者大论麟德殿，并召岱及赵需、许孟容、韦渠牟讲说。始三家若矛盾然，卒而同归于善。帝大悦。[②]

任二北先生据以推断，论辩三方事先必有谋划，必有脚本，其目的是要龙颜愉悦，而为达到这种“戏剧化”的效果，则必依赖于表演之伎艺化。

于是，到中唐白居易的时代，三教论衡已有了表演、作戏的意味。据白氏《三教论衡》载，其时在麟德殿之内道场，设三高座，升座者儒官原服，赐金鱼袋，释为赐紫引驾沙门，道亦赐紫道士。论辩时，预有安排，已形成一定之套数，僧问儒对，僧难儒对；儒问僧答，儒难僧答；儒问道答；道问儒对，道难儒对，然后退。据此，三教论衡已具演出脚本（事先已精心准备），演出场面、道具、演出服装，演出之情节。

于是至李可及之时，乘时利便，改造三教论衡成为特定的“戏剧”。据唐代高择《群居解颐》载：

> 咸通中，优人李可及滑稽谐戏，独出辈流。虽不能括讽谕，然智巧敏捷，

---

① ［后晋］刘昫等著：《旧唐书·德宗纪》，北京：中华书局，1975年，第383页。

② ［宋］欧阳修等撰：《新唐书·徐岱传》，北京：中华书局，1975年，第4984页。

亦不可多得。尝因延庆节，缁黄讲论毕，次及优倡为戏。可及褒衣博带，摄齐以升座，称三教论衡。偶坐者问曰："既言博通三教，释迦如来是何人？"对曰："是妇人。"问者惊曰："何也？"对曰："《金刚经》云：'敷坐而坐。'非妇人，何烦夫坐而后儿坐也？"上为之启齿。又曰："太上老君何人也？"对曰："亦妇人也。"问者益所不喻。乃曰："《道德经》云：'吾有大患，是否有身。及吾无身，吾有何患！'倘非妇人，何患乎有身乎？"上大悦。又问："文宣王何人也？"对曰："妇人也。"问者曰："何以知之？"对曰："《论语》云：'沽之哉！待贾者也，向非妇人，奚待嫁为？"上意极欢，赐予颇厚。①

在这里，李可及与其同人所演，已是完全的戏剧了。尽管这里记载简略，对白多表演动作少，且仅仅通过科白滑稽以愉悦听众。参与演出者至少应有二人，或为多人，所谓"隅坐者"也。

在唐代有关资料中所见三教论衡之戏仅此一例。尽管有些学者断言唐代三教并行，各有戏剧，但少见相关文献资料。而儒教方面之戏，则有《弄孔子》，事见《旧唐书·文宗纪》：

太和六年二月己丑，寒食节，上宴群臣于麟德殿。是日，杂戏人弄孔子，帝曰："孔子，古今之师，安得侮渎！"亟命驱出。②

《弄孔子》戏内容不明。任二北先生搜集后世相关剧目，推言："唐代弄孔子，演何故事，杳不可考。惟从后世情形测之，至少于《哭颜回》、《夹谷会》、《在陈绝粮》三事之中，必有其一。"③亦即写孔子及弟子不为世用之落魄，甚或遭困遇厄之困窘。此由晚唐罗隐二诗可以推知。诗曰：

---

① 王利器辑：《历代笑话集》，上海：上海古籍出版社，1956年，第58页。

② [后晋]刘昫等著：《旧唐书·文宗纪》，北京：中华书局，1975年，第544页。

③ 任半塘著：《唐戏弄》，北京：作家出版社，1958年，第574—575页。

晚来乘兴谒先师，松柏凄凄人不知。九仞萧墙堆瓦砾，三间茅殿走狐狸。雨淋状似悲麟泣，露滴还同叹凤悲。倘使小儒名稍立，岂教吾道受栖迟！[①]（《谒文宣王庙》）

三教之中儒最尊，止戈为武武尊文。吾今尚自披蓑笠，你等何须读典坟。释氏宝楼侵霄汉，道家宫殿拂青云。若教颜闵英灵在，终不羞他李老君。[②]（《代文宣王答》）

罗隐因十上不第，一介狂生，满腹牢骚，借以发泄，恣意嘲讽，固属有之。但于诗中隐隐透出三教论衡之信息："释氏宝楼侵霄汉，道家宫殿拂青云。"而文宣王庙则是"松柏凄凄人不知"，"九仞萧墙堆瓦砾，三间茅殿走狐狸"。尽管儒家自称"三教之中儒最尊，止戈为武武尊文"，但教主孔子"尚且披蓑笠"，教徒何方有福荫？两首诗，给我们透露出以下信息：三教论衡几已影响到较为普遍的社会生活（尤其是三教教徒）；唐代诗歌中"问答体"运用之普遍纯熟，其为"代言体"，已具"戏剧性"因素；在唐代，三教之中，儒教最为低下。

三

唐代三教之中，最重道教，陈登原《国史旧闻》专列《唐重老子》一节，列相关社会现象曰：唐代科举常以老子为考试题目；唐代因皇室与老子同姓而尊其为皇帝；唐代后妃公主多入道（一代妃主为女道士见于传记者，多达四十余人），道士之中多有名人。而三教之中，儒教地位最低，刘开荣《唐代小说研究》云：

"儒家的地位，在唐社会上，及一般人的心目中，是那样令人不能相信的微弱！在朝廷，或是在仪文上，虽是三教并重，然而在一般人生活中，则佛道二教是极占优势。"正因为如此，在诗、在词、在小说、在戏曲都有了在三教论衡之政治、宗教诸因素大背景下之《弄孔子》。换句话说，我们只有了解了唐代政治、宗教等社会大背景，结合诗歌、小说等史料，才能认识何以三教论衡，嘲戏释、道二教之

① [唐]罗隐著，潘慧惠校注：《罗隐集校注》，杭州：浙江古籍出版社，1995年，第90—91页。
② [唐]罗隐著，潘慧惠校注：《罗隐集校注》，杭州：浙江古籍出版社，1995年，第91—92页。

作品皆不存,而《弄孔子》的剧作见于史料,且影响后世,绵延不绝的原因。

对《三教论衡》追源溯流,我们可以发现,由宗教(学术)而政治,由政治而宗教(学术),二者交互为用,而后融合了艺术诸种因素,而后形成这特有的戏剧。与之同时,我们还可看到三教论衡在学术论著、治教政令、诗作词作、小说中的种种表现。因此,我们完全可以这样说,作为具有综合性艺术特色的戏剧形态的三教论衡,在政教上,它自有渊源;在形成过程中,它摄取了多方面的艺术营养,形成自己的特色。它既受唐代参军戏的影响,又突破了参军戏的局限,这是我们对其特别重视的原因。

至于三教论衡对后世小说(戏曲)的影响,可谓源远流长,鲁迅《中国小说史略》《中国小说的历史的变迁》均论及"神魔小说"(《西游记》《封神演义》《女仙外史》)与三教论衡终于三教归一的关系,限于篇幅,这里不再赘述。

而在三教论衡时代背景下产生的《弄孔子》戏曲之影响延及后世,有一条明晰的线索可寻。至宋代,于有关资料中,所谓禁绝《弄孔子》戏的资料数见:

> 至道二年,重阳,皇太子、诸王宴琼林苑,教坊以夫子为戏者。宾客李至言于东朝曰:"唐太和中,乐府以此为戏,文宗遽令止之,笞伶人,以惩其无礼。鲁哀公以儒为戏尚不可,况敢及先圣乎?"东朝惊叹言于上,而禁止之,此戏遂绝。①
>
> 孔道辅……孔子四十五代孙也。……奉使契丹……契丹宴使者,优人以文宣王为戏,道辅艴然径出。契丹使主客者邀道辅还坐,且令谢之。道辅正色曰:"中国与北朝通好,以礼文相接。今俳优之徒,慢侮先圣而不之禁,北朝之过也。道辅何谢!"契丹君臣默然。……既还,……仁宗问其故,对曰:"……平时汉使至契丹,辄为所侮,若不较,恐益慢中国。"帝然之。②
>
> 元祐中,上元,驾幸迎祥池,宴群臣,教坊伶人以先圣为戏。刑部侍郎孔

---

①[宋]杨亿著:《杨文公谈苑》,见朱易安、傅璇琮主编《全宋笔记》(第八编第九册),郑州:大象出版社,2017年,第43页。

②[元]脱脱等撰:《宋史·孔道辅传》,北京:中华书局,1977年,第9883—9884页。

宗翰奏："唐文宗时，尝有为此戏，诏斥去之。今圣君宴犒群臣，岂宜尚容有此"！诏付检官置于理。或曰："此细事，何足言！"孔曰："非尔所知。天子春秋鼎盛，方且尊德乐道。而贱技乃尔亵慢，纵而不治，岂不累圣德乎？"闻者羞惭叹服。①

景定（理宗）五年，明堂礼成，恭谢太乙宫，赐宴斋殿，教坊伶优举经语以戏。刑部侍郎徐复引孔道辅使契丹责以文宣为戏故事，请诫乐部无得以六经前贤为戏。②

尽管把禁演《弄孔子》之戏抬至关乎外交活动中影响国家尊严、皇帝的道德修养的高度，但从屡禁不止的记载，可见《弄孔子》戏曲受欢迎的程度，甚且契丹亦有此戏。

至元、明、清三代，有关律令十分严酷。《大明律》上明令，"但有亵渎帝王、圣贤之词曲、驾头杂剧，非律所该载者"，"拿送法司究治"。因此，现存元、明、清三代剧目中，少有此类内容。但在民间，这一类戏似乎始终未能禁绝。清代光绪年间，河南、安徽一带曾演出《在陈绝粮》，演出时孔子和子路都是花脸登场。清代山东梆子也有《子见南子》《在陈绝粮》等，孔子则以丑角出场，脸上勾白块加几根白胡须。可见"弄孔子"一脉之长远影响，至于今日在世界范围内评价儒学的地位，为正确评价孔子，弘扬儒教精神而拍摄电视连续剧，从某种意义上讲，亦是三教论衡的继续。

研究历史上三教论衡之文化现象，其影响久远的原因有二。其一，儒释道三教，上关国家政教，下涉普通百姓的礼仪、道德、信仰，所以有关三教盛衰荣辱、轶事趣闻之"戏"，能引起全社会广泛关注；其二，三教论衡犹如三国故事，矛盾三方，此消彼长，"而事状无楚汉之简，又无春秋列国之繁，故尤宜于讲说"，既便于设置矛盾，又无头绪纷繁之病，所以政教文化因素与戏曲因素有机结合，产生了这文化史上特有的"三教论衡"。

---

①［宋］王辟之著：《渑水燕谈录》卷八，北京：中华书局，1981年，第104页。

②［宋］叶寘著：《爱日斋丛抄》，《全宋笔记》第八编第五册，郑州：大象出版社，2017年，第375页。

中国古典小说中巾帼英雄形象源流及其演变

在中国古典小说丰富多彩的人物画卷中,有一组闪耀着奇光异彩的人物形象——巾帼英雄形象系列。这一形象系列中的许多名字在古今中国各个阶层妇孺皆知,家喻户晓:替父从军的花木兰,大破天门阵的穆桂英,《水浒传》中的三女杰,击鼓战金山的梁红玉……她们以经久不衰的魅力,深入人心,征服了从古到今的无数崇拜者,给读者留下了深刻的印象,在中国文学史乃至社会文化史上产生着至为深远的影响。所以,探讨巾帼英雄形象的产生、发展、源流、演变及其特色等,对于中国古典文学的研究和中国古代社会妇女问题的研究都是极有意义的。

一

中国古典小说中巾帼英雄形象多出现在传统章回小说中,她们之所以具有诱人的艺术魅力,最为关键的是小说家们赋予她们以独具的艺术特色,使其具备了独特的审美价值。

古代小说家笔下的巾帼英雄,大多产生在历史上剧烈动荡的战争年代,经历过刀光剑影的军旅生活,度过保家卫国、浴血奋战的岁月。但是,我们诧异地看到,在较早出现的章回小说《三国演义》中没有出现这类形象。一方面可能是这本“七实三虚”的历史演义小说拘泥于历史事实,但另一方面却也真实地反映了当时女性的社会地位:在家庭,只是生儿育女、传宗接代的工具。在政坛,也是根本难以主宰自己命运的政治斗争的工具。貂蝉、孙尚香是小说中着墨较多的女性人物,其命运正足以说明这个问题。

而稍后于《三国演义》的《水浒传》中的三女杰——“一丈青”扈三娘、“母大虫”顾大嫂、“母夜叉”孙二娘,却以全新的面貌出现在读者面前。

我们说水浒三女杰面貌全新,主要是指其奇貌、奇能、奇智。三员女将基本上可以代表古典小说巾帼英雄的相貌特征——奇丑与奇艳,一看孙二娘、顾大嫂的绰号,其相貌特征、性格特点可以想见,“母大虫”即今人所谓母老虎,而“母夜叉”之粗丑也是可以想见的。小说中的描写尽管不无夸张,却也生动传神。该书第四十九回写顾大嫂:“眉粗眼大,胖面肥腰。插一头异样钗环,露两个时兴钏镯。有时怒起,提井栏便打老公头;忽地心焦,拿石锥敲翻庄客腿。生来不会拈针线,弄棒持枪当女工。”[①]

第二十七回写母夜叉孙二娘,也是“眉横杀气,眼露凶光。辘轴般蠢坌腰肢,棒槌似粗莽手脚。厚铺着一层腻粉,遮掩顽皮;浓搽就两晕胭脂,直侵乱发。金钏牢笼魔女臂,红衫映照夜叉精”[②],奇丑乃是其共同的形体特征。一反前此小说中闺阁佳人,莺声燕语,红粉歌妓,风情万种。而是以一种尽管夸张渲染却带有浓烈的市井山野气息的女性形象,予人以耳目一新之感。从此,这类人物形象在英雄传奇小说中不断出现。尽管随着时代的变迁,人们的审美观念略有变化,但其奇丑的特征却是共同的。《飞龙全传》中的陶三春即其一。陶三春的形貌在她丈夫郑恩初次细看时“实在怕人”,且“越瞧越怕”,只见:“乌绫帕束黄丝发,圆眼粗眉翻嘴唇,脸上横生孤拐肉,容颜黑漆长青筋。”[③]这类奇特的形貌,其出场后一举手一投足都予人与众不同的感受,自有其独具的魅力。

当代著名电影导演谢晋说当前影坛有“审美”和“审丑”两大流派。原因种种,我们不拟在此讨论。但在《水浒传》描写巾帼英雄时却是二者并用的。就形体特征而言,当丑则丑,当美则美,却也反映了古人高明之处。水浒三女杰中,

---

① [明]施耐庵、罗贯中著:《水浒全传》,上海:上海人民出版社,1975年,第618页。

② [明]施耐庵、罗贯中著:《水浒全传》,上海:上海人民出版社,1975年,第333页。

③ [清]东隅逸士编:《飞龙全传》,北京:宝文堂书店,1982年,第320页。

“一丈青”扈三娘独具奇艳的特色：“蝉鬓金钗双压，凤鞋宝镫斜踏。连环铠甲衬红纱，绣带柳腰端跨。霜刀把雄兵乱砍，玉纤将猛将生拿。天然美貌海棠花，‘一丈青’当先出马。”[①]如此美貌，竟使王矮虎在交战之际想入非非。

《水浒传》中巾帼英雄形体外貌描写与此前小说绝然异趣的倾向，代表了新兴的市民阶层所钟爱的市民文学的丰富多彩的审美向度。一方面，生活在下层的人们欣赏源于生活的朴拙之美。另一方面，他们又有追求奇艳之美的理想。于是，古典小说中巾帼英雄形貌的描塑大致呈现这样一个趋势——丑艳相间，最终以奇艳为主。传统审美心理中英雄美人的审美定式逐渐确立。之后的一系列人物形象——梁红玉、杨门众女将、花木兰多以英雄美人姿态出现。但无论其形貌奇丑也好，奇艳也罢，“奇”却是她们的共同特征。

与巾帼英豪奇特形貌相应的是她们的奇才异能。“一丈青”扈三娘在战场上活捉王矮虎，战败欧鹏、马麟，武艺“好生了得”；孙二娘、顾大嫂出身下层社会，性格“粗卤”，力大无穷，性如烈火。《水浒传》第四十九回写孙新、孙立大劫牢一节，把个粗豪刚烈的顾大嫂写得有声有色。当乐和告知解珍、解宝被陷牢中缘由，“顾大嫂听罢，一片声叫起苦来”[②]。当孙新拿定“若不去劫牢，别样也救他不得”[③]时，“顾大嫂道：‘我和你今夜便去！’”[④]待邹渊道出劫牢后的归宿——投奔梁山泊时，她先是嚷叫：“遮莫甚么去处，都随你去，只要救了我两个兄弟。”[⑤]继而又喊：“最好，有一个不去的，我便乱枪戳死他。”[⑥]当孙立应邀到来共商劫牢大计时，她又假戏真做，“‘既是伯伯不肯，我们今日先和伯伯并个你死我活。’顾大嫂身边便掣出两把刀来……乐大娘子惊得半晌做声不得”[⑦]。于是，孙立也被“逼上梁山”。这一大段描写，绘声绘色，把一个女中豪杰性如烈火的性格展现在读者面前，令人击节称赏。

---

① [明]施耐庵、罗贯中著：《水浒全传》，上海：上海人民出版社，1975年，第607页。
② [明]施耐庵、罗贯中著：《水浒全传》，上海：上海人民出版社，1975年，第619页。
③ [明]施耐庵、罗贯中著：《水浒全传》，上海：上海人民出版社，1975年，第619页。
④ [明]施耐庵、罗贯中著：《水浒全传》，上海：上海人民出版社，1975年，第619页。
⑤ [明]施耐庵、罗贯中著：《水浒全传》，上海：上海人民出版社，1975年，第621页。
⑥ [明]施耐庵、罗贯中著：《水浒全传》，上海：上海人民出版社，1975年，第621页。
⑦ [明]施耐庵、罗贯中著：《水浒全传》，上海：上海人民出版社，1975年，第622—624页。

不少研究《水浒传》的文章认为作者生活在以男性为中心的封建社会，虽然深刻反映了社会黑暗，人民迫于生计，奋起反抗，被逼上梁山的社会现实，但出于思想观念的偏颇，作者很少写女性，所写也是"坏女人"——潘金莲、阎婆惜、潘巧云等。但当我们把视角转向《水浒传》三女杰时，不能不说这种观点本身就是偏颇的、不全面的。因为《水浒传》不仅写了正面的女性形象，还突出赞扬了她们惊人的武勇、反抗的暴烈。尤其值得指出的是，作者还叙写了女性特有的细致和智慧。《水浒传》第三十一回写武松杀了蒋门神、张都监、张团练，夜走蜈蚣岭，到了张青、孙二娘的住所。因为官府搜捕得紧，张青写封书信让武松投奔二龙山。"只见母夜叉孙二娘指着张青说道：'你如何便只这等叫叔叔去，前面定吃人捉了。'武松道：'阿嫂，你且说我怎地去不得？如何便吃人捉了？'孙二娘道：'阿叔，如今官司遍处都有了文书，出三千贯信赏钱，画影图形，明写乡贯年甲，到处张挂。阿叔脸上，见今明明地两行金印，走到前路，须赖不过。'张青道：'脸上贴了两膏药便了。'孙二娘笑道：'天下只有你乖，你说这痴话，这个如何瞒得做公的？我却有个道理……'"[①]于是让武松扮成行者，长发"遮得额上金印"。这一着，纵是张青见多识广，武松为人精细，也禁不住"拍手""大笑"，赞一声"二嫂说得是"。这一段三人对话的描写，以张青、武松忙乱中的粗疏，反衬了孙二娘临危不乱的精细，是十分出色但总为人忽略的描写，为古典小说中描塑巾帼英雄的聪明才智、军事韬略开了先河。

总之，《水浒传》中三女杰的塑造，已约略具备了古典小说中巾帼英雄的基本特点——以奇为美，以其奇貌、奇能、奇智显示其诱人的艺术魅力。

传统章回小说经历了宋元的成熟发展，明初曾一度衰落，至明代中叶再次出现高潮。一批在民间长期流传，在说唱文学中影响深远的英雄传奇故事相继结集问世。于是杨门女将（《杨家府演义》明万历丙午刻本）、梁红玉（《说岳全传》清乾隆九年）、陶三春（《飞龙全传》清乾隆二十三年）、花木兰（《隋唐演义》清康熙年间）、樊梨花（《说唐三传》乾隆年间），成为家喻户晓的巾帼英雄形象。

---

① [明]施耐庵、罗贯中著：《水浒全传》，上海：上海人民出版社，1975年，第378页。

在这一系列巾帼英雄形象中，相貌以奇美、奇艳为主色调。杨门女将、花木兰姐妹、梁红玉等皆为才色双绝的女中豪杰，只有陶三春是个例外。这一现象反映了时代的审美时尚，同时也反映了作者、读者力图把心目中的英雄人物理想化的心理倾向。

本时期一系列英雄传奇小说中的巾帼女杰形象呈现出新的特色——她们的武艺更加超群，才智更为出众。穆桂英“生有勇力，箭艺极精”，会使飞刀，“百发百中”，曾战败孟良，活捉杨宗保、杨六郎。在刀光剑影的战场，时如“风雷驱电”，力挽危局。她们既有卓绝勇力，出众武艺，也不是一勇之妇。如果说在《水浒传》三女杰身上，我们看到的是英姿飒爽、冲锋陷阵的女将，那么在这里我们看到的是一个个满腹韬略、威震三军的女帅。《说岳全传》第四十四回写韩世忠因金山逃走兀术，十分忧闷。梁红玉及时提醒并献计：“兀术虽败，粮草无多，必然急速要回，乘我小胜无意提防，今夜必来厮杀。金人多诈，恐怕他一面来与我攻战，一面过江，使我两下遮挡不住。如今我二人分开军政，将军可同孩儿等专领游兵，分调各营，四面截杀；妾身管领中军水营，安排守御，以防冲突。任他来攻，只用火炮弩箭守住，不与他交战；他见我不动，必然渡江，可命中营大桅上立起楼橹，妾身亲自在上击鼓；中间竖一大白旗。将军只看白旗为号，鼓起则进，鼓住则守。金兵往南，白旗指南；金兵往北，白旗指北。元帅同两个孩儿协同副将，领兵八千，分为八队，俱听楼顶上鼓声，再看号旗截杀。务叫他片甲不回，再不敢窥想中原矣。”①与韩世忠军政分任，又叫军政司立了军令状，“倘军中有失，妾身之罪；游兵有失，将军不得辞其责”②。战局发展，果如所料。宋军在梁红玉战鼓令旗指挥下，直杀得“兀术上天无路，入地无门”③，“败回黄天荡”④。这一段令人神情激扬的描述，把梁红玉运筹帷幄、克敌制胜的风采浓墨重彩地渲染了一笔。那一时小胜后的冷静，分析敌情的透辟，战术布置的周详，为国忘家的严毅，指挥战斗时的英姿，千载之下令人追想。“梁红玉击鼓战金山”突出了巾帼英雄梁红玉的智慧和

---

① [清]钱彩著:《说岳全传》,上海:上海古籍出版社,1979年,第343—344页。
② [清]钱彩著:《说岳全传》,上海:上海古籍出版社,1979年,第345页。
③ [清]钱彩著:《说岳全传》,上海:上海古籍出版社,1979年,第346页。
④ [清]钱彩著:《说岳全传》,上海:上海古籍出版社,1979年,第346页。

才能,留下了可歌可泣的千古佳话。

古典小说巾帼英雄人物中,在人民群众中最有影响的是杨门女将。可以毫不夸张地说,凡是中国人都知道杨门女将的故事。杨门女将妇承夫志、女继父业,世代相袭,前仆后继,保家卫国,浴血沙场,盖世英名,千古流芳。《北宋志传》"十二寡妇征西"一章,记叙杨门女将在杨宗保困陷金山,"国无良将"的情况下,阖家出征,以解国难。十二寡妇之中,或以智识见长,或以武功著世,一应女流,将帅俱备。经过拼死搏杀,火烧番营,大破敌军,得胜还朝。她们担当的是保卫国家安危的重任,撑起的何止是半边天!

尤为值得注意的是,在这一系列巾帼女杰身上闪耀着新的思想火花。她们在困难当头、大敌当前的情势下,以国事为重,不计前嫌,胸怀全局,赤心为国。这些突出地表现在杨门女将身上。杨家世代良将,忧劳王事,皆因君昏臣佞,边患不止。七郎乱箭穿身,杨业撞死李陵碑,杨延昭被贬,杨门几乎全家遭斩……虽然他们也认识到了宦海风波的险恶——"朝廷养我,譬如一马——出则乘我,以舒跋涉之劳;及至暇日,宰充庖厨"[①],七狼八虎,最终七零八落。但当大敌压境之日,依然捐弃前嫌,不计私怨,"此乃国事",保家卫国,十二寡妇奋然请缨。同样令人读之感奋的是杨门女将胸有全局,打破封建社会长幼尊卑的礼法,在军中心甘情愿接受晚辈的指挥,保证战争取得胜利。《北宋志传》写杨宗保十四岁挂大元帅印,调兵遣将时,"即请令婆、八娘入帐中曰:'此一回敢劳婆婆与二位姑娘一往。'令婆曰:'此为王事,安敢却辞。'"[②],为宗保祖母的佘老太君在帐前听候调遣,奉命唯谨。其母柴郡主身怀六甲,也"得令"向前。在杨门女将身上充溢的是可歌可泣的爱国精神。

尤令笔者感兴趣的是,明代中叶以后小说中巾帼女杰所表现出的以自己的聪明才智追求自身的人生价值,以自身超群才能去把握个人命运,特别是在爱情的抉择上显示了新的历史时期女性的觉醒,体现出女性的人生追求这新的精神发展趋向。

---

① [明]秦淮墨客校订:《杨家将演义》,北京:北京出版社,1981年,第132页。

② [明]熊大木著:《杨家将演义》,北京:宝文堂书店,1980年,第199页。

如果说《水浒传》中的扈三娘以其武勇美貌最终仍然由宋江作主嫁给了相貌武艺均不如己的王矮虎，而她却由人摆布，形同木偶，泯灭了个性，顿失光彩，给人留下了遗憾的话，那么明中叶后出现的巾帼女杰，表现出的则是另一种风貌。《隋唐演义》中的花木兰因可汗“感木兰前日解围之功，又爱木兰的姿色，差人要选入宫中去”[①]。因不能主宰个人命运，以死抗争；其妹花又兰本指望和姐姐“做一番事业”[②]的，姐姐的结局使她决心去把握自己：既不愿入宫做玩偶，也不愿轻生。妹妹决心往幽州去，一去完成姐姐遗命，一为追求个人前程。尽管此时前程是不可知的，其结局在今人看来也并不美妙，但其有意识地把握人生的精神却至为耐人寻味。

《北宋志传》中的金头娘马氏在个人婚姻大事上，虽还不能全由个人作主，但她应允其父：呼延赞“若能胜我，则许从之”；穆桂英活捉杨宗保，见其年少英雄，言辞慷慨，遂自择佳偶；陶三春武功盖世，使得郑恩“怎敢藐视于我”！因不愿“自误终身”，遂应允婚事……总而言之，巾帼英雄们以自己的奇智奇能维系了自己在家庭在社会上的地位，以自己的深明大义赢得了人们的尊重。其把握人生命运、追求人生幸福的倾向，更反映了特定时代女性自我意识的觉醒。

正由于巾帼英雄所体现的种种特色，元明清以来，这些人物形象活跃在戏曲舞台上、勾栏瓦舍中，受到不同时代不同阶层人们的喜爱。人们或赞其忠勇，或称其孝义，或羡其女中丈夫顶天立地……在中国古典小说中很少有哪一类人物能如此受到不同阶层人们厚爱的，这一奇特形象值得我们重视和研究。

以上特色，限于篇幅，我们仅择要而言。我们也不否认，这些巾帼英杰由于不同作者的思想局限，在形象塑造上还存在这样或那样的缺陷。一是概念化的弊端。《隋唐演义》中的花木兰姐妹，一个全忠孝，一个全信义，有较明显的凑泊之迹；二是限于小说主旨，有些人物有牵排之痕。如杨门女将的描塑，十二寡妇征西虽然慷慨悲壮，但除个别人物外，多数人物性格并不鲜明……

---

① [清]褚人获著:《隋唐演义》，上海：上海古籍出版社，1981年，第466页。

② [清]褚人获著:《隋唐演义》，上海：上海古籍出版社，1981年，第466页。

二

探讨具有奇异特色的巾帼英雄系列形象产生发展的原委，对我们的研讨总结至关重要。

恩格斯曾经有过这样的表述，母权制的消失是女性在世界范围内的失败。于是在文学史上，女性作为男性的附庸、玩物，作为被扭曲的形象不断出现。所以当我们总结研讨古典小说中的巾帼英雄形象时，览观中国文化史，我们惊叹带有蛮古洪荒时代色彩的女娲造人补天的传说的神异，追想嫦娥奔月故事的奇丽凄迷。因为于其中反映了特定历史阶段女性的社会地位和作用，蕴含着远古先民们的智慧、力量和理想。

中国进入封建社会，尽管中国女性遭受政权、族权、神权、夫权的束缚，尽管封建礼教要求“女正位乎内，男正位乎外”，把女子与小人等量齐观，严命其“毋违夫子”。但是中国女性依然在与命运抗争，只是文献史籍流传下来的多是一些畸形的反抗：南朝宋山阴公主的置面首，吕后、武则天的荒淫暴虐……

于是以正面形象出现的女性英杰不啻如电光石火，震撼人心。钟离春智勇定齐千秋传唱，花木兰替父从军万古流芳。更有那山野蛮荒封建礼教统治薄弱处，在特定时期颇带“怪异”色彩的女性形象，均对后来古典章回小说中巾帼英雄形象的塑造有一定的影响。胡应麟《少室山房笔丛》卷三十五记一奇异女子：“神策将张季弘，以勇气闻于时，一日赍文牒往州郡，暮投旅店，睹其母子相对悲愁。问之，曰：‘家有妇至恶，恃其勇，凌侮吾母子无不至。’季弘笑谓：‘他非吾所办，此易耳，即相为除之。’母子剧喜。俄妇人自外至，状无异常人，季弘取骡鞭置座下，呼语曰：‘吾闻汝倚有勇力，不伏姑婿使唤，果有此否？’妇再拜曰：‘新妇敢尔？自是大家憎嫌过甚。’因引季弘手至大石上，历数平日事，辄曰：‘如此事，岂是新妇不是？’每陈一事，以指于石上掐一画，每掐辄入寸余。季弘汗落神骇，但称：‘道理不错。’其夜不能寐，翌日亟行。”①

① [明]胡应麟著：《少室山房笔丛》，上海：上海书店出版社，1958年，第359页。

因此，我们首先要指出的是，神话传说、历史传说、历代民间带有奇异传说色彩的正面女性形象对巾帼英雄形象的塑造间接产生了影响。其次，宋元明清，战乱频仍，其间，少数民族曾两度入主中原，民族的融合，社会的动乱，少数民族女性的勇武，动乱社会中女性原本被压抑的才能的迸发与显现，产生了直接影响。

上文所论及的巾帼英雄，历史上或实有其人。

杨老令婆事迹，据地方志载："折太君，宋永安军节度使镇府州折德扆女，代州刺史杨业妻。性警敏，尝佐业立战功。"[①]又曾上书皇帝辩"夫力战获死之由"[②]。

梁红玉其人，宋人笔记多处有载，正史亦有其事迹。梁于风尘中识英雄追随韩世忠，后佐夫建不世之业。苗、刘之乱中，"时世忠妻梁氏及子亮为傅所质，防守严密。朱胜非绐傅曰：'今白太后，遣二人慰抚世忠，则平江诸人益安矣。'于是召梁氏入，封安国夫人，俾迓世忠，速其勤王。梁氏疾驱出城，一日夜会世忠于秀州"[③]；术南侵，与韩世忠战于焦山寺，"战将十合，梁夫人亲执桴鼓"[④]；营之中，能同将士共甘苦，"世忠披草莱，立军府，与士同力役。夫人梁亲织薄为屋"[⑤]——据此略已可知其智略武勇。《说岳全传》第四十四回诗赞梁红玉"旧是平康女，新从定远侯"[⑥]，言其出身；"百战功名四海钦，贤哉内助智谋深。而今风浪金焦过，犹作夫人击鼓音"[⑦]，是赞其智略武勇。揆诸史实，小说固然有虚构、艺术想象、夸张渲染成分，但历史上梁红玉其人其事当是作者创作的直接契机。

有些巾帼英杰人物的塑造借用了历史上有关女将的绰号而未采用其事迹。"一丈青"这一绰号本属南北宋之交的一员女将（马皋之妻）。其事迹详见《三朝北盟会编》卷一百三十八、一百四十一。略为：马皋被诛，间勍收马妻为义女，后改嫁张用，"为中军统领，有二认旗在马前，题曰：'关西贞烈女，护国马夫人'"，建炎四年（1130），张用归降朝廷，一丈青招其夫旧部，间道趋鄂州，与张用会合。战

---

①《中国方志丛书·保德州志》，台北：成文出版社有限公司，1971年。

②《中国方志丛书·岢岚州志》，台北：成文出版社有限公司，1971年。

③［元］脱脱等撰：《宋史》，北京：中华书局，1977年，第11359页。

④［元］脱脱等撰：《宋史》，北京：中华书局，1977年，第11361页。

⑤［元］脱脱等撰：《宋史》，北京：中华书局，1977年，第11364—11365页。

⑥［清］钱彩著：《说岳全传》，上海：上海古籍出版社，1979年，第345页。

⑦［清］钱彩著：《说岳全传》，上海：上海古籍出版社，1979年，第346页。

乱之时,显女将军英雄本色。《水浒传》作者在编著成书时袭用这位不知姓名只有绰号在民间广泛流传的女英雄之号,是自然而然的事。

在战乱频仍,各族之间征战不断,中原政权两度为少数民族所据的情况下,少数民族不谙儒家礼教、崇尚骑射武勇的风俗也对巾帼英雄的塑造有一定的影响。据有关专家考证,穆桂英或即少数民族女英雄。"丽江木族酋长自称木天王,派出之官吏称为木瓜,以有田禾的山谷名柯,酋长居于有田禾的寨子名为穆柯寨。与《杨家将》及《辕门斩子》相符。"[①]而花木兰的事迹,虽亦于史无证,但据《木兰诗》中的语气及《隋唐演义》的描写,言及国君,辄曰可汗,显系西北边疆民族。毛泽东《在延安文艺座谈会上的讲话》说"作为观念形态的文艺作品,都是一定的社会生活在人类头脑中的反映的产物",证以上述资料,文学史上相关人物的形象,宋元明清动乱时代的女性英雄,以及民族融合过程中的少数民族女英雄对有关巾帼形象创作的影响是显而易见的。

尤其应该指出的是,宋元明清城市经济繁荣、市民阶层的崛起、市民文学兴盛,新的文学式样、新的审美观念对文学创作有更为直接的影响。已有不少论者精辟地指出:从文学史上看,诗词文乃是有产阶级知识阶层的消遣物,而小说戏曲则是大众化的新的文学样式。在小说史上,志怪传奇乃是读书人案头消遣物,而话本小说则是商品化的市民文化。市民阶层的爱好、兴趣决定了它的创作趋向。由是之故,市民文学的特征在宋以后的小说戏曲中十分突出,广大市民同情被压迫被残害的人们,歌颂反抗暴政的英雄,在国家危难之时,他们更崇拜抗敌御侮的民族英雄。尤其是那些才能一直被压抑的女性一旦闪现出英雄的光辉,更会成为他们欣赏尊崇的对象。在中国女性文学史上,我们可以发现女性时欲奋发的心灵轨迹,巾帼英雄在相关作品中出现,适应了市民阶层的审美情趣,突出了艺术魅力。

我们强调以上诸种因素,当然也不会忽略作家这个创作主体的作用。不过我们必须看到,梁红玉、花木兰、杨门女将的故事都是经过民间传说、都市书场、

① [明]熊大木著:《杨家将演义》,北京:宝文堂书店,1980年,第329页。

戏曲舞台长期流传而后成书的，其作者应是瓦舍艺人、书会先生以及与市民社会有广泛联系的文人作家。虽然他们在历史传说、奇闻异说的基础上曾经进行过加工改造、创作提高，但总的发展趋势仍是以市民的眼光观察、思索、评价社会现实，从而仍然反映的是市民阶层的感情和思想，所以鲁迅先生说《水浒》的作者是代市民写心。《水浒》如此，大多数塑造巾帼英雄形象的章回小说的作者亦然。

新中国成立后，中国文学史翻开了新的一页。尽管时代发生了巨变，人们的思想感情、审美情趣有了极大的变化，但那深深根植于中华民族精神土壤中的古典章回小说中的系列巾帼英雄形象依然对当代文化产生着深远的影响。概言之，其影响可分为表层影响和深层影响，二者又联系密切。要而言之，其表层影响方式有三种：一是有关小说的再版、重版；二是依据有关人物故事、新编历史剧、新编"话本"、小说，使之复活于现代曲艺和戏曲舞台上；三是用科技手段，用电影、电视、舞蹈、广播等现代化的艺术表现手法，使之发扬光大。而深层影响指的是这一系列人物形象所凝结的民族精神对当代人的影响，以及传统小说中巾帼英雄形象的审美特征对当代文学的影响。要深入论述这个问题，不是这篇文章的任务。在这里要指出的是，当代小说、戏剧中反映近现代波澜壮阔的革命斗争生活中产生的巾帼英雄，自觉不自觉地受到了古代小说中有关人物形象塑造的影响，赵一曼、刘胡兰、韩英、柯湘、双枪老太婆、芳林嫂、红色娘子军……概括起来说，这些革命英豪形象的塑造受其影响主要有两方面：一是在成长过程中受古代巾帼英雄精神的熏陶和激扬，二是在创作过程中作家有意识地借鉴吸取传统的相关人物的塑造方法。"古有花木兰，替父去从军，今有娘子军，抗战为人民"，这慷慨激越、令人热血沸腾的《娘子军连歌》适足以说明这一点。

总而言之，在历史上，巾帼英雄形象在形成、发展、传播的过程中已经超越时空，赢得了不同时代、不同阶层人们的共同喜爱，那么，这融合着民族精神的形象系列将继续对增强中华民族的凝聚力，培养人民的爱国精神和健康审美情趣起积极推动作用。所以，我们对古代小说中巾帼英雄系列形象的探讨也就显得十分必要。

中国古典小说中草莽英雄形象探论

中国古典历史演义小说、英雄传奇小说以其丰富的篇章塑造了无数各具特色的人物形象。其中尤以草莽英雄形象别具一格，给古今中外的读者留下了难以磨灭的印象。这类形象中最具代表性的人物有《三国演义》中的张飞，《水浒传》中的李逵、鲁达，《说唐》中的程咬金，《说岳全传》中的牛皋，《杨家将》中的焦赞、孟良，等等。

由于这类形象在中国古典小说中具有一种特殊的魅力，在不同时代、不同阶层的中外读者中具有十分广泛的影响，并直接影响了当代小说和戏剧创作。因此，对其做深入的探讨，颇有意义。

一

专家们把古典小说中以上形象作为一个系列看待时，首先可以发现这些形象的塑造有一些共同的特征。

其一，草莽英雄大多出身于社会底层，张飞虽“颇有田庄”，却也是个“卖酒屠猪”出身；程咬金是个“惯好闯祸的卖盐浪汉”，他的母亲要“与人做些针线活，方得度命”；牛皋祖上军汉出身，他为了糊口，进拜师礼，竟然在乱草冈抢劫；李逵是个无业游民，他的哥哥是个长工，“养娘全不济事”，他自己因杀了人，逃走出来，流落在江州做了一个小牢子，“他是个没头神，又无家室，只在牢里安身。没地里的巡检，东边歇两日，西边歪几时，正不知那里是住处”[①]；焦赞、孟良的出身，我们难以详知，但他们各自占山为王的经历，业已说明问题。他们的出身从一定程度上决定了他们粗豪、爽直、心直口快、嫉恶如仇的特点。正如戴宗一再向宋江解释李逵的性格：“押司，你看这厮恁么粗卤，全不识些体面。”[②]在他们的生活中，因为从来没有过“体面”生活，“全不识些体面”，也就不足为怪了。

其二，传统小说中，为了突出草莽英雄的威猛神勇，都夸张地渲染了有关人物的形体特征。李逵是一个“虎形黑大汉”，“黑熊般一身粗肉，铁牛似遍体顽皮。交加一字赤黄眉，双眼赤丝乱系。怒发浑如铁刷，狰狞好似狻猊”[③]。牛皋也是“面如黑漆，身躯长大”。程咬金是“身长八尺，虎体龙腰，面如青泥，发似朱砂，勇力过人”。猛张飞则“身长八尺，豹头环眼，燕颔虎须，声若巨雷，势如奔马”，“形貌异常”。[④]值得注意的是，传统小说中草莽英雄肖像的描写有时竟极为相似，《水浒传》作者写林冲，即以《三国演义》中张飞为原型，第七回描摹林冲状貌：“那官人生的豹头环眼，燕颔虎须，八尺长短身材，三十四五年纪。”[⑤]二人所用兵器也都是丈八蛇矛。并且作者在书中称林冲为“小张飞”[⑥]。综而观之，传统小说中草莽英雄的肖像描写，不论是稍有雷同相似，还是特色独具，其用意都是极为显明的，就是为了突出所描写的对象勇武过人。换言之，作者力图通过肖像刻画将英雄人物的特征予人深刻印象。美国汉学家罗伯特·鲁尔曼曾经指出：“Hero一词，在中文里可作英雄、大丈夫、好汉；故事文学里常见的名词尚有‘非常人’以及形容词‘奇’字，这些词指非常的体力、德操、精力和想象以及对或好或坏大理想的献身，或是不从众的行为，甚至指奇特的相貌及体型。相貌及体型特点极富象征性，能够显示一个人内在的伟大，而不需事先见之于言行。”[⑦]

中国古代画论讲究人物画要形神兼备，以形写神。传统小说中的人物肖像

① [明]施耐庵、罗贯中著：《水浒全传》，长沙：岳麓书社，2001年，第305页。
② [明]施耐庵、罗贯中著：《水浒全传》，长沙：岳麓书社，2001年，第296页。
③ [明]施耐庵、罗贯中著：《水浒全传》，北京：人民文学出版社，1997年，第495页。
④ [明]罗贯中著：《三国演义》，长沙：岳麓书社，1986年，第3页。
⑤ [明]施耐庵、罗贯中著：《水浒全传》，长沙：岳麓书社，2001年，第56页。
⑥ [明]施耐庵、罗贯中著：《水浒全传》，长沙：岳麓书社，2001年，第389页。
⑦ 河南省社会科学院文学研究所选编：《三国演义论文集》，郑州：中州古籍出版社，1985年，第464页。

描写也是如此，小说家们力图通过对草莽英雄人物外貌的个性化的描写传达出人物的神情、气质、心境和性格，甚至暗示出人物的经历、命运。通过人物外在形象的描写以显示其内在特征是这类人物形象予人深刻印象之所在。

其三，与其出身社会底层的经历、相貌魁伟粗陋相应的是传统小说中草莽英雄人物塑造的语言特色。

因为这些人物多出身于社会下层，为生计所迫，被剥夺了受教育的权利，所以其语言一般表现为豪爽、粗鲁，甚至粗野、粗俗等。张飞与刘备初次见面，他先是对一个素不相识的人厉声诘问，随后又主动介绍了自己和家庭情况，最后又表示愿意倾尽家产与刘备共举大事。再如曹操密令刘备除掉吕布，刘备犹豫不决。当吕布前来祝贺刘备领徐州牧时，张飞竟扯剑上前，要杀吕布，并直言："曹操道你是无义之人，教我哥哥杀你！"[①]坦荡、爽直、胸无宿物的"快人"张飞的特点表现得淋漓尽致。如果我们用"豪爽"来形容张飞第一次出场留给我们的印象，那么李逵的首次出场留给我们的印象就是粗鲁、莽撞。"这厮本事自有，只是心粗胆大不好……恁么粗卤，全不识些体面。"[②]戴宗的评说，可以作为一般读者阅读后的具有代表性的评价。"言为心声"，通过人物语言展现人物的内在性格，是传统小说塑造草莽英雄人物的常用手法。

其四，值得人们玩味的是，这一系列人物形象中除了"心直口快"这一共同特征外，在牛皋、程咬金这两员"福将"身上，还体现出了"能说会道、能言善辩，有时要贫嘴"的特点。即以牛皋而论，他将计就计劝说花普方那段话颇具个性：劝花普方归顺朝廷，义正词严；赞扬岳家军兵威，真假相掺，是有意要"吓他一吓"；而花普方之所以"半信半疑"，还是因为牛皋草莽英雄的特点，"看那牛皋是个莽汉，这话只怕倒也不假！"[③]，粗人用智，用言语打动对手，正是作者安排的巧妙之处。至于牛皋到兀术营中下战书，更见其舌辩之才，以粗豪服粗豪，待之以礼，服之以理，制兀术之怒，争得了敌方以礼相待。言语之间，使人更加佩服牛皋之机智，领

① [明]施耐庵、罗贯中著：《三国演义》，长沙：岳麓书社，1986年，第74页。
② [明]施耐庵、罗贯中著：《水浒全传》，长沙：岳麓书社，2001年，第297—296页。
③ [清]钱彩著：《说岳全传》，北京：团结出版社，2017年，第236页。

略古典小说美学“以豪杰折服豪杰不奇,以豪杰折服奸雄则奇”[①]之妙趣。该书第三十二回写牛皋兵救藕塘关,在酒宴上连吃了二三十碗酒,在八九分醉意之下,出兵迎敌,只因酒喷金将摩利,侥幸得胜,嘴上却说什么“吃了十分酒,方有十分气力”,“若再吃了一坛,把那些番兵,多杀尽了”,则还似要贫嘴了。但无论从哪一个角度讲,其语言都打上了特定的性格烙印。通过个性化的语言突出其性格是传统小说塑造草莽英雄的一大特色。鲁迅曾激赞《水浒》的好处在于“能使读者由说话看出人来”[②]。金圣叹也曾说李逵在“一百八人中,真要算做第一快人,心快口快,使人对之,龌龊都销尽”[③],即作者着眼于这类人物语言的个性化、性格化特色。

与以上几点相应的是,由于种种原因,传统小说中的心理描写不甚突出,尤其是有关草莽英雄人物的心理描摹更趋于简单。这些人物形象大都头脑简单,直来直去,敢怒敢恨,都是一些心中藏不住事,把心中的话写在脸面上的人物。但细加品味分析,传统小说描摹心理自有其值得称道之处——把人物心理活动变化融合于故事情节的发展变化之中。如写李逵因请罗真人受到戴宗捉弄,因此多长了一个心眼,待到梁山人马打破高唐州,到枯井中寻救柴进时,他先是自告奋勇,继而又说:“我下去不怕,你们莫割断了绳索。”[④]第二次下枯井时,又担心被捉弄,“我去蓟州着了两道儿,今番休撞第三遍”[⑤]。待到救得柴进上来,众人忙于看护柴进,李逵竟急得在井底下发喊大叫。上得井来,发作道:“你们也不是好人,便不把箩放下去救我!”[⑥]通过情节的叙述、人物对话描摹李逵的心理,写心直口快的李逵的狡猾,平添几分谐趣,令人忍俊不禁,连小说中人物吴用也禁不住笑骂:“你却也忒奸猾。”[⑦]这样描写李逵,正深层地写出了李逵的忠诚朴实和直道而行的性格。金圣叹评点《水浒》时盛赞:“李逵朴至人,虽极力写之,亦须写不

① 朱一玄、刘毓忱编:《三国演义资料汇编》,天津:百花文艺出版社,1983年,第339页。
② 鲁迅著,龚勋主编:《鲁迅杂文集》,北京:台海出版社,2022年,第201页。
③ [清]金圣叹著:《读第五才子书法》,见马蹄疾编:《水浒资料汇编》,北京:中华书局,1980年,第135页。
④ [明]施耐庵、罗贯中著:《水浒全传》,长沙:岳麓书社,2001年,第436页。
⑤ [明]施耐庵、罗贯中著:《水浒全传》,长沙:岳麓书社,2001年,第436页。
⑥ [明]施耐庵、罗贯中著:《水浒全传》,长沙:岳麓书社,2001年,第437页。
⑦ [明]施耐庵、罗贯中著:《水浒全传》,长沙:岳麓书社,2001年,第436页。

出。乃此书但要写李逵朴至，便倒写其奸猾，便愈朴至，真奇事也。”[①]《三国演义》第三十九回写张飞亦是如此，刘备初以师礼待孔明，张飞“不悦”，夏侯惇引兵杀来，张飞闻知，谓云长曰：“可着孔明前去迎敌便了”[②]。孔明调遣人马完毕，张飞竟曰：“我们都去厮杀，你却在家里坐地，好自在！”[③]不服之情溢于言表，但待到孔明火攻取胜，大败曹军后，他从内心叹服“孔明真英杰也！”[④]，“拜伏于车前”[⑤]。其内心活动，通过语言和行动直接表现出来。所以《三国演义》称张飞是“快人”，金圣叹也称李逵是“快人”，正道出了他们的共同特征。而通过行动语言揭示人物心理流程、内心世界的创作手法也是值得我们重视和借鉴的。

二

传统小说塑造的草莽英雄人物形象系列，除了上述人们较易感知的特色之外，还有下列审美特征。

其一，夸张与写实并用，理想与现实共存。传统小说在创作手法技巧上，往往用夸张渲染的笔墨写草莽英雄们的神力武勇，使其具有一种理想化的传奇色彩。如鲁智深倒拔垂杨柳、武松打虎、张飞长坂桥喝退八十万曹兵、李逵打虎等都是众所周知的情节。尤其是《三国演义》写张飞单枪匹马喝退曹操几十万大军，并把曹操身边的夏侯杰吓破肝胆落马而死的描写予人以深刻的印象，具有强大的艺术感染力。也正是在这种夸张的、理想化的描写中，寄寓了特定时代作者、读者有感于现实，渴望一种超人力量扶正祛邪、荡涤黑暗的愿望和理想。我们这样说，并不是讲传统小说将这类人物以夸张渲染的笔法，将之理想化、神化，而只是强调理想化只是其特色的一个方面。尤其值得我们注意的是，传统小说的作者们又往往用写实的笔法写出活生生的现实生活中有血有肉的人物，使当时（听众）读者，以至今日读者感到这些人物的一些特点确乎就在周围某一类人

① [清]金圣叹著：《读第五才子书法》，见马蹄疾编《水浒资料汇编》，北京：中华书局，1980年，第34页。
② [明]罗贯中著：《三国演义》，长沙：岳麓书社，1986年，第208页。
③ [明]罗贯中著：《三国演义》，长沙：岳麓书社，1986年，第208页。
④ [明]罗贯中著：《三国演义》，长沙：岳麓书社，1986年，第209页。
⑤ [明]罗贯中著：《三国演义》，长沙：岳麓书社，1986年，第209页。

物身上存在,平添一种亲切之感。作者把夸张与写实两种笔法交互运用,把人们心中的理想人物和现实生活中的人物性格融为一体的手法,令人沉静思索,击节称赏。《水浒传》写武松景阳冈打虎,可谓写得精妙绝伦,其妙处不仅在于对武松打虎之神勇的出色绘描,而且在于写武松打虎之后的心理、神态。武松打死老虎之后,再寻思道:"'我就地拖得这死大虫下冈子去。'就血泊里双手来提时,那里提得动。原来使尽了气力,手脚都酥软了,动弹不得。"[①]下冈的路上,看见穿着虎皮的猎户,也误认为"枯草丛中,钻出两只大虫来"[②],致于惊呼:"呵呀,我今番罢了!"[③]打虎武松也有使尽力气之时,也有现实生活中一般人的惧怕心理,这种写实的笔法用得十分成功。即就上文提到的张飞长坂桥喝退曹兵一节,作者也十分出色地补写了那"百万军中,取上将之首,如探囊取物"[④]的张飞拙于用智的疏漏,张飞见曹军一拥而退,不敢追赶,速唤回原随二十余骑,解去马尾树枝,令将桥梁拆断,然后回马来见玄德,具言断桥一事。玄德曰:"吾弟勇则勇矣,惜失于计较。"[⑤]因为以张飞的粗豪,他此时还不能虑及"若不断桥,彼恐有埋伏,不敢进兵;今拆断了桥,彼料我无军而怯,必来追赶"[⑥]之妙处和用兵之法"虚则实之,实则虚之"、兵不厌诈的道理。这种夸张与写实并用的手法既突出了猛张飞武勇盖世,又恰如其分地道出了他此时拙于用智,令人在读到他命人拆桥一节,于叹惋之中,感叹作者笔法之妙。

传统小说用夸张的手法赋予这些人物以理想化的色彩,使其武勇给人难以磨灭的印象,令人油然而生仰慕钦羡之意,而用写实笔法真实地写出其心理活动和性格的特点、弱点甚至缺点,则使之产生了一种亲切之感。这样写,不仅没有破坏人物塑造的整体美感,而且使性格更富特征性。

人物个性塑造融于故事情节的发展变化之中。一些专门研究小说的论著把

① [明]施耐庵、罗贯中著:《水浒全传》,长沙:岳麓书社,2001年,第174页。
② [明]施耐庵、罗贯中著:《水浒全传》,长沙:岳麓书社,2001年,第174页。
③ [明]施耐庵、罗贯中著:《水浒全传》,长沙:岳麓书社,2001年,第174—175页。
④ [明]罗贯中著:《三国演义》,长沙:岳麓书社,1980年,第222页。
⑤ [明]罗贯中著:《三国演义》,长沙:岳麓书社,1980年,第222页。
⑥ [明]罗贯中著:《三国演义》,长沙:岳麓书社,1980年,第222页。

小说分为三类:氛围小说、性格小说与情节小说。传统小说即属“情节小说”一类。它以“突出人物的具体行动,以出色的故事描写引人入胜”,所以又称“行动小说”[①]。传统小说通过丰富曲折的故事情节或扣人心弦的场景去描摹人物,把草莽英雄人物置于尖锐激烈、刀光剑影的矛盾冲突中去显现其性格的各个侧面,去突出其性格的主要特征,所以提起传统小说中的草莽英雄,人们自然而然会联想到给人印象深刻的有关故事情节,因为这些人物正是伴随着家喻户晓、妇孺皆知的故事进入千百万读者(听众)心中的,所以一提起张飞,人们自然而然会想到“怒鞭督邮”的佳话,“三英战吕布”的英姿,“大闹长坂桥”的神威,“义释严颜”的惊人之举,“智取瓦口隘”的粗中有细。在这里我们完全可以说,情节是典型性格的媒介,通过一系列丰富动人的故事情节,作品不仅凸显了人物性格的特点,而且显示了人物性格的发展变化——由粗暴简单到以智勇取胜。同样,《水浒传》中“拳打镇关西”“大闹野猪林”等情节是为了塑造鲁智深的性格;“景阳冈打虎”“醉打蒋门神”“血溅鸳鸯楼”等情节是为了塑造武松的性格。传统小说在塑造草莽英雄人物时,很好地处理了故事情节与人物性格的辩证关系,即情节变化着眼于、服务于表现人物性格。情节是一切叙事文学的重要构成因素,是“某种性格、典型成长和构成的历史”[②]。金圣叹认为《水浒传》的特点是“叙事微”而“用笔著”。“叙事微”,是指故事波澜起伏,情节曲折;“用笔著”,是指人物性格鲜明、个性突出。古代小说家的有益探索、成功创造,理论家的精辟总结,直到今天仍有其启发意义。

其二,“真正美人方有一陋处”——草莽英雄多是有缺点的英雄人物,正如草莽英雄性格的优长十分鲜明一样,他们性格上的缺点也十分显明。性格粗暴、鲁莽,头脑简单是显而易见的,如张飞要杀吕布,泄露了曹操的计谋,置刘备于尴尬境地;程咬金劫皇杠不知高低深浅地自报家门;牛皋的贪杯误事;李逵说话总不把关等。《杨家府演义》第二十三回中对孟良的评价“孟良勇力虽有,终是寡谋”[③],

① 刘世剑著:《小说概说》,长春:东北师大出版社,1986年,第232页。
② (俄)高尔基著:《论文学·和青年作家谈话》,北京:人民出版社,1980年,第335页。
③ 叶朗著:《中国小说美学》,北京:北京大学出版社,1982年,第76页。

可以说概括了这类人物共有的缺点。在这些人物身上,有些缺点带有一种特殊的喜剧色彩,像讲话不分场合、有时故意卖弄等等。但有些缺点对于他们来说却是致命的,张飞的简单粗暴最终断送了自家性命,焦赞的鲁莽使自己身死孟良之手。即如李逵,他的鲁莽、嗜杀性格也极为有害,三打祝家庄,“李逵正杀得手顺,直抢入扈家庄里,把扈太公一门老幼尽数杀了,不留一个”[①],破坏了梁山与扈太公的联盟,失信于人。江州劫法场,“这黑大汉直杀到江边来,身上血溅满身,兀自在江边杀人”[②]。晁盖便挺朴刀叫道:“不干百姓事,休只管伤人!”[③]“那汉那里来听使唤,一斧一个,排头儿砍将去。”[④]所以鲁迅先生在《流氓的变迁》里批评道:“他们所打劫的是平民,不是将相,李逵劫法场时,抡起板斧排头砍去,而所砍的是看客。”[⑤]

然而,正是传统小说中草莽英雄人物身上明显的缺点构成了艺术上一种特殊的美感。叶朗先生在《中国小说美学》中称之为“缺陷美”[⑥]。这种缺陷使人物形象增加了现实感和生命力,使之更加血肉丰满,呼之欲出,给小说人物增添了特殊的印记。脂砚斋在批点《红楼梦》时曾指出:“殊不知真美人方有一陋处,如太真之肥,飞燕之瘦,西子之病,若施于别个则不美矣。”[⑦]晚清小说美学家黄摩西也曾指出:“《水浒》鲁智深传中,状元桥买肉妙矣,而尚不如瓦罐官寺抢粥之妙也。武松传中,景阳冈打虎奇矣,而尚不如孔家庄杀狗奇也。何则?抑豪强、伏鸷猛,自是英雄本色,能文者尚可勉力为之;若抢粥杀狗,真无赖之尤矣。然愈无赖愈见其英雄,真匪夷所思矣,而又确为情理所有者,此所以为奇妙也。”[⑧]写英雄人物以情理之中的缺陷,使人物形象的整体塑造上增添了多色调,赋予丰富的层次,这正是草莽英雄人物的成功之处。

---

① [明]施耐庵、罗贯中著:《水浒传》,北京:人民文学出版社,1975年,第701页。

② [明]施耐庵、罗贯中著:《水浒全传》,长沙:岳麓书社,2001年,第320页。

③ [明]施耐庵、罗贯中著:《水浒全传》,长沙:岳麓书社,2001年,第320页。

④ [明]施耐庵、罗贯中著:《水浒传》,北京:人民文学出版社,1975年,第555页。

⑤ 鲁迅著:《三闲集》,《鲁迅全集》,北京:人民出版社,2005年,第159页。

⑥ 叶朗著:《中国小说美学》,北京:北京大学出版社,1982年,第76页。

⑦ 朱一玄编:《红楼梦脂评校录》,济南:齐鲁书社,1986年,第176页。

⑧ 黄摩西著:《小说小话》,《水浒资料汇编》,北京:中华书局,1980年,第431页。

如果将这些人物与古典小说中理想化的理念性的人物相比，这种优长则显得更加突出。《三国演义》曾致力于塑造刘备、诸葛亮这两位理想主义的圣君贤相，但由于作者将其神圣化、绝对化了，结果反而显得不可信，“欲显刘备之长厚而似伪，状诸葛之多智而近妖”[①]。刘备摔阿斗，收买人心，这是大众化的评价。想完美无缺地塑造理想人物，反而成为这部小说本身的缺点。鲁迅在《中国小说历史的变迁》中对此曾有过一段精辟的评价：“写好的人，简直一点坏处都没有；而写不好的人，又是一点好处都没有。其实这在事实上是不对的，因为一个人不能事事全好，也不能事事全坏。譬如曹操他在政治上也有他的好处；而刘备、关羽等，也不能说毫无可议，但是作者并不管它，只是任主观方面写去，往往成为出乎情理之外的人。”[②]写有缺点的草莽英雄，“愈无赖愈见其英雄”，“又确为情理所有”，而写完美无缺的理想人物，“往往成为出乎情理之外的人”。这种成功的经验与失误的教训见于多部传统小说，宋江也有似伪之处，吴用也有近妖之所，总结传统小说创作经验，联系当代文学史上“高大全”人物的出现，以及那不该有的对“有缺点的英雄人物”的批判，令人益感这传统小说草莽英雄的塑造人物技法之可贵。

草莽英雄是类型化的典型人物。关于此类人物塑造方法的评价，历来多有分歧，合而观之，大致为“概念化人物”“类型化人物”“典型人物”“类型化典型人物”几说。而当我们将传统小说中的草莽英雄人物作为一个系列来加以研究时，我们倾向于类型化典型人物的说法。齐裕焜先生曾指出：“他们一方面继承了古代英雄的特征，作为‘力’与‘勇’的化身，具有类型化倾向；另一方面，又寄寓了下层人民特别是市民阶层的道德理想与生活情趣，有较为突出的个性特征，具有个性化典型的倾向。”[③]如上所述草莽英雄有一些共同特征，但成功的人物塑造又有其鲜明的个性特色。写“粗人用智”张飞最为出色，这个动不动就喊“认得燕人张翼德吗？”“与你大战三百回合”的猛张飞，在长期的战争实践中，在孔明战争艺术

① 鲁迅著：《中国小说史略》，《鲁迅全集》，北京：人民文学出版社，2005年，第135页。

② 鲁迅著：《中国小说史略》，《鲁迅全集》，北京：人民文学出版社，2005年，第333页。

③ 齐裕焜著：《中国古代小说演变史》，兰州：敦煌文艺出版社，2002年，第243—244页。

的熏陶下，逐渐学会了智勇结合，如果说长坂桥设疑兵还留下了断桥的遗憾，那么义释严颜、智取瓦口隘则是一个成熟的军事家的杰作。焦赞、孟良性格相近，但又有明显不同，孟良机智果敢，善于完成各种困难任务；焦赞则粗豪勇猛，性如烈火，嫉恶如仇。被称为“福将”的牛皋、程咬金的幽默风趣也有独特的个性印记。总之，说草莽英雄人物是类型化的典型，只是较为恰切地总结出他们的特色，而非有意贬低。因为，稍有一点古典小说史知识的都知道，中国古代小说的人物塑造，经历了从实录到虚构，从类型化人物到类型化典型，再到个性化典型的发展过程。而这个过程是到《红楼梦》才最终完成的。

三

要全面深入地把握草莽英雄形象的特色就不能不对草莽英雄系列形象产生的原因进行探析。追溯中国小说演变之源流，人们不难发现，草莽英雄形象深深植根于中华民族文学艺术、民族心理、民族性格的丰沃土壤之中。

草莽英雄大多身材魁梧、虎背熊腰、粗豪爽朗、质朴纯真，体现了古代人民崇尚力和勇的以古朴为美的民族审美观。在神话传说故事中，上古人民寄改造自然的理想和愿望以神奇的力量，而在草莽英雄人物身上也寄予了特定时代人民群众希望借助一种超人的力量去扫荡社会黑暗、铲除不平、保国卫家、抗敌御侮的理想。在深层的民族心理和艺术欣赏习惯上它们是有继承的，但就文学发展演变来讲，又有发展变化，具有时代特色。

上古神话的影响自不待言。远古神话崇尚力和勇的古朴之美对草莽英雄人物的塑造有一定影响。以实录为特色的史传文学中的人物塑造也给这一系列人物的塑造以有益的借鉴。从水浒英雄的绰号中我们可以看到影响的迹象：小李广花荣、美髯公朱仝、病尉迟孙立、小温侯吕方……在叙述描写之间也常见有意的比附。尤其是《三国演义》第二十一回有明显的《史记》鸿门宴描写影响的迹象。曹刘煮酒论英雄，关张唯恐刘备有失，“撞入后园，手提宝剑，突至亭前，左右拦挡不住”[①]，并对曹操说“听知丞相和兄饮酒，特来舞剑，以助一笑”[②]，易令人联想到“鸿门宴”的出色描写。特别是作者借书中人物曹操之口特意点出：“此非鸿门会，安用项庄、项伯乎？”“取酒为二樊哙压惊。”[③]在这里，如果不是作者有意与《史记》的有关描写一争高下，那么就是《史记》的精彩描写自然而然地对有关情节的描写、人物的描塑起潜移默化的影响。

小说艺术至唐产生了飞跃，用鲁迅先生的话说就是因为唐人始有意为小说。较为成熟的唐传奇的人物描绘对草莽英雄形象的塑造也有一定的影响，《柳毅传》是唐传奇中的名篇，其中对钱塘君的描写极为出色，他性不耐事的焦躁，铲除邪恶时的暴烈，滥及无辜的简单粗暴，知错即改的爽直，都能令人联想到草莽英雄的一些共性。

但是，要把握这一系列人物形象产生的根本原因，主要还要从产生这些人物系列的时代政治、经济、文化诸方面去探寻，因为一部文化史证明，一个时代文学艺术的辉煌，固然有其继承性、延续性，但最主要的还在其是否有独立性，是否有独具的特色。

宋元明清时期是传统章回小说产生、发展、繁盛期。走在下坡路上的中国帝制社会的政治窳败，吏治黑暗，民不聊生，农民起义频仍的现实，中原汉人政权几度衰落，异族入侵，胁迫中原，甚至入主中原的现实，是历史演义、英雄传奇故事大量流行的社会基础。人们（作者、读者）在理想的传统中的草莽英雄人物身上寄寓了反抗压迫、争取生存、扫荡邪恶、抗敌御侮的现实追求。一批历史演义、英雄传奇小说产生于此时，一系列草莽英雄人物形象成熟在此时，绝非偶然。

在探析草莽英雄人物系列时，一个极为重要的因素人们不会忘记——市民阶层的壮大及其审美趣味的影响。在对《水浒传》评论的争议中，人们历来认为此书是反映农民起义的杰作。笼统地讲，未尝不可，但倘要细加分析，水浒英雄中又有几人是农民出身呢？鲁迅大概是有鉴于此，十分敏锐地意识到特定时代

---

① [明]罗贯中著：《三国演义》，长沙：岳麓书社，1986年版，第113页。
② [明]罗贯中著：《三国演义》，长沙：岳麓书社，1986年版，第113页。
③ [明]罗贯中著：《三国演义》，长沙：岳麓书社，1986年版，第113页。

市民文学崛起的事实,精辟地得出了《水浒》为市民写心的论断,实在是慧眼独具。

在中国帝制社会后期,随着城市经济的迅速发展,一个新的社会阶层产生了,这就是市民阶层。它以不同于农民阶层,不同于统治阶层的独立面貌对当时的文化艺术产生了巨大的影响。恩格斯曾经说过:“在封建的中世纪的内部孕育了这样一个阶级,这个阶级在它进一步的发展中,注定成为现代平等要求的代表者,这就是资产阶级。”①

市民阶层是一个新生的社会阶层,其本身具有许多新的特点,它是现代平等要求的代表者。从现存有关资料也可以看到这一点。宋元时期都市中从事各种行业的市民们,大都有自己的行会组织,传统行会的团结互助、为朋友两肋插刀、讲义气、守信用的特点在行会中普遍存在。同时,市民阶层的思想观念必然地会从不同渠道影响在都市兴起的戏曲、小说这种在很大程度上带有商业化特色的市民文学。正是从这一点上我们可以理解为什么这个特定阶层欢迎的草莽英雄形象普遍有忠义并列,甚且重义甚于重忠,具有比较彻底的反抗精神,往往有一些其他人物所没有过的激烈言行。李逵曾经喊出:杀到东京,夺了鸟位。曾经扯诏谤徽宗,最后同宋江见面,还大叫一声“哥哥,反了罢!”②,但他为了一个“义”字,“生时伏侍哥哥,死了也只是哥哥部下一个小鬼”③,饮下御赐毒酒,成为一个悲剧式的英雄人物。

牛皋在平定苗、刘之乱后,不愿在朝为官,曾经对使臣说出:“你这个皇帝老儿!不听我大哥之言,致有此祸!本不该来救你。因奉了哥哥之命,故此前来。今二贼已诛,俺们两个要去回复大哥交令,哪个要做什么官!”重义甚于重忠。岳飞死后,孝宗即位,李文升奉旨到太行招安牛皋等人,牛皋不愿受招安,并怒斥:“大凡做了皇帝,尽是无情义的,我牛皋不受皇帝之骗,不受招安!”对于皇权的认识可谓深刻之至,对于皇帝的指斥石破天惊。

《说唐》中的程咬金做了三年混世魔王,厌倦之后竟然说道:“我这皇帝做得

---

① (德)恩格斯著:《反杜林论》,见《马克思恩格斯选集》第三卷,北京:人民出版社,2012年,第481—482页。

② [明]施耐庵、罗贯中著:《水浒全传》,长沙:岳麓书社,2001年,第888页。

③ [明]施耐庵、罗贯中著:《水浒全传》,长沙:岳麓书社,2001年,第888页。

辛苦,绝早要起来,夜深还不睡,何苦如此！如今不做皇帝！"叫道:"哪个愿做皇帝的,我让他吧!"这些都反映了市民阶层特定的重情尚义和平等观念。

随着市民阶层的出现和壮大,他们的思想意识自然会影响到原本十分熟悉这个阶层的书会先生、艺人的创作。市民阶层的喜好和要求,也使原本已经具有商品化倾向的文艺创作打上了十分鲜明的市民文学的烙印。对此张庚等先生明白指出:"艺人到勾栏中来是为了'卖艺',而观众到这里来是出钱买娱乐。这就和唐代,特别是安史之乱以前大不相同了。那时的艺术是不论价的,是被皇帝、贵族、达官们所养起来供自己娱乐的;它的艺术内容、风格和趣味是由他们决定的。现在呢,它是由广大市民观众的爱好所决定的。这样子,属于市民的艺术就出现了。"[①]

张庚等先生在这里论述的是戏曲的市民文学特性,但其对于我们认识传统小说,尤其是草莽英雄人物同样适用。因为三国故事、水浒故事、杨家将故事、说岳故事、说唐故事大都经历了由史传记载,民间传说,到平话、戏曲演唱,再到章回小说的发展过程,其中草莽英雄人物如张飞、李逵曾是宋金元戏曲舞台上最受欢迎的戏曲形象。市民观众(听众、读者)的爱好决定了传统小说的艺术内容、风格和趣味。因此把握传统小说中草莽英雄人物的特色,我们只能在当时特定的政治、经济、欣赏对象的深刻认识的基础上才能对其特色做出合理的解释。"从文学史的角度看……作为异军突起的小说话本,则是以再现为主要特征的文学,它所要展示的是世俗人情。它犹如那个时代社会生活的万花筒,它提供给我们的,是以社会各阶层人物为中心的历史画卷。从小说史的角度看,宋以前的志怪传奇小说是以文人士大夫为读者对象,而宋元小说话本则主要是提供给市民欣赏的艺术。"[②]话本戏曲这种新兴的文学样式塑造了此前文学创作领域中未曾有过的新的人物形象,市民阶层的欣赏、爱好从一定意义上决定了古典故事文学的特色。

---

① 张庚、郭汉城主编:《戏曲的形成》,见《中国戏曲通史》上册,北京:中国戏剧出版社,1980年,第43页。
② 齐裕焜主编:《中国古代小说演变史》,兰州:敦煌文艺出版社,2002年,第110页。

四

传统文学历史悠久，民族特色浓郁，草莽英雄这深深根植于民众土壤中的系列形象，对中国文坛影响深远。在当代文坛上，由于近代历史风云变幻，波诡云谲，人民战争波澜壮阔，艰难曲折，小说家们首先谱出了解放战争胜利进行曲，继而又写出了抗日战争壮阔激烈的民族颂歌，唱出抗美援朝，自卫反击战，保家卫国的慷慨战歌。隆隆枪炮声震撼人心，在情节曲折、悲壮神奇的战争故事中走来了一队队新时代的军人形象，当人们回顾当代文坛上反映战争年代疾风暴雨式的斗争生活的小说时，一个又一个既有鲜明个性又有共同特点的人物形象会清晰地出现在眼前：周大勇（《保卫延安》）、石得富（《钢墙铁壁》）、石东根（《红日》）、鲁汉（《铁道游击队》）、朱老忠（《红旗谱》）、丁尚武（《烈火金刚》）、王二虎（《平原枪声》）、靳开来（《高山下的花环》）……尽管他们是在新的历史时期，在党的领导教育下成长起来的一代军人、革命斗士，但小说家们在挥毫创作时自觉不自觉地借鉴了传统小说的成功经验。如章回小说的形式、情节小说的结构等。这一系列人物身上依然有着草莽英雄影响的印痕。当我们在《红日》中看到石东根在莱芜大捷后酒醉纵马兜风的场面，自然会想到有关的传统小说中的人物。而对于朱老忠的形象的成功，有的论者就直接指出："朱老忠的性格，在革命的气质上是和古代农民革命的英雄人物，有其相通之处的——在他的性格里'融贯着历史和现实的深刻经历'。应该说，朱老忠的形象，是对历史上革命农民典型的一个'小结'。"[①]新时代的文学创作，呈现出百花齐放的勃勃生机，尽管出现了反传统的审美意识，淡化人物，淡化情节，追求主观化，追求不规则美的倾向，但是也正是这和现实主义抗衡，同时也是互补的文学潮流的出现，使得传统小说的艺术手法更为突出，追求真实、深化、完美、多样的创作传统依然是文坛的主流。靳开来的出现，是运用传统创作手法，融合了时代特色，具有新的审美价值的典型人物。靳开来集不同审美特色于一身，是一个庄谐合璧的崇高的悲剧形象。其内心世界

---

① 李希凡著：《论中国古典小说的艺术形象·后记》，上海：上海文艺出版社，1962年，第371—372页。

单纯而又复杂。满口的牢骚,是他耿直个性的外现。他在战场上斩关夺隘,冲锋陷阵,义无反顾是对祖国忠诚的外现。这样一个复杂性格集合体,突出了英雄的独特的性格。然而,在这个人物的塑造上,传统小说中草莽英雄的系列形象的影响也是显而易见的。

特别是近几年随着古典名著改编热的出现,传统小说中草莽英雄形象又在评书、戏曲、电影、电视中再现,当然这种再现是一种再创造,是运用现代新技术、新手段的再创作,尤其是影视创作使有关人物立体化地展现在人们面前,这种基于传统名著,基于传统审美的再创作产生的冲击波,又一次显示了传统小说中草莽英雄的魅力。有关报刊曾不无夸张地报道,在刘兰芳运用评书形式讲新编《说岳全传》《杨家将》故事时,曾出现过万人空巷听评书的奇迹。这是值得研究的文化现象。

以上我们从传统小说中草莽英雄形象的特色、产生的社会基础以及在当代文坛上的影响几方面进行了粗浅的探讨。我们相信,尽管当代文坛风潮变幻,小说的创作也由故事型结构形态之外出现了性格型结构形态,或心态型结构形态,但从文学史的发展历程和当代文坛现状看,传统小说的影响是难以估量的,基于千年传统审美观念上的草莽英雄形象也将以其永久的艺术魅力继续对有关创作、观众的审美观念产生深远的影响。

由戏曲到小说 由主角到配角

——李逵形象散论

一提起李逵，人们会自然而然地想起《水浒传》中李逵的形象，有关的回目也多耳熟能详——《黑旋风斗浪里白条》《梁山泊好汉劫法场》《黑旋风沂岭杀四虎》《黑旋风探穴救柴进》《黑旋风乔捉鬼》《李逵寿张乔坐衙》《黑旋风扯诏谤徽宗》，直至一杯毒酒，魂归离恨天。有编者正是根据以上回目予李逵以高度评价，认为“李逵参加农民起义最为主动、坚决”，“革命斗争精神也比较坚定彻底”①，而认为李逵的粗野也是他的可爱之处，因为“粗野，正表现了他的真纯”②。但是研究李逵形象在说唱文学中的演变，相比较而言，元代杂剧水浒戏中的李逵形象比《水浒传》中的李逵形象要更为丰满、生动，当然这中间有种种原委，其中从杂剧（戏曲）到长篇章回小说，由戏剧中的主角到小说中的配角，应该是其形象变化的主要原因。

一

在宋代的有关史书中，确有与说唱文学中李逵同名同姓的一位人物，其事迹分别见于《三朝北盟会编》卷一一四、汪藻《浮溪集》卷一六、《三朝北盟会编》卷一三一、《宋史·高宗纪》。大略为：李逵乃密州军卒，建炎元年曾反叛宋朝；曾占据

① 吉林大学中文系编：《中国古典小说讲话》，长春：吉林人民出版社，1981年，第72页。

② 徐君慧著：《古典小说漫话》，成都：巴蜀书社，1988年，第164页。

数州之地，纵横一方；金兵压境，率众降金。后为同伙吴顺所杀。[1]因此，可以推知，历史上密州的李逵一伙人，并没有什么远大志向，北、南宋之际，乘其战乱，反叛朝廷，称霸一方；金兵压境，作战不胜，便举众降金；乌合之众，内部亦常纷争。这个李逵似丝毫不值得称道。所以，对历史上这位李逵与说唱文学中李逵的关系，我们赞成陈汝衡先生在《元明杂剧中的黑旋风李逵》一文中的说法："……可以肯定地说：这个史书上的李逵不过和水浒人物黑旋风李逵偶然名姓相同。断不是所谈的这个黑旋风李逵，更不是元明杂剧里的山儿李逵。"[2]宋末元初人龚开《宋江三十六赞》中提及"黑旋风李逵"："旋风黑恶，不辨雌雄，山谷之中，遇尔亦凶。"[3]但仅据此四句赞语，李逵的一切事迹行状无从得知。约略问世于元初的《大宋宣和遗事》中于天书三十六将中有"黑旋风李逵"，但其事迹只字未提。因之，元代杂剧中大量水浒戏的出现，尤其是以李逵为主角或以其为主要人物出现的杂剧值得我们认真研究。

现存的元代水浒戏仅有六部，但李逵出场的即有四部，内中李逵为正末主唱的二部（《梁山泊李逵负荆》《黑旋风双献功》），李逵在剧中为重要角色，题目正名中出现其姓名的二部（《都孔目风雨还牢末》题目正名为："李山儿生死报恩人，都孔目风雨还牢末"[4]；《鲁智深喜赏黄花峪》二、三折正末扮李逵，题目正名作"李山儿打探水南寨，鲁智深喜赏黄花峪"[5]）。按照常理，研究元代水浒戏中李逵的形象，应以这四部剧作为主，但元代已佚水浒戏特别是有关李逵的剧目，仅就现在可考的剧作名目看，其内容实在是太丰富了，它们和现存剧作一起，是我们借以研讨的第一手资料。

我们光就有关已佚剧作的剧目探讨李逵的形象，就有十个：

黑旋风乔断案　　　　杨显之

---

① "是月（建炎三年闰八月），知济南府宫仪及金人数战于密州，兵溃，仪及刘洪道俱奔淮南，守将李逵以密州降金。"见于《宋史·高宗纪二》，北京：中华书局，1977年，第468页。其他三种略同。

② 陈汝衡：《元明杂剧中的黑旋风李逵》，《戏剧艺术》1979年第Z1期。

③［宋］周密著，吴企明点校：《癸辛杂识》，北京：中华书局，1988年，第145页。

④ 张月中、王钢主编：《全元曲》，郑州：中州古籍出版社，1996年，第2022页。

⑤ 张月中、王钢主编：《全元曲》，郑州：中州古籍出版社，1996年，第1853页。

黑旋风大闹牡丹园	高文秀
黑旋风借尸还魂	高文秀
黑旋风诗酒丽春园	高文秀
黑旋风敷演刘耍和	高文秀
黑旋风乔教学	高文秀
黑旋风穷风月	高文秀
黑旋风斗鸡会	高文秀
黑旋风老收心	康进之
板踏儿黑旋风	红字李二

从以上剧目名称就可推知，元代水浒戏中的李逵是一个个性十分丰富且多才多艺的形象，他在大多数情况下是以一个正面喜剧形象出场，这从一些剧目的名称即可看出，诸如“乔断案”“乔教学”等。

已佚剧作的剧目从多侧面展示了戏曲舞台上的李逵形象：他会装模作样地装扮教书先生；也会滑稽幽默地在公堂上判各种案子；更会饮酒赋诗；他会斗鸡，会歌舞表演伎艺；还有儿女风情，而穷困潦倒之时显得更为可爱……当然，粗豪是李逵的本色，因此他也曾大闹牡丹园，可能其性格至晚年有所改变，所以又有了《黑旋风老收心》。

这些已佚剧作，有一些在有关文献中可以推知一二，有些在元代有关剧作及后世小说戏剧中尚有一些踪迹可寻，还有一些仅可据剧名加以推断。为了更好地了解元代戏曲中的李逵形象，我们将有关剧目的相关资料分析如下：

（一）《黑旋风借尸还魂》（高文秀）

《水浒传》中未曾提起，前此水浒故事亦无相关文字。

（二）《黑旋风斗鸡会》（高文秀）

《水浒传》中亦未提及。

（三）《黑旋风穷风月》（高文秀）

《水浒传》中不曾提起。就“风月”字面看，当指儿女私情。宋代陆游1188年在军器少监任上，被人以“嘲咏风月”罪名弹劾去官，其痛愤之余，以“风月”名轩，并以诗记之。鲁迅有《准风月谈》亦即此意。剧目中一个“穷”字，是穷尽风月之欢，抑或是在困穷中遭遇风情，难以推知。

（四）《黑旋风大闹牡丹园》（高文秀）

《水浒传》中未曾提及。

（五）《黑旋风敷演刘要和》（高文秀）

《水浒传》未见有关情节。刘要和当为艺名，元代教坊有艺人刘要和，剧作家（艺人）红字李二和花李郎，同是“教坊刘要和婿”（见《录鬼簿》）。敷演，亦为敷衍，即扮演。《三战吕布》[醉春风]白：“我先说了吕布，后敷演元帅也。”①《城南柳》[隔尾]：“醉与樵夫讲些经传：春秋有几年？汉唐事几篇？端的是谁是谁非？咱两个细敷演。”②《西游记》二本六出，白：“我也待和他们去，老人家赶他不上，回来了。说道好社火，等他们来家，教他敷演与我听。”③后二例中的敷演有敷陈演述的意思。

在戏文中敷衍亦可解为扮演、表演，与今语“敷衍了事”“敷敷衍衍”意义不同。《小孙屠》[满庭芳]白：“后行子弟不知敷衍甚传奇？”④《错立身》[鹧鸪天]：“贤们雅静看敷衍，《宦门子弟错立身》。”⑤根据剧名推断，可能是李逵以其特有的表演手段扮演刘要和搬演的某一剧目，或表演刘要和特有的表演动作、情态、风格。

（六）《黑旋风老收心》（康进之）

《水浒传》中未有相关情节。当为写晚年李逵在个性方面的变化。

（七）《板踏儿黑旋风》（红字李二）

《水浒传》中未有相关情节。板踏，即门板。又作板答、板闼、板踏。《魔合罗》

---

① 郑德辉撰：《虎劳关三战吕布》第三折，见隋树森编《元曲选外编》，北京：中华书局，1987年，第489页。

② 谷子敬撰：《吕洞宾三度城南柳》第三折，见[明]臧晋叔编《元曲选》，北京：中华书局，1958年，第1194页。

③ [明]杨景贤撰：《西游记》，见隋树森编《元曲选外编》，北京：中华书局，1987年，第648页

④ 萧德祥撰：《小孙屠》第一出，见张月中、王钢主编《金元曲》，郑州：中州古籍出版社，1996年，第2059页。

⑤ 无名氏撰：《宦门子弟错立身》第一出，见张月中、王钢主编《金元曲》，郑州：中州古籍出版社，1996年，第203页。

[后庭花]:“俺家有一遭新板闼,住两间高瓦屋。”[①]《元人小令集》周文质《失题》:“铺下板踏,罗卜两把,盐酱蘸稍瓜。”《存孝打虎》白:“若还没甲,披上两叶板闼。”[②]情节尚难推知,以李逵之勇,门板可为武器;但周文质语词显为叹穷嗟卑之意,如李逵也“铺下门板”,连床也没有,显然是潦倒穷愁。可惜无其他文字可证。

(八)《黑旋风诗酒丽春园》(高文秀)

《水浒传》未有相关情节,但李逵这样一位特殊之人而作别致之诗,且酒助诗兴,剧作当是喜剧。

根据有关资料,此剧及有关戏曲故事在当时广为流传,为剧作家所热衷,也为观众所欢迎。因为除了“水浒戏专家”高文秀有《黑旋风诗酒丽春园》之外,王实甫也有《诗酒丽春园》,庾吉甫也有同名杂剧。据《蓝采和》一剧中的有关文字,可以知道《黑旋风诗酒丽春园》在元时勾栏瓦舍中时时演出,被同行誉为一流的剧作:

> (末)俺路歧每怎敢自专,这的是才人书会刬新编(一折)。
>
> (末)我试数几段脱剥杂剧。做一段老令公刀对刀,小尉迟鞭对鞭。或是三王定政临虎殿……都不如诗酒丽春园。[③]

(九)《黑旋风乔教学》(高文秀)

《水浒传》第七十四回“燕青智扑擎天柱,李逵寿张乔坐衙”,写李逵在寿张县乔坐衙后,又闯入一处学堂,“吓得那先生跳窗走了。众学生们哭的哭,叫的叫,跑的跑,躲的躲。李逵大笑”[④]。小说中仅有这几行笔墨,但杂剧中既有“乔教学”的剧目,想来必有李逵坐上学堂的椅子,穿上教书先生的衣服,有对所谓古人先

---

① 孟汗卿撰:《张孔目智勘魔合罗》第一折,见[明]臧晋叔编《元曲选》,北京:中华书局,1958年,第1371页。

② 隋树森编:《金元散曲》,北京:中华书局,1981年,第560页。

③ 无名氏撰:《汉钟离度脱蓝采和》第一折,见张月中、王钢主编《全元曲》,郑州:中州古籍出版社,1996年,第1862页。

④ [明]施耐庵、罗贯中著:《水浒传》,北京:人民文学出版社,1975年,第1025页。

贤的“高论”、对答，等等。自孔门坐而论道，师生答问，已有意趣。后世腐儒，庸常讲说，常为世人笑柄，于是讽谕学堂先生假酸假醋，历代说唱文学均有其例。敦煌变文中已有《孔子项托相问书》，千代圣人不及一乳臭小儿；至宋代，说唱文学中有“乔学堂”的名目，乔模乔样，装扮一教书先生，一举手一投足，以为笑乐。元以后，小说戏剧中亦有相关文字，知名的有《牡丹亭》中陈最良教杜丽娘《诗经》一场戏等。

（十）《黑旋风乔断案》（杨显之）

剧作虽然散佚，但《水浒传》中第七十四回“李逵寿张乔坐衙”应是《乔断案》本事的一部分。该回写燕青在泰安州东岳庙胜了擎天柱任原，庙内大乱，官军与梁山义军厮杀。待到梁山人马还山时，独不见了李逵，原来他闯进寿张县衙门，吓跑了县太爷，他穿上了县令官服，传唤典吏人等参见，并令衙役作告状的玩耍，胡乱判定二个人打架，打人的是“好汉”，挨打的是“不长进”的，把“原告”枷号在衙前示众。黑旋风判糊涂案，衙前百姓一片笑声。从衙门出来后又闯了一学堂。著者有诗为证：

> 牧民县令古贤良，想是腌臜没主张。怪杀李逵无道理，琴堂闹了闹书堂。①

可以想象，剧本应和小说相近，通过一个无法无天的具有喜剧性格的李逵形象和相关喜剧情节，蔑视县官威仪，展示李逵的丰富个性。

顾学颉等《元曲释词》在解释相关词语时说：“乔，假装意。”认为“乔坐衙，谓假做官长升堂问案子”，并引《金瓶梅》第五十二回吴月娘的一段话为证：“月娘道：‘等我问他，我怎么虔婆势、乔坐衙？’”②实际上在有关说唱文艺中多有用“乔”字的，“乔”尚有幽默、滑稽、诙谐的意味。宋元说唱艺术中即有《乔合生》《乔影戏》诸名目。《武林旧事》卷二《舞队篇》记载当时的舞队，也有诸如乔三教、乔迎

---

①［明］施耐庵、罗贯中著：《水浒传》，北京：人民文学出版社，1975年，第1025页。

② 顾学颉、王学奇著：《元曲释词》，北京：中国社会科学出版社，1983年，第131页。

酒、乔亲事、乔乐神、乔捉蛇、乔学堂、乔宅眷、乔像生、乔师娘、独自乔等称谓。所谓“乔宅眷”，即说“国忌禁乐，则有装宅眷笼灯前引，珠翠盛饰，少年尾其后，诃殿而来，卒然遇之，不辨真伪”①。从文化史上看，从宋代的《乔合生》《乔影戏》，到宋代歌舞中的“乔宅眷”“乔三教”，再到元杂剧中的《乔教学》《乔断案》，再到明末编刊的《寿张县令黑旋风集》，既有一脉相承的文化渊源，也有风格、内容上的承袭与改造。

二

学术界公认，李逵是“元代水浒戏中被写得最多，也是最成功的英雄形象”。就现存的六本元代水浒戏而言，《李逵负荆》《黑旋风双献功》（以下简称《双献功》）二剧均以李逵为主角；《都孔目风雨还牢末》（以下简称《还牢末》）和《鲁智深喜赏黄花峪》（以下简称《黄花峪》）二剧，李逵也是剧中的重要角色。《还牢末》的题目正名为“李山儿生死报恩人，都孔目风雨还牢末”；《黄花峪》的题目正名作“李山儿打探水南寨，鲁智深喜赏黄花峪”，并且该剧二、三折均为正末扮李逵。客观地讲，以上剧中的李逵形象，除了一般读者由《水浒传》中得知的粗豪鲁莽、嫉恶如仇的性格特点之外，还有不为人知，或者容易被人忽略的粗中有细、机智灵活乃至近似足智多谋的一面。元杂剧中李逵的形象是较为丰满的。

为了研讨元杂剧中正面喜剧人物塑造的特点，为探讨《水浒传》中李逵形象与元代水浒戏中李逵形象之异同，我们试从以下几方面分析元代水浒戏中李逵性格的特色。

（一）粗豪、粗直、鲁莽是李逵性格的底色。这种性格特色在动作及他人的评价中时时显露出来。《双献功》及《黄花峪》中都写及李逵粗野的扮相：

> ［宋江云］虽然更了名，改了姓，你这般茜红巾，腥衲袄，乾红搭膊，腿绷护膝，八答麻鞋，恰便似那烟薰的子路，墨染的金刚。休道是白日里，夜晚间

① ［宋］周密撰，傅林祥注：《武林旧事》，济南：山东友谊出版社，2001年，第41页。

揣摸着你呵，也不是个好人。[①]

[宋江云]看你那茜红巾，红衲袄，乾红搭膊，腿绷护膝八答鞋，你便似那烟薰的子路，墨洒的金刚，休道是白日里，夜晚间扑摸着你，也不是恰好的人。[②]

两段文字仅个别字面有异，可以推想当时戏剧舞台李逵的扮相已基本定型。与其粗野装扮相应的是他粗丑、奇异甚至"丑得吓人"的相貌，孙孔目乍见之下，大吃一惊，叫一声："是人也那是鬼！"李逵自嘲地唱道：

我这里见客人将礼数迎，把我这两只手插定。哥也，他见我这威凛凛的身似碑亭，他可惯听我这莽壮声，唬他一个痴挣，唬得荆棘律的胆战心惊。[带云]。哥也，他不怕我别的。(唱)他见我风吹的蹉跎是这鼻凹里黑，他见我血渍的腌臜是这衲袄腥，审问个叮咛。[③]

与李逵粗野的装扮、粗丑的相貌相映成趣的是他粗直的个性。宋江这样评价他："此人性如烈火，直如弓弦。"[④]而李逵自己做人的楷模是三国时的莽张飞，他甚至天真地希望，梁山兄弟均如桃园弟兄一样手足情深：

咱虽然不结义在桃园内，俺仿学那关张和刘备，您兄弟一似个张飞。有衣呵同穿着，有饭呵同吃，有马呵不刺刺大家同骑……[⑤]

再从有关剧作中李逵的相关语言看，他的粗直中有后来《水浒传》中李逵嗜杀粗野的因子。在《黄花峪》一剧中，在和宋江的对话中流露出"我三日不杀人

① [明]臧晋叔编：《元曲选》，北京：中华书局，1958年，第688页。
② 张月中、王钢主编：《全元曲》，郑州：中州古籍出版社，1996年，第1849页。
③ [明]臧晋叔编：《元曲选》，北京：中华书局，1958年，第688页。
④ 张月中、王钢主编：《全元曲》，郑州：中州古籍出版社，1996年，第1847页。
⑤ 张月中、王钢主编：《全元曲》，郑州：中州古籍出版社，1996年，第1847页。

呵”，“我浑身上下拘系”，“我三日不放火呵”，“倚着那石墙下呵盹睡”。

另外，从李逵与宋江关于乔装打扮的两段对话中，也可见出李逵粗鲁蛮横、不讲道理的秉性。《黄花峪》中当宋江指出李逵模样粗丑、装扮粗野，不便下山时，李逵愿意打扮个货郎下山。宋江问他：“可那里得这衣服鼓儿来？”李逵回答：

> 有有，山寨在那官道旁边，躲在一壁等着。那做买卖的货郎儿过来，“兀那货郎儿，借与我鼓儿使一使。”说个借与呵，万事罢论。若说个不借，一只手揪住那厮衣领，一只手掐住脚腕，滴溜扑摔个一字交，阔脚踹住那厮胸脯，举我这夹刚板斧来，觑着那厮嘴缝鼻凹里磕叉——我恰待要砍。哥也，休道是鼓儿，他连担儿也与了您兄弟。①

《双献功》一剧中李逵要装扮成一个庄家人下山去保护孙孔目到泰安神州去进香，当宋江问他“只是那得庄家的衣服来”时，他的一番言语与上面一段对白大同小异：

> 有有有！你兄弟下得山去，在那官道旁边一壁掩映着，等那庄家过去，“哥，你那衣服借与我使一使儿。”那厮与我，万事罢论。他但说个不与，我一只手揪住衣服领上，一只手揝住脚腕，滴溜扑摔个一字交。阔脚板踏着那厮胸膛，举起我这夹钢板斧来，觑着那厮嘴缝鼻凹，恰待砍下——哥，休道是衣服，那厮连铁锄都与你兄弟了也。②

正由于李逵粗直得近于鲁莽，所以每次下山，宋江总要告诫他要“忍事饶人”，别人骂了、打了、唾在脸上，都要忍耐。

最能显现其粗直、粗莽个性的是《李逵负荆》一剧，剧作者运用反衬的艺术手法，写李逵粗中有细、粗人用细，以“细”现粗。且抑扬运用得当，凸显了李逵粗豪

① 张月中、王钢主编：《全元曲》，郑州：中州古籍出版社，1996年，第1848页。
② [明]臧晋叔编：《元曲选》，北京：中华书局，1958年，第289页。

的个性。

该剧第一折写李逵在清明节假期中在王林酒店中以醉卖醉，却因王林老汉被抢走了女儿而满心忧愁。因李逵与王林熟识，便说“咱两个每日尊前话语投，今日呵，为啥将咱佯不瞅”，为王林不理睬他而满心不悦。当王林诉说原委时，他一听王林的女儿“被一个贼汉夺将去了”，对“贼汉”二字太为敏感，一时暴怒，不分青红皂白，怒打王林：

> （正末做打科，云）你道是贼汉，是我夺了你女孩儿来？（唱）［金盏儿］我这里猛睁眸，他那里巧舌头，是非只为多开口。但半星儿虚谬，恼翻我，怎干休！一把火将你那草团瓢烧成为腐炭，盛酒瓮摔做碎瓷瓯。（带云）绰起俺两把板斧来，（唱）砍折你那蟠根桑枣树，活杀您那阔角小黄牛！[①]

粗莽本色尽现！但《李逵负荆》一剧中李逵性格的最大特色乃是其“粗中有细”“粗人用细”“细中见粗”。因此，当王林哭诉了女儿被骗抢的经过后，剧中李逵十分细心地追问了一句：［正末云］有什么见证？当王林出示了“红绢褡膊”之后，李逵方确信无疑，——“我待不信来，那个士大夫有这东西？”于是认定是宋江、鲁智深抢走了满堂娇，为维护梁山声誉，他要为王林伸张正义：

> 老王，你做下一瓮好酒，宰下一个好牛犊儿，只等三日之后，我轻轻地把着手儿，送将你那满堂娇孩儿来家……[②]

为了确保事在万全，他特别又告诫叮嘱老王林对质时千万不要由于害怕梁山上的大头领而临时反悔：“那时节我若叫你出来，你可休的似乌龟一般缩了头再也不肯出来。”[③]王林的回答，让他十二分放心：

---

①［明］臧晋叔编：《元曲选》，北京：中华书局，1958年，第1521页。
②［明］臧晋叔编：《元曲选》，北京：中华书局，1958年，第1521页。
③［明］臧晋叔编：《元曲选》，北京：中华书局，1958年，第1521页。

老汉若不见他，万事休论。我若见了他，我认得他两个，恨不得咬掉他一块肉，我怎么肯不出见他。[①]

有了人证、物证，李逵自以为有了铁证，上山之后，他大闹忠义堂，要砍倒杏黄旗，杀死宋江，直闹到与宋江立下军令状，下山与王林对质。粗鲁莽撞中见出他粗犷英豪本色——他愿用生命去维护梁山的荣誉，去捍卫梁山建设的原则。他不能容忍"梁山泊有天无日"，不能让人议论"梁山泊水不甜，人不义"。

因此，下山对质的途中，李逵由于认定了宋江、鲁智深就是抢走王林女儿的"贼汉"，做贼心虚，"细心"的他发现宋、鲁二人一举一动、一言一行都露出了破绽。宋江在前面走，李逵说："你也等一等波听见到丈人家去，你好喜欢也。"鲁智深落在后面，李逵说："花和尚，你也小脚儿，这般走不动。多则是做媒的心虚，不敢走哩！"宋江在后面走，李逵说："宋公明，你也行动些儿。你只是拐了人家女孩儿，害羞也，不敢走哩！"当宋江故意逗李逵说："山儿，你不记得上山时认俺做哥哥，也曾有八拜之交哩！"李逵唱道："你只说在先时有八拜之交，元来是花木瓜儿外看好，不由咱不回头儿暗笑。"[②]在一系列的喜剧性细节中见出其粗莽之中的"精细"。

然而，对质的结果大大出乎李逵的意料。王林一再辨认之后，都连声说"不是，不是"，因为强盗宋刚是"青眼儿长子"，而宋江是"黑短"的相貌；强盗鲁智深是"稀头发腊梨"，眼前的鲁智深却是个光头和尚。但李逵不知原委，细细思量之后，认为是由于宋江、鲁智深名气太大，使得王林不敢相认；他说宋江"你则合低头就坐来，谁着你睁眼先去瞧。则你个宋公明威势怎生豪，刚一瞅早将他魂灵吓掉了"；他骂鲁智深"谁不知你是镇关西鲁智深，离五台山才落草，便在黑影中摸索也应着，只被你爆雷似一声先唬倒，那呆老子怕不知名号？"李逵在观察中，似

① [明]臧晋叔编：《元曲选》，北京：中华书局，1958年，第1522页。
② [明]臧晋叔编：《元曲选》，北京：中华书局，1958年，第1526页。

乎觉得“适才问他也待认来”，“只见他摇头侧脑费量度”。[①]

但宋江、鲁智深毕竟不是强人宋刚、鲁智恩，李逵几次三番催王林指认强人，王林不愿再认，气得李逵像“鲤鱼跳”，怒打王林，“打你这没肚皮揽泻药，偏不的我敦葫芦摔马杓。哥哥道备马还山寨，恰便似牵驴上板桥，恼的我怒难消。踹扁了盛浆铁落。辘轳上截井索，芭棚下瀽副槽。掷碎了舀酒瓢，砍折了切菜刀”。[②]

但李逵粗莽中终不失豪杰本色，当他前后思量，最终意识到是自己粗心大意，意气用事，错在己身时，坦率承认：“嗨！这的是山儿不是了也。”[③]于是负荆请罪，擒拿强盗，戴罪立功。全剧写李逵的粗直、粗豪、粗中有细，运用反衬的手法，更见黑旋风李逵的豪杰本色。

（二）貌恶心善，为人行事的目的与行为的反差形成了李逵的喜剧性格。这首先表现在他容貌和心地的反差——貌恶心善。在高文秀《双献功》第一折中，李逵和孙孔目初次相见，其粗丑面目把孙孔目吓了一跳，惊呼：“是人也那是鬼！”宋江告诉孙孔目：“兄弟休惊莫怕，则他是第十三个头领，山儿李逵，这人相貌虽恶，心是善的。”[④]从李逵的个性看，他似乎有一种自我表现欲，每当梁山有了“任务”，他总是急公好义，勇于任事，《双献功》杂剧第一折中写宋江要找人保护孙孔目到泰安神州上香去，小喽啰刚一宣布，李逵即忙应道：“有有有！我敢去！我敢去！”[⑤]《黄花峪》中，当刘庆甫妻子被蔡衙内抢走，刘庆甫告状上梁山，为到十八层水南寨打探事情去，李逵又立刻响应：“有有有，我敢去！”并且抱怨其他头领缩头缩脑：

俺哥哥传将令三四番，可怎生无一个承头的？这一个燕青将面劈，那一个杨志头低。那里也大胆姜维，问着啊一个个缄口无人言对，你可便怕相持

① [明]臧晋叔编：《元曲选》，北京：中华书局，1958年，第1527页。
② [明]臧晋叔编：《元曲选》，北京：中华书局，1958年，第1527页。
③ [明]臧晋叔编：《元曲选》，北京：中华书局，1958年，第1527页。
④ [明]臧晋叔编：《元曲选》，北京：中华书局，1958年，第688页。
⑤ [明]臧晋叔编：《元曲选》，北京：中华书局，1958年，第688页。

对垒。你可便枉住在梁山，兀的不辱没杀俺哥哥保义。[①]

因此，尽管他“听的道搽水寨多凶少吉”，也要一展身手，为民解困，为山寨解难，对宋江支持，“囊里盛锥”的李逵要脱颖而出。

但是，尽管他貌恶心善，爱打抱不平，喜见义勇为，由于生性粗直，解决问题喜欢用拳头、板斧来说话，所以其结果往往并不美妙。李致远《还牢末》楔子中李逵曾自叙个人犯罪缘由：

[净扮李得上云]某李得是也。这里也无人，某乃梁山泊好汉山儿李逵，更改了名字，叫做李得。不想打街市经过，见一个年纪小的，打那年纪老的，我心中不平，将那年纪小的扳过来，只一拳，谁想拳头上没眼，把他打死了。被巡捕官军将我拿住，解在东平府来。今日大人要结断，怎生是好？[②]

即使年轻人欺负老年人不对，也罪不当死，而李逵却一拳把个年轻人打死了。多亏有李孔目帮忙，李逵以误伤人命的罪名被重责八十，迭配沙门岛去。

由此引出我们分析李逵个性的又一个话头，李逵为人知恩必报。且看李逵被定罪之后的一段自白：“哎！李逵也，你好莽也。若不是孔目救了我这性命呵，可怎生了的？我如今先到李孔目门首等候着，此恩必当重报。正是：虎着重箭难展爪，鱼经铁网怎翻身，运去遭逢无义汉，时来报答有恩人。”[③]然而，他为报答李孔目而送的金环险些送了恩人的性命。因该剧最后宋江所谓散场诗是对全剧的总结，在这里不拟引述相关情节，引摘诗句如下：

俺梁山泊远近驰名，要替天行道公平。忠义堂施呈气概，结交尽四海豪英。差李逵下山探听，到东平偶见相争。只一拳将人打死，被官司拷打招承。

① 张月中、王钢主编：《全元曲》，郑州：中州古籍出版社，1996年，第1847页。

② 张月中、王钢主编：《全元曲》，郑州：中州古籍出版社，1996年版，第2010页。

③ 张月中、王钢主编：《全元曲》，郑州：中州古籍出版社，1996年版，第2011页。

论律法本该抵命，李孔目搭救残生。李山儿知恩图报，送金环聊表微情。
被小妇当官出首，将孔目熬尽严刑。阮小五入牢打探，并请他刘史同行。
萧行首剜心剖腹，赵令史号令山城。今日个英雄聚会，一个个上应罡星。
早准备庆喜筵席，显见的天理分明。①

如果说诸多剧目都把李逵写成粗直、粗莽偶尔“粗中有细”，但目的却在以“细”衬“粗”，写他欲细反粗的喜剧性格的话，那么元代水浒戏中李逵形象还有一个更为引人之处，即：李逵是一个善于随机应变，很富有斗争智慧的人物。这突出地表现在《双献功》和《黄花峪》二剧中。因此，足智多谋、随机应变的性格是李逵个性的亮色。

《双献功》一剧写李逵愿作宋江的结拜兄长孙孔目的“护臂”，保护孙孔目到泰安神州去上香。剧中李逵这个草莽英雄的“精细”“智慧”，被写得十分成功。

李逵第一次看见孙孔目之妻郭念儿，便问孙孔目：“这嫂嫂敢不和哥哥是儿女夫妻么？”②因为他发现郭念儿说话时“丢眉弄色”，走路时“鞋弓袜窄”，打扮得花枝招展。他的精细连孙孔目都不能不称他“眼毒”。问题正出在郭念儿身上。权豪势要白衙内与郭念儿早有私情，又借孙孔目、李逵一起去泰安神州草参亭子租占房子之机，相约逃走，并借衙坐堂把孙孔目打入死囚牢。

李逵作为自告奋勇保护孙孔目上香的“护臂”，此时要靠一己之勇营救孙孔目是不可能的，他势孤力单：要返回梁山求救，远水救不了近火。在这左右为难、“无计可施”的情况下，李逵急中生智，想出“一个主意”，他要装扮成一个庄家后生，借探监之名，乘机救人。第三折李逵营救孙孔目出狱是该剧精彩之处。李逵打扮成一个“庄家后生，提着这饭罐儿”前往探监。他一路打听监牢去处，到得牢门首，为了不显露身份，故意不去“拽动牵铃索”，而去拣了半截砖头打门，并故意问牢子：“叔待、叔待，家里有人么？”故意装得呆呆痴痴。他对牢子又是“支揖”，又是小心赔不是，且十分在行地叙说庄稼人“打水浇畦”“压耙扶犁”“打柴刈苇”

① 张月中、王钢主编：《全元曲》，郑州：中州古籍出版社，1996年版，第2022页。
② 张月中、王钢主编：《全元曲》，郑州：中州古籍出版社，1958年版，第692页。

“织履编席”“倒杼翻机”的辛劳,以证明自己是一个地道的庄稼人。当他讲到自己探视哥哥孙孔目,引起牢子疑心:“他姓孙,你姓王,怎么是兄弟?”李逵又随机应变,谎说孙孔目下乡“劝农”时,曾住在他家,“认俺娘做姑姑”,所以成了兄弟,一番话骗过了牢子。到了牢中,他又往携带来的羊肉泡馍(孙孔目因伤痛不吃)中放了麻药,麻翻了馋嘴的牢子,救出了孙孔目。这折戏把李逵貌“恶”心“善”、外“呆”内“智”、表“粗”里“细”,表现得极为精彩。特别是当李逵杀了白衙内,又扯下白衙内一块衣服蘸着白衙内腔子里的血在白粉壁上写道:“是宋江手下第十三个头领黑旋风李逵杀了这白衙内来。”[①]很容易使人想起《水游传》中武松“血溅鸳鸯楼”后所书血字:“杀人者,打虎武松也!”[②]一个颇具个性的英雄形象予人印象深刻。

在《黄花峪》中李逵不是主角,但他仍是以一个智勇双全的人物形象出现的。该剧中的权豪势要蔡衙内比白衙内更有权势,他可以在光天化日之下抢走有夫之妇李幼奴,吊打其夫刘庆甫,并将李幼奴掠抢到十八层水南寨。刘庆甫拿着妻子给他的信物枣木梳子,到梁山去告状。李逵自告奋勇去擒捉蔡衙内解救李幼奴,救人地点是十八层水南寨,是个地主大庄园,而且李逵又不认得李幼奴,唯一可以凭借的物品只有刘庆甫拿的枣木梳儿。权衡再三,他决定“打扮做个货郎儿,担着些零碎去寻那艳质”。他“绕村坊,寻门户,一径的打探虚实”,“问那蔡衙内在何方住”。他真像个货郎,一路叫卖:“买来,买来!卖的是调搽官粉、麝香胭脂、柏油灯草,破铁也换!”当李幼奴出来询问时,他更耐心地一一介绍自己叫卖的货物:“我这里一一说,从头初,货郎儿细数。铜钗儿是鹦鹉,错环儿是金镀。缕带儿是串香新做。有这个锦裙襕法墨玢梳。更有这绣领戏绒线铺,翠绒花是金缕。符牌儿剪成人物,这个锦鹤袖砌的双鱼。更有那良工打就的纯钢剪;(有,有)更有那巧匠做成的枣木梳。除此外别无。”李幼奴一见枣木梳儿,“见鞍思骏马,视物想情人”[③],放声大哭,于是李逵救出了李幼奴,赶跑了蔡衙内。

---

① [明]臧晋叔编:《元曲选》,北京:中华书局,1958年,第703页。

② [明]施耐庵、罗贯中著:《水浒传》,北京:人民文学出版社,1975年,第385页。

③ 张月中、王钢主编:《全元曲》,郑州:中州古籍出版社,1996年,第1851页。

综观元代"水浒戏"，我们完全可以说，"水浒戏"中李逵的个性是十分丰富的，李逵不仅鲁莽粗直，而且粗中有细，甚至可以称得上智勇双全。他有时幽默诙谐，有时浪漫风流。粗丑的外表下，有时则显出锦绣肚肠，出口即美妙诗章。因此，对元代"水浒戏"中李逵的性格应予以全面分析。

三

遗憾的是，元代以后的"水浒戏"和著名的《水浒传》，往往背离了元代"水浒戏"中李逵的个性，有时甚至歪曲了这个草莽英雄的个性。

据我们统计，《水浒传》(人民文学百回本)中，李逵的姓名在回目中出现的有八回(第三十八、四十三、五十二、五十三、五十四、七十三、七十四、七十五回)，此外在第四十回《梁山泊好汉劫法场》；第四十一回《智取无为军，活捉黄文炳》；第五十回《三打祝家庄》；第六十一回《随吴用扮哑童智赚卢俊义》；第六十七回《战单廷珪，魏定国擅自行动》；第六十八回"攻打曾头市"诈降；第九十回《随燕青潜进京城度元夕》。在其他回目中，均作为叙述语言一带而过，甚至在征辽、征方腊过程中也未有建树。

总的看来，《水浒传》中李逵的形象是粗野、莽撞的一勇之夫，战场上拼杀时往往走失，或只凭自己"高兴"，所以凡独当一面的重要任务，宋江、吴用总是考虑他人。第五十五回《高太尉大兴三路兵，呼延灼摆布连环马》写宋江行兵布阵之际，黑旋风又要争先。结果宋江认为迎战呼延灼"必用能征敢战之将，先以力敌，后用智擒"，明白地对李逵说："你如何去得？我自有调度。""却叫李逵与杨林引步军分作两路，埋伏救应。"[①]第六十七回《宋江赏马步三军，关胜降水火二将》写宋江派遣军马接应关胜。李逵便道："我也去走一遭。"宋江道："此一去用你不着，自有良将建功。"[②]可见李逵在梁山事业中的作用和他在宋江心中的地位。

那么李逵的个性别人又是怎么评价的呢？他和宋江的关系，他人又是如何评说的呢？第五十三回《戴宗智取公孙胜，李逵斧劈罗真人》中写道：

① [明]施耐庵、罗贯中著：《水浒传》，北京：人民文学出版社，1975年，第766页。
② [明]施耐庵、罗贯中著：《水浒传》，北京：人民文学出版社，1975年，第929页。

> 罗真人道："这等人只可驱除了吧，休带回去。"戴宗告道："真人不知，这李逵虽然愚蠢，不省理法，也有些小好处。第一，耿直，分毫不肯苟取于人。第二，不会阿谄于人，虽死其忠不改。第三，并无淫欲邪心，贪财背义。敢勇当先。因此宋公明甚是爱他。不争没了这个人，回去教小可难见兄长宋公明之面。"罗真人笑道："贫道已知这人是上界杀星之数，为是下土众生作业太重，故罚他下来杀戮……"①

结合以上二回书中人们对李逵的评价，再看他在书中第三十八回刚出场时戴宗对宋江的解释——"因为打死了人，逃走出来……为因酒性不好，多人惧他""直言叫唤，全不识些高低""虽是耿直，只是贪酒好赌""这厮本事自有，只是心粗胆大不好"。②应该说，前后李逵的性格是一致的，也是较为单一的。当然，他为人子颇有孝心，但正由于其孝心加上了粗心，使娘亲成了老虎的腹中之物。探穴救柴进时，一次次提醒别人不要忘了他，给人近似于弱智的印象。

许多论者都对《水浒传》中的李逵形象大加赞赏，认为"《水浒传》中的李逵，是以其直率、真朴、粗卤、莽撞，并富有喜剧性的性格特征，深深地烙印在读者记忆中的。可以说，李逵性格的丰富、生动、鲜明、妩媚，超过了小说中的任何一个人物"③。但就我个人的阅读体验而言，李逵虽是个生动、鲜明的人物形象，但他留在我的阅读记忆中的，除了一些谐趣的记忆片段外，大多是具有恶趣的血腥嗜杀场景。

除了上述割炙黄文炳的场景之外，在下列场景中我们还可以看到李逵形象"可爱"得令人难忘：

——李鬼冒充李逵剪径，后被李逵识破，"李逵捉住李鬼，按翻在地，身边掣出腰刀，早割下头来"。李逵盛饭来。吃了一回，看看自笑道："好痴汉！放着好

---

① [明]施耐庵、罗贯中著：《水浒传》，北京：人民文学出版社，1975年，第749页。
② [明]施耐庵、罗贯中著：《水浒传》，北京：人民文学出版社，1975年，第514—515页。
③ 罗宪敏：《李逵形象塑造的艺术经验》，《明清小说研究》1996年第3期。

肉在面前，却不会吃！”拔出腰刀，便去李鬼腿上割下两块肉来，把些水洗净了，灶里扒些炭火来便烧。一面烧，一面吃。吃得饱了，把李鬼的尸首抱放屋下，放了把火，提了朴刀，自投山路里去了。[①]

——为了礼请朱仝上山，害怕朱仝不从，故意杀害了小衙内。李逵竟将一个十来岁的孩子的头“劈作两半个”[②]。

——四柳庄中，李逵为狄太公“捉鬼”，竟把狄太公的女儿及奸夫王小二都杀了，为了“消食”，“就解下上半截衣裳，拿起双斧，看着两个死尸，一上一下，恰似发擂的乱剁了一阵”[③]。如果说以上场面人们仍可以“复仇”，奉命而行，诛恶过当为之讳，那么，李逵嗜杀，至以杀人为乐，在战场上往往不分青红皂白。“自只拣人多处杀将去”[④]，滥杀无辜，言其残忍也不为过。

——梁山好汉在江州劫了法场，“晁盖便教背宋江、戴宗的两个小喽啰，只顾跟着那黑大汉走。当下去十字街口，不问军官百姓，杀得尸横遍野，血流成渠。推到颠翻的，不计其数……这黑大汉直杀到江边来，身上血溅满身，兀自在江边杀人。百姓撞着的，都被他翻筋斗，都砍下江里去”。晁盖便挺朴刀叫道：“不干百姓事，休只管伤人！”[⑤]那汉那里来听叫唤，一斧一个，排头儿砍将去。这段话曾给鲁迅留下了极深的印象，他曾冷峻地说，李逵排头砍去的，都是看客！[⑥]

——李逵在沂水县被李云抓获，被朱贵、朱富解救之后，李逵道：“不杀得曹太公老驴，如何出得这口气！”李逵赶上，手起一朴刀，先搠死曹太公并李鬼的老婆。续后里正也杀了。性起来，把猎户排头儿一味价搠将去。那三十来个士兵都被搠死了。这看的人和众庄客，只恨爹娘少生两只脚，却望深村野路逃命去了。李逵还只顾寻人要杀。[⑦]

——《水浒》第五十回写扈成捉住祝彪，“正解将来见宋江，恰好遇着李逵，只

① [明]施耐庵、罗贯中著：《水浒传》，北京：人民文学出版社，1975年，第595—596页。
② [明]施耐庵、罗贯中著：《水浒传》，北京：人民文学出版社，1975年，第718页。
③ [明]施耐庵、罗贯中著：《水浒传》，北京：人民文学出版社，1975年，第1004页。
④ [明]施耐庵、罗贯中著：《水浒传》，北京：人民文学出版社，1975年，第561页。
⑤ [明]施耐庵、罗贯中著：《水浒传》，北京：人民文学出版社，1975年，第555页。
⑥ 鲁迅著：《流氓的变迁》，《鲁迅全集》卷二，北京：人民文学出版社，1980年，第161页。
⑦ [明]施耐庵、罗贯中著：《水浒传》，北京：人民文学出版社，1975年，第606页。

一斧,砍翻祝彪头来。庄客都四散走了。李逵再抡起双斧,便看着扈成砍来。扈成见局面不好,拍马落荒而走,弃家逃命……李逵正杀得手顺,直抢入扈家庄里,把扈太公一门老幼尽数杀了,不留一个”。李逵把已与梁山结盟的扈太公一家杀得干干净净,扈家老小上下死得不明不白,但李逵仅仅只为“也吃我杀得快活”![1]如果全面细致地观照水浒,细致地分析梁山好汉嗜杀嗜血的野性血腥行为,无论对研讨水浒的主题,抑或是水浒事业的结局都应是有所启示的。有些论文据李逵反对招安,说出过“好!哥哥正应着天上的言语!虽然吃了他些苦,黄文炳那贼也吃我杀得快活。放着我们许多军马,便造反怕怎地!晁盖哥哥便做了大皇帝,宋江哥哥便做了小皇帝。吴先生做个丞相,公孙道士便做个军师。我们都做个将军。杀去东京,夺了鸟位,在那里快活,却不好!不强似这个鸟水泊里!”[2]即认定“李逵那坚定的造反精神,革命的彻底性”[3]。而实际上,据其嗜杀之个性,即便其“革命”彻底,“造反”成功,皇室易姓,他做了将军,他治下的臣民又当如何?会比在赵宋王朝统治下好多少?

对于这个不可假设的假设,《水浒传》中已经给了我们答案。该书第七十四回《李逵寿张乔坐衙》写李逵“名扬四海”,当他“手持双斧,直到寿张县。当日午衙方散,李逵来到县衙门口,大叫入来:‘梁山泊黑旋风爹爹在此!’吓得县中人手脚都麻木了,动弹不得。原来这寿张县贴着梁山泊最近,若听得‘黑旋风李逵’五个字,端的医得小儿夜啼惊哭。今日亲身到来,如何不怕!”[4]原来老百姓并不是把他看作福星的。

于是这个造反最彻底的李逵,在寿张县衙演示了一番“革命成功”之后,他作父母官的威仪:他将县太爷衣冠穿戴整齐,“着两个牢子,装做厮打的来告状。……两个跪在厅前,这个告道:‘相公可怜见,他打了小人。’那个告:‘他骂了小人,我才打他。’李逵道:‘那个是吃打的?’原告道:‘小人是吃打的。’又问道:‘那个是打了他的?’被告道:‘他先骂了,小人是打他来。’李逵道:‘这个打了人的

① [明]施耐庵、罗贯中著:《水浒传》,北京:人民文学出版社,1975年,第701页。
② [明]施耐庵、罗贯中著:《水浒传》,北京:人民文学出版社,1975年,第574页。
③ 罗宪敏:《李逵形象塑造的艺术经验》,《明清小说研究》1996年3期。
④ [明]施耐庵、罗贯中著:《水浒传》,北京:人民文学出版社,1975年,第1023页。

是好汉，先放了他去。这个不长进的，怎地吃人打了？与我枷号在衙门前示众。’”[①]打人的是好汉，被打的反而是不长进的，这完全是强盗的逻辑！

每当读《水浒传》至此，我都在想，假如李逵们“革命成功”，老百姓该如何“欢迎”他们？作者是否有意地从这一独特角度在昭示水浒事业的必然命运？

---

①［明］施耐庵、罗贯中著：《水浒传》，北京：人民文学出版社，1975年，第1024页。

元代商贾剧散论

杂剧作为有元一代最具代表性的文学样式，其反映的社会生活面十分广阔，两千年的社会生活，封建社会各个阶层形形色色的人物，都在元杂剧中得到了反映，许多内容是前人不曾写过或极少涉笔的。因此，胡祗遹《赠宋氏序》说："既谓之杂，上则朝廷君臣，政治之得失，下则闾里市井，父子、兄弟、夫妇、朋友之厚薄，以至医药、卜筮、释道、商贾之人情物理殊方，异域风俗语言之不同，无一物不得其情，不穷其态。"[①]但是，长期以来，学术界对于元杂剧中反映商贾命运的剧作并未给予特别关注，或加以集中细致的研究。于是一些论者把一些为富不仁、作威作福、在歌楼妓院恃强凌弱的巨商大贾的胡作非为，放在元代爱情剧中，未予特别重视；而把反映下层商贩背井离乡、饥寒冻馁，甚且遭劫遇难、家破人亡的剧作放在"清官断案剧"或"公案剧"中，亦未给以深入细致的研讨。本文收集了现存元代杂剧中有关描写商贾命运的剧作及一些剧作中有关商贾命运的片断描写，试图对活跃在元代戏剧舞台上的商贾群像有一整体认识，以就教于识者。

一

在现存的元杂剧剧本中，可以明确认定为"商贾命运剧"的有《朱砂担》《盆儿鬼》《魔合罗》《相国寺公孙合汗衫》，此外《杨氏女杀狗劝夫》《东堂老劝破家子弟》

① 李修生主编：《全元文》第五册，南京：江苏古籍出版社，1999年，第260—261页。

《庞居士误砍来生债》虽或涉家庭伦理，或杂佛教度脱诸因素，但均写商贾家庭夫妇、父子、朋友与经商所得之关系。除此之外，尚有被一些论者称为文人、商贾、妓女三角恋爱剧中的商贾和元代讽刺喜剧如《看钱奴》中为富不仁的商人形象。这些剧作通过丰富复杂的社会生活，塑造了形形色色的商贾形象，从一挥千金的巨商大贾到艰难度日、沿街叫卖的商贩，反映了不同阶层商人不同的生活方式与其或荒淫，或霸道，或坎坷、曲折，甚且家破人亡、妻离子散的生活内容，内中有许多值得今人研讨，甚至值得吸取教训的地方。

在相关的剧作中，最为人所不齿的是那些利用不法手段聚敛、暴富之后为富不仁的商贾形象。元代的剧作家们几乎众口一词给予鞭挞和揭露。《朱砂担》一剧第三折写到东岳庙太尉查阅人间善恶文簿，查到一个开剪裁铺的，将那好缎子大尺儿量进来，小尺儿卖出去；又查到一个开洗浆铺的，把人好的衣服，或是洗白，或是高丽复生绯丝，他着那铁熨斗都熨破了。他们不讲职业道德，赚取不义之财，均遭阴谴。《刘弘嫁婢》中的王秀才开解典库，"将焦赤金化做了淡金"，"把好珍珠写作了他蚌珠"，"人家一领簇新的衣……这厮便写作甚么原展污了的旧衣服"，还巧设圈套，故意拖延别人赎物的时间，超过了五天，就要多要一个月的利钱。《看钱奴》中的贾仁"纳了利从头儿再取索，还了钱文书上厮混赖"[①]……这些商人赚钱的不法手段已使人切齿痛恨，而一旦暴富之后，横行乡里，欺男霸女，吃喝嫖赌，为富不仁，更为世人不齿，为剧作家们严词痛斥。

在元代爱情剧中，有一类是士子歌妓爱情剧，它们往往描写的是士子、商人、歌妓的三角恋爱关系。在这些剧作中，巨商富贾几乎都是粗鄙、奸邪，丝毫不懂得感情的人物。《玉堂春》中的山西商人甚舍，人称甚黑子，相貌丑陋，装扮粗俗。"一弄儿打扮的实难赛，大信袋滴溜着三山骨，破布衫拦截断十字街……带着个高一尺的顶子齐眉的毡帽，穿一对连底子重十斤壮乳的麻鞋。"《对玉梳》中的柳茂英是个贩卖棉花的商人，为了用金钱买动鸨母，口口声声称自己有"二十载棉花"[②]，甚至要挟顾玉香"不肯便杀了你"！《青衫泪》中的刘一郎以钱买醉，以钱买

① [明]臧晋叔编：《元曲选》，北京：中华书局，1958年，第1597页。
② [明]臧晋叔编：《元曲选》，北京：中华书局，1958年，第1417页。

色，整天吃得醉醺醺的，“眼脑迷希，口角流涎”[①]。这些商人，行为粗鄙，虽广有钱财，也不能博得歌妓欢心，于是用钱买动鸨母，依仗经济实力，在与士子的爱情竞争中占上风。《青衫泪》中刘一郎无耻地说：“随老妈要多少钱，小子出的起。”[②]甚而说：“你家是卖俏门庭，我来做一程子弟，你不留我，如何倒拒绝我？”[③]认为有钱就有了一切，不讲道德，不顾廉耻，更不懂得感情。

正由于元代社会金钱的非法聚敛，商人、鸨母、官吏的贪欲妄求，肆意挥霍那能够给社会以繁荣、人民以安乐、家庭以幸福的金钱，于是商贾、鸨母、贪吏成了人们斥骂的对象。剧作家往往借剧中人之口，指斥元代那个“不论文章只论财”[④]（《王粲登楼》）的不合理社会。在一个畸形的社会里，钱可以使人“无德而尊，无势而热。排金门、入紫闼，危可使安，死可使活，贵可使贱，生可使杀。是故忿争非钱而不胜，幽滞非钱而不拔，冤仇非钱而不解，令闻非钱而不发”。“这钱呵使作的仁者无仁，恩者无恩，费千百才买的居邻。这钱呵动佳人有意郎君俊，糊突尽九烈之贞。这钱呵将嫡亲的昆仲绝了情分。”金钱颠倒、混乱社会道德准则，“无钱君子受熬煎，有钱村汉显英贤，父母弟兄皆不顾，义断恩疏只为钱”[⑤]，使得社会上一些人“恨不得那银窟窿里守定银堆儿盹，恨不得那钱眼里铸造下行钱印”[⑥]。

于是“一切向钱看”的腐朽观念，伴随着世风日下，带来了一系列的社会问题。一些商人富裕之后，贪花恋酒，寻花问柳，贪图口体享乐，聘妓为妾，引狼入室，使家室迭遭变故。《货郎旦》中的李彦和即一个显例，该剧于第四折让李彦和自己道出了人生挫折教训：

这都是我少年间误作差为，娶匪妓当局者迷。一碗饭二匙难并，气死我儿女夫妻，泼烟花盗财放火，与奸夫背地偷期，扮船家阴图害命，整十载财散

① [明]臧晋叔编：《元曲选》，北京：中华书局，1958年，第893页。
② [明]臧晋叔编：《元曲选》，北京：中华书局，1958年，第887页。
③ [明]臧晋叔编：《元曲选》，北京：中华书局，1958年，第887页。
④ [明]臧晋叔编：《元曲选》，北京：中华书局，1958年，第813页。
⑤ [明]臧晋叔编：《元曲选》，北京：中华书局，1958年，第297页。
⑥ [明]臧晋叔编：《元曲选》，北京：中华书局，1958年，第298页。

人离……[①]

《杨氏女杀狗劝夫》则写开解典库的孙大，听从两个无赖柳隆卿、胡子转的挑唆，终日买醉酒楼，花钱如水，搞得家庭不睦，兄弟反目。后来杨氏夫人略施计谋，使孙大认识了柳、胡二人嘴脸。剧作对当时社会上游手好闲、趋炎附势之徒进行了辛辣的嘲讽：

这等人是狗相识，这等人有什么狗弟兄，这等人狗年间发迹俫峥嵘，这等人说的是狗气狗声，这等人使的是狗心狗行，有什么狗肚肠般能报主，有什么狗衣服浟前程，是一个啜狗尾的乔男女，是一个拖狗皮的贼丑生。

又有：

那的是添茶添酒的枯干井，那的是填帛填金的没底坑。你觑当着这说谎精，那虚脾，那浅情，那过后，那光景。胡支吾，假奉承。他壮厮趁，他壮厮挺。吃饭处，白厮捱。买酒处，白厮逞。做事处，干厮哄。爱女处，干厮迎……[②]

然而，尽管柳隆卿、胡子转辈品行如此恶劣，面目如此可憎，但是他们的吹拍奉迎迎合了一些商人富足后急剧膨胀的心理，所以，他们成了元代戏剧舞台上一种类型化人物的代表。柳隆卿、胡子转的名字还原封不动地出现在《东堂老》一剧中，说明这一类人物在社会上颇具危害性，已为人们注意。他们的所作所为颇有迷惑性、欺骗性。《东堂老》第一折中剧作家借扬州奴之口，对这类人勾画了一幅漫画：

---

① [明]臧晋叔编：《元曲选》，北京：中华书局，1958年，第1654页。

② [明]臧晋叔编：《元曲选》，北京：中华书局，1958年，第113页。

> 我结交了两个兄弟，一个是柳隆卿，一个是胡子传。他两个是我的心腹朋友，我一句话还不曾说出来，他早知道。都是提着头便知尾的，着我怎么不敬他，我父亲说的我到底不依，但他两个说的合着我的心，趁着我的意，恰便经也似听他。……[①]

剧作写商贾富裕之后，用人不当，以致亡命败家的还有《相国寺公孙合汗衫》，该剧写在南京竹竿巷马行街开解当铺的张孝友，因"家私里外，索钱少一个护臂"，错救了冻倒在家门口的陈虎，留在家中认作义弟。陈虎贪图张家财产、张妻的姿色，撺掇张到徐州东岳庙占卜算命，顺便做买卖，又设诡计典卖了张家田产，烧了张家田庄，害了张孝友，霸占了张妻。

一些商贾是通过公平买卖、辛苦经营，甚至是历尽千辛万苦才积攒下万贯家产的。但创业难，守业更难，怎样才能让子孙辈惜业、敬业、保业，发展父辈的创业精神和财产，是《东堂老劝破家子弟》一剧提出的尖锐的社会和家庭问题。

富商赵国器自"幼年间做商贾早起晚眠"，"挣这铜斗儿家计"。原指望儿子扬州奴"久远营连"，不想他成人以来，与他娶妻之后，只伴着那一伙狂朋怪友，"饮酒非为，不务家业"[②]，使得赵国器耳闻目睹，忧闷成疾，昼夜无眠，知道扬州奴不肖，必败其家，叹息"便死在九泉也不瞑目"[③]。

常言道：知子莫若父。赵国器"只因生儿性太庸，日夜忧愁一命终"之后，那生来就蹲在金银窝中，只知衣来伸手，饭来张口，"上茅厕去也要备马"的败家子，更没有了管束，"内无老父尊兄道，却又外无良朋严师教"[④]，日里和一班狐朋狗友，花天酒地、贪酒恋色，不及十年光景，"把那家缘过活，金银珠翠，古董玩器，田产物业，孳兽牛羊，油磨房，解典库，丫环奴仆，典尽卖绝"。本是"使惯了的手，吃惯了的口，一二日不使得几十个银子呵也过不去"[⑤]，终又卖掉了父亲遗留的田庄院。

---

① [明]臧晋叔编：《元曲选》，北京：中华书局，1958年，第209—210页。
② [明]臧晋叔编：《元曲选》，北京：中华书局，1958年，第208页。
③ [明]臧晋叔编：《元曲选》，北京：中华书局，1958年，第207页。
④ [明]臧晋叔编：《元曲选》，北京：中华书局，1958年，第212页。
⑤ [明]臧晋叔编：《元曲选》，北京：中华书局，1958年，第209页。

当家产荡尽，东堂老李茂实借钱与扬州奴做小买卖时，那本出于商贾之家的扬州奴竟羞于启齿，耻于叫卖。历史上的这种家庭悲喜剧，在封建时代不断上演。就在今天当市场经济大潮汹涌而来的时候，怎样教育下一代，怎样给他们以生存教育，而不是溺爱使他们失去竞争能力、生存能力，使扬州奴的悲剧不在今日的家庭中重演？从这一方面讲，《东堂老》一剧至今尚未失去其社会意义。

在有关剧作中，描写与商贾有关的社会问题，最令元代戏剧观众触目惊心，亦为当代人所注目的是由劫夺金钱所诱发的开设黑店，谋财害命，拦路抢劫，白日杀人的剧作。《朱砂担》一剧写王文用为避血光之灾，到江西南昌做贩卖营生，利增百倍之后，在返家途中，遇上歹徒铁幡竿白正，被劫去财物，害了性命。尔后，白正又赶到王文用家，杀其老父，霸其妻子，占其产业。《盆儿鬼》一剧，写杨国用亦为避血光之灾，出外经商获利，在返家途中，夜宿贼店，恰遇上"打家截道，杀人放火"的歹徒盆罐赵。歹徒为了杀人劫货，"开着一座瓦窑，卖些盆礶，又开着一座客店，招接那南来北往的经商客旅"[①]。凡住店客商"若是本钱多的"，便图了客商的财，害了客商的命。杨国用夜宿贼店，撞入虎口，不仅被劫财害命，尸体还被残忍地火化，骨灰被和入黄泥中，烧成了瓦盆……

总而言之，元代有关商贾剧歌颂了正常经商活动，肯定了正当的致富手段。《东堂老》一剧借李茂卿之口赞"那做买卖的有一等人肯向前，敢当赌，荡风冒雪，忍寒受冷。有一等人怕风怯雨，门也不出。所以孔子门下三千弟子，只子贡善能货殖，遂成大富。怎做得由命不由人也"[②]。在重本轻末的封建社会，为善能货殖的商贾唱赞歌，对一生勤劳经商，遇子不肖的赵国器(《东堂老》)，对做小本生意的李德昌(《魔合罗》)、杨国用(《盆儿鬼》)、王文用(《朱砂担》)的不幸命运寄予同情，乃是有元一代，商品经济十分发达，儒家思想相对削弱的社会产物，乃是中国文化史上应特别重视的事情。如前所述，这些剧作鞭挞了为富不仁的富商大贾，谴责了杀人越货、行窃抢劫的卑劣凶残行径，对一系列与商贾、金钱、社会道德、家庭伦理、儿女教育相关的方方面面给予反映，向社会敲起警钟，给后人提供了

① [明]臧晋叔编：《元曲选》，北京：中华书局，1958年，第1393页。
② [明]臧晋叔编：《元曲选》，北京：中华书局，1958年，第215页。

回顾总结历史、反省现实的一面镜子。

二

元代有关商贾剧中,写得最出色的是反映下层商贩生活、命运的剧作。《朱砂担》中的王文用拿一些小本钱到南昌做的是贩卖营生,尽管利增百倍,却一切钱货俱在一货郎担中;《魔合罗》中的李德昌是个绒线铺主;《盆儿鬼》中的杨国用,本想寻一个相识,“合伙去作买卖”。剧作家们对社会下层的小商贩们的日常生活、经营生涯、坎坷的遭遇、不幸的命运做了全面的反映。

这些下层商贩生活在一个动荡不安的社会中,常有朝不虑夕之虞。外出经商,经营的风险,路途的劳顿,世道的险恶,社会的混乱,常令其惶恐不安;居家度日,有举家衣食之虑,生活的方方面面使他们忧愁百端。所以,剧作家们笔下的小商人大多信“命”。他们既向往富足安适的生活,又不能把握自己的命运,更摆不脱动乱社会人命危浅、朝不保夕蒙在心头上的阴影。他们总感到冥冥之中有无形的至高无上的力量主宰着自己的命运。所以《朱砂担》中的王文用,《魔合罗》中的李德昌,《盆儿鬼》中的杨国用,都是因相同的原因,因街上算卦人言其百日内有血光之灾,于是一为躲灾,二为做买卖,招致杀身之祸的。尽管在元杂剧中我们可以在多处看到“阴阳不须信,信了一肚闷”的说法,但对于小商贩这个阶层来讲,他们对于算卦人的话是“宁可信其有,不可信其无”的。因为对于他们来讲,现有社会制度、达官贵人、权豪势要,均不能保证他们心灵的安宁、生活的安定,甚而他们在现实生活中的苦苦挣扎、拼死奋争也往往显得徒劳,所以他们只有“躲灾避难”。这表面上雷同的情节,从一个方面道出商贩们生活的艰辛。

经商途中,小商贾们遇到的是常人难以想象的艰难困苦,有说不尽的辛酸。李德昌返乡途中,遇雨,病倒古庙,被李文道用毒药害死。平日买卖途中劳累得“力尽筋乏”,还免不了“担惊受怕”(《盆儿鬼》),“索是艰难”(《朱砂担》)。处处时时事事小心谨慎,稍有疏忽,即有性命之忧。《朱砂担》中的王文用买卖途中遇上了强盗铁幡竿白正,任凭白正诱骗逼问,他一口咬定“小人做个小货郎儿”。王文用由于夜宿客店,点检财物被白正瞧见,导致了杀身之祸,以致主人公化为鬼魂,仍悔恨不已：

> 我想这一晚既然要躲那贼，只该悄悄地睡罢了。还要点着灯，数这朱砂颗儿做什么？自古道出外做客，不要露白。可知被那贼瞧破了也。[①]

《魔合罗》中的李德昌病倒在五道将军庙，遇上了卖魔合罗的高山，因要托其带口信与妻子，不小心说出自己做买卖“利增百倍”的话，高山告诫他：

> 有你这等人，谁问你说出这个话来。倘或有人听的，图了你财，致了你命，不干生受了一场，你知道我是什么人？便好道画虎画皮难画骨，知人知面不知心！[②]

在元代，“国初盗贼充斥，商贾不能行”[③]。“其后燕京多盗，至驾车行窃，有司不能禁。”[④]杂剧中的上述描述十分真切地记述了下层商贾在盗贼横行、社会秩序十分混乱的情况下的艰险处境。这些小商贾外出经商，家中失去照料，商贾们往往心悬两地。李德昌外出经商，其妻在家被李文道调戏，无倚无靠，家中生活困窘，连买粮买菜的钱都没有。一旦商贾在外遇难，往往被人杀父夺妻(《朱砂担》《合汗衫》)。

正因为在元代下层商贾的命运坎坷多变，凶险莫测，所以细检现存元代商贾剧，我们发现了一个奇特的现象，它们多为没有“结局”的故事。《盆儿鬼》写鬼魂告状，包拯断案，杨国用沉冤得雪；《磨合罗》一剧李德昌被兄弟药死、夺妻、劫财一案也只因遇张鼎明察，方能公断；《朱砂担》亦因东岳庙神主主持正义、滴水浮沤作为证见，方能惩凶恶……尽管人们在欣赏之时，可以称赞人民“在戏剧上创

① [明]臧晋叔编：《元曲选》，北京：中华书局，1958年，第401页。
② [明]臧晋叔编：《元曲选》，北京：中华书局，1958年，第1371页。
③ [元]苏天爵编：《元文类》，上海：上海古籍出版社，1993年，第755页。
④ [元]苏天爵编：《元文类》，上海：上海古籍出版社，1993年，第752页。

造了一个带复仇性的，比别的一切鬼魂更美，更强的鬼魂”[1]；以“对亡灵的超自然的现身说法尽可以不必查究”[2]。但是，我们必须清醒地认识到，鬼魂复仇、神道主持正义、清官断案，都是一定历史条件下的产物，它从一个方面反映了剧作家、观众的善良同情之心。但这一切毕竟是虚幻的，这虚幻的理想化的舞台上“美满”的结局后面，所掩盖的是许许多多没有“结局”的凄凉悲惨的人生故事。

商贾的命运，作为社会问题，为世人关注，也为世人同情。剧作家们把反映商贾命运的剧作搬上戏曲舞台，反映了人们对商贾这个特殊阶层的关注。另外，在元代除戏曲舞台对商贩命运以全面反映之外，在说唱文学中还有“唱货郎儿”一种。做货郎沿街叫卖乃是贱业，而“唱货郎儿”社会地位尤低(《货郎旦》第三折)。下引一段对话：

> [李彦和做悲科云]……你如今做什么活计，穿的衣服，这等新鲜！全然不像个没饭吃的，你可对我说。[副旦云]：我唱货郎儿为生。[李彦和做怒科云]：兀的不气杀我也。我是什么人家，我是有名的财主。谁不知道李彦和名儿，你如今唱货郎儿，可不辱没杀我也。[做跌倒][副旦扶起科云]：休烦恼，我便辱没杀你。哥哥，你如今做什么买卖？[李彦和云]：我与人家看牛哩，不比你这唱货郎的生涯这等下贱。[3]

顾名思义，所谓“唱货郎儿”，不只是得名于说唱者手摇“蛇皮鼓儿”与货郎叫卖所持相似，更在其说唱内容多与商贩有关。因手头无其他资料可证，不敢遽为断语。

在现存元杂剧有关商贾剧中，下层商贩的心理描写给人留下了深刻的印象。如果说上述《朱砂担》《魔合罗》《盆儿鬼》三剧的主人公皆因占卜算命，为躲灾避祸而外出经营做买卖，是特定时代下层商贩难以主宰自己命运的社会心理

---

① 鲁迅著：《鲁迅全集》第六卷，北京：人民文学出版社，1973年，第17页。
② (俄)别林斯基著：《别林斯基选集》第一卷，满涛译，北京：人民文学出版社，1964年，第452页。
③ [明]臧晋叔编：《元曲选》，北京：中华书局，1958年，第1648页。

的集中反映的话，那么《朱砂担》一剧中剧作家对王文用在买卖途中遇上强盗后，那种如魔缠身、战战兢兢、担惊受怕的心理描写可谓刻画入微。

剧中写王文用以金蝉脱壳计好不容易摆脱了强盗白正，宿歇在黑石头后，仍是惊魂未定。夜晚听得追赶到店的白正的如雷鼾声，把他警觉，不由心慌意乱：

[贺新郎]是谁人恁般酣睡喝喽喽，莫不是梦见的贼徒，撞着的禽兽。则听的声粗气喘如雷吼，唬得我战兢兢提心在口。早难道高枕无忧，也是我常怀惧怕心，似听的这声音熟。[①]

慌乱中，他扯了一片窗户纸，发现了酣睡中的店小二，心中一阵狂喜，没想到再细听鼾声则在另一边，一看之后，直吓得惊魂出窍，"天啊，可怎生正是那个贼汉。兀的不唬杀我也。我且吹灭这灯，不要等他看见"。

[牧羊关]我将这灯吹灭，身倒抽，唬得我浑身上冷汗交流。莫是取命的阎王，杀人的领袖，唬得我呆打颏空张着口，惊急力怕抬头，恰待要睁开两个眼，可早则软塌了一对手。[②]

黑暗中，王文用小心翼翼摸到了行李衣服，要趁机逃走，但心中害怕。

我也急煎煎心下刀抽，有如秋夜雨，一点一声愁。正待要展开脚忙移步，百忙里腿转筋甚腌证候。[③]

这一大段通过舞台表演展示人物心理的唱段，使现实生活中王文用们路遇盗贼、心慌意乱的情态展现在观众面前，真切、形象，扣人心弦。

① [明]臧晋叔编：《元曲选》，北京：中华书局，1958年，第394页。
② [明]臧晋叔编：《元曲选》，北京：中华书局，1958年，第394页。
③ [明]臧晋叔编：《元曲选》，北京：中华书局，1958年，第395页。

尤为令人感兴趣且味之者无极的是有关剧作中利用梦境表现特定人物命运、心理的艺术手段。元杂剧中描写的下层商贩，由于奔波于扰攘人世之中，面对强盗横行、人欲横流的社会，既无官府的庇护，个人又无力量保护自己。混乱现实在个人意识中的积淀，使得他们“日有所思，夜有所梦”之时，大多做的是“噩梦”“不祥之梦”。

《庞居士误放来生债》中的磨博士辛劳半世，身无余财，骤然间得了庞居士给他权作买卖本钱的一个银子，不免喜出望外。然而，也正是这一个银子害得他做了一夜噩梦。夜间，把银子“揣在怀里，梦见人来抢我的。放在灶窝里，梦里火来烧我的。放在水缸里，梦见水来淹我的。放在门限儿底下，梦见人拿着锹锄撅我的。拿刀来砍我，枪来扎我……”[①]这个表现在昔日舞台令人笑起来带泪的梦，正是磨博士卑微的社会地位、身怀钱财唯恐身家性命不保恐惧心理的反映。他除了把这一切归结于“命”之外，不会也不可能认真思考那与梦境有关的种种人生、社会问题。尽管我们在阅读剧作时，一方面感慨磨博士卑微可叹的心理特征，另一方面，比较有关剧作，也为之庆幸，噩梦之外他并未招致杀身夺银之祸。

而在《朱砂担》和《盆儿鬼》两剧中有关梦境的描写，则正预示了主人公将要发生的悲惨命运。《朱砂担》中的王文用在“百日血光之灾”将满之时，准备去四周做买卖。人生的艰难，使他一再感叹商贾的艰辛。于是夜宿旅舍，做了一个不祥的梦。从梦文化的角度看，王文用的梦分为两部分，前一部分为隐梦，后一部分为显梦。他从一角门进入一个花园，见到鲜花可人，待要折一朵，已是心绪不宁，“不由我心自警百般地把拿不定”。折下鲜花后“扑簌簌枝叶凋零”，心中甚是忧闷。正在惊惧不安之时，听得一阵脚步，吓得他牙根颤抖，身上发冷，梦中被一个“黑妖精杀死”。这个“不祥的梦，缠在心上，忧愁在胸”。更为奇特的是《盆儿鬼》一剧中，杨国用也做了一个近似的“不吉利的梦”，大叹“晦气”。而强盗亦在同时做了一个“相同的梦”：盆罐赵“多吃了几碗酒，在那柳阴直下歇息。梦见一个小后生，挑着两个沉甸甸的笼儿，我赶着要杀他。……撒然觉来，可是南柯一梦

① [明]臧晋叔编：《元曲选》，北京：中华书局，1958年，第301页。

……”[1]当我们今天在阅读剧作至此，尚不免因惊奇而回味思索时，这些情节描写的深入细致，梦幻手法的引人新奇，在当日舞台的表演效果可以想见。

在我国文化史上，梦文化可谓源远流长。在远古神话时代、传说时代都有神奇的“梦”的故事流传。神话故事中，黄帝有个神兽叫伯奇，专门吞食噩梦；传说中，武丁夜梦得傅说；到了周代，把梦定为前兆的标志，设立了“占梦之官”。以后的诗词、文赋中有关梦的文学作品不胜枚举。但作为戏剧表演，就现存资料看，元代杂剧是我国戏剧保留有关梦境描写的最早资料。所以，相关戏剧中有关梦境的描写更具研讨价值。

简言之，从剧作家创作的角度讲，梦境描写是其艺术技巧运用的成功。它既表现了一种艺术追求，也是一种对社会人生的审美观照方式。因为从剧本情节的发展看，它不可或缺，是剧作的有机组成部分。从剧中人物的性格刻画和形象塑造看，它起了突显人物性格，突出心理特征的作用。从观众接受美学的角度讲，梦境描写迎合了观众的戏剧审美观念，它把剧中人物的内在心理直观戏剧化，既是剧中人物命运的预兆，亦是剧情发展的暗示，予人以神秘感和新奇美。所以，从艺术发展史上讲，梦作为哲学意识在上层文化人中流传，在民间则往往与宗教神道相附会。但人们对文学作品中梦的描写的认可（特别是广大观众对戏剧中梦的表演的认可），从更深的意义上讲，反映了长期文化积淀中的“集体无意识”，是一个民族在其长期历史实践中形成的共同文化心理。

三

研究元代的商贾剧，不能不提到它在思想史、文化史上的特殊作用。中国是一个传统的农业国，数千年封建史，许多朝代重本抑末。由汉至明清，各代多发布“贱商令”，或限其不能衣丝乘车，或令其不得仕宦，或责其发边充军，或定其不得名田，或无故加重其赋，凡此种种，可见其社会地位之低下。尽管各代在具体执行中与法令要求相去甚远，但作为一般商贩之不为社会所重，概可想见。

---

① [明]臧晋叔编：《元曲选》，北京：中华书局，1958年，第1393页。

元蒙以异族入主中原,随着思想专制的相对削弱,重农抑商思想的退隐,元代的商业贸易相对获得了一个自由发展的环境。据史载,元末有固定商税之制,至元七年(1270),商业税收为三十分取一之制,又“以上都商旅往来艰辛,特免其课”[①]。至元二十年(1283),“始定上都税课六十分取一”。在如此优惠的商业政策的支持下,元代的都市贸易、海外贸易、乡村贸易得到了长足的发展。元杂剧中有关商贾剧作则是现实生活中商业活动的折射,同时剧作中对下层商贩的同情、描写更反映出时代心理的显著变化,这是我们研讨时应予以深切关注的一个方面。

总之,从文化史、思想史、文学史诸方面讲,元代商贾剧都值得我们深入研究探讨。

①[明]宋濂等撰:《元史》卷九十四,北京:中华书局,1976年,第2397页。

元代商贾剧再探

在元代戏剧舞台上，剧作家们把日常生活中货郎及其他小商贩的形象搬上了舞台，作为正面形象，表现他们的劳苦艰辛、喜怒哀乐，对其不幸命运给予同情，受到了广大观众的欢迎。究其原因，除了元代商品经济大发展的背景外，更在于货郎类小商贩们的商业活动与普通老百姓的日常生活密切相关。

一

古代中国的封建时代是宗法制的以农为本、重农轻商，甚至是重农抑商的社会。为国泰民安计，历代统治者都发布有“贱商令”。陈登原先生所著《国史旧闻》中的《贱商令》在列举汉王朝有关商业政策条令后总结说：“汉时贱商之令，约有五事：一、衣服有殊；二、不得仕宦；三、发边充军；四、不得名田；五、故重其赋。”[①]后世有关条令虽时有变化，但大要不出其五。在这样一种社会思潮支配下，封建时代的文学作品，尤其是宋元之前，到处可见对商贾的非难之作。南朝诗人鲍照《观圃人艺植》是较早表现对商贾非难的诗作之一，中有“善贾笑蚕渔，巧宦贱农牧”[②]之句；唐代诗人刘禹锡的《贾客词》更是诗人有感于“五方之贾，以财相雄”“贾雄则农伤”而作，指责商贾“贾客无定游，所游惟利并”[③]；白居易的《盐

① 陈登原著：《国史旧闻》第二分册，北京：中华书局，1980年，第190页。

② [南朝宋]鲍照撰，丁福林、丛玲玲点校：《鲍照集校注》卷五，北京：中华书局，2012年，第432页。

③ [唐]刘禹锡著，孙丽编著：《刘禹锡诗全集》，武汉：崇文书局，2018年，第56页。

商妇》[1]则选取了盐商的奢华生活对其批判；元稹的《贾客乐》[2]涉及了商人生活的方方面面，对其进行全面的责难。

传统诗词中，也有些诗作流露出了诗人们对商贾的同情之心。唐代诗人刘驾的《反贾客乐》《贾客词》[3]是较为突出的。其中写道：

无言贾客乐，贾客多无墓。行舟触风浪，尽入鱼腹去。农夫更苦辛，所以羡尔身。(《反贾客乐》)

贾客灯下起，犹言发已远。高山有疾路，暗行终不疑。寇盗伏其路，猛兽来相追。金玉四散去，空囊委路歧。扬州有大宅，白骨无地归。少妇当此日，对镜弄花枝。(《贾客词》)

与之相应的是，《敦煌曲子词》作为歌唱文学，有一组词对商贾阶层在积累财富过程中两极分化的现象给以客观反映：

旅客在江西，富贵世间稀。终日红楼上，□□舞著棋。　　频频满酌醉如泥，轻轻更换金卮。尽日贪欢逐乐，此是富不归。

哀客在江西，寂寞自家知。尘土满面上，终日被人欺。　　朝朝立在市门西，风吹泪点双垂。遥望家乡长短，此是贫不归。

作客在江西，得病卧毫厘。还往观消息，看看似别离。　　村人曳在道傍西，耶娘父母不知。身上缀牌书字，此是死不归。[4]

作为歌唱文学，元代有关商贾剧与前代诗词，尤其是敦煌曲子词遥相承传，较为全面地反映了商贾生涯。我们在这里特别点出元代商贾剧与敦煌曲子词中反映商贾生活的词作一脉相传，原因有二：所写商贾多江西籍或多往江西行商，

① [唐]白居易撰，喻岳衡点校：《白居易集》卷四，长沙：岳麓书社，1992年，第60页。
② [唐]元稹撰：《元稹集》，北京：中华书局，1982年，第268页。
③ 党承恩选注：《中国历代商贾诗歌选》，北京：中国商业出版社，1990年，第85页。
④ 王重民辑：《敦煌曲子词集》，北京：商务印书馆，1950年，第25、26页。

此其一；对富商大贾骄奢淫侈给予抨击讽刺，对贩夫游商的不幸遭遇寄予同情，此其二。拙作《元代商贾剧散论》[①]已论及此，不赘。本文所要讨论的是有关剧作中涉及的“货郎”这一特殊身份的小商人的文化背景。

二

现存元杂剧及有关剧目，与“货郎”直接有关的有《货郎孤》《货郎末尼》《风雨像生货郎旦》，剧目名称未涉“货郎”二字，而实际上表演货郎故事的有《魔合罗》《盆儿鬼》《朱砂担》。剧中主人公身份命运虽小有差别，但他们的钱货命运俱在货郎担中。除此之外，其他剧作中提及货郎这一行当的也有一些。今综合有关剧作中的货郎形象，结合有关史料，借鉴前人著述，对货郎这一人们在日常生活中常见的人物何以在元杂剧中如此受到剧作家的重视和观众的欢迎这一文化现象试加探讨。

根据有关资料，货郎小贩之形象入艺术并不自元杂剧始。然考其始，则以谑笑游戏为多。《通俗编·艺术》载：文嘉严氏《书画记》有宋苏汉臣婴儿戏货郎八轴。[②]《事物纪原·吟叫》条亦载：

嘉祐末仁宗上仙，……故市吉初有叫果子之戏。其本盖自至和、嘉祐间叫紫苏丸，洎乐公杜人经十叫子始也。凡亲师卖一物，必有声韵，其吟哦俱不同，故市人采其声调间以词章，以为戏也。[③]

《梦粱录·妓乐》条有相近的说法：

今街市与宅院往往效亲师叫声。以市井诸色歌叫卖物之声，采合宫商，成其词也。[④]

① 庆振轩著：《元代商贾剧散论》，见《中国古代小说戏剧研究》，兰州：甘肃人民出版社，2014年，第177页。
② [清]翟灏撰：《通俗编》，北京：商务印书馆，1958年，第477页。
③ [宋]高承撰，[明]李果汀、金圆、许沛藻点校：《事物纪原》，北京：中华书局，1982年，第496页。
④ [宋]吴自牧撰：《梦粱录》，杭州：浙江人民出版社，1980年，第193页。

在宋人笔记中，我们还可以找到有关戏谑之作，洪迈《夷坚三志·己卷第七·普谑诗词》曰：

滑稽取笑，加酿嘲辞合于《诗》所谓“善戏谑不为虐”之义。陈晔日华编集成帙，以示予，因采其可书，并旧闻可传者，并纪于此。王季明给事举馔客席上粉词云：“妙手庖人，搓得细如麻线。面儿白，心下黑，身长行短。蓦地下来后，吓出一身冷汗。这一场欢会，早危如累卵。便做羊肉臊子，勃推饤碗，终不似引盘美满。舞万遍，无心看，愁听弦管。收盘盏，寸肠暗断。”以俗称粉为断肠羹，故用为尾句。水饭词云：“水饭恶冤家，些小姜瓜。尊前正欲饮流霞，却被伊来刚打住，好闷人那，不免着匙爬，一似吞沙。主人若也要人夸，莫惜更换三五盏，锦上添花。”①

魔合罗乃货郎担中常卖之物，陈元靓《岁时广记·七夕上·磨喝乐》录有关谑词一首，曰：

(磨喝乐)南人目为巧儿。今行在中瓦子、后市街、众安桥，卖磨喝乐最为旺盛。惟苏州极巧，为天下第一。进入内廷者，以金银为之。谑词云：“天上佳期，九衢灯月交辉。摩喉孩儿，斗巧争奇。戴短檐珠子帽，报小缕金衣。嗔眉笑眼，百般地敛手相宜。转睛底功夫不少，引得人爱后如痴。快输钱，须要扑，不向归迟。归来猛醒，争如家活底孩儿！”②

南宋周密所著《武林旧事·舞队》条专引“货郎”，且云：“……及为乔经纪人，

---

① [宋]洪迈撰：《夷坚志》，见朱易安、傅璇琮主编：《全宋笔记》第九编第六册，郑州：大象出版社，2018年，第254页。

② [宋]陈元靓著，刘芮方、张杨溦蓁等点校：《岁时广记》外六种，杭州：浙江大学出版社，2020年，第282—283页。

如卖蜂糖饼、小八块风子，卖字本，虔婆卖旗儿之类，以资一笑者尤多也。”[1]可见货郎类商贩形象亦入舞队表演。另外，与之相近的是《雍熙乐府·元夜长》中“货郎”形象亦为元夜时社火表演内容之一：“更那堪社火齐节，筝筝笙管相间隔……货郎儿由您来赊，耍孩儿竹马踝蹬，高撬挑彩索各逞豪杰。……有书朋聚集斗谜，他每赛包商兴别。”

综上所述，货郎类商贩形象在宋元时可入画，入词歌唱，为舞队表演。但无论何种形式，均“以资谑笑”者为多。

如果说元代戏剧是当代社会的活化石的话，那么，我们从中还可以看到宋元时期艺人们如何研究货郎日常声态，“采其声词，间以词章”，成为演唱伎艺之一种。简言之，宋元时艺术有专唱货郎儿的，《风雨像生货郎旦》中张三姑落难后，“唱货郎儿为生”。而唱货郎儿的在当时社会地位低下，这在剧中李彦和与张三姑劫后重逢的对话中可以见出：

> [李彦和……云]……你如今做什么活计，穿的衣服，这等新鲜，全然不像个没饭吃的。你可对我说。[副旦云]我唱货郎儿为生。[李彦和做怒科云]兀的不气杀我也。我是什么人家？我是有名的财主！谁不知道李彦和名儿，你如今唱货郎儿，可不辱没杀我也！[做跌倒][副旦扶起科云]休烦恼，我便辱没杀你。哥哥，你如今做什么买卖？[李彦和云]我与人家看牛哩，不比你这唱货郎的生涯这等下贱。[2]

唱货郎在当时被归入“说唱”，似亦有书会先生专门编写有关说唱脚本，长篇唱词也是分回说唱的。《货郎旦》第四折张三姑说：“张憋古那老的为俺这一家儿这一桩事，编成二十四回说唱。”[3]说唱的内容多为现实生活中发生的新奇故事，以便娱乐的。《货郎旦》第四折张三姑唱词曰：“……我本是穷乡寡妇，没甚的艳色

---

① [宋]四水潜夫辑：《武林旧事》，杭州：西湖书社，1981年，第34页。
② [明]臧晋叔编：《元曲选》，北京：中华书局，1958年，第1648页。
③ [明]臧晋叔编：《元曲选》，北京：中华书局，1958年，第1650页。

娇姿，又不会卖风流弄粉调脂，又不会按宫商品竹弹丝。无过是赶几处沸腾腾热闹场儿，摇几下桑琅琅蛇皮鼓儿，唱几句韵悠悠信口腔儿。一诗，一词，都是些人间新近希奇事。扭捏来无诠次，倒也会动的人心谐的耳，都一般喜笑孜孜。”[①]由张三姑的说唱，我们还可以知道，唱货郎儿的艺人演唱时是用的货郎鼓——“摇几下桑琅琅蛇皮鼓儿”；说书艺人用“醒木”引起听众注意，唱货郎儿的艺人用的是类似的“醒睡”。《货郎旦》一剧第四折有“副旦做排场，敲醒睡科”。

唱货郎儿似与宋元说话密切有关，其开端有与话本“入话”类似的韵语或散文。张三姑开场时即曰：“烈火西烧魏帝时，周郎战斗苦相持，交兵不用挥长剑，一扫英雄百万师。这话单题着诸葛亮长江举火，烧曹兵八十三万，片甲不回。我如今的说唱，是单题着河南府一桩奇事。”[②]其所唱曲调用的正是与货郎叫卖有关的“转调货郎儿”。

三

当宋元时期不同的文艺样式，吸取生活中货郎的形貌、装束、声态入歌舞以资谑笑的时候，我们发现在传统文学中，在元代戏剧舞台上，剧作家们把日常生活中货郎及其他小商贩的形象搬上了舞台，作为正面形象，表现他们的劳苦艰辛、喜怒哀乐，对其不幸命运寄予同情。

> [邦老云]你做什么买卖？[正末云]哥，您兄弟本钱小。
>
> [唱]是个穷货郎下贱的营生。(《朱砂担》第一折)[③]
>
> [净揩住正末发科云]巧言不如直道。兀那厮，你有什么金银财宝，快献出来买命。[正末云]大哥，俺是个穷货郎儿，那得金银财宝来。(《盆儿鬼》第一折)[④]

---

① [明]臧晋叔编：《元曲选》，北京：中华书局，1958年，第1649—1650页。

② [明]臧晋叔编：《元曲选》，北京：中华书局，1958年，第1650页。

③ [明]臧晋叔编：《元曲选》，北京：中华书局，1958年，第390页。

④ [明]臧晋叔编：《元曲选》，北京：中华书局，1958年，第1394页。

遭遇强盗，命在旦夕的小客商为保命逃生，以自己是货郎做借口，则货郎在当时社会地位及命运可见一斑。因此，引起我们兴趣的是货郎类商贩形象何以会在元杂剧舞台上受到关注和欢迎。

我们认为，要探讨其中原委，应从两个方面入手，一是元代商品经济发展的大背景。据资料记载，蒙元崛起之初，即颇重视商业活动，开疆扩土，至“以商利为前驱，以兵戎为后盾”[①]。《元史译文证补》称：

> 太祖尝遣西域商人，赍白骆驼、毛裘、麝香、银器、玉器，遗货勒自弥王，愿与之缔交通商，货勒自弥王如约，太祖又命亲王诺延等出资遣人随西域商贾西行，购其土物，货勒自弥疑为蒙古细作，拘而杀之，惟一人逸归，太祖始有用兵之意。[②]

元代建国之后，仍采用“重商主义”（王孝通《中国商业史》）积极发展海内外贸易，国家的统一，水陆交通的发达，钞法的通行，加之政府重视商贸活动，一反历代重本抑末、重农轻商的传统观念，社会各阶层对商业活动有着浓厚的兴趣。

元蒙的诸王、后妃、公主、驸马、大臣往往通过其奴仆或西域商人进行商业活动，坐收渔利。西域商人阿合马、桑哥和汉商卢世荣等均是以经商、理财得宠，步入仕途，权倾一时的。

由于政府特殊的政策，元代的寺院、道观也经营商业，僧道徒们开设了许多旅馆、酒店、浴室、栈房，从中取利。商人们也依靠政府的政策、官府的支持，经商自利，时谚曰：“人生不愿万户侯，但愿盐利滩头西。”在这样的社会背景下，商贾们发迹变泰，家庭悲欢离合，人生喜怒哀乐的传奇故事必然引起人们极大的兴趣。于是，元代观剧舞台上，士子、商贾、妓女三角恋爱剧谴责了为富不仁的富商巨贾；家庭伦理剧中向社会揭示了父辈经商致富后子女教育及夫妻关系变化等社会问题。而一些反映下层商贩命运的剧作，则集中反映了他们的心态，他们经

---

① 王孝通著：《中国商业史》，上海：商务印书馆，1936年，第147页。

② 洪钧著：《元史译文证补》，转引自王孝通著《中国商业史》，上海：商务印书馆，1936年，第147—148页。

商的艰难，以及社会治安的混乱。无论剧作家从任何角度探讨商贾生涯，均与一代重商业经营的社会风气有密切关联。

但细研有关典籍，研味有关剧作，我们还认为货郎之类的小商贩的形象之所以在舞台上大受欢迎，是因为他们的商业活动与广大观众——普通老百姓的日常生活密切相关，且看元杂剧中的货郎——他们“似这般少米无柴怎划，因此上背井离乡学买卖”[①]（《盆儿鬼·楔子》）。生活环境与广大观众接近，生活之艰难与观众相同，极易引起关注和同情。

他们所经营的多为日常家用之物，和广大观众关系密切：

[张千扮货郎挑担子上]看有什么人来。[净旦扮裴妻上]我是裴炎的浑家。我拿着这把刀鞘儿，要配上一把刀子。兀那货郎担上一把刀子，我试着咱。[做看科]这刀子不是我的来？你如何偷我的？（《绯衣梦》第三折）[②]

[外旦云]不信好人言，必有栖惶事。……我这隔壁有个王货郎，他如今去汴梁做买卖，我写一封书捎将去，着俺母亲和赵家姐姐来救我。（《救风尘》第二折）[③]

媳妇儿，可则一件，虽然秋胡不在家，你是个年小的女娘家，你可梳一梳头，等那货郎儿过来，你买些胭脂粉搽搽脸。（《秋胡戏妻》第二折）[④]

[正旦扮桃花女上云]妾身任二公家桃花女是也。我待绣几朵花儿，可没针使，急切里等不得货郎担儿来买。（《桃花女》楔子）[⑤]

淋的来不寻俗，猛听得早眉舒。那里这等不朗朗摇动蛇皮鼓。我出门来观觑，他能迭落快铺谋。他有那关头的蜡钗子，压鬓的骨头梳，他有那乞巧的泥媳妇，消夜的闷葫芦。（《魔合罗》第一折）[⑥]

---

① [明]臧晋叔编:《元曲选》，北京：中华书局，1958年，第1389页。
② 隋树森编:《元曲选外编》，北京：中华书局，1959年，第78页。
③ [明]臧晋叔编:《元曲选》，北京：中华书局，1958年，第197页。
④ [明]臧晋叔编:《元曲选》，北京：中华书局，1958年，第547页。
⑤ [明]臧晋叔编:《元曲选》，北京：中华书局，1958年，第1016页。
⑥ [明]臧晋叔编:《元曲选》，北京：中华书局，1958年，第1371页。

由此看来，社会地位低贱的货郎，走街转巷，走村转户，身挑着老百姓急需的日用百货，亦间或为人捎书带信，其形象为广大观众所熟悉，其有关故事为老百姓所熟知，其舞台上表演的戏剧故事自然为广大群众欢迎。

《风光好》新探

一

在学术界，人们对戴善夫《风光好》一剧仍众说纷纭，或认为《风光好》是一部“讽刺喜剧”，游国恩等著《中国文学史》写道：“戴善夫的《风光好》是一部独具特色的讽刺喜剧，作品成功地刻画了陶学士伪善的精神面貌。”《辞海·艺术分册》也说：“[风光好]……取陶榖与秦弱兰故事丰富而成。讽刺陶榖的伪装道学，最后以吴越王钱俶撮合陶、秦成婚为结。喜剧气氛浓厚。”《中国大百科全书·戏曲、曲艺卷》所述略同，此不赘述。

一些专门的研究著述亦持此论。赵景深先生《中国古典喜剧传统概述》一文说：戴善夫《风光好》写一位假道学的学士，实际上却是卑污龌龊的好色之徒，“是讽刺的名作”[①]。王季思先生也说：“一种是讽刺性的喜剧，它主要是通过一些可笑的情节揭露现实里的不合理现象，描写反面人物丑态的。”《风光好》《看钱奴》是“比较典型的例子”[②]（《〈看钱奴〉和中国讽刺性的喜剧》）。也有论者认为《风光好》是一部“爱情婚姻剧”，许金榜先生《元杂剧概论》即将该剧与《西厢记》《救风尘》《梧桐雨》同列。

尽管近年来有关论述渐多，但对戴善夫《风光好》的评价大要不出以上两种

① 赵景深：《中国古典喜剧传统概述》，《上海戏剧》1961年第7—8期。

② 王季思撰：《王季思全集》第二卷《古典戏曲论文集》下，石家庄：河北教育出版社，2005年，第246页。

观点的范围，且以持“讽刺喜剧”论者为多。笔者反复吟味原作，遍检有关著述，对上述看法不敢苟同。我们认为《风光好》是一部风情喜剧外衣下具有严肃政治内容的剧作。

二

在有关戴善夫生平及创作资料悬少的情况下，《风光好》一剧是我们研究该剧内容及风格的最为可靠的第一手资料。我们说《风光好》寓庄于谐，是该剧反映的事实。

剧中写陶榖出使南唐，其原因是“太祖早朝，议下江南之策。小官言曰，虽尧舜禹汤，兴兵未免有所损益。莫若小臣掉三寸之舌，说李主归降，岂不易哉!”于是“以索取图籍文书为由”①，至南唐。但南唐大臣宋齐丘、韩熙载识破了陶榖的用意，“近日前路文书行来，宋家遣翰林院学士陶榖来我国中，索要图籍文书。我想陶榖是个掉弄喉舌之人。况四海未宁，要图籍何用？此人必来以游说为功，我将他机关探破……”②(宋齐丘语)于是南唐国主称疾不见，陶榖羁旅南唐已近二月。宋齐丘让金陵太守韩熙载监视陶榖的“一言一动”，“略有纤毫破绽”，“自有制他的法度”。其下场诗云：“非是我好用阴谋，则提防谗舌如钩。待窥破一些动静，管教他有国难投。”于是南唐张网以待，陶榖一步步落入圈套。

韩熙载先令金陵名妓秦弱兰席间唱曲，试探“陶学士所守之如何”。席间陶榖对色艺俱佳的秦弱兰冷若冰霜，不屑一顾。之所以如此，是因为陶榖清楚地知道自己使命在身，对方用心不良。他不听音乐，不看歌舞，不饮酒，不近女色。所担心的是“听了他呵，正勾当都做不的了”。且对南唐大臣的用心十分警觉——“太守何故三回五次，侮弄下官，是何道理?”迫不得已之际，假装酒醉相拒，使得宋齐丘们的试探失败。

久羁驿馆，客况寂寞。陶榖在驿馆素壁上仿春秋隐语写成十二字：“川中狗、百姓眼、虎扑儿、公厨饭。”却被宋齐丘与韩熙载识破内隐“独眠孤馆”四字，知其

① [明]臧晋叔编：《元曲选》，北京：中华书局，1958年，第527页。

② [明]臧晋叔编：《元曲选》，北京：中华书局，1958年，第526页。

"客况动矣"。精心筹谋,要让陶縠"你也说不的李主,我直教你还不得家乡"(韩熙载语)。宋齐丘(下场诗)说得更明白:"由你千般计较,枉自惹人谈笑。休夸伶俐精详,必定中吾圈套。"于是安排秦弱兰假扮驿吏之寡妻,"巧遇"陶縠。陶縠钟情秦氏后,留下了《风光好》一词。不知不觉中被宋、韩、秦三人"被我着个小局段儿早打入天罗网"。

次日酒宴上,面对盛妆艳抹的秦弱兰,陶縠作为使臣十分清楚:"小官此一来,非为歌妓酒食而来。奉命索取图书,李主托疾不见,不以我为朝使相待,弃礼多矣。我非比其他学士,奉命南来,使事未完,故令歌者狐媚小官,是何礼也?"[①]然而人证物证俱在,陶于尴尬无奈之时,抱怨秦弱兰:"小娘子,是谁教你这等短道儿来?""则着你害了我也!"于是在这场外交政治上的智斗中败下阵来,万分悔恨:"我本意来说他,反被他算了我。""小官羞归大宋,耻向汴梁。"只好投靠钱俶。陶縠在第三折中的下场诗可谓其对这场不见硝烟的战争的总结和自嘲:"当年玉殿逞高强,为爱娇容悔这场,自料不能还故国,须当带月走南唐。"[②]即使在貌似"大团圆"的第四折中,剧作仍一再强调指出陶縠"被宋齐丘所算""中了宋齐丘之计"等等。

因此说,从《风光好》一剧表现的剧情讲,它是一出具有严肃政治内容、深刻社会内涵的剧作。剧中人的行为举止、成败荣辱不仅关系个人命运,且关系到国家利益。《风光好》绝非一出寻常的讽刺性风情喜剧。

我们说《风光好》是一部在风情喜剧外衣下的具有严肃政治内容的剧作,从该剧的"题目正名"亦可略窥一二。关于元剧中的题目正名,《中国大百科全书·戏曲、曲艺卷》及《中国戏曲曲艺辞典》均有辞条解释且大致相同。略谓:题目正名,元明杂剧和南戏的剧情提要,用两句或四句的韵语概括全剧主要关目,最后一句多是此剧的全名。而此句的末三字或四字多为此剧的简称。……有些已佚的剧目从题目正名尚可推测出剧情概略。《风光好》的题目正名,正相吻合。

该剧"题目"为"宋齐丘明识新词藻,韩熙载暗遣闲花草","正名"为"秦弱兰

---

① [明]臧晋叔编:《元曲选》,北京:中华书局,1958年,第535页。

② [明]臧晋叔编:《元曲选》,北京:中华书局,1958年,第537页。

羞寄断肠诗，陶学士醉写风光好”，十分简要地概括了剧情。而其主要关目乃是外交场合的尔虞我诈，而非其他。胡仲实《题目正名考》(《戏曲研究》)认为：题目乃是介绍剧情的，正名方是剧本名称。准此而言，我们的推论无疑是成立的。

三

在确认《风光好》一剧为一部风情喜剧外衣下寓以严肃政治内容的剧作后，我们还想进一步探讨一下《风光好》一剧风格形成之因。

首先，有关陶榖的传说故事决定了《风光好》一剧的基本关目。据《南唐近事》载：

> 陶榖学士奉使，恃上国势，下视江左。辞色毅然不可犯，韩熙载命妓秦弱兰，诈为驿卒女，每日弊衣持帚扫地。陶悦之，与狎，因赠一词，名《风光好》云云。明日后主设宴，陶辞色如前，乃命弱兰歌此词劝酒，陶大沮，即日北归。[①]

此外，宋人笔记《玉堂清话》《苕溪渔隐丛话》《江南野录》《冷斋夜话》亦均有载，虽情节人物略有出入，一词数说，但基本情节已成定势。是为戴善夫《风光好》创作之基础。

在翻检有关资料时，我们发现从接受心理学的角度看，儿女风情与政治斗争结合的传说故事很适应广大观众猎奇好异的心理需求。陶榖的相关故事说明了这一点。另外，从相近故事的流传也可洞见此种社会心理。邵伯温《邵氏闻见前录》载：

> 庆历间，文潞公知成都府，年未四十，多宴集，有飞语至京师，御史何郯圣从因谒告归，上遣伺察之。圣从将至，潞公亦为之动。少愚谓公曰：“圣从

① [宋]郑文宾撰：《南唐近事》，《钓矶立谈附录 南唐近事 江南余载》，北京：中华书局，1985年，第13页。

之来,无足念。"因迎见于汉州。会有营妓善舞,圣从喜之,问其姓。妓曰:"杨。"圣从曰:"所谓杨台柳者。"少愚即取妓之项上帕罗题诗云云,命其妓作《柳枝词》歌之。圣从为之沾醉。后数日,圣从至成都,颇严重。一日,潞公大作乐,迎其妓,杂府妓中,歌少愚之诗为酌,圣从每为之醉。圣从还朝,潞公之谤乃息。①

因为对手用"美人计",陶穀与何郯俱中圈套。指点陶、何二人醉容窘态,人们笑谈之余,思考的绝不单纯是他们的风情韵事。

此类故事,作为茶余饭后的谈资,在宋代为人们所欢迎。到了元代,搬演为有声有色的戏剧表演,其为广大观众欢迎自不待言。元代杂剧至今尚存有相近内容的剧作三种:《风光好》《连环计》《隔江斗智》,三剧均写对立的军事集团或政治势力斗智,且运用"美人计"的故事。所不同的是,《连环计》中王允利用貂蝉演的"连环计"和《风光好》中宋齐丘利用秦弱兰演的"美人计"成功了,而《隔江斗智》中东吴集团利用孙安设的美人计则失败了。刘备招亲,弄假成真,"周郎妙计安天下,赔了夫人又折兵"成为千古笑谈。三部剧作中,女主角孙安、貂蝉、秦弱兰都是作为政治斗争的工具被推上政治舞台的,这是她们命运的可悲之处。但另一方面,这些女性又都在被动的处境中积极地去追求、把握人生,其精神令人感佩。三部剧作在昔日的舞台上极受欢迎,数百年常演不衰,说明了历代观众对它的认同和理解。

那么,为什么人们说无名氏的《隔江斗智》写的是赤壁鏖兵之后周瑜和诸葛亮围绕荆州问题而互施智谋的一场政治斗争,获得了普遍认同;无名氏的《连环计》是写东汉末年王允设美人计离间董卓和吕布的关系,最后杀死董卓,为国除奸,匡扶汉室的政治故事,人们亦无疑义。唯独对于同样具有严肃政治斗争内容的《风光好》,人们则认为它是一部"讽刺喜剧",甚或是一部"爱情剧"呢?这是由于剧中特有的风格给人们的错觉。我们读《连环计》,总感到一种压抑感,董卓的

---

① 闵定庆整理:《孙涛诗话二种》,福州:福建人民出版社,2016年,第183页。

淫威处处笼罩，危机四伏。正是在这险恶的政治环境中显示了王允、貂蝉的忠、智、义、勇；而读《隔江斗智》又总怀有一种紧张和抑制不住的兴奋情绪，虽剧中人前路荆棘，杀机四伏，但结局早在读者心中，一回读，一回佩服智慧之神诸葛亮的神机妙算。而读《风光好》则不同，作者对剧情的蓄意安排，对剧作特有风格的刻意追求，使得一场严肃的政治斗争主线在轻松诙谐的爱情故事的副线伴随下，自然而然地进行，使得我们在笑谈之余，进一步思考时，联想到历史及现实中曾经发生的类似的人事，不能不感叹作者措意之深、技巧之高。因此，透过那儿女风情的表层去把握《风光好》描写的北宋与南唐之间严肃的甚至是残酷的外交斗争，应是研究戴善夫《风光好》的基点。

元代释、道剧探论

在元代的文学艺术中,戏曲是取得最高成就和最有代表性的文艺样式。如果说在元代之前宗教就已渗入诗词、音乐、绘画、雕塑、建筑、舞蹈领域,从而形成了独具特色的宗教艺术的话,那么,元代释、道剧的出现则是宗教文学发展到元代,宗教与戏曲艺术结合的必然产物。长期以来,出于种种原因,人们尚未给释、道剧以应有的评价及深入研究,目前流行的几本文学史、戏曲史提及释、道剧,不是略而不论,就是贬损过甚。近年虽有论者撰文论及元代的神仙道化剧,但也未注意到从宗教文学这一特殊角度加以探讨,本文愿为引玉之砖。

元代作为异族入主中原的特殊时代,各种宗教并起,但最有影响的还是释、道二教,所以现存元杂剧中的宗教剧,均是宣传释、道二教的剧作。道教是元代汉民族聚居区影响最大的宗教,所以道教剧的数量也最多。明代宁献王朱权《太和正音谱》把杂剧分为十二科。其中二科属于本文研究的范围:一曰神仙道化,二曰神头鬼面(神佛杂剧)①,现存元杂剧中释、道剧仍占较大比重。我们研讨的范围是指可以明确划归释、道剧的剧作。现存元代宗教剧可以分为两大种类:

佛教剧 《布袋和尚忍字记》(郑廷玉)、《月明和尚度柳翠》(无名氏)、《花间四友东坡梦》(吴昌龄)、《西游记》(杨景贤)、《龙济山野猿听经》(无名氏)等。

道教剧 在元代,正一道以崇尚符箓烧炼行于世,全真教以识倡导识心见

① [明]朱权撰:《太和正音谱》,见[元]钟嗣成等撰《录鬼簿》外四种,上海:古典文学出版社,1957年,第135页。

性，苦身修持风行一时，因此道教剧又可分为：

正一道杂剧 《张天师断风花雪月》（吴昌龄）、《萨真人断碧桃花》（无名氏）、《桃花女破法嫁周公》（无名氏）等。

全真教 全真教有五祖、七真、八仙之说，我们把八仙故事亦归入此类。诸如《邯郸道醒悟黄粱梦》（马致远）、《吕洞宾桃柳升仙梦》（贾仲名）、《马丹阳度脱刘行首》（杨景贤）、《吕洞宾三度城南柳》（谷子敬）等。

元代的宗教剧具备鲜明的宗教文学特色，即借戏曲的形式表现宗教内容。表现在“曲以载道”，释、道剧均大力宣扬释、道教义和戒律。在佛教剧中到处可见“阐明佛法”“济度众生”的宣传：

> 宝座巍巍法力强，慈悲极乐住西方。慧眼才开能救苦，眉间发出白毫光。吾乃南海洛伽山观世音菩萨，这一个是童子善才。累劫修行，才离苦海。只为慈悲心重，遍游人间，广说因缘，普救苦难。阐明佛法，天花之乐常临；济度众生，凡恼凡缘尽灭。①

佛教在元朝曾被奉为国教，佛教剧也借剧中人物之口宣传佛教以保“国祚安康，万民乐业”②。佛门认为，人生在世，所有祸福忧患都有其前因后果，六道轮回，生生死死，无有穷已，要想超脱世网，免却人生烦恼，只有皈依佛门，及早修行：

> 出言解长神天福，见性能传佛祖灯。自从一挂架裟后，万结人缘不断僧。贫僧乃汴梁岳林寺首座定慧和尚是也。想我佛门中，自一气才分，三界始立，缘有四生之品类，遂成万种之轮回。浪死虚生，如蚁旋磨，犹鸟投笼，累劫不能明其真性。女人变男，男又变女。人死为羊，羊死为人，还同脱裤着衣，一任改头换面。若是聪明男女，当求出离于罗网。人身难得，佛法难

---

① 无名氏撰：《月明和尚度柳翠》，见［明］臧晋叔编《元曲选》第四册，北京：中华书局，1958年，第1335页。
② ［元］杨景贤撰：《西游记》，见隋树森编《元曲选外编》第二册，北京：中华书局，1959年，第633页。

逢，中土难生。及早修行，免堕恶道。[①]

普天之下莫非佛子，世间万物皆有佛性。只要舍妄求真，修因累行，就能到达西方极乐世界。《龙济山野猿听经》借一千年玄猿因为屡听佛法，推悟玄宗，最终受到禅师点化，皈依佛门的神异故事宣扬了这一点。当袁生（野猿）圆寂之后，超升仙界，金童引接，玉女相随。接引他的圣僧罗汉宣称：

袁生，此间已是西方极乐世界，只因你一心向善，问道修真，致有今日。你看祥云霭霭，紫气腾腾，慈悲接引，善信偕行，果然是步步踏金莲也。袁生，你听者：只因你一念真心，悟如来般若玄音。脱皮毛闻经听法，改形容参访师林，了然彻无生妙道，须透明万法洪深。除却了轮回六道，免去了苦海潜律。赴西方莲开见佛，临极乐亲到雷音。今日个成其证果，礼如来法座皆钦。[②]

佛门戒杀生，《花间四友东坡梦》借丑行者之口用偈诵的形式道出：

积水养鱼终不钓，深山放鹿愿长生。扫地恐伤蝼蚁命，为惜飞蛾纱罩灯。[③]

一入佛门，四大皆空。色即是空，空即是色。《花间四友东坡梦》写东坡领白牡丹访佛印，欲用色相劝诱佛印还俗，而佛印却遣花间四友（梅、竹、柳、桃）及松神点化东坡，最终在与佛印参禅悟道中，白牡丹幡然悔悟，削发为尼，东坡也悟彻人生愿为佛门弟子。佛门重修心养性，要求无嗔无怒，去痴去妄：

① ［元］郑廷玉撰：《布袋和尚忍字记》，见［明］臧晋叔编《元曲选》第三册，北京：中华书局，1958年，第1072页。

② 无名氏撰：《龙济山野猿听经》，见隋树森编《元曲选外编》第三册，北京：中华书局，1959年，第960页。

③ ［元］吴昌龄撰：《花间四友东坡梦》，见［明］臧晋叔编《元曲选》第三册，北京：中华书局，1958年，第1234页。

断绝贪嗔痴妄想,坚持戒定慧圆明。自从灭了无明火,炼得身轻似鹤形。你子母每近前来听我说佛也。佛说大地众生,皆有佛性。则为这贪财好贿,所以不能成佛作祖。佛说贪财好贿之人似什么?似小儿在那刀尖上食蜜。贪其甜味,岂防有截舌之患也呵![①]

在道教剧中,我们可以看到元代道教不同教派的特色。符箓派宣扬符咒法水的神功,服食炼丹的神妙,为与佛门争胜,也以普度天下众生自任:

鼎内丹砂变虎形,匣中宝剑作龙声。法水洒来天地暗,灵符书动鬼神惊。贫道姓张,双名道玄。祖传道法,戒箓精严。三十七代,辈辈流传。驱使遍三界神祇,剿除尽八方妖怪。布袍轻拂,须臾地动天惊。草履平那,顷刻星转斗移。云游天下,普救众生。[②]

在《萨真人断碧桃花》一剧中,萨真人自称"誓欲剿除天下妖邪鬼怪,救度一切众生"。剧中,萨真人张坛布法,驱使神灵,为张道南破除花月之妖,使已亡三年的碧桃借尸还魂,与张道南成就美好姻缘。

人世坎坷,生活中遇到磨难怎么办呢?佛教认为念佛诵经可以度过灾厄。道门则用画符念咒,祭神驱鬼,禳解灾难。《桃花女破法嫁周公》一剧写桃花女用道术帮石婆婆救了儿子石留住一命。禳解之法,是让石婆婆三更前后倒坐门限,披头散发,用马杓在门限上敲三下,叫三声"石留住"。又帮助彭大躲过大限,不但不死,反而增添寿算。在自己出嫁之日,又用种种方法破除神道、星煞的妨碍,安然无恙。这一切在我们今天看来,显然是虚妄不可凭信的,但该剧对千年来的民俗婚俗的影响却甚为深远。

全真教与正一道不同,他们不尚符箓,不事烧炼,隐居乐道,避世远祸。而对

① 无名氏撰:《庞居士误放来生债》,见[明]臧晋叔编《元曲选》,北京:中华书局,1958年,第296页。
② [元]吴昌龄撰:《张天师断风花雪月》,见[明]臧晋叔编《元曲选》,北京:中华书局,1958年,第184页。

尘世芸芸众生，宣扬“油镬虽热，全真不傍。苦海无边，回头是岸”。在扰扰尘世之中，为什么人们迷恋世情，虽杀身掉头不悟呢？全真教认为是由于人们贪恋“酒色财气”。因此，大凡反映全真教“度脱”型剧作总是一再劝诫，“到了人间，休恋着酒色财气，人我是非，贪嗔痴爱”[①]。

全真教有一套有别于其他教派的教规，《重阳立教十五论》有明文条令，《云笈七籤》也有“说戒部”明列戒律。表现在戏曲中，《马丹阳三度任风子》一剧中马丹阳要求任屠修真养性，做到十戒：

> 一戒酒色财气，二戒人我是非，三戒因缘好恶，四戒忧愁思虑，五戒口慈心毒，六戒吞腥啖肉，七戒常怀不足，八戒克己厚人，九戒马劣猿颠，十戒贪生怕死。

马丹阳自叙自身妆束：

> 身挂一瓢，顶分三髻，按天地人三才之道。正一髻受东华帝君指教，去其四罪，是人、我、是、非。右一髻受纯阳真人指教，去其四罪，是富、贵、名、利。左一髻受王祖师指教，去其四罪，是酒、色、财、气。[②]

当然，昔日的舞台并非庄严的佛寺、森幽的道观，剧作家不是讲说佛法、道规的高僧、法师，演员们也绝非在舞台上传法布道，观众也不是到那里瞻仰跪拜。所以，在元代的释、道剧中，无论是佛门戒律，还是道家清规，都严格遵照戏剧表演的特定规律，在音乐歌舞的舞台气氛中，在演员有声有色的表演所创造的特定意境中，融入释、道剧的奇异引人的故事情节而使人不自觉。因此我们认为释、道剧借已戏剧化的释、道故事和释、道人物宣传释、道教义是其最突出之特色。本来在释、道经典中已有许多故事性极强的著作和情节，如《佛本生经》(或译为

① [元]岳伯川撰:《吕洞宾度铁拐李》，见臧晋叔编《元曲选》，北京：中华书局，1958年，第490页。
② [元]马致远撰:《马丹阳三度任风子》，见臧晋叔编《元曲选》，北京：中华书局，1958年，第1670页。

《佛本生故事》)就是按照佛教轮回转生的观念讲述的关于佛祖释迦牟尼在未成佛之前作菩萨修行的故事。《贤愚经》也是一本佛教故事集。这类著作在释、道徒长期的传经布道中,以其奇异故事情节吸引了听众,在传播释、道教义上起了很大作用。戏剧中,戏剧情节、戏剧人物、戏剧语言是构成剧本的三要素。体现宗教与戏剧结合的释、道剧的突出特点就表现在其戏剧故事、人物、语言的宗教色彩上。前面我们已简析了佛教剧《龙济山野猿听经》和《花间四友东坡梦》是怎样通过戏剧故事宣传佛门教义的,此不赘述。即如道教剧《邯郸道醒悟黄粱梦》也是通过吕洞宾一梦之中,历遍穷通、悟彻人生的戏剧故事宣扬道家舍弃酒色财气,超然循世,全身远祸,“舍弃华轩、返本还源”的思想。该剧的故事情节浸透了全真教宗教意识。至于宗教剧中的人物形象,宗教色彩更浓,其人物形象多为释、道经典及传说中的人物唐僧、孙悟空、庄周、八仙、七真、天师、真人等,这些人物或上天入地、变化无穷、法力无边,或预知过去未来、能排忧解难,从形体、气质、装束、语言都充满了宗教色彩。这些具有极强文学故事色彩的释、道戏剧故事、人物,很适合宣传释、道教义,也极易为下层百姓所接受。这些故事、人物或源于释、道经典,或吸收了民间传说,更由于释道争衡、昔日剧场优胜劣汰的竞争,使得那些或有心布道、或专意创作的剧作家们精心编排情节结构、塑造人物形象,从而使得这些剧作更为引人,以至于今天我们读有些剧作仍感到那奇幻的故事情节、奇特的人物塑造业已冲淡了释、道剧特有的宗教说教意味。那么在昔日的剧场中,特别是在尊奉释、道的观众中,一定会由于剧作家巧于安排故事情节、精心塑造戏剧人物,从而认为那释、道剧中的劝教是合情合理的呢。

在元代释、道剧中,随处可见有关道家修炼之术的描写。道家修炼,不外二途:内修、外养。内修重在保精行气,外养强调炼丹服药,全真、正一各有所重。而在有些剧作中,二者又很难区分开来。比如《老庄周一枕蝴蝶梦》:

〔一旦唱〕

〔南曲柳摇金〕听吾所告,仙丹匪遥,八卦布周遭。保守的婴儿壮,相怜的姹女挢。请一个黄婆媒合,离坎换中交。向西南采取,初生药苗。须调火候,火候须调。火候须调,温养汞铅丹灶。

〔又一旦唱〕

〔前腔〕汞铅丹灶,能平善消,火候最难调。便诱的心猿顺,怎防着意马骄。奴不如金丹修炼,差误在分毫。把离爻换坎,乾坤怎交?采炼须教,说与洞房玄妙。

〔又一旦唱〕

〔前腔〕阴汞能飞走,阳铅会仗调。紧收拾顽猿劣马,休放半分毫。心如止水,情通九霄。坚牢温养,温养坚牢。温养坚牢,管取宝珠光耀。①

三支曲子,唱出了道家修炼时达到"心如止水,情通九霄"的过程,要领悟特殊心态。

个别道教剧宣传三教融汇、三教同归:

发短髯长本自然,半为罗汉半为仙。胸中自有吾夫子,到底三家总一天。②

全真教"其逊让似儒,其勤苦似墨,其慈爱似佛",是道教发展到金元时期产生的特殊派别,迎合了特定时代三教融汇交、互为用的潮流。

在元代的释、道剧中,"度脱剧"是其显著特点,并占有较大比重。佛教剧中《月明和尚度柳翠》《花间四友东坡梦》《布袋和尚忍字记》《龙济山野猿听经》均属此类。道教剧中此类作品更多,有关八仙的剧作几乎全是度脱剧。即或是人们普遍认为属道家传说故事的《老庄周一枕蝴蝶梦》《邯郸道醒悟黄粱梦》也已被改造得远非传说故事的本来面目,而成为特定时代度脱剧的一种了。

元代是我国封建社会较特殊的历史时期,世乱年荒,壮者死于兵刃,老弱转

---

① [元]史九敬先撰:《老庄周一枕蝴蝶梦》,见隋树森编《元曲选外编》第二册,北京:中华书局,1959年,第388—389页。

② [元]贾仲明撰:《吕洞宾桃柳升仙梦》,见隋树森编《元曲选外编》,北京:中华书局,1959年,第695页。

徙沟壑,人命轻于鸿毛,富贵有如弹指。官贪吏酷,民不聊生,免不了生死无常之叹,因而有希求乐土之想。现实的缺陷和苦难,促使人们追求理想境界中的圆满和幸福,这就是度脱型释、道剧大量产生并受欢迎的原因。这类释、道剧向人们宣示了逃避生活的一条道路——皈依佛门或坚心向道。唯其如此,身为畜类的猿、猪、猴可以得道,商人、屠夫、显宦、妓女可以脱离世网,摆脱烦恼。元代度脱剧的大量出现反映了两个方面的问题,一方面,宗教宣传在廉价出售进入天堂的门票,另一方面,它从一个侧面反映了当时社会的黑暗。

元代的释、道剧具有鲜明的劝惩教化的特点,现存的剧作往往借剧中人物之口劝世人行善积德,在这里宗教道德和社会伦理道德是一致的:

念佛修行去诵经,谁知处处有神明。平生不做亏心事,半夜敲门不吃惊。①

世人只要行善积德,就能逢凶化吉,遇难呈祥:

莫瞒天地莫瞒心,心不瞒人祸不侵。十二时中行好事,灾星变作福星临。②

佛、道均倡导利人利他,为人若只是口上念佛,不行善事,是不能得到好报的:

船到江心牢把舵,箭安弦上慢张弓。今生不与人方便,念尽弥陀总是空。③

---

①[元]杨景贤撰:《西游记》,见隋树森编《元曲选外编》第二册,北京:中华书局,1959年,第639页。

②[元]史九敬先撰:《老庄周一枕蝴蝶梦》,见隋树森编《元曲选外编》第二册,北京:中华书局,1959年,第379页。

③[元]马致远撰:《吕洞宾三醉岳阳楼》,见[明]臧晋叔编《元曲选》,北京:中华书局,1958年,第626页。

剧作描写的善恶之报,惊世骇俗。《崔府君断冤家债主》借崔子玉之口宣称,阴府之中“善有善报,恶有恶报,如影随形,分毫不差,其可畏也”。世人所作所为,神明洞察秋毫,“方信道暗室亏心,难逃他神目如电”。

释、道剧也通过僧、道之口劝人勉为忠孝:

众官听小僧一句言语:“为臣尽忠,为子尽孝。忠孝两全,余无所报。”①

元代吏治黑暗,一些官吏权位在手,以笔作刀,扭曲作直,残害百姓。“虽则为官,律令不晓,但要白银,官司便了”,“七寸逍遥管,三分玉兔毫,落在文人手,胜似杀人刀”(《铁拐李》)。但一个正直的官吏,只要一心向善,公断是非,依然可以修行向道。成仙作佛:

人道公门不可入,我道公门好修行。若将曲直无颠倒,脚底莲花步步生。②

对于那些不惮神明,肆意作恶之人,剧中神道断喝:

中和正直领天台,此日亲蒙圣敕差。谁言空阔无神道,霹雳雷声那里来?③

这在还不能科学地解释雷电产生原因的元代,无疑是有威慑力量的。这些剧作宣传天道无亲,常与善人,天地有知,神明无私:

便好道善有善报,恶有恶报。天若不降严霜,松柏不如蒿草。神灵若不

① [元]杨景贤撰:《西游记》,见隋树森编《元曲选外编》第二册,北京:中华书局,1959年,第663页。
② [元]岳伯川撰:《吕洞宾度铁拐李》,见臧晋叔编《元曲选》,北京:中华书局,1958年,第496页。
③ 无名氏撰:《庞居士误放来生债》,见臧晋叔编《元曲选》,北京:中华书局,1958年,第294页。

报应,积善不如积恶。[1]

道心原本有是非,佛门教义亦惩恶,由此看来,把释、道剧简单地看作宣扬逃避人生、消极出世是不妥当的。

令人感兴趣的是,释、道剧间或流露出对神佛的怀疑情绪:

常言道杳茫神鬼事。[2]

便好道阴阳不可信,信了一肚闷。[3]

神仙荒唐之事,此非将军所宜问也。[4]

读书人强调自己的文章才力,怀疑福荫庇佑:

独对丹墀日尚中,君恩赐出锦袍红。世人不识文章力,只说家门积善功。[5]

更无人能回答这样的疑问:

霹雳响亮震山川,苍生拱手告青天。有朝雨过云散后,凶徒恶党又依然。[6]

鲁迅先生在评价纪昀《阅微草堂笔记》时说纪氏“多借狐鬼的话,以攻击社会。据我看来,他自己是不相信狐鬼的,却不得不以狐鬼设教”。这对于我们理

① 无名氏撰:《朱砂担滴水浮沤记》,见[明]臧晋叔编《元曲选》,北京:中华书局,1958年,第396页。
② [元]吴昌龄撰:《张天师断风花雪月》,见[明]臧晋叔编《元曲选》,北京:中华书局,1958年,第175页。
③ 无名氏撰:《桃花女破法嫁周公》,见[明]臧晋叔编《元曲选》,北京:中华书局,1958年,第1016页。
④ [元]马致远撰:《西华山陈抟高卧》,见[明]臧晋叔编《元曲选》,北京:中华书局,1958年,第724页。
⑤ 马致远撰:《萨真人夜断碧桃花》,见[明]臧晋叔编《元曲选》,北京:中华书局,1958年,第1686页。
⑥ 马致远撰:《萨真人夜断碧桃花》,见[明]臧晋叔编《元曲选》,北京:中华书局,1958年,第1684页。

解那些并非虔诚的释、道剧剧作家的创作动机及何以会出现这些怀疑情绪是大有裨益的。

元代的释、道剧在戏曲观众中有极大的影响，现存该类剧目的数量足以说明这一点。究其原委，释、道剧“寓教于乐”当是其生存发展的关键所在。绝大多数观众到剧场去是为了娱乐和消遣，剧场和僧寺、道观毕竟不同，因此即便是宗教色彩最浓的释、道剧也不能与释、道经典教义等量齐观。从戏曲史上看，释、道剧的演出大多在庙会、神社，“有庙必有戏”，我们不应忽视历史形成的特定的民情风俗。演出是为了“娱神”，实际上娱神就是为了娱人。舞台上演的释、道剧能“使信道者，闻生欢喜”，一部分观众会由于信仰原因如痴如醉，但对大多数观众来说，则由于释、道剧“境界神奇，忘其为戏”。观众“但觉好玩，所谓独存赏鉴，忘怀得失了”(鲁迅《中国小说史略》)。符合观众“事不奇幻不传”的审美习惯和传统，宗教宣传在人们的观赏愉悦之中被潜移默化地接受了。

释、道剧是典型的综合性的宗教文学，其戏剧人物大多是释、道传说中的人物，戏剧故事多是奇幻的宗教故事、传说故事、劝善惩恶故事，其曲、白也都具有宗教语言特色。而这一切又是通过戏曲表演展现出来的，较之僧院道观的传经布道面向更为广阔的社会面，客观上使僧、道徒的传经布道戏曲化、艺术化了。因此不管是剧作家有心布道，还是无心戏作，不论是为了写戏自娱，还是为了演出娱人，这些剧作在传播宗教思想、普及宗教知识方面，都起了特殊的作用。释、道剧以其特有的戏曲形式感染、熏陶和培养人们的人生观念和审美心理、生活习性，这种作用在芸芸众生多不识字的时代是释、道师徒相传和著书立说不可替代的。长期以来，由于释、道利用各种艺术形式向社会渗透宣传，再加上统治者有目的地倡导三教融汇，造成了中国漫长的封建社会中特殊的社会心理——人们的信仰，不是单一的，而是双重的，或者多重的，诚所谓“见庙就烧香，见神就磕头”，那些没有文化或很少文化的下层群众，很难分清释、道的本质区别，所以一般的观众都是释、道剧的忠实观众。

为了扩大影响，赢得观众，释、道剧有意识地向民俗渗透。《桃花女破法嫁周公》一剧比较集中地反映了道家禳祭之术与婚俗结合的趋向。剧中写桃花女新婚之日恰犯日游神,又犯金神七煞,她戴起花冠,吓退金神七煞,又以“千里眼”(筛子)先行,避过了日游神。她用头帕蒙上头面,躲过了太岁。下车时正逢黑道,新人下车着地即死,她又让人用两领净席,铺在前面,“行一领,倒一领”,躲过灾厄。进门时,当日是马日星当值,又让人备马鞍一副,跨鞍而过。进院时又值鬼金羊,昴日鸡巡绰,让人找来碎草米谷,五色金钱,走一步撒一把。入第三重门时,正好是丧门吊客当值,让人射了三箭,避开了它。剧中所记婚俗,有些前人书中已经著录,但究竟为何如此,著录者也不甚了了。欧阳修《归田录》曾记宋时“士族当婚之夕,以两椅相背,置一马鞍,反令婿坐其上”,认为是“士大夫不知礼义”,“与闾阎鄙俚同其习见”。比较系统、如此明确地言明婚俗中种种避忌并和禳祭之术结合起来的,宋元时期,仅见此剧。其中有些习俗,沿袭至今。宗教通过戏曲表演艺术向民习风俗渗入,从而决定了其影响的广泛性和持久性。

综前所述,我们对元代释、道剧进行了初步探讨。要对释、道剧进行全面深入的研究,涉及历史、政治、宗教、文学、艺术以及民俗多方面的因素,限于篇幅,我们不能一一具论。总而言之,我们不赞成不加分析地贬斥释、道剧,那样我们不仅难以解释释、道剧产生并繁盛的原委,也难以解释元代统治者何以也禁演神魔戏。

图文并茂　借图述事

——河西宝卷与敦煌变文渊源

言及河西宝卷，论者多认为“它由唐代的变文、讲经文演变而来，受俗讲的孕育，历经宋的说经、说参请、说诨经、讲史等，并受到话本小说、诸宫调的影响”[①]。较早关注变文与宝卷关系的王庆菽在《试谈“变文”的产生和影响》一文中写道：“从相传在宋代已有的宝卷和根据传宋本的《香山宝卷》和元末明初的《目连宝卷》看来，知道宝卷这种体裁，开卷引经云一段，以后在每一段落处，须宣传佛号，那些一段散文一段韵文的体裁，也是完全和‘俗讲’中的讲经文和变文的形式相同。”[②]在探讨宝卷变文渊源承变的相关著述中，对于二者在表现内容和表现形式方面的承传学者们多有论及。本文仅就变文演出时，变文变相结合、图文并茂、讲看结合的形式对后世讲唱文体包括宝卷的影响加以简单缕述。

时至今日，“转变与变文中‘变’字的含义与渊源，一直是中外学者试图解释而至今尚无定论的问题”[③]。但郑振铎先生的阐释为大多数论者接受，其说谓：“所谓变文之‘变’，当是指‘变更’了佛经的本文而成为‘俗讲’之意(变相是变佛经为图相之意)。后来，‘变文’成一个‘专称’，便不限定是敷演佛经之故事了(或简称‘变’)。”[④]学术界论及变文表演时的演出形式，或谓“变文演出，或辅以图

① 西北师大古籍所、酒泉市文化馆编：《酒泉宝卷》，兰州：甘肃人民出版社，1991年，前言第1页。
② 王庆菽著：《敦煌文学论文集》，长春：吉林大学出版社，1987年，第20页。
③ 袁行霈主编：《中国文学史》二，北京：高等教育出版社，2001年，第400页。
④ 郑振铎撰：《中国俗文学史》上册，北京：商务印书馆，1998年，第190页。

画"[①];谓"变文的演出特点是变文与变相相辅而行,演唱变文称为'转变',同时配合展示卷收画卷(变相),犹如近代说唱曲艺中的'拉洋片'"[②]。其他论著,叙述文字或有不同,但所表述之要旨,大致如此。

论述变文演出时图文结合,讲看并行之诸多论者,依据之资料一是吉师老《看蜀女转〈昭君变〉》:"妖姬未著石榴裙,自道家连锦水渍。檀口解知千载事,清词堪叹九秋文。翠眉颦处楚边月,画卷开时塞外云。说尽绮罗当日恨,昭君传意向文君。"二是《王陵变文》《大目乾连冥间救母变文并图一卷并序》以及《降魔变文》。王重民在《敦煌变文研究》一文中说:"《王陵变》讲到王陵、灌婴奏明了汉王要到楚家去斫营时说:'二将辞王往斫营处,从此一铺,便是变初。'这表明这篇变文和另外的变图是一致的;变图的第一铺是辞王斫营,变文的起初也是辞王斫营。变文的后题《汉八年楚灭汉兴与王陵变》一铺,应该是变图的后题。《王昭君变文》也是带变图的,所以有'上卷立铺毕,此入下卷'的话。吉师老《看蜀女转昭君变》正说明了蜀女一面说唱,一面请听众观看变图。……敦煌里面还有一卷《大目乾连冥间救母变文并图》,可惜文存而图亡。另有一卷《降魔变文》,则大致完备。这叫我们看到当时讲唱艺人所使用的真实变图,实在是变文史的一部极重要的文献。这一变图是一个长卷,包括六个故事。……这一卷变图的正面是故事图,在背面相对的地方抄写每一个故事的唱词。这更显示出变图是和说白互相为用(图可代白),指示着变图讲说白,使听众更容易领会,然后唱唱词,使听众在乐歌的美感中,更愉快地抓住故事的主要意义。"[③]对于变文多方面的影响,学界论者亦众,"变文韵散结合演唱故事的体制,影响到唐人传奇,宋元以后,各类说唱文学和戏曲文学,若追根溯源,也都与变文有着某些血缘关系"[④]。

图文并茂,借图述事,讲看并行之变文变相的演出形式对后世小说、戏剧等说唱文艺的影响是直接的。人们最常引用的资料是《全相平话五种》。《全相平话五种》为宋元讲史小说,作者已不可考。元英宗至治年间(1321—1323)建安虞氏

① 袁行霈主编:《中国文学史》二,北京:高等教育出版社,2001年,第400页。
② 郭预衡主编:《中国古代文学史长编》隋唐五代卷,北京:首都师范大学出版社,1993年,第524页。
③ 周绍良、白化文编:《敦煌变文论文录》,上海:上海古籍出版社,1982年,313—314页。
④ 袁行霈主编:《中国文学史》二,北京:高等教育出版社,2001年,第402页。

刻印，日本内阁文库藏有孤本。现存《武王伐纣平话》《乐毅图齐七国春秋后集平话》《秦并六国平话》《续前汉书平话》《三国志平话》五种，故称《全相平话五种》。其中《三国志平话》"是当时艺人所说的《三分书》的底本。所谓'全相'就是上图下文。这个本子已不纯是供艺人讲史时参考，而且也是供人阅读的一个读本"。是出版史上留存下来的宝贵的"连环画"。"《平话》分上、中、下三卷，故事从《桃园结义》起，到《秋风五丈原》诸葛亮逝世，司马懿统一三国、刘渊又灭晋为止。全书共八万多字，有图七十幅，标有题目六十九幅（《桃园结义》占有两幅）。"[①]与《三国志平话》内容款式基本相同的还有《三分事略》。"《三分事略》是近年在日本天理大学图书馆发现的，全称《至元新刊全相三分事略》。"[②]在元代最为盛行也最具时代代表性的文艺样式是元代戏曲——元杂剧。在被誉为元代四大悲剧之一的纪君祥的《赵氏孤儿》中，我们可以清楚地看到自敦煌变文以来，说唱技艺中图文并茂、讲看结合的生动例证。

《赵氏孤儿》以悲愤而昂扬、惨烈而豪壮的情感为基调，描写了春秋时期晋国朝廷内外忠与奸的斗争，以及由此引起的围绕"赵氏孤儿"而展开的迫害与反迫害的斗争，塑造了程婴、韩厥、公孙杵臼等一系列具有侠义精神的悲剧人物，在第四折中，程婴一上场便拿了个手卷，并说明画这个手卷的原因：

> [程婴拿手卷上，诗云]日月催人老，光阴趱少年；心中无限事，未敢尽明言。过日月好疾也，自到屠府中，今经二十年光景，抬举的我那孩儿二十岁，官名唤做程勃。我根前习文，屠岸贾根前习武。甚有机谋，熟闲弓马。那屠岸贾将我的孩儿十分见喜，他岂知就里的事。只是一件，连我这孩儿心下也还是懵懵懂懂的。老夫今年六十五岁，倘或有些好歹呵，着谁人说与孩儿知道，替他赵氏报仇？以此踌躇展转，昼夜无眠。我如今将从前屈死的忠臣良将，画成一个手卷。倘若孩儿问老夫啊。我一桩桩剖说前事，这孩儿必然与

① 丘振声著：《三国演义纵横谈·元代的〈新全相三国志平话〉》，桂林：漓江出版社，1983年，第33—34页。

② 袁行霈主编：《中国文学史》四，北京：高等教育出版社，2001年，第39页。

父母报仇也!

程婴冒着生命危险,甚至牺牲了自己的孩子而营救了赵氏孤儿的性命,并将他抚养成人,二人感情深挚,无异于亲生父子。程婴的悲伤烦恼,自是引起了孤儿的关心,程婴便借此“遗手卷虚下”,手卷引起了孤儿的注意,展开来看:

> 那个穿红的拽着恶犬,扑着个穿紫的,又有个拿瓜锤的打死了那恶犬。这一个手扶着一辆车,又是没半边车轮的,这一个自家撞死槐树之下。……这一个将军前面摆着弓弦、药酒、短刀三件,却将短刀自刎死了。怎么这一个将军也引剑自刎而死?又有个医人手扶着药箱儿跪着,这一个妇人抱着个小孩儿,却象要交付医人的意思。呀!原来这妇人也将裙带自缢死了,好可怜人也!……我仔细看来,那穿红的也好狠哩,又将一个白须老儿打得好苦也。……到底只是不明白,须待俺这壁厢爹爹出来,问明这桩事,可也免的疑惑……

程婴又上场后,便详细地讲述了赵盾和屠岸贾文武不和、屠岸贾图谋加害赵盾、鉏麑触槐、提弥明搏獒、灵辄驾车、赵朔赐死、公主自缢、韩厥刎剑、程婴弃子、公孙杵臼触阶等一系列与孤儿身世有关的凄惨、悲壮的故事。正是借助于图画,这头绪众多、纷繁复杂的故事才被讲得有条不紊,井然有序,并达到了强烈的戏剧效果。当孤儿得知逃亡的是祖父,自刎的是父亲,自缢的是老母,自己便是那赵氏孤儿时,不禁大叫“兀的不气杀我也!”悲痛欲绝,昏倒在地。《普天乐》《幺篇》《耍孩儿》《二煞》《一煞》《煞尾》等几个曲子更将孤儿的悲愤之情、报仇之志表达得淋漓尽致。屠岸贾作恶多端,终于被义子赵氏孤儿生擒活捉,落得个被“钉上木驴,细细地剐上三千刀,皮肉都尽,方得断首开膛”[①]的下场。

敦煌变文“借图述事”现象,不仅在戏曲中保留下来,明清小说中也能找到其

① [明]臧晋叔编:《元曲选》,北京:中华书局,1958年,第1491—1492页。

影响的例证。《说岳全传》是一部章回小说，讲的是南宋时期以岳飞为首的一批将领反对投降、捍御强敌、保家卫国的英雄故事，在第五十六回中有着和程婴讲画极为类似的情节。

陆文龙、曹宁的骁勇善战，使岳飞束手无策，愁闷不已，不得不高挂“免战牌”，却急坏了潜伏金营的独臂王佐。情急之下，王佐便把从奶妈那里听说的陆文龙的身世画成一幅图画，呈献给他。“文龙接来一看，见是一幅画图，那图上一人有些认得，好象父王。又见一座大堂上，死着一个将军，一个妇人。又有一个小孩子，在那妇人身边啼哭。又见画着许多番兵。”画图引起了陆文龙的好奇，便要王佐讲述，王佐遂道：“殿下略略闪过一旁，待我指着画图好讲。这个所在，乃是中原潞安州。这个死的老爷，官居节度使，姓陆名登。这死的妇人，乃是谢氏夫人。这个公子，名叫陆文龙。”同名同姓，更引起了陆文龙的好奇。王佐接着说：“被这昌平王兀术兵抢潞安州，这陆文龙的父亲尽忠，夫人尽节。兀术见公子陆文龙幼小，命乳母抱好，带往他邦，认为己子，今已十三年了。他不为父母报仇，反叫仇人为父，岂不痛心！”王佐的话惊怒了陆文龙，待奶妈证实了王佐的话后，文龙当即含泪谢恩，拔剑在手，紧咬钢牙，要与父母报仇。“杀了仇人，取了首级，同归宋室。”这才有了说曹宁归宋明邪正，陆文龙“射箭书潜避铁浮陀”的小说情节。[①]

相比较而言，河西宝卷作为活在民间的敦煌文学，其受敦煌文学的影响更为直接，已有一些学者关注并论述了敦煌变文与河西宝卷在表现内容及说唱形式上的渊源承继关系。论及变文借图述事，文图相互为用的演唱形式对于河西宝卷的影响时，《酒泉宝卷》（修订本）上编“前言”中说：“宝卷还可配以图画，特别是公众场合的念卷，在墙上往往悬挂佛像或地狱图，这和变文的演唱是一脉相承的。”[②]谢生保先生在《酒泉宝卷与敦煌变文》中进一步阐述道：

变文配合画图的遗迹，在宝卷讲唱时并没有完全消失。解放前夕，我亲

① [清]钱彩等著：《说岳全传》，上海：上海古籍出版社，1979年，第440—441页。

② 西北师大古籍所、酒泉市文化馆编：《酒泉宝卷》，兰州：甘肃人民出版社，1991年，上编第5页。

自看到酒泉钟楼寺的和尚,指着大殿《西游记》题材的壁画,给庙会上的香客、游人讲说唐僧取经的故事。谭蝉雪先生在《河西的宝卷》一文中说:“武威每年五月为朝莲花盛会,由当地的万元会(商会)主持,城内设四、五处,每处墙壁上张挂一幅大布画,上画天堂、地狱、轮回等图,由一人一手拿宝卷,另一手拿一木棍,站在桌上,连说带唱,边指画面,听众自由来往,男女老少围听,名之曰:讲善书。”由此说明变文讲唱时有画配合,宝卷在有条件的情况下,也是配合图画讲唱的。[①]

循着河西学者提供的实实在在的河西宝卷在演唱时借图述事的线索,我们想找到更多的相关信息,但结果令人失望。然而在细阅现存的河西宝卷时,《苦节图宝卷》引起了我们的特别关注。

《苦节图宝卷》收录在《金张掖民间宝卷》(二)第685—706页,又名《苦节宝卷》[②]《张彦休妻宝卷》[③]《白玉楼宝卷》[④]。我们之所以对《苦节图宝卷》特别留意,一是宝卷故事曲折生动,宝卷中女主人公命运坎坷多难,而其命运否极泰来之关键情节是画述其苦难经历的《苦节图》。二是与上文所引《赵氏孤儿》《说岳全传》中的“借图述事”的情节一样,《苦节图宝卷》之绘“苦节图”、看“苦节图”、讲“苦节图”的情节,在主人公命运的变化、故事的情节发展中起有重要作用。

《苦节图宝卷》中的女主人公白玉楼被叔母诬陷遭休弃之后,历尽磨难,上吊后,被金驸马相救收为干女儿。白玉楼九死一生,在金府日夜啼哭不止,身染疾病,饮食不进,身体日益沉重。金秀云小姐对母亲说了,老夫人问:“玉楼,你得了什么疾病?”玉楼说:“母亲,孩儿死多活少,请你给我拿个主意。”小姐说:“姐姐,我倒有个主意,你把自己的苦处给我细说一遍,我绣一幅苦节图张挂出去,若有人看见就知道了你的苦心,你也落个贤良人的名声。”玉楼听说得有理就答应了,小姐叫随从丫鬟取来丝布一匹,老夫人对玉楼说:“孩儿你将你的苦情说来,秀云

① 西北师大古籍所、酒泉市文化馆编:《酒泉宝卷》,兰州:甘肃人民出版社,1991年,中编第10页。
② 西北师大古籍所、酒泉市文化馆编:《酒泉宝卷》,兰州:甘肃人民出版社,1991年,下编第153—183页。
③ 张旭主编:《山丹宝卷》下册,兰州:甘肃文化出版社,2007年,第296—316页。
④ 段平整理:《河西宝卷选》,兰州:兰州大学出版社,1988年,第154—201页。

与你描画。”玉楼睁开眼睛，泪流满面，把自己的遭遇给她们说了。正是：

玉楼开言道，妈妈你且听。提起奴家事，件件都是苦。
请尊堂，和贤妹，细听在心；画破房，贫寒人，劝把书读。
画贫妇，去讨饭，手提饭篮；你画我，在灶房，拿柴吹火。
门外边，画贼人，手拍双环；画张彦，面带怒，手提笔杆。
画贫妇，苦哀告，跪在面前；再画上，钱氏婆，恶眉恶眼。
不讲情，她还骂，怒气满面；画夜晚，把玉楼，辱骂百般。
她说奴，在外边，与人偷奸；我丈夫，他言说，亲眼看见。
画贫妇，观音堂，卧倒在地；画张彦，饥饿形，来到门前。
画奴家，捆马上，有人后赶；直赶到，江岸边，扶下马鞍。
有玉楼，将贼人，推入江中；波涛翻，用石头，连打二三。
画上了，彩棚下，人有千万；在马上，骑着个，青春少年。
回头看，手接彩，二位家人；画少年，面失色，催马加鞭。
画恶人，打丑妇，头发散乱；画少年，乘着马，站立面前。
画李彪，接银钱，低头含笑；再画上，假男子，当堂改变。
多亏了，老爹爹，来救此难；老夫人，心发酸，低头言道。
我女儿，真金子，不怕火炼；守节志，全凭着，计谋双全。
虽女流，比得那，古圣先贤；日久后，与张彦，同侣同伴。
白玉楼，听此言，泪流满面；叫母亲，和妹妹，画图几幅。
起名儿，苦节图，万古流传。

无巧不成书，宝卷接着写道：

却说白玉楼细说一遍，金小姐绣成了一幅苦节图挂在中堂不提。再说张彦于八月中秋和众举子一齐进场应试，中了头名状元，与武状元和马吞夸官已毕，先拜谢天子洪恩，后拜谢驸马及六部文武官员。驸马吩咐人役悬灯挂彩，只等三位贵人来到，说："夫人，接我们姑娘绣球的是昆山张彦，救了我命的是昆山张彦，中了文状元的也是昆山张彦，此事我也想不明白了，且把女儿唤出堂来问个清楚。"说话之间三贵人入府拜见驸马，又拜了老夫人。大人摆酒设宴招待，看看天色已晚，三人便要告辞，金大人留三人在东书房住下。有张彦在灯下自思道：我今一步生荣，不知妻在何处？心中越发悲伤。次日清早起来，书馆内琴、棋、书、画各样皆全，张彦见这旁是春秋四季，那旁是礼义廉耻，右旁是五老四少，左旁是孝悌忠信，中间挂的是一幅《苦节图》。张彦暗忖：哪有这样的苦节图。走近仔细观看，上面画一间破房，内有一位贫士苦读圣贤；又画一贫妇手提饭篮，好像讨饭的样子；又画贫妇孤身灶门做饭，门外站着一恶人手拍双环；又画贫生手拿笔杆，有一妇人跪在他的面前求告。张彦不知其中的意思，想了一会才有些明白，贫生和妇人是夫妻二人，贫妇讨饭供丈夫读书，外边贼人起了不良之心，黑夜喊门诬陷其妻，逼出天大的冤枉，丈夫不听将妻休了，贫妇跪在面前哭啼，这时丈夫面带回心的样子，外边一丑妇指天拍地叫骂。张彦思想，不留贤妇，真是个无才的愚夫，你不想倘若妻子失节，怎能在大街讨饭供你读书？往下细看，有贫生将妇人赶出门外，将门紧紧关闭；又画庙宇一座，上写着"观音堂"三字，贫妇卧庙倒地不起的样子。张彦越看越觉得好像是我夫妻离别之事，怎么画在这图上了？见又画有贼人一个，领着恶人把贫妇从庙中驮上马，来到一江边，那贼人在前，妇人在后跟随；又画妇人将恶人推入江内。这是怎样的原因，想必我妻被恶人骗去霸占成亲，我妻不从将贼人推入江内。又画一公子骑马，彩楼前许多人众，楼上有二八佳人抛打绣球，骑马公子将绣球接在手中；又画一恶人手拿皮鞭在打丑妇，有公子拉马给他银两，这公子乘马前行，恶人后边手提钢刀紧紧追赶，抢夺公子的财物，露出女子真形，随后在柳树上吊着；又画大官带领人马救了女子性命。张彦想必是我妻被贼人逼迫上吊，被人所救，找了整整三年，猛然才知道妻子还活在人世间。

张状元，见挂图，泪流满面；才晓得，他的妻，还在人世。

不知道，受尽了，多少辛苦；这贼人，他把那，良心丧尽。

害的我，好夫妻，不能相逢；有一日，我夫妻，若能相见。
必定把，那贼人，剥皮抽筋；有张彦，看图画，泪珠不断。
叫了声，贤良妻，你在何方；遭遇到，不良夫，屈害不断。
平地里，休前妻，后悔万分；你脱了，这一难，守节为先。
彩棚下，你不该，去招新郎；今接彩，我愁你，怎样成双。
有两个，老差人，将你马拦；不知你，怎推脱，这场事情。
这时候，把我的，肝肠气断；可怜我，贤良妻，受这磨难。
为丈夫，卖诗文，天涯游遍；为找妻，我出门，整整三年。
看罢图，气得他，头昏眼花；一阵阵，心抽搐，倒在床边。

叙事至此，张彦、白玉楼夫妻大团圆已成自然之事。夫妻相认之后，

有天子宣文武状元上殿，皇帝诏封金驸马为忠义侯，张彦为双勇侯，马吞为总兵之职。张彦又把白玉楼前后屈情奏了一遍，玉楼被封为苦节妇人；金秀云描画苦节图，成人之美；刘蕊莲逼降马吞，封为福德贤人，接太公夫妻二人进京同享荣华。将《苦节图》悬挂在大堂，玉楼、蕊莲、秀云三人不分大小同拜《苦节图》，均予张彦为妻。金大人、新状元和三位贵人一齐谢恩不提。

张彦的叔母钱氏害人终害己，讨饭到金府，因作恶多端，气绝身亡。于是择良辰吉日，白玉楼、刘蕊莲、金秀云与张彦拜堂成亲。“一家大小富贵团圆，金大人把此事奏知天子，敕赐《苦节图志仁勇》一块金字牌匾，挂在驸马府门首，后辈子孙世袭官职。”至此“这一本《苦节图》，才得圆满”[①]。

从变文到话本、戏曲和宝卷，变文图文相辅相成、借图述事的讲唱方式被继承了下来。从上文我们所引述的元代纪君祥的《赵氏孤儿》、清代钱彩等的《说岳全传》、河西宝卷中的《苦节图宝卷》来看，其借图述事往往放在所述事件起承转

---

① 徐永成主编：《金张掖民间宝卷》二，兰州：甘肃文化出版社，2007年，第699—703页。

合的转折时期，亦即故事发展之关键时期，赵氏孤儿因图而醒悟，引发了赵氏孤儿大报仇；陆文龙因王佐之借画图痛说往事而反金归宋；白玉楼苦难遭遇尽在《苦节图》中，其一边叙述，金小姐一边图绘，往事惊心，已是十分引人；张彦观图思人，悔恨交加，促成了故事的大团圆结局。由此可以推知，当变文说唱之"变相"，也必然是图绘相关故事中与关键人物相关之关键情节。

由相关资料我们还可以推论，图文并茂、借图述事之讲唱从变文时代一直承传不衰，是因为这种形式为观众（听众）喜闻乐见。向达《唐代俗讲考》注24引明代马欢《瀛涯胜览·爪哇国》条有云：

> 有一等人以纸画人物鸟兽鹰虫之类，如手卷样，以三尺高二木为画干，止齐一头。其人蟠膝坐于地。以图画立地。每展出一段，朝前番语高声解说此段来历。众人圜坐而听之，或笑或哭，便如说平话一般。[①]

这形象地展现了借图述事之受欢迎的情形。时至今日，旅游极盛，游及莫高窟，导游指点壁画，讲述相关故事，亦令人依稀想见古人讲说变文和话本、演唱戏剧、讲唱宝卷时之情境。

除了以上两点认识之外，我们还可推论，变文及以后宝卷图文并茂、借图述事之作用还应有这样一些考虑，听众对所讲唱之内容的陌生和不了解，借图述事能直观地使听众（观众）加深印象，加速了解所讲唱之内容。对于变文所讲佛经故事、历史故事、社会生活故事如此，对于话本、宝卷所讲内容亦如是。为什么呢？因为作为俗众，对于佛教经典、历史故事并不都是特别熟悉，特别是在特定时代，听众中有一大批没有受到过教育的民众，其中包括有数量不等的妇女和儿童，所以借图述事，不仅能吸引观众的兴趣，而且能帮助他们了解所讲述故事的内容，所以这种图文并茂、借图述事的形式在不同时代、不同的文学样式中被保存了下来。

---

① 向达著：《唐代长安与西域文明》，北京：商务印书馆，2017年，第321页。

河西宝卷源流探论

河西宝卷是敦煌俗文学的分支，它远祖佛经，近承敦煌变文，是在河西这块特定地域，在特定时代、特定社会阶层承继发展的讲唱文学品类。探研河西宝卷独特的发展路径，有必要理清传统通俗文学演变发展的脉络，将河西宝卷置于讲唱文学发展的文化链条上考察，给予其准确的学理定位。河西宝卷作为在河西地区农村院落长期发展的独具地域色彩的说唱文学样态，与河西曲艺相互影响，同源分流。研究河西宝卷，有必要将其放在河西地域文化、文学发展演变的大背景下进行考论。探研其渊流，应当把河西宝卷作为一个整体进行分析研判，更需把河西宝卷及相关河西曲艺作为一个整体进行观照。

"中国民间文学大系出版工程社会宣传推广'河西宝卷'田野调查活动"，共分两个阶段历时12天，行程数百公里，我们在河西五地市查阅文本、检索资料，并深入河西宝卷植根发展繁荣的农家院落，在河西宝卷传承人的曼声吟唱中，禁不住回溯河西宝卷经历的沧桑岁月，特别是在座谈会上，聆听专家们深刻独到的见解，在茶余饭后大家各自观点的交流激发，个人对于河西宝卷渊源流变的思考逐步明晰，是以草就拙文，以就教于同好。

一

对于宝卷的研究和关注，从郑振铎先生始，已有近百年的历史，自20世纪70年代末80年代初段平、方步和、车锡伦等先生倾力于宝卷研究，也已有40余年的历史。此后各地才俊或以宝卷研究作为硕博论文选题，或以宝卷研究申报国家社科、教育部社科项目，或撰写专题研究论文，宝卷的社会价值和文化内涵日益引起重视。关于河西宝卷的研究，前贤今哲的著述从不同角度进行了探讨研究，给予后来者以指引与启悟。但综观前贤之说，亦有不尽如人意之处，以致讹误相传，在此仅就个人思考所及，把有关河西宝卷渊流方面的探研形于文字，仅供参考。

探研河西宝卷独特的发展路径，有必要对相关学术史加以回顾。宝卷和变文关系密切，但宋真宗时禁绝变文之说，于史无征，不能成立。

郑振铎先生在其《中国俗文学史》中论及俗讲、宝卷的兴起说：

> 到了宋代(真宗)，变文的演唱，便在一道禁令之下被根本地扑灭了。①
>
> 当"变文"在宋初被禁令所消灭时，供佛的庙宇再不能够讲唱故事了。……但和尚们也不甘示弱。大约在过了一些时候，和尚们讲唱故事的禁令较宽了吧(但在庙宇里还是不能开讲)，于是和尚们也便出现于瓦子的讲唱场中了。这时有所谓"说经"的，有所谓"说诨经"的，有所谓"说参请"的，均是佛门子弟们为之。②
>
> 这里所谓"谈经"等等，当然便是讲唱"变文"的变相。可惜宋代的这些作品，今均未见只字，无从引证，然后来的"宝卷"，实即"变文"的嫡派子孙，也当即"谈经"等的别名。③

郑先生的《中国俗文学史》乃权威学者的权威之作，影响久远，其"后来的宝卷实即变文的嫡系子孙"，乃不刊之论。但这段文字，有两点需要厘清。

首先，为宝卷研究追源溯流，学者们发现，宋真宗时禁绝宝卷之说于史无征，车锡伦先生《中国宝卷研究》说得简要明白：

---

① 郑振铎著：《中国俗文学史》，上海：上海书店影印本，1984年，第252页。

② 郑振铎著：《中国俗文学史》，北京：东方出版社，1996年，第478页。

③ 郑振铎著：《中国俗文学史》，北京：东方出版社，1996年，第479页。

> 比如(南宋)释宗鉴《释门正统》“斥伪志”中,便列出一种《开天括地变文》。《释门正统》是宗鉴于南宋嘉熙初年增补吴克己同名书而成,是天台宗的史传。宗鉴既斥其伪,说明这本《开天括地变文》同佛教有关,也就是说,直到南宋末年,民间仍有变文流传。郑振铎先生对“变文”在“宋初被禁令所消灭”,没有提出文献根据。笔者曾遍查这一时期的历史文献,也没有找到这样的“禁令”。如今许多研究者因袭郑说,也没有提出文献根据。[①]

其次,郑先生说“这里所谓‘谈经’等等,当然便是讲唱‘变文’的变相。可惜宋代的这些作品,今均未见只字,无从引证”云云,也非确论。程千帆、吴新雷《两宋文学史》论及“说经话本”就认为“现存说经家的宋代话本,是一部有些残缺的《大唐三藏取经诗话》,又名《大唐三藏法师取经记》”;“《宋人轶事汇编》卷十二引某笔记”(所载东坡、琴操的一段答问),“这是宋人记录的一个说参请的样本”;《东坡佛印禅师语录问答》“是现今留存的唯一的说参请话本”[②]。

至于宋代是否禁绝变文,何时禁绝变文,周飞《变文绝迹考》一文认为学界认可“变文的禁绝当在南宋理宗朝”之说。其说曰:

> 郑先生说变文是在宋真宗时被禁,其依据不知为何。但根据南宋释志磐《佛祖统纪》卷三十九引良渚在南宋理宗嘉熙年间所撰《释门正统》中所言,变文的禁绝当在南宋理宗朝(公元1225—1264):
>
> 准国朝法令,诸以二宗及非藏经所载不根经文传习惑众者,以左道论罪。二宗者谓男女不嫁娶,互持不语,病不服药,死则裸葬等。不根经文者,谓《佛佛吐恋师》《佛说谛相》《大小明王出世经》《开天括地变文》《齐天记》《五来子曲》之类。

① 车锡伦著:《中国宝卷研究》,桂林:广西师范大学出版社,2009年,第62页。
② 程千帆、吴新雷著:《两宋文学史》,上海:上海古籍出版社,1991年,第595、599页。

关于变文绝迹之原因、时代，时人多以之为是。[①]但我们检索《宋大诏令集》《宋史》及相关资料，亦未发现理宗朝有相关法令禁绝变文，《释门正统》所载禁绝仅为“不根经文者”《开天括地变文》，并非禁绝所有变文。

我们在这里引述相关史料和前贤今哲的论列探研，旨在申明两点，一是有宋一代没有发布法令禁绝变文；二是在说唱艺术高度发达的北、南宋时期，说经、说参请、说诨经类说唱文学由佛经、僧讲、变文、俗讲延伸繁衍的说唱文学有了长足发展。

在此基础上，我们重点强调，当我们探研河西宝卷产生发展的路径之时，在理清传统通俗文学演变发展的脉络之时，一定要有一个清晰的概念，河西是一个特殊的地域，当地的历史文化与文学的发展有其不同于其他地域的独特轨迹。

为此，我们不妨简单回顾一下与敦煌变文、河西宝卷相关的河西历史。唐代安史之乱，吐蕃乘势攻略河西，沙州在吐蕃之下60余年。唐宣宗大中二年(848)，河西豪族张议潮率众起义，先后收复河西诸州，开启了河西张、曹归义军政权近200年的历史。宋咸平五年(1002)，瓜州军民推翻曹延禄，拥曹宗寿即位，遣使通好宋、辽。河西归义军政权之后，漠北回鹘中的一支迁徙河西地区，建立甘州回鹘政权。宋景祐三年(1036)，西夏占领沙州。1226年，元蒙进占河西。

回顾河西这段特定历史，再看正史相关记载，往往令人感叹，归义军作为唐王朝的边远藩镇，唐王朝对之疑忌不信任；归义军政权在五代和宋初则被认为是“外邦”，新旧《五代史》将其附于《吐蕃传》，《宋会要》将其列于“蕃夷”。而正是在归义军政权孤悬河西的特定时期，我们在广义的敦煌变文中看到了河西文脉延续中华文化血脉的重要一环。[②]在敦煌曲子词中，我们看到了在动乱岁月边民对于和平、对于天下一统、对于中原文化的向往：

敦煌古往出神将，感得诸蕃遥钦仰。效节望龙庭，麟台早有名。

---

① 周飞：《变文绝迹考》，《人文杂志》1997年第4期。

② 变文有广义、狭义两种解释：广义的变文泛指敦煌说唱文学，狭义的变文指悬挂“变相”讲唱的变文。

只恨隔蕃部，情恳难申吐。早晚灭狼蕃，一齐拜圣颜。[①]（《菩萨蛮》）

敦煌郡，四面六蕃围。生灵苦屈青天见，数年路隔失朝仪，目断望龙墀。新恩降，草木总光辉。若不远仗天威力，河湟必恐陷戎夷，早晚圣人知。[②]（《望江南》）

在敦煌变文中，我们不仅看到对于历史上英雄豪杰的颂扬，还看到了对于当时当地豪杰的歌唱，譬如《张议潮变文》《张怀深变文》，比如《望江南》词中歌唱"曹公德，为国拓西关"[③]等。

二

敦煌文学敦煌文化正如五凉文学五凉文化一样，在中华文化血脉的延续传承上起到了举足轻重的作用，是不可或缺的重要一环，其对于后世文学的影响是久远的。河西文化在特定地域特定历史时期的特殊贡献，是值得特别重视的。

我们不惮辞费在上文缕述了晚唐、五代以及宋代河西的历史情况，是要特别说明宋真宗之时没有明令禁绝变文，这一点学界没有异议；宋理宗之时的朝廷诏令中也未有禁绝变文的相关文字，甚至没有其他文献佐证释志磐所引文字，但即便南宋后期有此禁令，也影响不到当时在西夏治下的河西地区，所以河西宝卷之渊源流变自有其独特的轨迹。

多年来学术界诸位贤哲从不同角度对河西宝卷的渊源进行探讨研究，略举数例如下：

一、郑振铎先生认为"宝卷，实则'变文'的嫡派子孙"。二、李世谕先生认为宝卷是从变文、说经等演变而成，是变文、说经的子孙。三、段平先生概括为一个公式："佛经—俗讲—变文--宝卷"[④]。四、尚丽新和车锡伦著《北方民间宝卷研

① 任半塘编著：《敦煌歌辞总编》，上海：上海古籍出版社，2006年，第449页。

② 任半塘编著：《敦煌歌辞总编》，上海：上海古籍出版社，2006年，第445页。

③ 任半塘编著：《敦煌歌辞总编》，上海：上海古籍出版社，2006年，第470页。

④ 方步和编著：《河西宝卷真本校注研究》，兰州：兰州大学出版社，1994年，第370页。

究》第157页录载：车锡伦先生在研究宝卷的渊源时否定了郑振铎先生“宝卷是变文的嫡系子孙”的结论①。又在对“明清民间教派和教派宝卷（经卷）在甘肃地区的流传”的研究中，证明了“河西地区的民间念卷和宝卷与内地（特别是北方的念卷和宝卷）同源同流的关系”②。车先生认为“宋代佛教僧侣为世俗信徒做的各种法会道场孕育了宝卷”③。五、《剑桥中国文学史》之《敦煌叙事文学》一节写道：“极少有人怀疑存在一个表演这类文本的连续不断的传统，我们有充分理由认为‘宝卷’源出于‘因缘’。十五世纪以来，这类说唱文学的抄本、刻本重新问世，但却不再辉煌如昔。”④六、谢生保先生从文体、音乐、讲唱仪式、宗教思想四方面对比了变文和河西宝卷，印证宝卷是变文的嫡系子孙⑤。七、方步和先生认为：河西宝卷是敦煌俗文学的分支，是还活着的敦煌俗文学⑥。八、李贵生教授撰文将河西宝卷与敦煌变文加以比较，认为：“宝卷与变文相比较，虽有变异，但从文体形式、讲唱方法、宗教思想上，基本上继承了变文衣钵，确为变文嫡系子孙。”⑦九、颜廷亮先生在《河西宝卷概论》中说：“大约在明代后期，宝卷这种民间说唱艺术随着民间宗教传入河西后，很快就得以流行和普及，成为当地民众在农闲及各种节庆中最重要的娱乐形式之一。”⑧

总括以上几种表述，实际上关于河西宝卷的缘起学界的观点可以归结为两种：一是河西本土产生说；一为明代内地传入说。我们赞同前者。河西宝卷直承敦煌变文，是产生和发展在特定时期、特定地域、特定社会阶层的讲唱文学门类，它不可能舍近求远，视敦煌文化、敦煌说唱文学盛况而不顾，等待明代从中原的传入。此说郑振铎先生“宝卷，实则‘变文’的嫡派子孙”高论实肇其始，方步和先

---

① 尚丽新、车锡伦著：《北方民间宝卷研究》，北京：商务印书馆，2015年，第157页。

② 车锡伦著：《中国宝卷研究》，桂林：广西师范大学出版社，2009年，第268页。

③ 车锡伦著：《中国宝卷研究》，桂林：广西师范大学出版社，2009年，第62页。

④ 孙康宜、宇文所安主编，刘倩等译：《剑桥中国文学史》上卷，北京：生活·读书·新知三联书店，2013年，第425页。

⑤ 谢生保：《河西宝卷与敦煌变文的比较》，《敦煌研究》1987年第4期。

⑥ 方步和编著：《河西宝卷真本校注研究》，兰州：兰州大学出版社，1994年，第1页。

⑦ 李贵生：《敦煌变文与河西宝卷说唱结构的形成及其演变机制》，《民族文学研究》2018年第6期。

⑧ 冯锦文主编：《中国宝卷生态化保护与传承交流研讨会论文集》，南京：河海大学出版社，2014年，第165页。

生经过翔实的资料搜集,深入的调研、严谨的比较分析倡导于后:

> 变文是我国固有的文学样式,在民间流传的叫俗变文,在佛教俗讲中讲佛经故事的部分叫佛变文。河西宝卷分三类,佛教宝卷的源头是俗讲(含佛变文),神话传说、历史民间故事宝卷的源头是俗变文。寓言宝卷的源头是《燕子赋》一类的寓言故事。河西这三种类型的宝卷,佛教宝卷是主流,其余两类,尽管受它的影响,也仍然是能独立成类的"流亚"(分支)。河西宝卷有各自的源头,也有各自的发展道路。①

方步和先生在文中进行了深入细致的分析,其河西宝卷直承敦煌变文,三种类型的宝卷渊源有自的观点,我们是赞同的。但我们更赞成把敦煌讲唱文学、河西宝卷及其相关的讲唱曲艺做整体研究的思路。因为唯有如此,我们深入河西的宝卷调研、宝卷搜集、宝卷研究所遇到的一些问题,才会有更为合理圆满的解释。

即以《孟姜女哭长城宝卷》(或名《绣龙袍宝卷》)为例,在敦煌讲唱文学中,既有敦煌曲子词中《捣练子》和《曲子名目》中联章演唱的较为完整的孟姜女故事,也有《孟姜女变文》残卷。孟姜女故事源远流长,始自《左传》,刘向《列女传》为之立传,几经流转,至敦煌讲唱文学中,已经演化成结构完整的故事。

任半塘先生《敦煌歌辞总编》《唐戏弄》中对于敦煌说唱文学中的孟姜女故事特别关注,《敦煌歌辞总编》共收《捣练子》(孟姜女)十首,在注解中时时与《孟姜女变文》相比照。在《唐戏弄·待考诸剧》中总括敦煌曲中的孟姜女故事谓:

> 孟姜女——敦煌曲内有六调,十辞,内容均演故事,形式属问答或代言,可能均为戏辞。……其中以演孟姜女之十首《捣练子》及其他有关之二辞,尤为特色,值得注意。②

---

① 方步和编著:《河西宝卷真本校注研究》,兰州:兰州大学出版社,1994年,第387—388页。

② 任半塘著:《唐戏弄》,北京:作家出版社,1958年,第641—642页。

黄瑞旗先生《孟姜女故事研究》也将《曲子词》和《曲子名目》中相关故事做了一个整合,认为这十首曲子词呈现了一个完整的孟姜女故事。黄瑞旗先生还详细分析了《孟姜女变文》残卷,指出其加入了与髑髅对话的新情节。孟姜女故事经过不断补充发展,情节结构完整。"至敦煌本《孟姜女词(曲子词)》与《孟姜女变文》,透过传唱与宣讲,故事因此流布各地,唐代以后进入大发展阶段。"①

我们有充分理由认为,以敦煌变文、曲子词为传唱媒介的孟姜女故事,首先流传的是敦煌地区、河西地区,河西《孟姜女哭长城宝卷》应是在敦煌说唱孟姜女故事的直接影响下产生的。再加之研究者在调研中发现,河西曾有孟姜女庙,河西长城蜿蜒,当地居民常在长城边上讲唱孟姜女故事;在河西各地流行的曲子戏和俚曲小调中,凉州贤孝演唱《孟姜女哭长城》,敦煌曲子戏唱腔有《长城调》,宝卷曲牌亦有《孟姜女调》,王君明主编《金昌俗曲》之《小调》部分即辑录有《孟姜女》《孟姜女哭夫》《孟姜女哭长城》《秦始皇拾骨》等。②综而观之,由孟姜女故事在河西流变的轨迹,我们可以清楚地看到,由敦煌变文到河西宝卷、民间俚曲小调的流变脉络。

在检索现有河西宝卷研究的学术成果时,我们欣喜地发现,学者们对于可以明确其创作于河西的宝卷给予了特殊的关注,方步和先生当年就为发现了河西人民自己创作的宝卷而感到新奇欣喜,认为"反映张掖人民斗争和生活的《仙姑宝卷》、反映武威大地震的《遭劫宝卷》和反映古浪大靖人民在武威大地震后又遭兵、旱、瘟等灾祸的《救劫宝卷》等都是。这是很值得珍贵的"③,并分别撰写专题论文进行探研。那么,既然明清时期河西人民就撰写了与自己生活密切关联的宝卷作品,我们应该有理由相信,长期流传在河西的宝卷不乏河西人民的才能智慧之作。所以,我们提倡在河西文化发展的链条上,给予河西宝卷较为准确的定位。

---

① 黄瑞旗著:《孟姜女故事研究》,北京:中国人民大学出版社,2003年,第89页。

② 王君明主编:《金昌俗曲》,兰州:甘肃民族出版社,2006年,第73—78页。

③ 方步和编著:《河西宝卷真本校注研究》,兰州:兰州大学出版社,1994年,第321页。

我们之所以提倡将河西宝卷与河西地方曲艺加以整体观照与研究，是因为搜集研究河西地方曲艺的专家们也发现河西地方曲艺与敦煌变文曲子词的密切关联，有助于我们全面深入探求河西宝卷、河西曲艺的源流。陈钰先生在《敦煌曲子戏概述》中说：敦煌曲子词、敦煌变文和俚曲小调，……是敦煌曲子戏的列祖列宗。敦煌曲子词具备诗、乐、舞三者结合的特质，敦煌曲子戏是敦煌曲子词的发展和延续；敦煌变文和敦煌曲子戏关系十分密切，敦煌曲子戏保留、发展、延续了变文这种讲唱形式；敦煌俚曲小调就是民间小调，《五更转》《十二月》《十恩德》一直在敦煌传唱，并且成为曲子戏曲调的重要组成部分。①

李贵生、钱秀琴在其新著《凉州贤孝唱词整理与研究》的“自序”中也认为“凉州贤孝的起源跟历史上西凉文化的繁荣有着密切的关系”“凉州贤孝无论在说唱形式上还是在反映的主体思想上都跟敦煌变文有一定的渊源关系”。②

河西宝卷和河西曲艺的研究者们，分别在不同领域追源溯流，最终发现它们相互影响，同源分流。

三

关于敦煌俗文学在河西的传播、流变和影响，以及河西宝卷、曲艺对于明清以来中原讲唱文学的吸收融合，学者们也有不同角度的探索。研究发现，敦煌俗文学在河西的流变关系密切。当年段平先生在理出“佛经—俗讲—变文—宝卷”的基本线索之后，面对河西宝卷写本呈现的现状，仍在追问：宝卷几时流传到河西地区，没有文字记载，但从现有宝卷看来，多是明清的作品。③

高德祥在《敦煌民歌宝卷曲子戏》之《敦煌宝卷的历史渊源》中写道：

> 明代设防于嘉峪关，敦煌的原居民全部向东迁徙，据有关史料记载，迁至酒泉和张掖的交接处，大致在今高台县一带。可以说随着敦煌的移民，敦

① 赵虎、方健荣主编：《敦煌曲子戏》，兰州：甘肃人民美术出版社，2010年，第2—3页。
② 李贵生、钱秀琴著：《凉州贤孝唱词整理与研究》，兰州：甘肃人民出版社，2011年，第2页。
③ 段平整理：《河西宝卷选》，兰州：兰州大学出版社，1988年，第8页。

> 煌的民间文化及民俗习惯也必然会带到本地。
>
> 酒泉宝卷的兴起与敦煌移民于酒泉的时间是同一个时期，这显然有着蛛丝马迹的联系，或许说正是由于敦煌移民于酒泉，这种流传千年的讲唱文学形式很快传到了酒泉，并且悄然兴起。[①]

高德祥所论乃敦煌向东移民，以致敦煌讲唱文学的传播；赵虎、方健荣主编《敦煌曲子戏》所载陈钰《敦煌曲子戏概述》论及“敦煌曲子戏的形成与发展”指出明清时期向河西移民对于敦煌曲子戏的影响：

> 敦煌古称沙州，地处甘肃河西走廊最西端，古为丝绸之路重镇。自汉代以来，长期成为中原文化和西域文化、欧亚文化传播、交流、融合之地。为内地文化在河西走廊和敦煌交流提供了有利条件，特别是在清雍正年间向敦煌的大移民，使敦煌地方戏在原有曲子词、变文、俚曲小调的基础上吸收了秦腔、眉户及甘肃地方戏的各种曲调，逐渐形成了敦煌曲子戏，极大丰富了敦煌曲子戏，使曲子戏发展、壮大、成熟。[②]

学者们辛勤的探研明晰了敦煌文学随移民东迁而流布，由中原向河西移民而丰富的基本路径。由此我们可以寻索传统讲唱文学经宋元讲史、讲经、说话催化，到明清成熟的英雄传奇、神魔小说、公案小说、历史演义，会随着山河一统、移民西部，迅速影响河西宝卷、河西曲艺。由此也可以理解为什么河西宝卷、河西曲艺有如此浓厚的明清文化色彩。

探研河西宝卷独特的发展路径，我们在关注方步和先生河西宝卷直承敦煌变文高论，在关注陈钰先生所论敦煌曲子词、变文、俚曲小调是敦煌曲子戏的列祖列宗，敦煌曲子戏“保留、发展、延续”了敦煌讲唱文学传统的同时，还注意到远在江南的常熟宝卷的研究者们在追溯常熟宝卷的历史渊源时认为：“常熟宝卷始

① 高德祥整理：《敦煌民歌宝卷曲子戏》，北京：中国图书出版社，2009年，第42页。

② 赵虎、方健荣主编：《敦煌曲子戏》，兰州：甘肃人民美术出版社，2010年，第3页。

于何时，很难精确考证，但可从现状来推测，其结构形式和宣讲仪式可接上敦煌的俗讲。”[①]在比较了敦煌卷子纸背记录的俗讲仪规和常熟的讲经宣卷仪规后声言，“由此可见，常熟宝卷有唐代俗讲的一些影子，同时也说明常熟宝卷与早期佛教宝卷一脉相承”[②]。当常熟宝卷研究的学人溯源寻踪，注目敦煌俗讲时，从另一角度坚定了我们河西宝卷渊源有自，有独特发展路径的观点。河西宝卷远祖佛经、僧讲（经讲），近宗敦煌变文，融合明、清说部，加之河西说唱艺人别出心裁的创作，作为敦煌俗文学的分支（或谓活着的敦煌文学），最终形成了具有较为明晰的渊源流变历史，在河西地区农家院落这种特定社会层面长期发展的独具地域色彩的说唱文学样态。

综上所述，我们认为河西宝卷有其特定的源流轨迹。探研其渊流，应当把河西宝卷作为一个整体进行分析研判，应当把河西宝卷及相关河西曲艺作为一个整体进行观照，这样可以避免河西各市县竞相出版所谓当地宝卷，篇目趋同而表述各一，时有抵牾；可以促使研究者更为全面深入地进行理论探讨。研究河西宝卷，还应该将其置于传统讲唱文学发展演变的链条上考察，将其放在河西地域文化、文学发展演变的大背景下进行考论，才能给予其准确的文化史定位。因为在河西这块神奇厚重的土地上，不仅有“空前昌盛的五凉学术”[③]，有丰富多彩、文化多元的敦煌文化、敦煌文学[④]，河西宝卷、敦煌曲子戏、凉州贤孝与其一脉相承。笔者长期从事古代文史的教学研究工作，对于传统雅俗文学的相互关联颇有兴趣，曾先后撰写相关文章探讨“三教论衡”中儒释道三教在政治视域中由学术而政治，由政治而戏剧的轨迹；撰写系列文章对于“说参请”探源溯流；也曾探讨传统说唱文学中“图文并茂”特色在变文、宝卷、小说、戏曲中的表现。此次随队参与河西宝卷考察活动，陶立璠先生重提“宝卷学”的概念，王明博教授宝卷属于大众文化中的“小众”门类的观点，都促使我们重新审视河西宝卷，对其渊源流变进行研讨。

---

① 常熟市文化广电新闻出版局编：《中国常熟宝卷》，苏州：古吴轩出版社，2015年，第3页。

② 常熟市文化广电新闻出版局编：《中国常熟宝卷》，苏州：古吴轩出版社，2015年，第4页。

③ 袁行霈、陈进玉主编：《中国地域文化通览·甘肃卷》，北京：中华书局，2013年，第74页。

④ 袁行霈、陈进玉主编：《中国地域文化通览·甘肃卷》，北京：中华书局，2013年，第366页。

永靖傩舞戏的明代文化特色论

永靖傩舞戏具有十分显明的地域文化和时代特征，其跳会禀说词直接认为明初刘钊带来乡傩会事；其奉请诸神中有大明开国功臣，有产生于明初的神话传说人物，有明代神话小说中的人物；傩舞戏又多表演《三国演义》中的故事人物。联系当地地域条件、多民族迁变融合的历史，以及一些民族神话传说中明代文化色彩，永靖傩舞戏应是特定时代特定地域的产物。观看永靖傩舞戏，翻检相关资料，考索其源流，有一个很固执的想法挥之不去，我们认为，在永靖傩舞戏演变的历史年轮上，刻下了十分明晰的明代文化印记。兹试阐其说，以就教于方家。

由于永靖傩舞戏世代师徒相继，口传心授，少有文献录载，因此石林生同志《甘肃永靖傩舞戏》《河湟鼓舞》中所录民间《跳会禀说词》和有关剧目为我们的探讨提供了十分宝贵的第一手资料。

《跳会禀说词》是传统傩舞戏表演的开场白，石林生所录仅千余字，但却蕴含了丰富的历史文化信息。永靖傩舞戏就像“老君的铁帽，源远流长”，但就傩舞戏的三大类别而言，永靖傩舞戏应在乡傩之列，石林生所录《跳会禀说词》径曰：“唐宋元朝以后，清朝以前，明代时间，刘都督射猎，遗留了哈拉（乡傩）会事。”“这哈拉（乡傩）会事，一年一遍，一年一换……源远流长。”[①]跳会禀说者的身份应是乡民中的文化人：“我乃是农家宅留，草木之人，身在山中，少知人间礼仪，肚里无才，口里

① 石林生编著：《甘肃永靖傩舞戏》，贵阳：贵州民族出版社，2005年，第12—14页。

不来，在生人众目之下，战战兢兢，不敢浪言。请各位父老，众位亲戚，给我说几句话。”[①]显而易见，永靖傩舞戏属于乡傩。但就其源承流变、组织形式、地域特点和社会作用以及相关剧目表演而言，则更应该说永靖傩舞戏是具有军傩色彩的乡傩。

石林生《甘肃永靖傩舞戏》已经论及永靖傩之“浓厚的军傩色彩”。其论据之一，谓傩之始，方相氏“执戈扬盾”，与武事有密切联系；其论据之二，谓“明代刘都督射猎，将士们戴着傩面，其间已包括着浓厚的军傩色彩”[②]。刘都督即刘钊，明嘉靖《河州志·名宦》、清宣统《甘肃新通志·职官志》皆有传。刘钊作为地方军政长官，镇守河州多年，颇有政声，于其时形成的“哈拉（乡傩）会事”，本身就具有兵民合一的“民兵”性质。我们之所以这样讲，有以下理由：一、《跳会禀说词》明确说明了这一点，“哈拉”会事之设，是因为“贼盗劫掠，出没无定，无可事则旗帜伞帮，团结跳会，和合人心。有事时，则干戈齐扬，耀武扬威，守望相助的意思”[③]。二、就永靖特定的地域特点而言，多民族民众相邻而居，在融合中有矛盾，在矛盾中融合，是一种常态。据有关资料记载：“天宝年间，每岁积石麦熟，辄被吐蕃获之。”[④]联系唐高适《九曲词》三首之一：“铁骑横引铁岭头，西看逻逤取封侯。青海只今将饮马，黄河不用更防秋。”[⑤]可以想见，边防军将，麦秋之时，负有护秋之责，而唐时的军队防秋，至明代有了永靖乡傩，由乡傩会众承担此任。

永靖傩舞戏，民间俗称“七月跳会”。据老人们传说，很早以前此地方与西蕃接壤，以关为界。每年麦熟时，蕃人乘夜抢收麦子，关内百姓为了防止骚扰，便想出了一个妙计，即戴上狰狞可怖的面具，打上旗帜，鸣锣击鼓，奏乐跳跃。蕃人见之，以为神兵天降，吓得慌忙逃回，再也不敢抢收麦子了。为了纪念这次胜利，每当丰收的年景，祖祖辈辈形成了戴面具跳会的习俗。[⑥]

与之相应的是，今天我们所能看到的永靖傩舞戏剧目中三国征战故事占了

---

① 石林生编著：《甘肃永靖傩舞戏》，贵阳：贵州民族出版社，2005年，第12—14页。
② 石林生编著：《甘肃永靖傩舞戏》，贵阳：贵州民族出版社，2005年，第15页。
③ 石林生编著：《甘肃永靖傩舞戏》，贵阳：贵州民族出版社，2005年，第12—14页。
④ 石林生编著：《甘肃永靖傩舞戏》，贵阳：贵州民族出版社，2005年，第11页引《河州志》《甘肃新通志》。
⑤ [唐]高适著，刘开扬笺注：《高适诗集编年笺注》，北京：中华书局，1984年，第271页。
⑥ 石林生编著：《甘肃永靖傩舞戏》，贵阳：贵州民族出版社，2005年，第11页。

相当大的比重。诸如《斩貂蝉》《三英战吕布》《出五关》《山五将》《长坂坡大战》《华容道释曹》《川五将》《单战》《下西川》等。所以,石林生经过长期研究统计后认为"永靖傩舞戏里以三国故事、人物占主要部分"①。但我们也注意到,除了三国征战故事之外,带有军傩影响的还有《变化赶鬼》《杀虎将》《目连救母》《三娘子降老虎》《庄稼老教猴》等剧目。前者表现三国人物杀伐征战、威猛武勇,自不待言;后者表现相关人物的降虎、教猴等,自然也需展示一定的"功夫"。合而观之,其军傩影响的迹象是十分明显的。

尤其令人印象深刻的是,观看永靖傩舞戏中的这一类"武戏",诸如出场人物较多的《山五将》,剧中角色吕布、张飞、关公、刘备、曹操"分别着白、黑、绿、黄、红战袍,手执兵器,在锣鼓伴奏下相继出场",队形"时而分""时而合",变化多端,"动作优美大方"。②笔者在永靖观看傩舞戏时,曾十分震惊于主要演员的表演,其旋转腾挪迅疾有力,发辫舞也健朗优美。舞台上的打斗动作,虽也已经程式化,但台上十分钟,台下十年功,其长期刻苦的演练是可以想见的。我国民间素有三个好把式打不过一个唱戏的的说法,说明传统舞台上的武生是确有真功夫的。特别是看到永靖傩舞戏班子培养的年轻人在表演中,常常跟不上旋转打斗的节奏,其满头大汗的窘迫之状,往往引起观众的善意的笑声,这也从侧面说明了中老年艺人的功力深厚。由之可以推想,当年负有护秋之责的乡傩会众,不是麦田中吓唬鸟雀的草人,而是可以切实负起责任的。

在确定了永靖傩舞戏是具有明显的军傩色彩的乡傩之后,我们进一步要探讨的是永靖傩舞戏的源流。检索相关资料,结合现有的永靖傩舞戏表演,永靖傩舞戏的近源在明代的线索十分明晰。兹从以下几方面试阐其说。

其一,石林生同志所著《甘肃永靖傩舞戏》所录《跳会禀说词》,历数永靖傩舞戏之源流特色。其中一段文字直接叙说永靖傩舞戏起于明代:

> 明代时间,刘都督射猎,遗留了哈拉(乡傩)会事。

---

① 石林生编著:《甘肃永靖傩舞戏》,贵阳:贵州民族出版社,2005年,第72页。

② 石林生编著:《甘肃永靖傩舞戏》,贵阳:贵州民族出版社,2005年,第68页。

> 这哈拉(乡傩)会事,一年一遍,一年一换,遂成了老君的铁帽,流长源远。①

刘都督即刘钊,其人其事,史有明载:"刘钊,滁州全椒人,历升右军都督府同知。永乐五年镇守河州,号令严明,番夷畏服。在镇三十余年,居民安堵,创修之功居多,后莫能及。"②清宣统《甘肃新通志·职官志》亦载刘钊:"正通中为都督,奉命整饬贵德,抚有积石关番人七十二族,开设诸屯,垦辟田土,主茶马司易马一千七百匹,诸番咸悦。于是官厩充实。沿途广设番驿,与河州消息相通,经营守御,皆钊之力。"③

其二,永靖傩舞戏所奉请诸神之一为金花娘娘,在当地传说中,金花娘娘的神异故事产生在明代洪武年间。据《皋兰县志》遗碑载:"明洪武二十二年,兰州井儿街有一民女金花,端庄聪慧,不荤不帛,仙风自若。年将及笄,父母许配于南山王姓。六礼既成,金花不从,迎聘者临至,金花手执火棍,将麻线一头系之灶龛,飞身越墙西行,至大岭山今松树岘时,其兄已追到眼前,欲追妹回府。金花言:'肩负普度众生脱离苦海之重任。'执意不肯后退半步。遂将火棍插于路旁巨石,瞬间生枝生叶,变为一棵大松树,冠盖如云。……金花行至吧咪山时,线尽功成,脱凡飞升无影洞。众信士迎神接驾,屡显神灵。清光绪七年正月,兰省曹炯禀请封'带雨菩萨'。陕甘总督左宗棠加'灵感'二字。明成化四年始建金花庙。"④金花娘娘的传说故事始于明初,金花庙建于成化四年(1468),则刘钊及其继任者把由中原传入的傩舞戏与当地神异传说、民俗民情结合,教化抚镇地方,是颇为明智的做法。

其三,与之相类的是,大明王朝的开国元勋常遇春等也是永靖傩舞戏奉请的神祇。常遇春,《明史》有传,略谓:"常遇春,字伯仁,怀远人。貌奇伟,勇力绝人,猿臂善射。""沉鸷果敢,善抚士卒,摧锋陷阵,未尝败北。虽不习书史,用兵辄与

① 石林生编著:《甘肃永靖傩舞戏》,贵阳:贵州民族出版社,2005年,第12—14页。
② 石林生编著:《甘肃永靖傩舞戏》,贵阳:贵州民族出版社,2005年,第11页引《河州志》《甘肃新通志》。
③ 石林生编著:《甘肃永靖傩舞戏》,贵阳:贵州民族出版社,2005年,第11页引《河州志》《甘肃新通志》。
④ 包继红主编:《永靖史话》,兰州:甘肃文化出版社,2006年,第159—160页。

古合。”屡立战功而英年早逝，“追封开平王，谥忠武。配享太庙，肖像功臣庙，位皆第二”。[①]史籍明载，常遇春因奉王命并未参与平定河湟之役，但自明代以来，河湟民众却奉为神明。当地有常遇春的庙宇，“在河州西乡最西端大力架山的主峰鸡窠山上，有一座‘天池’叫‘五山池’，池旁有一座庙叫‘五山庙’，供奉着‘感应五山大王之神位’的牌位。据说这个大王就是常遇春”[②]。

当地还有“常爷池”。“常爷池位于临潭县和康乐县交界处的冶力关的北侧，是白石山的一座高山湖泊，现称长冶池，也称冶海（爷海）。周边汉藏群众深信‘常爷’（常遇春）曾在‘爷海’之滨秣马屯兵，保卫地方。还不时在池中显灵，济困扶贫，惩贪除恶。”所以“老百姓给常遇春在池边修了‘常爷庙’”。[③]常遇春成为永靖傩舞戏迎奉的福神之一，当地的傩歌唱道：

号洪武，都金陵，九要行军闹乾坤。
元朝有个王彦龙，无端作恶欺万民。
大明前朝忽必烈，清代殿前闪地裂。
地穴之中一石碑，字字句句写的明。
天苍苍，地茫茫，干戈阵，未决防。
混一统，东南方，元需改，日月旁。
石人闪出一只眼，挑动黄河天下反。
常遇春家住不自由，跟上黎民反九州。
追杀鞑子到翰林，遇着终南刘真人。
传授他的武艺精，一根仙刀一根绳。
十八样武艺件件通，人马来到红罗岭。
马踏海牙十七营，三更打破采石林。
一统山河管万民，洪武酒醉牡丹亭。

---

① ［清］张廷玉等撰：《明史》，北京：中华书局，1974年，第3732—3734页。
② 石林生编著：《河湟鼓舞》，南昌：江西高校出版社，2006年，第75页。
③ 石林生编著：《河湟鼓舞》，南昌：江西高校出版社，2006年，第76页。

八位官神被火焚，冤魂不散绕龙亭。
当殿哭坏一条龙，金龙玉藏怀中抱。
先斩后奏护国公，常遇春、胡大海，
康茂才、李文忠，徐达、赵德胜，
郭英、朱良祖。
此诏原来八个人，封住了八个总官神。
金龙盖国白马将，唯有灵感五将军。
有圣旨，到坛中，无圣旨，回龙宫。①

这段傩歌词将史实和神话传说融为一体，细加体味，在永靖傩舞戏所礼敬的一百余位神祇中，明代的开国"官神"就有八位。《河湟鼓舞》尚收有关于李文忠的颂词《金龙大王传》，文辞套路与上引称颂常遇春的《常山盖国传》如出一辙。此外，永靖傩舞戏迎请诸神中有二郎神杨戬、黑池龙王哪吒，其说唱故事情节多出于《封神演义》；傩舞戏表演也多为三国人物故事，且多出于《三国演义》。这一切都使永靖傩舞戏具有十分浓厚的"明代文化"色彩。

众所周知，我国的傩文化源远流长，一提及傩舞戏，人们自然会追溯到《礼记·月令》《周礼·夏官·司马》，继而述及汉魏、唐宋有关史料；言及永靖傩舞戏中的神祇二郎神、黑池龙王哪吒，论者又往往会引证唐代《升天传信记》等佛家故事的哪吒太子和《毗沙门仪轨》中毗沙门大王的第二个儿子独健，再加以联系推论，认为"二郎独健和三太子哪吒正是亲兄弟"②，考诸文献，二郎神与哪吒太子确乎有这样的关系，但这些已与永靖傩舞戏所奉请神祇没有关联，因为综观永靖傩舞戏，二郎神、哪吒太子和常山盖国常遇春、金龙大王李文忠、红山锁脚龙王——"老子名叫牛魔王，你娘名叫铁扇公主"的红孩儿，他们或为明代开国功臣，或为明代或以后小说故事人物，再加上永靖傩舞戏所表演的人物故事，又多出自《三国演义》，所以我们特别关注并强调永靖傩舞戏的明代文化色彩。

① 石林生编著：《河湟鼓舞》，南昌：江西高校出版社，2006年，第70—71页。
② 石林生编著：《河湟鼓舞》，南昌：江西高校出版社，2006年，第46页。

当然，论及永靖傩舞戏的明代文化色彩，强调永靖《跳会禀说词》中明初“刘都督射猎，遗留了哈拉（乡傩）会事”，强调永靖乡傩迎奉诸神的“明代身份”，强调永靖傩舞戏故事人物的明代色彩，但我们并不想割裂历史传承，而是想论证永靖河湟傩舞戏的“明代文化”现象，是一种历史文化发展进程中，在特定时代、特定地域、特定的多民族文化背景下产生的个例。

永靖所在的河湟地区是多民族聚居地，在漫长的历史长河中，一直是多民族争夺征战的边地，在这多民族汇融的过程中，我们没有看到一个单一民族文化作为主导文化的系统传承，而是看到了特定的地域文化在发展中断裂，在裂变后整合，不断吸收融汇成一种独特的地域文化。“大禹导河，始于积石”的传说，是悠久的历史回响。在夏代，该地区属雍州地，商周时为羌戎地，战国时，归入秦人辖治。秦始皇统一华夏，该地属陇西郡。西汉时，先后属陇西郡、金城郡。东汉时，先属金城郡，后归陇西郡。中平元年（184），陇西宋建据枹罕聚众自立，号河西平汉王，设百官，改元自立三十年。汉献帝建安十九年（214），曹操派夏侯渊率兵攻拔枹罕，斩杀宋建，河湟遂安。三国时期，位处魏蜀征战之地，姜维四伐中原，兵出陇西，攻入河关、临洮、狄道，后败绩，迁徙羌人于绵竹、繁县。南北朝时期，该地先后隶属前赵、前凉、后赵、前秦、后秦、西秦、南凉、吐谷浑、北魏、西魏、北周等地方割据政权。隋一统天下，地属枹罕郡。唐王朝建立，置河州，后设积石军，属陇右节度。玄宗时，改河州为安乡郡。唐蕃征战，哥舒翰平定河湟。唐代宗宝应元年（762），该地又陷于吐蕃。唐宣宗大中二年（848），张议潮举众起义，收复河西及兰、河、岷等十一州，该地复归于唐。不久，又陷于吐蕃。入宋，真宗大中祥符年间，吐蕃唃厮啰政权控制河湟地区，神宗熙宁元年（1068），木征以河州归附，附而后叛。熙宁五年（1072），王韶击败木征，是为熙河之役，置熙州路。金天会九年（1131），金兵入陇右，取熙、河、兰诸州，河州入于金。南宋理宗宝庆二年（1226），蒙古灭西夏后，攻拔河州、积石州，地属蒙古汗国。元世祖至元六年（1269），置河州路。明洪武二年（1369），明将徐达、邓禹克复河州。纵览明代永靖及河湟地区之历史变迁、朝代更替中，地方民族割据政权更迭之频繁，多年连绵不断的战火使当地多民族民众饱受战乱杀伐之苦，战乱迁徙使得当地很难有一民族主流文化或主导文化贯穿始终。在历史大潮中,羌戎、鲜卑、吐谷浑、藏、汉、女真、蒙古、回、保安、东乡、撒拉、土……曾先后聚居经往此地,有的民族迁徙了,有的民族在长期的民族融合后,只留下了历史的背影,有的民族则在多民族文化融汇后新生。譬如,原系鲜卑慕容部落的一支,在西晋末由吐谷浑率领迁入今甘肃、青海间,传至其孙叶延,始以吐谷浑为姓氏。北魏太武帝神𪊲元年(428),夏灭西秦,六月,吐谷浑灭夏。于是洮河以西尽归吐谷浑。7世纪中叶,吐蕃崛起,灭吐谷浑国,原吐谷浑属地归吐蕃所有。多民族文化融合是河湟永靖地区十分突出的地域特色,而"新生"的民族在特定时期必然有其鲜明的地域的时代的独特印记。令我们十分感兴趣的是,与河湟地区有着极深渊源的土族神话传说中的真武祖师竟然是"明永乐皇帝"的唯一的儿子,修道一千五百年。[①]土族法师吟唱的《二郎生传》也具有"明代文化"色彩。大意是说,玉皇大帝的三个公主下凡洗澡,杨天佑盗取了三公主的衣衫,使其不能升天。后来生下二郎,在玉帝授意下,土地山神让两只狼喂养二郎成长到十二岁,太乙真人收其为徒,传授其七十二变术。二郎得道之日,玉皇大帝赐其三山火焰帽、八卦九龙袍、照妖镜、三叉戟、白龙马,命其降妖除魔,造福百姓。因为两只狼喂养了二郎,所以称其为"二郎"[②]。尽管神话传说情节离奇,但整体故事让人感到似曾相识。其神话传说明显地受到明一统后宗教艺术文学艺术的影响。

如果说带有强烈的军傩色彩的乡傩是永靖乃至河湟地区的傩舞戏突出的地域性特色之一的话,联系有关《跳会禀说词》中明初刘钊都督地方,遗留下乡傩会事,再联系其乡傩会事所奉请诸神中有数位大明开国功臣,有产生于明初的神话传说人物,更有明代神话小说《西游记》《封神演义》中的神话人物,其表演又多为《三国演义》中的人物故事,再加之相关民族神话传说人物的明代文化色彩,我们推论,永靖及相关地区的傩舞戏近源当在明代,是特定地域、特定时代的产物。是为论,不当之处,望批评指正。

---

①《中国各民族宗教与神话大词典》编审委员会编:《中国各民族宗教与神话大词典》,北京:学苑出版社,1993年,第576页。

②《中国各民族宗教与神话大词典》编审委员会编:《中国各民族宗教与神话大词典》,北京:学苑出版社,1993年,第577页。

参考文献

（按作者姓氏拼音首字母排列）

B

[宋]毕仲游撰:《西台集》,上海:商务印书馆,1935年。

[清]毕沅编著:《续资治通鉴》,北京:中华书局,1957年。

C

车锡伦著:《中国宝卷研究》,桂林:广西师范大学出版社,2009年。

[清]曹雪芹著:《红楼梦》,长沙:岳麓书社,1987年。

[清]褚人获著:《隋唐演义》,上海:上海古籍出版社,1981年。

[明]陈邦瞻著:《宋史纪事本末》,上海:上海古籍出版社,1994年。

程千帆、吴新雷著:《两宋文学史》,上海:上海古籍出版社,1991年。

程毅中著:《宋元小说研究》,南京:江苏古籍出版社,1999年。

D

丁锡根编注:《中国历代小说序跋集》,北京:人民文学出版社,1996年。

丁传靖辑:《宋人轶事汇编》,北京:中华书局,2003年。

丁福保辑:《历代诗话续编》,北京:中华书局,1983年。

[宋]道元辑,朱俊红点校:《景德传灯录》,海口:海南出版社,2011年。

[清]董诰编:《全唐文》,北京:中华书局,1983年。

段平整理:《河西宝卷选》,兰州:兰州大学出版社,1988年。

F

[宋]费衮著:《梁溪漫志》,上海:上海古籍出版社,1985年。

[明]冯梦龙著:《冯梦龙全集》,上海:上海古籍出版社,1993年。

G

葛兆光著:《禅宗与中国文化》,上海:上海人民出版社,1986年。

郭绍虞辑:《宋诗话辑佚》,北京:中华书局,1980年。

郭绍虞主编:《中国历代文论选》,上海:上海古籍出版社,2001年。

[俄]高尔基著:《论文学》,北京:人民出版社,1980年。

H

[宋]何薳著:《春渚纪闻》,北京:中华书局,1983年。

[宋]惠洪著:《冷斋夜话》,北京:中华书局,1985年。

[宋]黄庭坚著:《黄庭坚全集》,成都:四川大学出版社,2001年。

[宋]黄庭坚著,屠友祥校注:《山谷题跋校注》,上海:上海远东出版社,2011年。

[宋]洪迈著,孔凡礼点校:《容斋随笔》,北京:中华书局,2006年。

[宋]洪迈撰:《夷坚志》,《全宋笔记》第九编第三册,郑州:大象出版社,2018年。

[唐]韩愈著,刘珍伦、岳珍校注:《韩愈文集汇校笺注》,北京:中华书局,2010年。

[宋]胡仔著:《苕溪渔隐丛话》,北京:人民文学出版社,1962年。

[明]胡应麟著:《少室山房笔丛》,北京:中华书局,1958年。

胡士莹著:《话本小说概论》,北京:中华书局,1980年。

侯外庐、邱汉生、张岂之著:《宋明理学史》,北京:人民出版社,1987年。

[清]何文焕撰:《历代诗话》,北京:中华书局,1981年。

洪本健编:《欧阳修资料汇编》,北京:中华书局,1995年。

[德]黑格尔著,王造时译:《历史哲学》,北京:商务印书馆,1963年。

J

[清]纪昀著,吴敢、韦如之校点:《阅微草堂笔记》,杭州:浙江古籍出版社,1998年。

[宋]江少虞编:《宋朝事实类苑》,上海:上海古籍出版社,1981年。

K

[宋]孔平仲撰,王恒展校点:《孔氏谈苑》,济南:齐鲁书社,2014年。

孔凡礼编:《苏轼年谱》,北京:中华书局,1998年。

L

[春秋战国]老子、庄子等著:《诸子集成》,上海:上海书店出版社,1986年。

[唐]罗隐著,雍文华校辑:《罗隐集》,北京:中华书局,1983年。

[宋]罗大经著:《鹤林玉露》,北京:中华书局,1986年。

[宋]罗大经著:《鹤林玉露》,《宋元笔记小说大观》,上海:上海古籍出版社,2001年。

[明]罗贯中著:《三国演义》,长沙:岳麓书社,1980年。

[后晋]刘昫等撰:《旧唐书》,北京:中华书局,1975年。

[南朝梁]刘勰著,周振甫译注:《〈文心雕龙〉译注》,南京:江苏教育出版社,2006年。

[唐]陆贽撰,王素点校:《陆贽集》,北京:中华书局,2006年。

[唐]李世民著,吴云辑:《唐太宗全集》,天津:天津古籍出版社,2004年。

[宋]李焘撰:《续资治通鉴长编》,北京:中华书局,1992年。

[宋]李廌著:《师友谈记》,北京:中华书局,2002年。

[宋]李心传著:《建炎以来系年要录》,北京:中华书局,1988年。

[宋]黎靖德编,王星贤点校:《朱子语类》,北京:中华书局,1986年。

[宋]陆游著:《老学庵笔记》,上海:上海书店出版社,1990年。

[宋]刘斧撰辑:《青琐高议》,上海:上海古籍出版社,1983年。

刘世钊著:《小说概论》,长春:东北师大出版社,1986年。

鲁迅著:《中国小说史略》,北京:人民文学出版社,1973年。

鲁迅著:《汉文学史纲要》,北京:人民出版社,1973年。

鲁迅著:《鲁迅全集》,北京:人民文学出版社,1973年。

M

马成生著:《水浒通论》,北京:人民文学出版社,1975年。

马蹄疾编:《水浒资料汇编》,北京:中华书局,1980年。

[宋]梅尧臣著,朱东润编年校注:《梅尧臣集编年校注》,上海:上海古籍出版社,2006年。

[宋]梅尧臣著,夏敬观选注:《梅尧臣诗》,上海:商务印书馆,1940年。

[宋]孟元老著:《东京梦华录》,北京:中国画报出版社,2013年。

孟昭连著:《中国小说艺术史》,杭州:浙江古籍出版社,2003年。

N

[宋]耐得翁著:《都城纪胜》,《全宋笔记》第八编第五册,郑州:大象出版社,2017年。

O

[宋]欧阳修著:《新五代史》,北京:中华书局,1974年。

[宋]欧阳修、宋祁著:《新唐书》,北京:中华书局,1975年。

[宋]欧阳修著:《欧阳修全集》,北京:中国书店,1986年。

[宋]欧阳修著,李逸安点校:《欧阳修全集》,北京:中华书局,2001年。

P

[宋]普济辑,朱俊红点校:《五灯会元》,海口:海南出版社,2011年。

[清]蒲松龄撰,朱利国点注:《聊斋志异》,北京:华夏出版社,2017年。

Q

[清]钱彩等著:《说岳全传》,上海:上海古籍出版社,1979年。

齐裕焜著:《中国古代小说演变史》,兰州:敦煌文艺出版社,2002年。

R

[清]阮元校刻:《十三经注疏》,北京:中华书局,1980年。

任半塘著:《唐戏弄》,上海:上海古籍出版社,2006年。

任半塘编著:《敦煌歌词总编》,上海:上海古籍出版社,2006年。

任二北编著:《优语集》,上海:上海文艺出版社,1981年。

S

[汉]司马迁著:《史记》,北京:中华书局,2013年。

[宋]司马光撰:《资治通鉴》,北京:中华书局,1956年。

[宋]司马光著,李之亮笺注:《司马温公集编年笺注》,成都:巴蜀书社,2009年。

[宋]苏洵著,曾枣庄、金成礼笺注:《嘉祐集笺注》,上海:上海古籍出版社,2001。

[宋]苏轼著,[清]王文诰辑注,孔凡礼校点:《苏轼诗集》,北京:中华书局,1982年。

[宋]苏轼著:《苏轼文集》,北京:中华书局,1986年。

[宋]苏轼著,傅成、穆俦标点:《苏轼全集》,上海:上海古籍出版社,2000年。

[宋]苏轼著,王松龄点校:《东坡志林》,北京:中华书局,1981年。

[宋]苏轼等著,曾枣庄、舒大刚主编:《三苏全书》,北京:语文出版社,2001年。

[宋]苏轼著,张志烈、马德富、周裕锴主编:《苏轼全集校注》,石家庄:河北人民出版社,2010年。

[宋]苏轼著,屠友祥校注:《东坡题跋校注》,上海:上海远东出版社,2011年。

[宋]苏辙著,曾枣庄、马德富校点:《栾城集》,上海:上海古籍出版社,2009年。

[元]苏天爵编:《元文类》,上海:上海古籍出版社,1993年。

[宋]邵伯温著:《邵氏闻见录》,北京:中华书局,1983年。

[明]施耐庵、罗贯中著:《水浒传》,北京:人民文学出版社,1975年。

[明]施耐庵、罗贯中著:《水浒全传》,上海:上海人民出版社,1975年。

石林生编著:《甘肃永靖傩舞戏》,贵阳:贵州民族出版社,2005年。

隋树森编:《金元散曲》,北京:中华书局,1981年。

孙昌武著:《佛教与中国文学》,上海:上海人民出版社,1988年。

孙望、常国武主编:《宋代文学史》,北京:人民文学出版社,1996年。

四川大学中文系唐宋文学研究室编:《苏轼资料汇编》,北京:中华书局,1994年。

上海古籍出版社编:《宋元笔记小说大观》,上海:上海古籍出版社,2001年。

司义祖整理:《宋大诏令集》,北京:中华书局,2009年。

T

[元]脱脱等撰:《宋史》,北京:中华书局,1977年。

[明]田汝成辑撰:《西湖游览志余》,北京:中华书局,1958年。

唐圭璋编:《全金元词》,北京:中华书局,1979年。

唐圭璋编:《词话丛编》,北京:中华书局,1986年。

唐圭璋编:《全宋词》,北京:中华书局,1999年。

W

[唐]魏征等撰:《隋书》,北京:中华书局,1973年。

[宋]王安石著:《王文公文集》,上海:上海人民出版社,1974年。

[宋]王安石著:《临川先生文集》,北京:国家图书馆出版社,2018年。

[宋]王灼著:《碧鸡漫志》,北京:中华书局,1991年。

[宋]王夫之著:《宋论》,北京:中华书局,1985年。

[宋]王辟之著:《渑水燕谈录》,北京:中华书局,1981年。

[宋]王应麟著:《困学纪闻》,上海:商务印书馆,1935年。

[宋]王明清著:《挥麈录》,上海:上海书店出版社,2001年。

[宋]吴曾著:《能改斋漫录》,北京:中华书局,1960年。

[宋]吴自牧著:《梦粱录》,《全宋笔记》第八编第五册,郑州:大象出版社,2017年。

[清]吴璿著:《飞龙全传》,北京:人民文学出版社,1981年。

王国维著:《人间词话》,北京:中华书局,2009年。

王国维著:《宋元戏曲史》,天津:百花文艺出版社,2002年。

王国维著:《王国维戏曲论文集》,北京:中国戏剧出版社,1984年。

王水照著:《宋代文学通论》,开封:河南大学出版社,1997年。

王水照编:《历代文话》,上海:复旦大学出版社,2007年。

王孝通著:《中国商业史》,北京:商务印书馆,1936年。

吴梅著:《词学通论》,上海:复旦大学出版社,2005年。

王素著:《陆贽评传》,南京:南京大学出版社,2009年。

X

西北师大古籍所、酒泉市文化馆编:《酒泉宝卷》,兰州:甘肃文化出版社,1991年。

[宋]西湖老人著:《繁胜录》,《全宋笔记》第八编第五册,郑州:大象出版社,2017年。

徐征等主编:《全元曲》,石家庄:河北教育出版社,1998年。

许金榜著:《元杂剧概论》,济南:齐鲁书社,1986年。

[明]徐渭著,李复波、熊澄宇注释:《南词叙录注释》,北京:中国戏剧出版社,1989年。

徐永成主编:《金张掖民间宝卷》,兰州:甘肃文化出版社,2007年。

萧欣桥选注:《宋元明话本小说选》,南昌:江西人民出版社,1980年。

[明]熊大木著:《杨家将演义》,北京:宝文堂书店,1980年。

Y

[宋]岳柯撰,吴企明校点:《桯史》,北京:中华书局,1981年。

[宋]杨万里著,辛更儒笺校:《杨万里集笺校》,北京:中华书局,2007年。

[宋]叶适著:《习学记言序目》,北京:中华书局,1977年。

叶朗著:《中国小说美学》,北京:北京大学出版社,1982年。

颜中其编注:《苏东坡轶事汇编》,长沙:岳麓书社,1984年。

Z

[明]臧晋叔编:《元曲选》,北京:中华书局,1958年。

[明]臧晋叔编:《元曲选外编》,北京:中华书局,1959年。

[宋]赵令畤著:《侯鲭录》,北京:中华书局,1985年。

[宋]赵汝愚编:《宋朝诸臣奏议》,上海:上海古籍出版社,1999年。

赵景深著:《中国小说丛考》,济南:齐鲁书社,1980年。

[宋]张耒著,李逸安等点校:《张耒集》,北京:中华书局,1990年。

[宋]张邦基撰,孔凡礼点校:《墨庄漫录》,北京:中华书局,2002年。

[宋]张端义著:《贵耳集》,北京:中华书局,1958年。

[清]张廷玉等撰:《明史》,北京:中华书局,1974年。

[宋]周密著:《武林旧事》,《全宋笔记》第八编第二册,郑州:大象出版社,2017年。

[宋]庄绰著:《鸡肋编》,北京:中华书局,1983年。

[宋]曾敏行著,朱杰人标校:《独醒杂志》,上海:上海古籍出版社,1986年。

[宋]朱弁撰,孔凡礼点校:《曲洧旧闻》,北京:中华书局,2002年。

[宋]朱熹著:《朱子全书》,上海:上海古籍出版社,2010年。

朱东润著:《梅尧臣传》,北京:中华书局,1979年。

张庚著:《中国戏曲通史》,北京:中国戏剧出版社,1980年。

张月中、王钢主编:《全元曲》,郑州:中州古籍出版社,1996年。

张旭主编:《山丹宝卷》,兰州:甘肃文化出版社,2007年。

曾枣庄著:《苏轼评传》,成都:四川人民出版社,1981年。

曾枣庄、刘琳主编:《全宋文》,成都:巴蜀书社,1991年。

曾枣庄选释:《三苏文艺思想》,成都:四川文艺出版社,1985年。

周义敢编:《梅尧臣资料汇编》,北京:中华书局,2007年。

周裕锴著:《宋代诗学通论》,上海:上海古籍出版社,2007年。

周裕锴著:《中国古代阐释学研究》,上海:上海人民出版社,2003年。

周贻白著:《中国戏曲发展史纲要》,上海:上海古籍出版社,1979年。

郑振铎著:《中国俗文学史》,北京:商务印书馆,1998年。